悬疑志系列 贰拾

诡案组 大结局

公安厅绝密灵异案件大曝光

求无欲◎著

CNS PUBLISHING & MEDIA 中南出版传媒
湖南文艺出版社 HUNAN LITERATURE AND ART PUBLISHING HOUSE
博集天卷 CS-BOOKY

前言 · Prefaces

中国境内某省位于沿海地区，是最早实行开放政策的省份之一。因为区域经济差异，吸引了大量外省务工人员涌入，致使人口急速膨胀，时至今日全省常住人口已近亿万。

人多了，自然就会衍生出各种各样的问题，甚至出现一些超自然事件。我国自新中国成立以来就秉持破除封建迷信的基本准则，但在面对一些现今科技难以解释的不可思议事件时，却难免会感到尴尬。为此省公安厅秘密成立了“诡异案件处理小组”（简称“诡案组”），专门处理全省各地发生的超自然案件。

省公安厅对外从未公开承认小组的存在，别说寻常老百姓，就连大部分在职的公安干警也鲜有耳闻。而诡案组所处理的案件尽是些荒诞离奇之事，一旦公之于众势必引起社会恐慌。

因此，由诡案组所处理的一切案件记录均为公安厅内部机密档案，只有小组成员及极少数高官有权翻阅。但是世事无绝对，凡事皆有例外，若把这些诡异案件视为小说看待，公之于众又有何不可？但求读者莫太认真，只当做茶余饭后的消遣，切忌刨根问底，否则本文将难以为继。

角色简介◎

慕申羽

职位：探员/性别：男/年龄：28岁/身高：178CM/体重：61KG

特长：搭讪、过目不忘

爱好：魔术、收集辟邪饰物

缺点：好色、终日嬉皮笑脸、体能逊色

简介：初入刑侦局即屡破奇案，曾与小相同被誉为最有前途的新人王。两年前因调查古剑连环杀一案致使右腿受伤，愈后留下心理阴影，总是在危急关头复发。因坚持继续调查古剑案，而被调至反扒队。

李蓁蓁

职位：探员/性别：女/年龄：24岁/身高：175CM/体重：保密（健美型）

特长：近身搏击

爱好：格斗游戏、烹饪

缺点：脾气火爆、冲动、滥用暴力、做事不经大脑

简介：武警出身，曾勇夺散打冠军，能以一人之力击倒三名男性教官。

韦伯仑

职位：档案管理员/性别：男/年龄：29岁/身高：165CM/体重：53KG

特长：电脑、网络

爱好：窥探他人私隐

缺点：宅男、邋遢、自大、贪生怕死

简介：曾经是令公安厅最头痛的黑客之一，多次入侵政府各部门的电脑系统，因其技术高超极少留下罪证，公安厅对他束手无策。在入侵香港警方的电脑系统时不慎失手，被公安厅以间谍罪拘捕，强行招安。

姓名：原雪晴
职位：探员
性别：女
年龄：27岁
身高：170CM
体重：保密（苗条型、目测胸围为C＋）

特长：监视、跟踪、射击
爱好：隐藏于暗处、茉莉花
缺点：待人冷漠（面冷心热）
简介：出身特种部队，一切背景资料均为保密。待人冷漠，绝对服从上级命令。枪械知识丰富，枪法如神，曾受严格武术训练。

姓名：乐小苗（喵喵）
职位：探员
性别：女
年龄：22岁
身高：158CM
体重：保密（娇小型）

特长：目前还是个谜
爱好：聊天、吃零食、网上灌水、发手机短信
缺点：涉世未深、天真单纯，简单来说就是比较笨
简介：应届大学毕业生，但智商、身形及相貌均与中学生无异。参加公务员考试落第，但因天生拥有特殊能力而被破格录取。

姓名：梁政（老大）
职位：组长
性别：男
年龄：42岁
身高：168CM
体重：70KG

特长：沉着冷静、运筹帷幄
爱好：书法、炒股、打麻将
缺点：只说话不做事、坚持原则，绝不妥协
简介：深藏不露的老狐狸，曾任刑侦局二把手，屡破奇案。两年前为彻查一宗诡异的古剑连环杀人案而与当时的厅长闹翻，后被调至扫黄队。其兄为现任厅长。

姓名：相溪望（小相）
职位：原刑侦局探员
性别：男
年龄：27岁
身高：180CM
体重：65KG

特长：心思细密、机智过人
爱好：钓鱼
缺点：非常疼爱妹妹相见华，为了她会不惜一切
简介：阿慕原来的拍档，两年追查古剑连环杀人案时离奇失踪，至今音信全无。

姓名：桂悦桐
职位：技术队小队长
性别：女
年龄：26岁
身高：165CM
体重：保密（苗条型）

特长：观察力强，能发现任何蛛丝马迹
爱好：看书、听音乐
缺点：经常戏弄阿慕
简介：小相的女朋友。自小相失踪至今虽然追求者众，但依然单身。

姓名：叶流年
职位：法医
性别：男
年龄：32岁
身高：176CM
体重：60KG

特长：不畏尸臭，能对着尸体吃饭
爱好：收集手术刀
缺点：不修边幅、稍微变态
简介：身上长年带有尸体的臭味，自己却浑然不觉，尸检后经常不洗手就主动跟别人握手。

目录 · Contents

卷十三 · 逐愿尸奴

001

卷十四 · 藏镜罗刹（上）

079

卷十三·逐愿尸奴

引　子

一

子夜，一个散发着浓郁芳香的淡绿色身影，于寂静的陈氏墓园中飘荡。

“此地尚可，乃难得的养尸之地，今夜就在此稍事休息。”成熟而优雅的女性声音从淡绿身影中传出。

这是一个诡异的身影，于朦胧的月色下犹如鬼魅一般，艳丽且神秘。淡绿色的绸缎宛若山间的瀑布，从宽大的斗笠边缘直冲入地，使高贵的躯体完全隐藏于碧水般的恬静之美当中，仅从绸缎缝隙露出一只迷人的紫色眼眸。

她在一块墓碑前席地而坐，淡绿的绸缎与长及膝盖的茂盛野草融为一体，宛若隐藏于草丛中的薰芳花蕊。虽不易显露于人前，但亦难掩浓郁的芳香。

不消片刻，于绸缎缝隙中若隐若现的美眸突然闪耀出神秘的光芒，诡秘的笑声随即于墓园内飘荡："嘻嘻……没料到竟有如此凑巧之事，当下仍有鲜嫩的尸体，且葬于养尸之地，还让吾遇上，实乃天大巧合。"言尽，她便站起来"走"向墓园深处。

从斗笠边缘垂下的绸缎，不长也不短，刚好垂到地上，使她的双腿不露于人前。而且她的步伐极为平稳，与其说是"走"，还不如说像鬼魅般在"飘"。

她看似缓慢地飘动，但一瞬间便已到达墓园深处，那双美眸散发出邪恶的气息，默默凝视足下松散的泥土。良久，优雅的声音从绸缎内传出："心愿未了，何以心安；心神不宁，皮囊不化；煎熬七魄，禁锢三魂……与其保存肉身于此养尸地之中，承受永无休止的痛苦，何不与吾做一交易，了却遗愿……"话毕便是良久的沉默，她似乎在等待某人答复，但在这死寂的墓园里，除了她就只有沉默的尸体。

"吾就知道汝不会错过此难得的机遇，嘻嘻……"她于诡秘的笑声中蹲下，一只完全包裹于洁白绷带内的手臂从绸缎缝隙中缓缓伸出，落在松散的泥土之上，优雅的声音再次于寂静的墓园中回荡，"若要吾出手相助，必须付出相应的代价，汝此刻唯一能与吾交易之物，乃汝一副臭皮囊而已。"

死寂再次笼罩着阴森的墓园，良久之后她再度开口："汝确定与吾交易？此乃不可反悔之事，心愿得了，汝之一切都归吾所有，包括汝之肉身与灵魂。"

又是良久的沉默，她的声音再次响起时，语气略带不悦："汝乃已死之身，竟敢与吾讨价还价！罢了，吾就当积德抵孽，替汝出了此口怨气，但汝需向吾奉上此生最珍贵之物。"短暂的沉默后，她便笑道，"嘻嘻……凡历红尘种种，皆有各自之珍宝。汝非不曾拥有，而是懵然不知罢了。反正汝已无缘于尘世，何等珍贵之物亦带不进冥府炼狱，与吾又有何不可？"

话毕，洁白的绷带下似乎有微细的东西在蠕动，不一会儿一条通体血红、长约半截儿小指的幼小蛆虫从绷带下钻出来，掉落在地上。

血色蛆虫非常活跃，落到地上便立即钻进泥土里。片刻之后，从泥土里传出一声可怕的呻吟，松散的泥土随即朝天飞弹，一只苍白的手臂破土而出……

二

夜深，偏僻的田园小路上虫声低语，恬静中隐含一丝肃杀的气息。

三名学子于朦胧的月色下，摇摇晃晃朝着校园前进。突然，其中一名瘦削的男生停下脚步，蹲在路边不停地呕吐，吐得连眼镜也跌到了地上。

同行另两人中一名肤色黝黑的健壮青年，在他背部拍了几下，笑道："小麦，你不能喝就别喝那么多，看你现在这熊样儿多丢人。"

小麦把腹中一切吐个干净后，拾起眼镜戴上，回头道："不喝白不喝，反正又不用我埋单。"

另一人是个胖子，他瞥了小麦一眼，讥讽道："就算有梓轩付账，你也不用这么拼命吧！要是喝死了，他可不会为你的身后事埋单。"

小麦没有理会胖子的嘲笑，继续蹲着稍事休息。突然，他紧张地往四周张望，似乎想到些可怕的事情，哆嗦着向健壮青年问道："恺敏，我们怎么会走到这条路上？"

"走这条路回学院比较快啊，走大路的话起码要半小时，从这里走十来分钟就行了。"恺敏不明就里地回答。

"不行，不行，我们马上回头，晚上绝对不能走这条路。"小麦似乎在一瞬间便醉意全消，并急不可待地往回走。

"你发什么酒疯啊！"胖子一把揪住他的后领，借着酒劲儿把他瘦弱的躯体提起来，"刚才老子说继续喝，你他妈说一口也喝不了，非要马上回宿舍睡觉。现在快到学院了，你又他妈的要老子走回头路！是不是想老子揍你一顿？"

"树哥，这条路真的不能走……"小麦于哀求中欲言又止，不停地向对方使眼色。

"为什么？"胖子发出愤怒的咆哮，并没有会意对方眼神中传递的信息。

恺敏上前劝阻并问道："我们之前也经常走这条路啊，一直都没出过问题。小麦，你今晚怎么了？"

"墓园，前面的墓园……"小麦指着远处隐没于高大榕树丛中的阴森墓园，一再对胖子使眼色。

"那墓园关我们屁事啊！"胖子怒目圆睁，举拳欲打。他的记忆显然因为酒精而变得模糊，忘记了一件极其重要的事，以至完全没能领会对方的暗示。

恺敏连忙把两人分开，拦住胖子劝说道："方树，你喝多了，大家都是好兄弟，干吗要动手动脚呢？"

小麦怯弱地后退几步，欲言又止，经反复思量后才开口："树哥，这条路真的不能走，你不记得学长曾经说过，那墓园里遍地都是无名尸吗？"他在"无名尸"三字上加重了语气，想给对方最后的暗示。

胖子愣一愣，似乎已领会对方的暗示，却因恼羞成怒，直冲对方叫骂："老子就是要走这条路，你丫要是不走，我现在就把你埋在墓园里！"

小麦互抱双臂，于略带寒意的晚风中微微颤抖，好不容易才从牙缝儿中挤出一句话："打死我也不走。"

"我看你丫是不想活了。"胖子欲推开恺敏，上前揍他。

"方树，你喝多了……"恺敏竭力拦住胖子，并回头对小麦骂道，"你别再说话了行不行，少说一句又不会死！"

在两人推搡的时候，小麦突然目瞪口呆地指着远方，颤抖地说："婷……婷悦……"

胖子不自觉地颤抖了一下，随即怒吼："老子今晚就算不把你埋了，也得把你裤裆里的把儿拧下来！"说罢便使尽全身的蛮力把恺敏推倒，冲到小麦身前揪着他的衣领，举起拳头准备暴打一顿。

"婷悦，真的是婷悦……"恺敏凝视着墓园的方向叫道。

胖子猛然回头，随即发出惊恐的叫声："哇，鬼啊！"

他之所以如此恐惧，皆因榕树下那个婀娜的身影。

朦胧的月色之下，一名浑身沾满污泥的女生，正以诡异的步伐从墓园里走出来，缓慢地向他们靠近。零乱的长发遮盖了她大半张脸，只露出一只血红的眼睛和铁青的脸颊。

恺敏呆若木鸡地看着昔日熟识的秀丽女生，此刻以诡异且不堪的姿态出现于眼前，直到听到小麦惊叫"快逃"才回过神来，跟同伴一起连滚带爬地逃走……

第一章　美院凶案

猿鸟犹疑畏简书，风云常为护储胥。

徒令上将挥神笔，终见降王走传车。

管乐有才真不忝，关张无命欲何如?

他年锦里经祠庙，梁父吟成恨有余。

李商隐这首《筹笔驿》，充分展现了对诸葛亮出师未捷身先死的感慨与遗憾。人生苦短，要做的事情数不胜数，但人往往又不懂得珍惜时间，无数理想与抱负因此湮灭于时间的洪流当中。

当生命到达尽头的时候，如果有方法能延续生命，但必须为此付出沉重的代价，您会为完成心愿而不惜一切吗?

鄙人慕申羽，是一名专门处理超自然案件的刑警。因为工作的关系，我经常会接到一些不可思议的案件。这一次我将要接手的，是一宗为完成心愿而超越生死的离奇案子。

老大梁政挺着他的腐败肚走进诡案组办公室，随即向我招手：“阿慕，省美术学院出了宗闹鬼的案子，阿杨处理不了。你跟蓁蓁去找他，把案子接过来。”

蓁蓁哆嗦了一下，怯弱地问：“闹鬼了？是怎么回事呢？”

“要知道是怎么回事，还用得着你们吗？快干活去！”老大大手一挥，把我跟蓁蓁轰出门外。

省美术学院这宗案子本来由杨帆处理，他这个刑侦局小队长虽然办事牢靠，但脑筋比较呆板，每次遇到奇怪的案子总是塞给我们处理。而且每当这个时候，他办公桌上的烟灰缸一定会堆满烟头儿，这一次当然也不例外。

我跟蓁蓁走进他的办公室，他紧皱的眉头才得以舒展，连忙请我们坐下。不需我们道明来意，他便简要地开始向我们讲述案情——

案发时间是三天前的深夜。

当晚省美术学院三名学生——方树、麦青河及黎恺敏，在院外跟其他两名同学到KTV消遣。其后三人步行返回学院，于途中受到“不明物体”袭击，麦、黎两人侥幸逃脱，并致电110报警中心求助。

我跟伙计们赶到现场时，凶手早已不知所踪，只发现一名倒在血泊中的男生，后经证实是美院学生方树……

这回轮到我皱起眉头：“不明物体？不会是外星人吧！”

阿杨又点起一根烟，摇了摇头：“用不着外星人来捣乱，这宗案子就已经够悬的了。”

“是鬼魅作祟吗？”蓁蓁的脸色不太好。

虽然跟我一起处理过不少诡异的案子，但蓁蓁至今仍非常畏惧虚无缥缈的鬼魅，这跟她“彪悍”的外表格格不入。

“到底是什么状况，能难倒我们英明神武的杨队呢？”我调笑道。

“你就别笑话我了。”阿杨没好气地吐了口烟，“本案的两名幸存者，分别给我们两份截然不同的笔录，麦青河一口咬定凶手是鬼魅，而黎恺敏则说凶手是美院的一名女生。”

“这还不好办吗？先调查这名女生，确定她是否有行凶的可能性就行了。”每个人都有各自的观点与视角，相同的事情在不同的角度下，得出截然不同的结论，本来就是很平常的事情。而在两名幸存者的口供当中，黎的说法显然更为可信，我实在不明白到底是什么事情会让阿杨如此愁眉不展。

“这还用你说吗？我早就调查过了。”阿杨把烟头儿插入快要满出来的烟灰缸，随即又点了根烟，“疑凶名叫沈婷悦，是一名身高一米五九、体形清瘦的文弱女生。而死者方树却是身高一米八二、体重超过九十公斤的大胖子。根据现有证据，凶手的行凶方式极有可能是徒手袭击。你认为一个瘦弱的女生，有可能赤手空拳把一个大胖子干掉吗？”

“这个可能性也不是完全没有，得看凶手是什么人……”我没有继续说下去，只是往蓁蓁健美的身体上瞥了一眼。

她杏目圆睁地瞪着我，不悦地问：“看着我干吗？”

“你想说凶手曾经习武吧？”阿杨摇了摇头，“我也考虑过有这个可能，不过根据我的调查，可能性不大。沈的体能并不出众，体育成绩一般，体能测试通常是刚刚合格，就连提行李上楼也要同学帮忙。而且……”

“而且什么？”蓁蓁的急性子最容不得别人卖关子。

阿杨挠了下头才说：“这宗案子最怪异的地方在于，沈在案发前一个月，莫名其妙地失踪了。事发当晚突然蹦出来，事后又不知所踪，就像一个来无踪去无影的鬼魅……”

我突然察觉到一丝异样，转头询问身旁微微颤抖的蓁蓁是否感到害怕，她逞强地回答：“我哪有害怕！”

我强挤出一副笑脸：“那你别老扯着我的衣服行吗？袖子快被你扯下来

了。”她尴尬地把手缩回去，不再说话。

我继续跟阿杨讨论，并指出疑点：“鬼魅是没有实体的精神能量，不可能给人物理上的伤害，顶多就是吓唬一下人，把人吓个心肌梗死什么的。如果沈婷悦真的是鬼魅，那她就不可能是袭击死者的凶手。”

“如果她是人而不是鬼，那也没可能放倒一个体形能顶她两个的大胖子啊！”阿杨的反驳不无道理。

如果凶手是人，要徒手杀死体重超过九十公斤的死者，虽说不是没有可能，但以正常女生的能力判断，可能性几乎为零；如果凶手是鬼魅，虽说可能拥有超越常人的能力，但在我的知识范畴内，鬼魅是一种没有实体的精神能量，不可能给人物理上的伤害。这是一道逻辑上的难题，不管凶手是人还是鬼，都难以作出合理的分析。

如果凶手既不是人，也不是鬼，那又会是什么呢？为了找出答案，向阿杨道别后，我跟蓁蓁便立刻前往省美术学院。

因为案发当晚能及时逃脱，所以麦青河及黎恺敏并没有受到伤害，在刑侦局做了笔录后，便返回学院正常上课。他们都是本科四年级学生，而且是同班同学，可惜我们达到学院时已是傍晚时分，所以没有去课室找他们。在路上询问了好几名学生后，得知他们两人分别在宿舍及篮球场，于是便分头去找他们谈话。

我让蓁蓁去找麦青河，而我则负责找黎恺敏，可是她却推搪说：“阿杨说这小子神神道道的，还是你去找他吧，反正你们都是一个德行。”

“我就是想让你也跟我一个德行。”我笑着推她往宿舍的方向走，“别那么多抱怨，快去干活。”她回头做了个鬼脸，然后小跑着离开我的视线。

我让她去找满口鬼话的麦青河问话，其实并不是故意为难她，而是觉得向黎恺敏问话能得到更为客观的信息。毕竟，在我的认知范畴内，鬼魅不可能给人物理上的伤害。可是麦青河显然已经认定死者是被鬼魅所杀，很难想象从他口中能了解案发时的真实情况。

黎恺敏是个身材高大、肤色黝黑、体格健壮的青年，给人一种很阳光的感觉，我来到篮球场一眼就认出他了。然而，此刻我并没能看见他在球场上的英姿，因为他只是坐在场外低头不语，一副愁肠百结的模样，跟他外表的阳光气息格格不入。

我想，如果不是因为牵涉凶案，他的高校生活一定会很精彩。

我向他道明来意时，他没有太大反应，想必是这两三天阿杨等人经常过来找他问话。相反，球场内外的学子们却交头接耳、窃窃私语，还不时有人对他指指点点，显然我的到来又使他再次成为同学们的话题中心。

“这件事给你造成困扰了吗？”我跟他于校园中漫步，并给他递了根烟。

“我不抽烟。”他礼貌地婉拒，坐在花坛旁边的长椅上轻声叹息。经过良久的沉默之后，他才再度开口：“如果说没有，肯定是骗你的。我之所以到球场上发呆，就是因为不想一个人独处，让自己钻牛角尖。身边的好友突然死了，怎么说心里也不会好受，更何况当时我跟他的距离是如此接近。如果我没有提议抄近路，如果我不是因为害怕而逃跑，如果当时我能拉他一把……”他苦恼地以双手抹脸。

“你无须过于自责，就算你留下来帮他，也不见得能改变现状。”我坐在他身旁，轻拍他的肩膀以示安慰。

“最起码我不会为此而感到内疚。”他以忧伤的眼神凝望苍天，仿佛在寻觅身处天堂的同伴。

“或许，你能为他做点事以减轻心中的内疚。”我点了根烟，跟他一起仰望穹苍，“能告诉我当时的详细情况吗？”

他默默点头，向我讲述起案发当晚的情况——

那天，梓轩为了庆祝岚岚取得省美术作品展的二等奖，请我跟方树、小麦到商业街的KTV玩儿。梓轩因为高兴，刚坐下就叫来了几瓶芝华士。开始时我们还兑绿茶喝，后来喝多了，就干脆不兑直接喝纯的。洋酒不比啤酒，喝的时候没什么感觉，但后劲儿来得很猛，喝到最后我觉得脑袋里面装的全都是酒，连眼睛都变得模糊了。

梓轩跟岚岚在商业街附近的塘仔村租了房子，吃完消夜后他们就先回去了。方树本来还想换地方继续喝酒，但我跟小麦已经喝得东倒西歪了，只想尽快回去休息，好不容易才拉上他一起回宿舍。

那晚我实在喝得太多了，走路时双脚就像踩在海绵上一样。小麦也好不到哪里，要不是我扶住他，说不定他会直接躺在地上睡到天亮。所以我就提议走小路回学院，因为走大路回去起码要半小时，但走小路十来分钟就能到学院后门。

走小路要经过一个阴森恐怖的墓园，听说那些黑道大哥杀人后，会把尸体埋到墓园里。所以里面埋了很多身份不明的尸体，是个怨气冲天的地方，就算是白天也很可怕。除非是一大群人，否则我们晚上一般不会走这条路，但当时我们都喝了很多酒，借酒壮胆就觉得没什么好可怕的。

我们一路摇摇晃晃地走着，走到距离墓园还有一百来米的地方，小麦突然蹲下来呕吐，我跟方树只好停下来等他。就在这时候，一个黑影从墓园里走出来。

那黑影看起来走得很慢，但不一会儿就来到距离我们不到二十米的地方，借助朦胧的月色，我依稀能看清楚对方的样子。虽然她头发零乱且浑身污泥，但我还是认出她就是我们的同学沈婷悦。

方树跟小麦大概是被婷悦的模样吓到了，他们俩也不知是谁大叫一声“鬼啊”，然后就一起连滚带爬地往回跑。虽然我不认为世上有鬼，但婷悦此时的模样的确非常吓人。而且她一路走过来都是摇摇晃晃地缓步前行，但这时候猛然向我们扑过来，我心里一慌，就本能地转身逃跑。

我是篮球队的队员，平时经常锻炼，所以跑得比方树他们要快得多。而小麦是只孱弱的四眼儿龟，在我们三人中，他跑得最慢。我从后追上他，就顺手拉了他一把，拖着他继续跑。

当时，方树在右边，而我则在左边，因为有小麦挡在中间，我拉不到他。而且他的脾气比较倔犟，我想要是我主动去拉他，他可能会把我的手甩开。所以，我就没有管他，只是拖着小麦拼命地跑。如果我知道只要拉他一把，或许就能救他一命，我一定会牢牢地抓住他的手。

可惜我当时并没能预料到这个可怕的结果，只是拉着小麦拼命地往前跑。我们跟方树的距离渐渐拉开，我怕他会跟不上，很想回头看看他的情况。可是我心里实在太害怕了，怕回头看见的会是一个可怕的画面。头皮发麻的感觉使我的脖子不能挪动分毫。

突然，身后传过来让人毛骨悚然的惨叫，我终于忍不住回头看了一眼……这一刻所见的画面是我至今为止所见过的最可怕、最令人心胆俱裂的一幕。

当时方树跟我的距离大概只有一米，月色虽然不是很明亮，但我看得还是很清楚。他痛苦的表情、求救的眼神，此刻仍清晰地呈现在我的脑海当中。不过，最让我感到恐惧的，是他身后那个犹如野兽般的身影。

婷悦……我不知道是否还该这样称呼她，因为此刻的她，跟我之前所认识的婷悦截然不同。虽然只是看了一眼，虽然只是短短的一瞬间，却深深地震撼了我的心灵。她铁青的脸上沾满了污泥，平日友善的眼眸隐藏于披散的头发当中，闪烁着令人畏惧的凶光。她扑到方树背上，一手掐着他的脖子，一手抓着他的左额，细长的小指顺势戳入方树的眼眶里，在他撕心裂肺的惨叫声中，大张嘴巴狠狠地往右额咬下去……

这一切只发生在一瞬间，方树因为惯性而被扑倒。随即，在他撕心裂肺的惨叫声中，婷悦以纤美的双手，疯狂地绘出一幅血肉横飞的地狱图。

眼前这可怕的一幕，使我陷入崩溃的边缘，完全丧失了思考能力。那一刻，我脑海里就只有一个念头——逃！

我拖着小麦不停地跑，用尽全身力气往前跑，双眼只敢望向前方，一刻也不敢回头。我害怕一回头就会看见浑身鲜血、目露凶光的婷悦已经近在咫尺。

我疯狂地往前跑，直到小麦跑不动的时候，我才发现已经回到了灯光明亮的商业街。当看见几名从KTV里出来的学生时，我才稍微觉得有一点儿安全感，并想起方树还身处险境，便立即掏出手机报警……

听完黎恺敏的叙述后，我对案发时的情况已有了初步的了解，跟我之前的推断相似，凶手是有实体的“人”，而非虚无缥缈的鬼魅。当然，以一个正常女生的体能，是不可能以如此残暴的方式杀死身形肥壮的死者，所以凶手极有可能并不是人。

但倘若凶手并不是人，那又会是什么呢？为了解开这个疑问，我必须先确认其身份，于是便向黎恺敏求证，他是否确定凶手就是沈婷悦。

他默默点头：“虽然当晚她的模样很奇怪，满身都是污泥，仿佛刚从泥土里钻出来似的，但是我能确定她就是婷悦。”

“为何如此肯定？”

“那是因为……”他的神色略显尴尬，“婷悦是我们学院的院花，我之前曾经追求过她，可惜被她拒绝了。虽然我们做不成情侣，但平时还是有来往的，所以不可能认错。”

既然幸存者已确定了凶手的身份，那么接下来就该把重点放在这个名叫沈婷悦的女生身上了，于是我便问道：“能告诉我有关她的事情吗？听说她好像已经失踪了一段时间。”

“这件事很奇怪。”他满脸疑惑地紧皱眉头。

“何以见得？”我问。

“刚刚结束的省美术作品展，婷悦也有报名参加，而且对此非常重视，希望能凭借这次参展在美术界闯出名堂。可是，在展览快要开始的时候，她却突然失踪了，你不觉得奇怪吗？”

或许，这是一条线索。

第二章　关键疑点

跟黎恺敏道别后，我没有立刻去跟蓁蓁会合，而是往沈婷悦的寝室走了一趟，希望能从她的室友口中了解她的情况。

我根据黎恺敏提供的信息，找到沈婷悦所住的寝室，刚来到寝室门前，便听见几名女生的交谈声从寝室里传出。

“那个叫方树的大胖子，真的是被婷悦杀死的吗？”

“不可能吧，婷悦怎么会杀人呢？她平时那么文静，连大声骂人也不会，别说大胖子了，我怕她连杀鸡的力气也没有。”

“那也不一定，你们没见过她发火而已。”

“她什么时候发火了，我还真的没见过。”

“是啊，我也没见过耶。”

“那次我跟她画画儿时打闹起来，一不小心弄坏了她的画，她气得头发几乎都要竖起来了，像要把我杀掉似的。”

“之后呢？”

“之后嘛，其实也没什么，她只是凶巴巴地推了我一下，然后就不跟我说话了。不过，隔天她却主动向我道歉，害我多不好意思啊，这事明明是我不对。”

很平常的几句闲聊，但已能让我大概了解沈婷悦的性格，也就没必要继续听下去。毕竟偷听人家女生的闺阁密话，不是一件道德的事情，于是我便轻轻敲门。

给我开门的是一位很有朝气的女生，我向她表明身份及来意后，她告诉我她叫赵娜，是这个寝室的室长，也是沈婷悦的同班同学。

随后，我在寝室里向赵娜及其他室友了解沈婷悦的情况，她们你一言、我一语地向我讲述婷悦的为人及家庭背景——

婷悦虽然长得漂亮，却是个文静的女孩子，在外面不怎么说话，总给人一种冷冰冰的感觉，班里的男生给了她一个“冰山美人”的称号。不过，她在寝室里话可挺多的，跟室友几乎无所不谈。虽然她家境不好，但她不是那种过于自卑的人，并没有刻意隐瞒自己的家境。

其实，她的身世也挺可怜的。

她父亲在外面做生意赚了些钱，竟然学人家包二奶。后来二奶给他生了个儿子，他就干脆不要她们母女俩，在她十岁的时候她父亲跟她母亲离婚了。这些年来她父亲几乎没管过她的死活，充其量也就是偶尔打电话过来问问她的情况，不过也只是问候一下而已，有什么状况也别指望他会帮忙解决。就连她上美院的学费，也是母亲跟娘家的亲戚借来的，父亲连一毛钱也没给过。

她母亲没什么文化，靠给人家做保姆把她养大，还供她来这里读书。因为母亲的收入不高，父亲又没给她任何形式的经济支持，所以她平日十分节俭。还好，她在学习方面很出色，不但每次都能拿到奖学金，而且还经常参加一些地方性的小画展，一般都会有收获，在经济上的压力不算很大……

她们非常详细地告诉我有关沈婷悦的情况，但这些并不是我需要的信息，对本案的调查作用不大。我最想知道的，是她为何会在一个月前失踪，以及失踪之前有何异常举动。

“其实也没什么不对劲儿的地方，她在失踪之前一直在准备参加省美术作品展的作品，经常独自在画室里待到很晚。”一名长发女生说。

“这个作品展很重要吗？”我问。

“嗯，对她来说，的确很重要……”说话的是赵娜，因为她跟沈婷悦的关系很好，对这件事比较了解，所以接下来主要是她向我讲述相关情况——

婷悦之所以参加画展，一方面是为了得到奖金继续学业，免得母亲终日为她的学费苦恼，同时她更希望自己的能力得到肯定。说实话，她的画功真的非常好，尤其是在油画方面，每幅油画都画得很有意境。每次跟她一起画画儿，我都会觉得很泄气，她的画功跟我们根本不在一个水平。我想如果不是因为太年轻，她的作品一定能卖出天价。

或许你对这方面不是很了解，美术界基本上都是按资排辈，年轻的画手要闯出名堂并不是一件容易的事情。但是她可不这么想，她认为是金子就总会发光，所以才会经常参加画展，希望在画展中能遇到她生命中的伯乐。

然而，像我们这种小辈，是不可能拿到大型画展的入场券的，只能参加一些地方性的小画展。她之前也在画展中卖过几幅作品，不过价钱就低很多，只能算是帮补一下学费和生活费。毕竟是小画展嘛，来的大多都是些不懂艺术的人，当然不会出较高的价钱，也不会有什么大媒体过来采访报道，拍卖行的买手更加不会在这种地方浪费时间。

虽然如此，但她并没有灰心，依然很努力地画画儿，继续参加各种各样的小画展。可能是皇天不负苦心人吧，前些日子她终于等到一个梦寐以求的机会。

刚结束的省美术作品展，虽然不算是有名的大型画展，但也有不少拍卖行的买手参加，偶尔也有画手通过这类展览一夜成名。而且最重要的是，我们这种毫无名气的新人也有机会参展，对我们来说这是个千载难逢的机会。

不过，虽然我们也有机会参展，但也不是谁都能拿到入场券。因为除了本省一些小有名气的老画家之外，全省各美术学院都会派老师和学生参展，所以参展的名额非常有限。我们学院这么多人，也就只有十个名额，而且光是老师就已经占了一大半，剩下的名额分配到我们这一届的就只有一个。

虽然这个名额的竞争异常激烈，不过就像婷悦说的那样——是金子就总会发光。因为婷悦画功并不比老师们差，而且她之前参加过不少小画展，参展经验非常丰富，所以这个名额落在她手上可以说是众望所归。

她知道自己能参加这个展览后，当然是高兴得不得了，还兴奋得好几晚也睡不着。这不但是个能令她一夜成名的机会，同时也是她学生时代最后一次机会，所以她对此非常紧张，希望能拿出一幅完美的作品参展。

为了创作这幅完美的参展作品，她不但在展览前三个月就已经开始作准备，甚至为了能有个安静的创作环境，竟然跑到旧教学楼三楼的画室里画画儿。旧教学楼因为之前有闹鬼的传闻，所以早就已经没人使用了，平时也没有谁会到那里溜达，的确是非常安静的地方，不过那里晚上也挺吓人的。

开始时，她还会拉我们过去陪她，但去了几次后，她的胆子就大了起来，也就不再强求我们，而是自己一个人去。因为她在这段时间，几乎每夜都会在画室待到深夜，所以她没回宿舍睡觉那晚，我们还以为她在画室里通宵呢！可是，第二天我们才发现她竟然莫名其妙地失踪了……

沈婷悦对这次画展如此重视，按常理不管出于何种理由，她也不会一声不吭地跑掉。唯一的解释恐怕就只有遭遇不测。然而，她失踪前应该是在画室，至少也在学院的范围内。在学院之内能遇到什么不测呢?

我询问赵娜等人，学院里是否经常有学生失踪，以及附近的治安情况。她们说除了沈婷悦外，并没有听说过其他学生失踪的传闻。至于治安问题，除了学院附近有一条小路晚上经常有人抢劫之外，也没什么大问题。

“那条小路很恐怖，不但必须经过一个荒废的墓园，而且还经常有劫匪出没。听说，那墓园里还埋了很多死得不明不白的人呢！”赵娜露出心悸的神色。

“婷悦会走这条路吗？”我问。

“不会，我们都不敢走这条路，就算白天也不敢走。”一女生说。

赵娜似乎猜到我心中的疑惑，补充道：“婷悦一般只有参加画展，或者到商业街买东西才会离开学院，而且通常都会跟我们一起出去，很少单独外出，晚上就更不会一个人跑出去了。”

沈婷悦的失踪到底是怎么回事呢?

我带着这个疑问离开女生宿舍，刚出门口就碰见脸色不太好的蓁蓁。

“你偷偷摸进女生宿舍干吗？”她像审问犯人似的瞪着我。

“什么叫偷偷摸进去啊，我可是光明正大地从正门进去的。”我无奈地耸肩，随即询问她从麦青河口中得到些什么信息。

“阿杨说得没错，这小子果然是鬼话连篇。”虽然她表面上装作若无其事，但健美而曼妙的躯体，却在转述荒诞回忆的过程中不自觉地颤抖起来——

我走进麦青河寝室时，他正蜷缩在被窝里。他的室友告诉我，自方树出事后，他就一直躲被窝里不肯出来，不但没去上课，就连吃饭也是室友替他到食堂打回来的。

我向他表明身份及来意，但他却依旧躲在被窝里不答理我。我一时来气就把他的被子掀了。他像是不能见光似的，立刻惊慌地退到床尾的阴暗角落，双手抱着头不断地叫着“不要抓我，不关我事”之类的话。我说只是找他问话，不是来抓他，但他却仍然不停地重复同样的话，非要我揪着他衣领甩他两巴掌，才能安静一点儿。

（我突然觉得，让蓁蓁去找麦青河问话是个错误的决定，希望对方不会投诉她滥用暴力。)

他安静下来后，我再次道明来意，他才断断续续地给我讲述案发当晚的情况。

他说当晚跟方树、黎恺敏以及另外两个同学去KTV玩儿，之后三人一起回来。在返回学院的途中，他好像说错什么惹怒了方树，因为当时喝得醉醺醺，现在已经记不清说过什么，只记得方树十分生气，想打他一顿，幸好有黎恺敏帮他扛住。

在方黎两人推搡的时候，他突然发现远处有一个诡秘的“东西”向他们“飘”过来。虽然那“东西”跟他们有些距离，但他还是一眼便能认出，对方是一个月前就已经去世的沈婷悦。

他当时被吓得魂不附体，本能地指着远处念着对方的名字。方树以为他吓唬自己，立刻怒火中烧，倚着一身蛮力把恺敏推倒，向他扑过来。正当方树揪着他的衣服，准备打他一顿的时候，恺敏也呆望着远处叫道：“婷悦，真的是婷悦……”

方树猛然回头，发现婷悦的鬼魂正朝着他们“飘”过来，吓得大叫一声“鬼啊”，随即便使尽全身力气逃跑。小麦对正在发呆的恺敏大叫“快跑”，然后就连滚带爬地跟着方树一起逃跑。

可能因为酒喝得太多，他觉得双脚发软，只跑了几步就没了力气，幸好从后面赶上来的恺敏帮了他一把，拖着他一起逃跑。恺敏是篮球队员，平时经常锻炼，跑得比较快，就算拖着他也比方树跑得稍微快一些。

虽然有恺敏拖着他跑，但他还是跑得很吃力，快要跑不动的时候，突然觉得背后有一阵冷风吹过来，一回头便看见婷悦已经追到方树身后，而他跟方树之间的距离就只有一条手臂那么长。他吓得头皮也快要炸开，立刻咬紧牙关，闭上双眼跟着恺敏使劲儿地跑。几秒钟之后，方树的惨叫声便从身后传来。

这惨叫声宛若来自地狱深处，他仿佛看见面目狰狞的婷悦，张开满布獠牙的血盆大口，狠狠地咬着方树的肩膀，把整个肩膀扯掉。纵使紧闭双眼，但血肉横飞的画面还是清晰地浮现于脑海之中，惨绝人寰的叫声犹如厉鬼锋利的指甲，深深地插入他的心窝……

“之后的事情，他就记不住了，他也不知道自己是怎样逃过了女鬼的追杀，我想他大概是吓蒙了。”话至此时，蓁蓁俊俏的脸颊已苍白得难觅血色，我想她大概是完全相信了麦青河所说的话，虽然她表面上并不承认。

同一件事，两名当事人分别说出两个版本，虽然我个人觉得黎恺敏的版本更为客观、可信，但麦青河的版本于我而言也并非毫无用处，因为我从中发现了一个关键性的疑点——他凭什么肯定沈婷悦已经死亡了呢？

这个胆小鬼肯定知道某些秘密，因此我决定亲自去找他，希望能从他口中套取线索。

第三章 携尸夜行

“她死了，她早就死了……她要回来抓我们，先是方树，接着就是我，然后……”

我跟蓁蓁到来麦青河的寝室，询问他如何获悉沈婷悦的死讯时，他只是不断地重复类似的话。看样子他是受惊过度，以至精神状况出了问题。他现在这模样，要从他口中套话可不容易，不过我有我的办法。

“枉死的人往往会冤魂不散，终日在凶手附近徘徊，等待机会报仇雪恨。咦……”我指着寝室一个阴暗的角落，“那里好像有个人影闪过，该不会是我眼花看错了吧！”

他听了我的话如受电击，立刻蜷缩于被窝之中，包裹全身的被子随着瘦削的躯体不断抖动。看来这个法子还挺管用的，于是我又说：“逃避是不能解决问题的，我认识一个道行高深的道长，或许能给你一点儿帮助。不过，你必须把所知道的一切告诉我们，不然我们也爱莫能助。”

他探头出来看了我一眼，犹豫片刻便猛然扑上前抓住我的手求救：“你真的能帮我？”

我向他点了点头：“前提是你必须把一切告诉我们。”

“你想知道什么？只要你能帮我，我什么都告诉你。”他似乎已经忘记我们刚才的谈话了，这证明他的思绪相当混乱，对我来说或许是好事。

我再次向他抛出问题，但这次并没有直接问他为何会肯定沈婷悦已经死亡，而是改问：“你是什么时候获悉沈婷悦的死讯？”

他突然往后退，眼神闪烁，把披在身上的被子裹得更紧，支吾地回答：“她，她死了吗？”他仿佛在刹那间清醒了，对我们变得警惕起来。

“你刚才不就说过吗？我可是亲耳听见的！”蓁蓁怒目瞪着他。

他又往后挪动，不自觉地低头回避我们的目光，怯弱地回答：“有吗？我刚才心里很乱，也不知道自己在说什么。”

我找来一个凳子坐在床前，点上根烟才悠然说道：“你可以什么也不说，但这样我们也帮不了你。我想你的好兄弟在阴曹地府应该很寂寞吧，不过也没关系，我想很快就会有人下去陪他。”

他哆嗦了一下，抬头瞥了我一眼，似乎想说什么，但欲言又止。直到我把指间的香烟抽完，他还是一副犹豫不决的模样。

我把烟头儿塞进床边的空可乐罐里，站起来给他递上名片：“你什么时候想向我们坦白一切就打我电话吧！”说罢，便跟蓁蓁一同离开。

走到门口的时候，我又回头对他说：“希望我们下次见面的地方不会是停尸间。”

“我们这样就回去吗？他肯定有问题，为什么不逼迫他把事情说清楚？”刚走出门口，蓁蓁便不解地问道。

我莞尔一笑：“我没打算现在就回去。”

话刚出口，披着被子的麦青河便从寝室里冲出来，跑到我们前面拦住我们，惊慌地说：“我说，我说，我全都告诉你们。”

麦青河突然改变态度，令蓁蓁大感莫名其妙，她不明就里地看着我，我只给她回以狡黠的微笑。

刚才我把烟头儿塞进可乐罐时，偷偷把一粒整人药丸一同放了进去。这种整人药丸外表就像一颗胶囊，但内里装的是一种遇热会产生反应的化学品。在常温下这种药丸并无任何特别之处，但只要温度稍高，譬如放在手心，就会不停地跳动，甚至翻跟斗。我把药丸跟烟头儿一同塞进可乐罐里，烟头儿产生的热力会让药丸剧烈跳动，撞击可乐罐内壁发出奇怪的声音。突然听见莫名其妙的怪声，就算是正常人也会吓一跳，麦青河现在这么神经质，当然会吓个半死。

再次回到寝室，麦青河神经质地审视四周，确定没有异常之后，才开始向我们透露一个可怕的秘密：“婷悦在一个月前就已经死了，是……是被树哥杀死的……”

“什么？”蓁蓁惊讶地叫道，我也十分惊愕。虽然早已猜到麦青河肯定知道某些不可告人的秘密，但没想到竟然如此骇人——如果沈婷悦在一个月前就已经被方树所杀，那么方树的遇害不就是冤魂索命？

不过，在惊愕的同时，我还想到另一个问题：“你怎么会知道？”

“是……是树哥亲口告诉我的……”他刻意回避我的目光。

我严肃地说：“我不觉得杀人是一件值得向别人炫耀的光辉事迹。”

一般而言，凶徒绝不希望别人知道自己犯下命案，更不会随便告知别人，甚至会为掩饰罪行而杀害知情者。毕竟消息一旦流传出去，凶徒的处境将会非常危险。

他低头不语，似乎在思索该如何圆谎，我不想跟他浪费时间，指着他严词斥责：“杀死沈婷悦的人其实是你！”

“不是，不是，她不是我杀的……”他不住地摆手摇头。

“如果沈婷悦不是你杀死的，如果她的死跟你毫无关系，你干吗会害怕她回来要你的命！”我义正词严地指出他的漏洞。

“她真的不是我杀的，真的……”他紧裹身上的被子不停地颤抖，断断续续地向我们道出真相——

我的性格比较孤僻，虽然在美院待了三年多，但也就只交到树哥、恺敏这几个朋友。不过我跟树哥特别投缘，是称兄道弟的铁哥们儿。我还记得刚进美院的时候，经常被一些老生欺负，要不是树哥替我出头，我恐怕早就退学了。

一个月前，树哥请我到外面吃消夜。要是平时，我们俩吃消夜只会去路边摊儿，但那晚他不知道为什么特别豪气，竟然请我下馆子，还点了很多菜。我们边喝酒边吹牛皮，聊着聊着他突然问我敢不敢跟他干一件大事。当时几杯啤酒刚下肚，什么也没想就跟他说：“树哥，你要我做什么，只管说就是了。只要是你让我干的，我有哪次会说半个‘不’字。”

“好兄弟，待会儿我带你去打靶，我们两兄弟一起爽一把。”

他告诉我，婷悦获得省美术作品展的参展资格，为了能安静地创作参展作品，近段时间每晚都一个人去旧教学楼三楼的画室画画儿，并且在那里待到很晚。

旧教学楼之前曾经闹过鬼，晚上一般不会有人进去，而且附近也没几个人影。所以不管画室里发生什么事，也不会有人知道，就算在那里把婷悦强奸了，也不会有人知道……

听完他的话后，我吓了一大跳，虽然平时我偶尔也会跟他一起做点儿坏事，但也只是欺负新生，敲点儿零花钱而已。可是，这次他竟然叫我跟他一起去强奸婷悦！

这可是要坐牢的事情，我以为他只是喝了几杯酒，跟我开开玩笑。但没想到他竟然是认真的，还跟我说："别怕，没事的，不过是玩儿个妞儿而已，就算天塌下来也有我扛着。"

他虽然说得像去找小姐那么轻松，但我不是没脑袋的，当然知道会有什么后果，这可不是他说扛就能扛得住的。可是，刚才又已经答应了他，现在也不好退缩，只好跟他说："要是婷悦报警怎么办？"

"她敢！她要是吱一声儿，我就立刻把她埋了！"他掏出了手机，在我面前扬了扬，"我们爽完再给她拍几张裸照，看她敢拿我们怎样！"

他摆出一副势在必行的姿态，我怎么说他也不听，反而一再怂恿我。说实话，婷悦是我们美院的院花，不但样子长得漂亮，身材也很棒，是很多男生性幻想的对象，我心里也挺想跟她做那种事。

酒壮人胆，再加上树哥的怂恿，我稀里糊涂地就答应了。

那晚，学院特别安静，在通往旧教学楼的路上，一个人影儿也没有，几乎每走一步都能听见自己的脚步声。

"今晚这么安静，真是天助我也！"因为一路上也没遇到什么人，树哥非常高兴。可是，我却很想马上就有人出现在眼前，而且最好是熟人，这样或许能让他打消强暴婷悦的念头。然而，就算白天也没多少人会到这里溜达，更何况是深夜？直到我们来到旧教学楼门前，还是没遇到任何人，我的期望也就落空了。

踏进教学楼的那一刻，我的心情很复杂，闹鬼的传闻、漆黑的楼梯，以及对犯罪的忧虑，都使我非常紧张和害怕。可是与此同时，心底又有一丝莫名的兴奋。说到底婷悦也是美院里数一数二的美女，谁不想一亲芳泽呢？

我怀着复杂的心情，跟在树哥身后来到三楼画室门前。他悄然把门打开，门内的光线犹如炙热的火焰喷涌而出，落在我的身上，点燃我心中的恐惧，使我本能地退缩到阴暗的角落。这一刻，我就像一名心虚的小偷，希望能够永远躲藏在没人看见的黑暗角落。

透过门缝儿，我看见秀丽的婷悦在画室里，背向我们认真地画画儿。她画得很专心，在她眼中似乎除了自己的作品之外，整个世界就没有别的事物存在。就连我们走进画室，她也没有察觉。她的目光一刻也没有离开过画布。

树哥示意我守住门口，而他则蹑手蹑脚地走到婷悦身后。其间，我的目光无意间落在画布上。虽然只是无意地瞥了一眼，但马上就被吸引住，这幅油画给我的感觉实在是太震撼了！

画的背景是一间狭小但整洁的房间，床铺、桌椅、炊具全都挤在狭小的空间里，虽然拥挤但并不零乱，而且画得非常细致，我甚至能清楚地看见桌子上那本打开了的作业本以及文具盒里的铅笔。

处于油画中央的是一名悲痛欲绝的妇女，头上的几缕白发跟她三十来岁的面容形成反衬，让人一眼就能看出这是一个生活于社会底层、因终日劳碌而过早虚耗青春的落魄女人。她右手拿着的菜刀，刀刃涂上了鲜艳的红色，而在她左手的手腕上，鲜血正妖冶美艳地绽放着。

一只瘦小、嫩白的手臂，从画面边缘向妇人伸出，似乎是想阻止妇人自残。可是，手臂主人的力量却又如此渺小……

整幅油画的色调虽然非常阴暗压抑，却又层次分明，尤其是从妇人手腕流出的鲜血，简直妖艳得让人窒息。虽然只是看了一眼，但瞬间就能让人感受到画中的意境——饱受欺凌的妇人，为摆脱命运的蹂躏，选择结束自己的生命。她的孩子目睹这可怕的一幕，于惊慌失措中伸手阻止，但孩子的力量却是如此的渺小，只能眼睁睁地看着母亲离开人世。

这幅油画描绘的是母亲，但要表达的却是孩子的恐惧、彷徨与无助。

我被这幅油画深深吸引，根本没注意到树哥是怎样把婷悦按倒在地上，怎样扯掉她的上衣。让我回过神来的是一抹鲜艳的红色——被按在地上的婷悦，随手捡起一支蘸有红色颜料的油画笔，把末端折断后在树哥的手臂上刮了一下。树哥痛得大叫，甩了她一巴掌，并夺过画笔，气愤地掷到一边。画笔不偏不倚，刚好落到油画中央，落在妇人的脸上，在这幅几近完成的惊世之作中，留下一抹鲜血般的艳红。

婷悦看见自己的作品被毁，立即变得激动起来，瘦弱的躯体虽然被树哥压住，但还是不停地挣扎。树哥因为手臂被划伤，勃然大怒地甩了她几巴掌后，死死地掐着她的脖子，直到她不再挣扎为止……

死了，婷悦就这样被树哥活活地掐死了。

发现婷悦已经断气后，树哥跟我都很惊慌。不过他很快就冷静下来了，低头思索片刻后，便自言自语地说："没有人看见我们进来，这个时间也不会有人在附近溜达，只要我们把她藏起来，就不会有人知道今晚发生了什么事……"

我们把画室收拾好，然后先由我探路，树哥抱起婷悦的尸体跟在后面，蹑手蹑脚地朝学院后墙走去。我专挑些僻静且阴暗的小路走，虽然一路上也没有被人发现，但有一具尸体在身后，难免会让人感到毛骨悚然。

我们本来打算翻过学院后墙，在外面随便找个地方把尸体埋掉。可是翻越围墙后，树哥突然改变主意，跟我说："把尸体随处乱埋很容易被人发现，不如我们把她埋到附近那个墓园里。那里平日连鬼影儿也没一个，而且还埋了不少无名尸，就算尸体被人发现也不会有问题。"

他说得虽然很有道理，但那地方白天都让人觉得阴森恐怖，晚上就更加可怕了。要到那里埋尸，我心里是千百万个不愿意，但他却坚持要埋到那里，我也只好听从他的意思。

你们没法想象我当时有多害怕，从进入墓园那一刻开始，我就觉得头皮发麻，没尿裤子已经算不错了。

当晚的月色本来就不太明亮，再加上墓园四周长满高大的榕树，遮挡了大部分光线，所以墓园里非常阴暗。而且墓园像荒废了很长时间似的，遍地杂草丛生，有些地方甚至长到膝盖的高度。在树影的掩映下，仿佛随时会有一条腐烂的手臂从草丛中伸出来，抓住我们的脚，把我们拉进地狱深渊。

我就是在这种一步一惊心的情况下，跟树哥走进墓园。当看见那些隐匿于杂草中的墓碑时，我就更加害怕了，因为每一块墓碑下都埋着一具尸体、都有一个多年未受香火拜祭的饿鬼。

我叫树哥把婷悦的尸体随便丢进草丛里，尽快离开这个可怕的地方，反正这种地方也不会有人过来。但是他却说不怕一万，只怕万一，非要把尸体埋在墓园最深处。

我们没带挖掘工具，只好在附近找些石头树枝之类的东西挖坑。我很害怕在挖坑的过程中会挖出另一具尸体，因为我之前听一些老生说过，经常有黑道大哥杀人灭口后，把尸体埋在这里。

幸运的是，我们并没有挖出另一具尸体。

我们草草地挖了个很浅的坑就把尸体丢进去，在埋土的时候，朦胧的月光悄然落在婷悦的脸上。自从她断气之后，我还是第一次正面看她的脸，虽然只是看了一眼，但她恐怖的面容却经常出现在我梦中——散乱的长发、铁青的脸色、微凸的双眼、细长的舌头构成了一张令人心惊胆战的面容，每每于午夜梦回后，让我颤抖到天亮……

如果沈婷悦真的于一个月前就已经被杀害，那么这宗案子也太可怕了！虽然看麦青河的惊慌模样，应该没有撒谎，但终究是他的一家之言，必须找到实质证据才能验证他所说的话。

要证明他所言非虚，最直接的方法就是找出沈婷悦的尸体。

第四章　夜探荒墓

离开麦青河的寝室时，已经是深夜时分。

虽然我一再要求他带我们到埋藏沈婷悦尸体的墓园，但他却死活也不肯去，哪怕蓁蓁以拘捕他相威胁，他还是不肯就范："我宁愿坐牢也不要再去那个可怕的地方，上次要不是喝多了，我也不会稀里糊涂地跟着树哥他们走那条该死的小路。要是我现在跟你们再去一次，肯定会像树哥那样被婷悦杀死。"

其实，我们现在还不能拘捕他，虽然他已经承认协助方树杀害沈婷悦及埋藏受害者尸体，但这都是他自己说的，没有任何证据支持他的口供。因此，在找到沈婷悦的尸体之前，我们只能任由他继续在宿舍里待着，只是叮嘱他的室友多留意他，别让他单独离开学院的范围。不过以他现在的状况，应该也不会到处乱跑。毕竟在他眼中，任何地方都有危险，最安全的莫过于自己的被窝。

我们根据麦青河的描述，从学院后门离开，然后沿着一条僻静的小路来到一大片阴森的榕树林前，墓园就在榕树林里面。

于朦胧的月色下，我们缓步走进榕树林。这里的榕树不但长得高大，而且枝叶茂盛，阻隔了本来就非常微弱的光线，步入林中几乎伸手不见五指。幸好我们带了手电筒，不然就只能摸黑进入这个阴森恐怖的地方了。

借助手电筒的光线，我在榕树林中发现了一个小型牌匾，虽然油漆已经掉落了不少，但还是能辨识出牌匾上写着"陈氏墓园"四字。我想，这就是我们要找的地方了。

正当我准备进入墓园时，蓁蓁突然发出一声惊恐的尖叫，并躲在我身后扯着我的衣服不住地颤抖。我问她看见了什么，她把头埋在我背后，往一棵榕树上指了指，声音颤抖地说："树上面有东西飘来飘去。"

我用手电筒往树上一照，心里突然慌了一下，差点儿没叫出来。树上并没有虚无缥缈的鬼魅，只有一只猫，但并不是普通的猫，而是一具风干的猫尸。

我往周围查看了一下，发现猫尸不止一具，墓园入口两旁的榕树，每棵树上都挂了两三具猫尸。这些猫尸都是以红色绳子套着脖子吊在树上，感觉就像集体上吊自杀一样。虽然只是猫的尸体，但随凄凉的晚风左右晃动的模样挺可怕的，而且还是在墓园入口这种诡异的地方。

"谁这么残忍，竟然杀死这么多猫，真是变态！"蓁蓁怯弱地骂道。

我摇了摇头："我想这跟变态不变态没有关系，这些猫尸都已经风干了，应该挂了好些年头，如果只是恶作剧，早就会有人把它们解下来。据说把死猫吊在树上是会招来厄运的，在墓园入口吊着这么多猫尸，居住在附近的人不可能视而不见。除非……"

"除非什么？"

"除非是墓园的主人，或者附近的居民挂上去的。"

"他们为什么要这么做呢？不恶心吗？"蓁蓁露出厌恶的神色。

"可能是某种仪式吧！这里地处偏僻之壤，有某些独特的风俗也不稀奇。"

接受完数十具猫尸列队"欢迎"后，我们怀着不安的心情走进诡秘的陈氏墓园。

踏入墓园的那一刻，我开始明白麦青河为何会如此害怕，这里的确像他说的那样，非常阴森恐怖。

高大茂密的榕树林包围了整个墓园，不但阻隔了大部分光线，还使温度明显下降。在手电筒的光线照射下，每一棵榕树后面仿佛都隐藏着一个来自地狱深渊的恶鬼，不时从树后探出狰狞的脸，窥视我们的一举一动。

偌大的墓园内杂草丛生，墓碑于长及膝盖的杂草中若隐若现，宛若贪婪的饿鬼，伺机偷袭误闯墓园的迷途旅客，以求用新鲜的血肉填满永远也吃不饱的肚子。

不过，最让人感到不安的是，在这里我没有听见任何蛙声虫鸣，仿佛进入了毫无生命气息的幽冥地带。

蓁蓁突然哆嗦了一下，不知道是因为觉得冷还是因为害怕，或许她也觉得有某些东西藏匿于黑暗之中。

“你有没有觉得奇怪？”我向蓁蓁问道。

“哪里奇怪？”她往漆黑的四周张望，脸色很不自然。

“祭祀先人是一件很重要的事情，尤其是在乡村地区，清明节的重要性不比春节低。可是，这个墓园竟然荒废成这个样子，你不觉得奇怪吗？”

“有什么好奇怪的，可能这些先人的子孙都外出打工了，没时间回来拜祭祖先。”她虽然嘴巴上逞强，但身体却微微颤抖，并不自觉地往我身旁靠。

“不可能，你看……”我移动手电筒，往四周的墓碑照了一遍，“这是一个家族墓园，以墓碑的数量推测，这个家族的子孙没一百也有好几十人，就算当中的年轻劳动力都外出务工，留下来的老人肯定会定期前来拜祭。”

“可能因为拆迁等原因，整个家族都搬走了。”她有意无意地扯着我的衣服。

“就算是后人搬迁，也不可能长期不回来拜祭祖先啊！”我摇了摇头，“百善以孝为先，拜祭先人是孝道最重要的一种表达形式，年轻人可能会觉得没什么，但老一辈对此却非常重视。就算是搬迁到很远的地方，至少也会隔三五年回来一趟拜祭祖先吧！可是看这里的情况，起码有十年八载没人打理过。”

我带着疑惑走到一块墓碑前，拨开周围的杂草，希望能从碑文中找到解开疑团的线索。然而，碑文还没看清楚，新的疑问又出现了——墓碑后面是一个大坑。

“坟墓的主人还没下葬吗？”蓁蓁问道。

我观看墓碑，上面写着坟主为陈石，死于三十多年前。再观看墓坑，坑内长满了杂草，显然不是新挖的。接着我又查看周围的坟墓，竟然发现墓园内的所有坟墓都是空坟，只有墓碑及长满杂草的墓坑。

也许长时间的沉默让蓁蓁感到害怕，她又问道：“这些都是还没来得及下葬的空坟吗？”

“不可能。”我思索片刻后解释道，“有墓才有碑，随便一个从事殡葬行业的人都知道，必须在坟主下葬之后才能立墓碑，不然就会成为空坟。空坟就像空房子那样，有可能会被别人霸占。不过霸占空坟的不是人，而是游魂野鬼。”

“你别吓唬我，你又不是背死尸的，怎么会知道这些事。”蓁蓁的目光掠过周围的墓坑，脸色立刻煞白起来，仿佛每个墓坑都藏着无数游魂野鬼。

我耸肩道：“这些事都是流年告诉我的，但凡跟尸体有关的事，他或多或少都知道些。之前他曾经跟我说过，有些后人为了择黄道吉日，会在坟主下葬后两三年才立碑，但绝对不会先立碑后下葬。”

“那么，这里的空坟是怎么回事？”

“肯定是下葬后再挖出来。”

“为什么要这样做呢？”

“不好说。”

我仔细地查看每一座坟墓。根据碑文所示，这些坟墓的立碑时间，最短也有十多年，最长的有近七十年。墓坑因为经过风雨的洗刷，而且又被杂草覆盖，难以判断是什么时候挖的，不过应该是在同一时期，而且挖掘得非常仓促。

“你怎么知道挖掘时很仓促？”蓁蓁皱起眉头问。

“还不是因为这些墓碑。”我走到一个墓坑前给她解释，“墓碑相当于地府的房产证，坟主必须凭着房产证才能入户，不然就是黑户，也就是游魂野鬼。而且有碑无主的空坟会被游魂野鬼霸占，还会滋扰坟主的后人。”

“难道陈氏后人都死光了，所以没人打理这个墓园？”

我没好气地回答：“要是他们死光了，还有谁来挖坟？”

“如果是陈氏后人挖坟，那就不可能不处理这些墓碑啊！”原来她也有聪明的时候。

如果挖坟的是陈家后人，他们肯定会连墓碑也一起搬走。如果不是陈家后人，没事来挖人家祖宗的坟墓干吗？这里只不过是普通人家的家族墓园，不见得会有值钱的陪葬品。

这里到底发生了什么事呢？

虽然种种奇怪现象令我感到好奇，但我可不想待在这里慢慢研究。还是赶紧去找沈婷悦的尸体，尽早离开这个阴森恐怖的地方为妙。反正我们调查的是美院凶案，又不是陈氏家族的历史。

麦青河说墓园之内虽然杂草丛生，但在最深处却有一块寸草不生的空地，沈婷悦的尸体就埋在那块空地里。

我们穿过零乱的墓坑来到墓园深处，这里果然有一块不长草的空地。在杂草丛生的墓园里，这块空地格外显眼，纵使园内漆黑一团，还是一下子就能找到。不过我们在空地并没有发现沈婷悦的尸体，只看见一个令人头皮发麻的人形浅坑。

“到底是怎么回事啊？”蓁蓁看着足下的浅坑，身体不住地颤抖。

我仔细检查浅坑的情况，发现泥土松散，应该是近期挖的，但又不像是用工具从地面往下挖掘。从坑边的泥土堆积情况判断，这些泥土似乎是从浅坑里面，由内而外地翻出来的。

一阵彻骨的寒意使我不自觉地颤抖起来，可怕的画面随即于脑海中浮现——松散的泥土朝外飞散，一只腐烂不堪的手臂从泥土下冲天而出。墓园的宁静瞬间消失，取而代之的是来自地狱的呻吟。头发散乱、面目狰狞的尸体缓缓地从泥土下爬出来，血红色的双眼闪烁着愤怒的凶光……

沈婷悦诈尸了？

正当我为眼前的事实感到困惑时，蓁蓁悄悄扯了扯我的衣服，我问她什么事，她朱唇抖动，似乎想说话，但又没能说出来，只是示意我望向墓园边缘的榕树。

我朝她示意的方向望过去，首先入目的是一双于漆黑中发出诡异光芒的眼睛。那是一双藏匿于高大榕树旁的眼睛，它的主人是一个长发披散的女性身影，正于黑暗中窥探我们的一举一动。

难道……是沈婷悦？

对方显然已经察觉我们发现了她的存在，急忙转身往园外逃走。这可能是一条关键线索，我当然不能让她从眼皮下溜走，便立刻拉着蓁蓁追上去。

前方的身影移动得非常快，感觉不是在跑而是“飘”，而且对方似乎非常熟识附近的地形，就连蓁蓁这四肢发达的家伙也追得很吃力，我就更不用说了。虽然我是刑警，但每次体能测试都只是蒙混过关，追了一会儿就已经吃不消，步伐不由缓慢起来。眼看跟对方已拉开了一段不短的距离，蓁蓁便着急起来，一把拉着我奋起直追。然而，对方的速度实在太快了，再这样下去，早晚会被对方甩掉。于是我便叫蓁蓁别管我，先追上去再说。

可是，蓁蓁却面露难色：“如果她是个女鬼怎么办？”

长生天啊，都什么时候了，还怕这怕那！

就在我以为会被对方甩掉的时候，对方竟然放慢了脚步。虽然她依然跟我们保持着一段不短的距离，但步伐明显放慢了。随后我因为跑不动而停了下来，她居然也在前方停下来等我们。

奇怪了，她到底有什么目的呢？

不管她葫芦里卖的是万艾可（伟哥），还是毒鼠强，我们也不能轻易放过她。半夜三更到荒废的墓园溜达，就算她不是沈婷悦，肯定也大有问题，极有可能跟这宗案子有关。于是我稍微喘了一口气，便跟蓁蓁继续追上去。

对方像鬼魅般在我们前方约一百米处飘荡，不管我们如何使劲儿地追，始终也没能拉近距离。大概追了十分钟，我们便来到一个偌大的鱼塘前。

鱼塘面积五亩左右，塘水非常清澈，而且水面没有一丝波纹，宛若一面放在地上的巨大镜子。或许是受到前方那个鬼魅般的女性身影的影响，虽然这里很平静，但我却总觉得有一股诡秘的气息，说不清楚到底是哪里不对劲儿。还好，除了在前方飘荡的鬼魅身影外，我们在这里并没有遇到奇怪的事情。

绕过鱼塘之后，鬼魅般的身影把我们引进了一段曲折的田间小路，随后便进入一个宁静的村庄。我们于九曲十八弯的狭窄巷子之中追逐着她，没一会儿就被她甩掉了。

“奇怪了，怎么不见踪影了呢？”蓁蓁茫然地四处张望，脸色渐渐变得苍白，“我们该不会真的见鬼了吧？”

刚才我们跟不上她的步伐时，她会故意放慢脚步，甚至停下来等我们。但此时却不见踪影，似乎是特意把我们引来这里。她是否有某些不可告人的目的呢？

不管她葫芦里卖什么药，我可不想放弃任何线索，既然她把我们引到这个村子里，那么这里应该会有我们想要的东西。或者说，这里必定有她想让我们知道的某些信息。因此，我打算跟蓁蓁在附近调查一下，希望能发现有价值的线索。

此时已是凌晨两点多，村内各家各户皆关门闭户，整个村庄宛若一个巨大而肃静的墓园。我们在村里转了一圈儿，并没有发现那个疑似沈婷悦的鬼魅身影，不过也并非毫无收获，因为我们发现治保会的灯还亮着，似乎正有人在值班。

或许，我们能从治保会那里获取一些有价值的信息。

第五章　荫尸传说

昏黄的灯火、蒙尘的地面、破旧的家具……治保会内的一切皆散发着一股破败的慵懒气息。这里有两个人值班，一个五十来岁的老头子正躺在破旧的皮沙发上睡觉，另一个二十出头的青年则在看着电视机里播放的无聊节目，并不断地打哈欠。

我刚向自称阿忠的青年道明来意后，他便一脸煞白地问道："什么？你们是从墓园追过来的！"

"是啊，有什么问题吗？"蓁蓁不解地问道。

阿忠的脸色很难看，身体也微微颤抖："那可不得了，我们村里的人晚上绝对不会靠近墓园。"

蓁蓁的好奇心似乎被挑起了，急切追问："为什么？墓园有鬼怪吗？"

"那里，那里……"阿忠的嘴角抖动，好一会儿才把话说出口，"那里有僵尸！"

"僵尸？世上真的有这种东西吗？"蓁蓁不自觉地颤抖起来。

"你们在吵什么啊？"我们谈话的声音把正在睡觉的老头子吵醒了。

"基叔，他们是警察……"阿忠把我们刚才的谈话，简要地告诉这位名叫基叔的老头子。

基叔知道我们在墓园发现一个诡秘的身影后，脸色也顿时煞白，睁大双眼看着我们，过了好一会儿才问道："你们真的在墓园里看见人影了？"在得到肯定的回答后，他又说，"不可能啊，墓园已经废弃了十多年，怎么还会有僵尸出没呢？"

我皱起眉头："这么说，那里之前真的有僵尸出没了？"

"那已经是十多年前的事了……"基叔点了根烟，瘦弱的他于颤抖中向我们讲述墓园荒弃的经过——

我们村有个叫陈强的家伙，因为他伯父陈贵是村长，所以他用很低的价钱承包了村里的鱼塘。就是村口那个大鱼塘，你们从墓园跑过来的时候，应该有看见吧！我们村之所以叫塘仔村，就是因为这个大鱼塘。

因为有村长撑腰，所以陈强的鱼塘经营得很顺利。几年下来可赚了不少钱，又买车又盖房，娶媳妇儿时还请上全村人喝喜酒。不过，他也就风光了这几年，自从他们家的老太爷下葬后，鱼塘就出问题了。

他的鱼塘里本来养满了鱼，多得都快要挤出水面了。可是，有一天他捞鱼出水的时候，却发现鱼塘里的鱼莫名其妙地少了一大半。开始时，他怀疑鱼塘受到污染，又或者鱼塘里的鱼患上传染病死了。但仔细一想又觉得不对，鱼死了肯定会浮上水面，可他却没发现有这种情况。而且他捞上来的鱼都很生猛，一点儿生病的迹象也没有。

因此，他又怀疑会不会是夜里有人来偷鱼。

他特意请人到鱼塘守夜，守了个把月也没发现有人偷鱼。可是，他下水检查鱼的数量时，却发现跟之前相比又少了一大半。他想可能是守夜人偷懒，没帮他把鱼塘看好，可是一连换了几个，情况还是一样。每次下水检查，他都觉得塘里的鱼明显比之前少了很多。

后来，他干脆自己去守夜，结果还是没发现有人偷鱼，但是鱼的数量依然不断地减少。虽然他一再添补鱼苗，可是这鱼塘就像个无底洞，怎么塞也塞不满，收成比之前锐减了六七成。

他左思右想也不明白到底出了什么问题，只好花钱请了几个养鱼经验丰富的养殖户过来帮忙找原因，可是终究也没找出问题所在。

塘仔村就这么一个巴掌大的地方，而且鱼塘的怪事又持续了两三年，早已在村民口中传开，大家都怀疑鱼塘里面藏着什么怪物。怕哪天怪物把鱼塘里的鱼都吃光了，说不定会跳出来吃人，闹得人心惶惶。

陈贵也怕这事早晚会牵扯出大乱子，影响到自己的官位，于是就叫陈强干脆把塘水抽干，剩下的鱼能卖的都卖掉，换上新的鱼苗重新养殖。

陈强当时已经用尽了所有方法，但仍没找出鱼塘到底出了什么问题，只好听从陈贵的吩咐，抽水“干塘”卖掉剩下的鱼，然后再下鱼苗重新养殖。他本以为这样就不会再出问题，可是新鱼苗还没养大，数量就已经开始减少，一批鱼苗放进鱼塘里用不着一个月竟然全都没了。之后接连放两批鱼苗下鱼塘，结果还是一样，不到一个月便全部都消失得无影无踪。

虽然说承包价低得几乎是白送，但鱼苗可是要花钱买啊，再这样下去早晚会把老本赔光。就在陈强打算放弃承包鱼塘的时候，突然想起鱼塘好像是在老太爷过世后不久才开始出现问题的，不禁怀疑会不会是家族墓园的风水出了问题。

他把这个想法告诉陈贵，陈贵也觉得这件事不简单，而且村民早已就鱼塘的怪事议论纷纷，作为村长总得做点儿事安抚人心。

为了平息这件事，陈贵请来了风水师傅，带着家族里的所有男丁及部分村民一起去查看墓园的风水。我那时候就已经在治保会工作了，所以也被叫去做跟班。

风水师傅一进墓园就觉得不对劲儿，拿着罗盘在墓园里走来走去。陈贵问他怎么回事，他什么也没说，只是不停地摇头。后来，他走到老太爷坟前，拿着罗盘捣弄了半天才开口说："不好了，不好了，谁这么缺德坏了这里的地气。你们马上拿工具过来，趁现在是正午把这坟挖开。"

挖坟可不是小事，陈贵当然不敢轻易答应，连忙问到底是怎么回事。风水师傅也没解释什么，只说必须马上把老太爷的尸体挖出来，不然会出大乱子，鱼塘的怪事只是个开端，再不动手还不知道会有什么大麻烦。

只见之前一直神色自若的风水师傅，此刻紧张得满头大汗，陈贵不禁也着急起来，立刻叫我和其他随行的治安队员去找来工具，把老太爷的坟挖开。

开始时，我们都不知道风水师傅在搞什么鬼，以为他只不过故弄玄虚，想多敲点儿钱而已。不过撬开棺盖那一刻，我们都吓呆了。

老太爷咋说也已经下葬了三四个年头，可是身体不但完全没有腐烂，而且指甲还长得老长，头发也长了不少。更可怕的是，他的眼睛竟然还半睁着，看上去就像是个躺在棺材里的活人，感觉随时会跳出来咬人。

我当场就被吓呆了，要不是一个伙计拉我，我也不知道往后撤。我们都往四周散开，可陈贵的孙子不知道是吃错药，还是鬼上身，竟然跑到棺材前面叫了声"太公"。

他这一叫，老太爷居然坐了起来！

墓园被高大的榕树包围，就算是正午也有种阴森的感觉，而老太爷这一坐可真把我们的胆子全都给吓破了，如果是晚上肯定会有人吓得尿裤子。死了三四年的人竟然还能坐起来，谁知道他会不会真的跳出来咬人。同行的人大多都被吓跑了，我虽然也想跑，可他妈的竟然双腿发软，想跑也跑不动。

风水师傅还有点儿真本事，冲上前把陈贵的孙子扯到后面，从兜里掏出一张道符贴到老太爷的额头上，按着他的额头顺势把他压下去，让他躺回棺材里。

随后，风水师傅告诉我们，墓园被人做了手脚，破坏了附近的地气，使这里变成养尸地。老太爷下葬后，尸体不但没有腐烂，而且还不停地吸收附近的地气，变成了“荫尸”。鱼塘里的鱼之所以莫名其妙地消失，就是被他“吸”掉的。

幸好及时发现，要是再过些日子，老太爷的眼睛会越睁越大，到完全睁开的时候，眼珠还能转动，再假以时日便会破土而出到处害人，甚至祸害一方。本来以现在的情况，他还不能活动，但刚才陈贵的孙子在棺材前开口泄了阳气，他就顺着这道阳气坐了起来。

风水师傅让陈贵当场把老太爷的尸体火化，还吩咐要立刻把墓园里其他尸体都挖出来，迁移到别的地方安葬，这个墓园以后也不能安葬任何尸体。

陈贵当时被吓得三魂不见七魄，对方说什么他就毫无遗漏地照办，不但立刻火化老太爷的尸体，还把整个墓园翻了个底朝天，把所有先人的遗体都挖了出来连夜迁坟。

之后，风水师傅又让陈贵派人在墓园入口两旁的榕树上，吊上两排死猫，还洒了一地狗血，说“死猫树上吊，死狗随水流”能安魂封墓。封墓之后，墓园就是游魂野鬼的世界，生人切勿踏足。尤其是凌晨一点至三点这段时间，谁进墓园谁倒霉。

自此以后，陈家墓园就荒弃了，我们村里的人就算是白天也不会去那里……

听完墓园荒弃经过后，我心里有几个问题，于是便逐一向基叔发问：“据我所知，强制火葬在本地已经实行了超过二十年，老太爷为什么还能土葬呢？”

“这是老太爷自己要求的，咳……”基叔大概因为说话太多，喉干咳嗽，喝了口茶才继续说，“他可算是死得不是时候，刚赶上强制火葬。老人家思想很传统，生前一再强调死后一定要土葬，怕火葬会把他烧得魂飞魄散。陈贵也算是有点儿孝心，动用了不少关系，钱也没少花，硬是给老太爷弄来个华侨身份，使他能够土葬。没想到，这反倒害了自己的亲人。”

“是谁在墓园动的手脚？”这是第二个问题。

“这个问题我们吹牛皮时经常会谈到。”基叔笑了笑，不过马上就收起笑容，“陈贵虽然是村长，但平时跟我们也挺聊得来，人缘还算不错，应该没得罪过什么人。如果说有人要害他，我想大概就只有冯刚一个。”

“这个冯刚是什么人？”这是由第二个问题引申出来的问题。

“是个做生意的，兜里有几个钱。”基叔又喝了口茶，“他之前跟陈贵一起竞选村长，因为陈贵的家族人丁兴旺，而且人缘也不错，村里的人大多都支持他，几乎肯定能选上。

“不过，冯刚也不是省油的灯，为了能选上村长不惜下血本，砸了好几万，又是请客又是送礼，村里几乎每家每户都有份儿。陈贵也不甘示弱，同样给村民请客送礼，花了不少钱，终于当上了村长。冯刚可能因为花了这几万冤枉钱，一直记恨在心，所以暗中找人到墓园动了手脚吧！”

“这人也真是的，自己先用下三烂的手段，选不上村长还暗中动人家的祖坟。”蓁蓁愤愤不平地说。

基叔点头道：“可能是报应吧，他后来也不好过。当年风水师傅就说，做这种事最损阴德，跟陈贵说没必要花心思去找给墓园动手脚的人，因为老天爷自会收拾他。自从墓园荒废后，冯刚的生意就开始出问题，两年不到便赔个精光。后来还得了癌症，五六年前就死了。”

“那无名尸又是怎么回事？听说墓园里埋了很多无名尸呢。”这本来是我第三个问题，不过蓁蓁替我问了。

基叔皱着眉头思索片刻，突然恍然大悟：“哦，我想起来了，应该是美术学院的学生跟你们说的吧！”

我跟蓁蓁一同点头，他解释道：“前几年，那里的确是出了命案。当时有个学生抄近路，从墓园附近返回美院，途中被两个小混混抢劫。那学生也不是个好招惹的主儿，跟小混混打起来，被捅几刀之后挂了。小混混怕东窗事发，把尸体扔到墓园附近，之后就跑到外省去了。幸好这两个小混混没有把尸体扔到墓园里面，要不然可能会弄出更大的乱子。这案子被你们警察侦破之后，我们怕还会有学生出事。于是就让学校的领导骗他们说，这段路经常有贼匪出没，不但抢劫而且还会杀人灭口，墓园里遍地都是受害者的尸体。后来，这事在学生口中流传，越传越离谱，说墓园是藏尸圣地，经常有黑道大哥杀人后，把尸体埋里面。不过这也没关系，反正我们只是不想学生走那条小路，所以就懒得去解释。”

如果陈氏墓园真的发生了如此可怕的事情，那么我们看见的人影会不会是已经变成“荫尸”的沈婷悦呢?

或许，我们该到法医处走一趟，方树的尸体说不定能为我们提供一些线索。

第六章　荫尸再现

“嘿，阿慕，蓁蓁，你们这么早就来找我了！”

每次来到法医处，流年总会张开双臂欢迎我，当他身上那股终年不散的尸臭味扑面而来时，我总有一脚把他踹飞的冲动。不过，怎么说也是来找他办事，总不能不给他一点儿面子，只好立刻闪身到蓁蓁背后，免得沾上他的尸臭。

“靠，你用得着这样对我吗！”他瞪了我一眼，随即又换上笑脸，热情地伸出双手，准备跟蓁蓁握手。

蓁蓁跟我来的次数多了，早就知道该怎样对付这个猥琐法医，立刻把双手藏到身后，露出友善的笑容：“早啊，叶医生。”

流年没趣地摊开双手：“你们是为省美术学院的案子而来的吧？”

我没好气地说：“要不然我们一大早来找你干吗？！”

“我突然想起一个师弟闹的笑话。”他不怀好意地笑着。

蓁蓁好奇问道：“是什么笑话呢？”

“是这样的……”他故作神秘地笑了笑，“我有一个师弟暗恋一个师妹，想跟人家约会但又找不到借口，只好跟人家说：嘿，今晚有空儿跟我去看尸体吗？”

“你不觉得这个笑话很土吗？”蓁蓁不屑地瞥了他一眼。

“嗯，的确是很土，但是现在不就有人在用吗？哈哈……”他突然对着我大笑，分明是取笑我以看尸体为借口，跟蓁蓁约会。

蓁蓁愣住片刻后，似乎已明白他的意思，虽然没有做声，但俊俏的脸颊骤然红润起来。

开过玩笑后，流年把我们领进解剖室，在这里我们看见一具被白布盖着的尸体。流年特意提醒蓁蓁，死者的死状很可怕，叫她作好心理准备。

眼前的情景让我想起诡案组成立后调查的第一宗案子——医大女鬼案。这两宗案子有很多类似的地方，同样是三名夜归学子受袭，同样是疑似与鬼魅等超自然力量有关。但这次幸存者有两个，而不是一个。

“准备好没有？”流年说着便把白布掀开。

白布之下是一名全身赤裸的年轻男性尸体，体形较为肥胖，给人一种孔武有力的感觉。他要是还活着，我肯定打不过他，更别说徒手把他杀死。然而，此刻他却无助地躺在冰冷的解剖台上，以遍体的伤痕诉说死前所受的痛苦。

尸身遍布可怕的伤痕，铁青的脸颊上，左眼球不知所踪，右额的伤口使头骨暴露于空气之中，从形状判断应该是被咬的，我甚至能看见留在头骨上的牙印。整具尸体从头到脚基本上没有一块儿完整的皮肤，牙齿及指甲留下的伤痕覆盖了整个躯体，虽然经过处理，但仍让人触目惊心。

在众多的伤口中，最令人畏惧的是喉咙上的血洞，我想这应该是致命一击。

流年拿着报告，准备给我们讲述死者的情况时，蓁蓁突然飞扑到垃圾筒旁，“丢弃”肚子里的早餐。

我无奈地摇头：“真不知道你这刑警是怎么当的。”虽然已跟我处理过不少命案，但她对恶心事物的承受能力仍有待提高。

流年耸肩道：“女生嘛，觉得恶心也很正常。”

我严肃地点头：“这个我明白，要练成你这样的变态，不是一朝一夕的事情……靠，你想干吗？！”流年竟然把盖尸体的白布披到我头上。

打闹过后，流年换上了严肃的表情，向我们讲述死者的情况：“死者方树，二十二岁，身上共有抓痕四十五道，被咬的伤口共有七处，其中喉咙部位的伤口为致命伤，血液堵塞气管导致窒息死亡。”

我看着尸体脖子上的可怕伤口，皱眉问道：“确定是被凶手徒手杀害？”

流年放下手中的报告，没好气地回答：“不用作尸检也能确定好不好。”

事实的确如此，光凭尸体脖子上的血洞，就知道死者是被凶手以最原始、最野蛮的方式杀死的。现在的问题是，正常人有可能做到吗？如果说凶手是头野兽，那么此案便毫无悬疑。但问题是柔弱的沈婷悦有可能做到吗？难道她真的变成了“荫尸”？

“这道伤痕是怎么回事？”我注意到死者手臂上有一道已经愈合的伤痕。

流年往死者手臂瞥了一眼："从愈合程度推断，大概是一个月前弄上的，可能是被树枝之类的东西刮伤，跟本案应该没有直接关联。"

麦青河曾经说过，方树对沈婷悦施暴时，手臂上被对方用折断的画笔划伤，这道伤痕从侧面验证了他没有撒谎。

我把已知的情况告诉流年，询问他的看法。他皱眉思索片刻后答道："我曾经听说过这样一件事，一名妇女为解救被压在车轮下的儿子，徒手把重达数吨的汽车掀翻。"

"那是活人的情况，但沈婷悦很可能已经死了。"我说。

他摇头道："这不是生死的问题，而是潜能的问题。人的潜能是无限的，当然，要把潜能激发出来，必须有特定的条件。只要能把潜能激发出来，超越生死也不是没有可能。你没发觉在众多电视剧当中，某些角色就算身受重伤，也非得把话说完才死吗？其实这不一定是因为编剧蹩脚，事实上坚定的意志往往能让临终之人强撑一段时间，这在医院的重症病房是很常见的事情。不过像沈婷悦这样的情况，似乎就撑得太久了。或许，还能有别的解释……"

我给他抛了根烟，催促道："别卖关子，想到什么就赶紧说吧！"

"我们到外面再说。"也许是出于对尸体的尊重，流年很少会在尸体面前抽烟，虽然他经常会对着尸体吃饭。

在解剖室门外，点燃香烟后，流年便向我问道："知道什么是丧尸吗？"

"听说过，你认为沈婷悦变成了丧尸，而不是荫尸？"

"不管是丧尸还是荫尸，都是僵尸中的一种，不过两者的形成稍有区别。不妨先说说，你脑海里的丧尸是什么模样。"他悠然地抽着烟。

流年突然抛出这个古怪论调，必定有其独到的见解，于是我便把所知道的说了出来："据我所知，所谓的丧尸是巫师以秘术将活人直接转化而成，虽然力大无穷，但行动缓慢，而且没有思考能力，只能任由巫师摆布。在失去巫师控制的情况下，他们只能以动物的原始本能生存，会因鲜血的味道而疯狂，速度突然加快，以求在第一时间用新鲜的血肉填满肚子。"

"这只不过是道听途说的传闻罢了。"他轻轻摇头，"其实，丧尸并非幻想中的产物，实际上它们的确存在于这个世界。"

"真的有这东西吗？"

蓁蓁虽然流露出些许畏惧，但同时亦摩拳擦掌，似乎已经从刚才的呕吐中恢复过来。只要对方是有形的实体，而非虚无缥缈的鬼魅，她便有打倒对方的信心。当然，如果对方是一具腐烂不堪的尸体，那么我会有所保留。

“当然有了，但跟你们想象中不太一样。”他抽了口烟又道，“在通常情况下，丧尸是由巫师用秘术制造出来的。不过，所谓的秘术实质是通过药物使活人变成‘活死人’，再配合声乐、气味等刺激方式加以控制。简单而言，丧尸就是还没死透的活人。因为受到药物的影响，掌管思考的大脑严重受损，所以只保留低等动物般的思考能力，譬如找寻食物、攻击敌人等等。同时因为大脑受损而引发变异，使他们变得力大无穷。但相对而言，他们小脑的功能保存得比较完整，所以纵使行动缓慢，但基本上能像活人般活动。”

他把烟头儿掐灭后，又继续说：“这年头，会驱使丧尸的巫师恐怕世上难寻几个。但我倒听说过，活人在特定的情况下，也会变成丧尸。”

“是什么情况呢？”或许是因为好奇，蓁蓁的畏惧之色已荡然无存。

流年答道：“刚才已经说了，丧尸其实是大脑严重受损的活人。所以，头部受创、窒息、中毒等情况，都有可能使活人变成丧尸。当然，只是‘有可能’而已，概率比中彩票头奖还低。”

“废话！”我白了他一眼，“我这辈子就没听说过有哪个彩票头奖得主是有名有姓的。”

他耸肩道：“我只是打个比方而已，反正这种事虽然发生的概率微乎其微，但也不是绝无可能。”

虽然活人因意外而变成丧尸可说是万中无一，但也不是绝无可能。而且据麦青河所说，沈婷悦是被方树掐脖子以致窒息死亡，而窒息又是其中一个能使活人变成丧尸的诱因……

如果事实真的像流年所说，沈婷悦因窒息而变成了丧尸，那么很多疑问都能得到解决，现在的问题就只剩下怎样把她找出来。

返回诡案组办公室后，我立刻向老大汇报调查情况，他闭目思索片刻后问道：“你有什么看法？”

我点了根烟悠然作答：“悦桐带技术队的伙计去陈氏墓园调查过，已经确定人形浅坑是由里而外造成的。也就是说，有人被埋在泥土里，然后自己爬出来。而且按体形推断，被埋的人应该是女性，体形清瘦，身高一米六左右。根据这些身体特征判断，被埋的人很可能是沈婷悦。”

“那就不好办了，死而复生可不能写进报告里。”老大嘴角含笑，狡黠的小眼睛滴溜溜地转动，不知道在想什么鬼主意。

我无奈地摊开双手：“你不相信也没办法，事实的确如此，沈婷悦死后又活过来了。而且她很可能已经变成了荫尸，或者丧尸之类的僵尸，并且杀害方树，这些都是有证据支持的事实。”

“是不是事实，还得等找到她才能确定。”他露出不怀好意的笑容，“好吧，我就当你说的都是事实。现在我给你三天时间，不管是荫尸还是丧尸，你给我抓一个回来。”

我跳起来叫道：“苍天啊，你以为是抓流浪犬吗？才三天时间，你让我上哪儿给你把沈婷悦抓回来？”

他盯着电脑屏幕上的股市行情，悠悠然地说：“放心，我相信你自有办法。”

“现在沈婷悦到底躲在哪里，我们并没有多少线索，只知道她的活动范围，有可能是在陈氏墓园及塘仔村附近。可是这附近全是荒山野岭，她随便找个山沟躲起来，也够我们找十天半月，只有三天哪能把她找出来。你起码也得给我一个星期吧，或者你给我安排一队武警来帮忙，这样或许能早些找到她……”

就在我跟老大讨价还价时，办公桌上的电话响起来。老大接过电话后，皱着眉头说：“现在有线索了，姓麦的小子死了，他杀，死状跟之前那名死者类似。”

我愣了一下，随即瘫在椅子上，有气无力地说：“这叫什么线索啊，这只能说明沈婷悦的活动范围比我想象的还要大。你可知道省美术学院有多大？而且周边都是鸟不下蛋的鬼地方，她随便爬到一棵树上，就够我们找两个月了。”

老大狡黠地笑了笑：“我可没说姓麦的小子是在美院里被杀的。”

“什么？”我惊愕地看着他，“不是美院，会是哪里？我之前见他的时候，他连宿舍门也不敢出呢！”

“阿杨说他是在塘仔村附近的商业街遇害的，详细情况你到了现场再慢慢了解吧！”

“嗯，我现在就去。”

我走到门口准备出去的时候，老大诡诈的声音从身后传来："别忘记你只有三天时间。"

第七章　案中有案

塘仔村附近有一条小型商业街，麻雀虽小，但五脏俱全。便利店、食肆、网吧、KTV应有尽有，主要做美院学生的生意。

商业街有两条路能通往美院，其中一条是途经陈氏墓园的僻静小路，另一条是相对宽敞明亮的马路，不过走这条路得花上更多时间。麦青河的尸体就是在这条马路上、距离商业街约五百米的路边草丛中被发现的。

我跟蓁蓁赶到现场时，首先看见的是一个劲儿抽烟的阿杨，黎恺敏及另外一男一女正在他身旁接受问话。这对男女的衣着十分时尚，应该是腰缠万贯的纨绔子弟。不过男生上身只穿着一件纤薄的丝质衬衫，在这清凉的季节显得有些单薄。

阿杨看见我们到来，紧锁的眉头才稍微舒展了些："你总算来了，这里就交给你处理吧。"

我向黎恺敏点了下头，然后问阿杨："什么状况？"

"今早凌晨四点多，110报警中心接到许梓轩打来的求助电话。"阿杨往身边那位男生指了一下，"他报案说他的同学麦青河失踪了。本来调个人来就行，报案中心不会让我们出警，但是他说麦青河有可能被鬼怪袭击，把接警的姑娘吓到了。毕竟这里前几天才出了宗可怕的案子，所以我们就立刻赶过来了解情况，没想到还真的出了状况。"

阿杨把烟丢到地上踩灭，随即又点上一根："我们赶到时，大概是清晨五点钟，当时天还没亮，而这附近又树比人多，要找个人可不容易。我先跟这三位同学了解了一下情况，然后给美院的保安室打电话，确认麦青河没有回去。到了六点左右，天色亮起来才开始搜寻工作，找了两个多小时终于在这里找到了他的尸体。"

尸体躺在距离马路边缘约五米的草丛里，因为杂草生长得非常茂密，且长及膝盖，所以我并没看到尸体的状况。不过，我暂时也没打算过去，因为流年正在验尸，而且悦桐跟技术队的伙计也在尸体周围搜集证物。所以，我的目光落在黎恺敏及他身旁的一男一女身上。

“黎恺敏你应该见过了吧？这两位是他的同学……”阿杨给我介绍身旁的这对男女，“这位是许梓轩，这位是刘婧岚。”随后，他便翘起双手把这案子推到我身上。

我把这三名学生领到一旁，向他们询问昨晚的情况。他们的情绪略显激动，尤其是刘婧岚，一直哭个不停。这也是理所当然的，昨天还活生生的同伴，此刻却躺在五米外的草丛里。还好，许梓轩较为冷静一些，抽了一根烟后便向我讲述事情的经过——

自从方树出事之后，小麦就一直躲在宿舍里不肯出来。作为朋友，我实在不想他继续这样消沉下去，所以昨晚就叫他到KTV玩儿。我本想给他解闷，别老是想着方树的事，可是他却死活也不肯出来，我只好跟恺敏硬把他拖出来。

酒的确是好东西，他刚进包厢时还愁眉苦脸，我们怎么逗他也一声不吭。但喝了几杯之后他便活跃起来，开始跟我们一起唱歌、划拳。之后他越喝越来劲儿，大概到了凌晨的时候，就已经跟平时没什么两样了。

看他玩儿得这么开心，我心里才松了一口气，就跟他们说反正难得高兴，就别停下来。先玩儿到天亮，明天再跷一天课，想怎么玩儿就怎么玩儿，一切花费全包在我身上。

一听见我说费用全包，他就更加兴奋，一个劲儿地跟我们拼酒。可能因为兴奋过头吧，平时他的酒量虽然不怎么样，但这时却能一杯接一杯地喝。我跟恺敏没他状态好，没过多久就挂了，瘫在沙发上休息。岚岚也喝了不少，软塌塌地挨在我身上，可他却还一手拿着酒瓶，一手拿着麦克风独自寻欢作乐。

因为实在喝了不少，我觉得有点儿困，打了一会儿瞌睡。其间，小麦推了我几下，说烟抽光了。我明明记得进KTV之前，在门外买了三包烟，应该没这么快抽完。可是我当时实在太困了，就没想那么多，迷迷糊糊地把钱包掏出来塞给他，然后合上眼继续睡觉。不知道过了多久，又有人推我，这回我有些恼火，眼睛还没睁开就叫骂：“又缺什么了？”

然而，当我睁开眼睛时却发现，推我的人原来是恺敏，于是就问他怎么了。他问我小麦去了哪里，我说好像是买烟去了。他又问去了多久。我挠了下头说不知道，因为我刚才睡着了。

我看了看手表，原来这时已经是凌晨三点多。印象中我们喝挂的时候大概是零时三十分，小麦去买烟时应该不超过一点，而KTV门外的便利店就能买到烟，不可能去两个多小时啊！

联想到方树的事情，我们都慌起来，打算马上结账出去找小麦。可这时我才发现刚才把钱包给他了，身上连一分钱也没有，只好让岚岚去埋单。

我们到KTV门外的便利店，问店主刚才是不是有一个戴眼镜的学生过来买烟。店主说的确是有个眼镜男来买烟，不过已经是两三小时之前的事情。之后我们到处去找小麦，恺敏还给宿舍的同学打电话，但他并没有回宿舍，在附近也没找到他。情急之下，我们只好报警……

按照许梓轩的叙述，麦青河在外出买烟之后，就再也没有人见过他，由此推断他很可能是在返回KTV时受到袭击。不过，他之前一直害怕沈婷悦会找他报仇，不敢踏出宿舍大门半步，此时又怎么会独自跑到僻静的地方呢？

虽然与陈氏墓园外的小路相比，这条有路灯的马路要明亮得多。但毕竟是偏远地区，除了美院的学子外，其他人一般不会走这条路。在夜半三更的时分，更是鬼影也没一个。按理说麦青河应该不会独自跑到这里来，难道他是死后被移尸至此？

在没有证据的情况下胡乱猜测，只是浪费时间的行为，要知道事实的真相，最直接的方式还是让证据说话，于是我走向麦青河的尸体。

“这里是凶案第一现场吗？”我问正在验尸的流年，同时亦对尸体作一番观察。

与之前的死者方树相似，麦青河的尸体同样是惨不忍睹，上身的衣服被撕得支离破碎，身上全是抓咬的伤痕，喉咙上的血洞明显是致命伤。虽然只是简单的观察，但基本上能肯定杀死他的就是杀害方树的凶手。两者的行凶手法基本一致，都是野兽般的残暴撕咬，常人难以做到。

“你看看周围的血迹就知道了。”流年指着附近杂草上已凝固的血迹。

我仔细查看周围的杂草，发现一条长约二十米的血路，歪歪斜斜地从马路边缘延伸过来，当中有一处血迹特别多，且有一些染有血迹的蓝色布条散落在血路旁边。

由此推断，凶手应该是在马路上袭击死者，死者慌不择路地往草丛逃走。但没走多远外衣就被凶手扯掉，并立刻撕个粉碎。死者在惯性作用下摔倒，狼狈地爬起来继续逃走，可惜很快又被凶手扑倒，且再也没能爬起来。

这又回到我刚才的疑问中——死者为何会独自跑到这里？

如果他是在商业街被凶手追赶，他必定会跑进KTV，或者其他人多的地方。虽然夜半三更行人稀少，但至少KTV对面的便利店仍然营业，怎么会跑到距离商业街超过五百米的草丛？

他从外出买烟开始，才离开众人的视线，问题应该就出在这里，或许我能从便利店的店主口里得到一些信息。

正当我准备跟蓁蓁前往商业街调查时，正跟许梓轩谈话的悦桐突然把我叫住。我走过去问她有什么发现，她用夹子夹着一个湿漉漉的钱包向我展示："在旁边的小溪里发现的。"

"是我的钱包。"许梓轩说。

我戴上技术队伙计递过来的手套，粗略地检查了一下，发现钱包是空的，里面什么都没有，便问许梓轩："钱包本来装了些什么？"

"大约两千元现金，三张信用卡，还有学生证、KTV的VIP卡之类的东西……"

"还有我们的大头照呢！"刘婧岚喃喃自语地补充道，"这大头照我可喜欢了……"

"你不是也有一张吗？哪天有空儿去copy（复印）一张就行了。"许梓轩把女友搂进怀里加以安慰。

刘婧岚从手袋里掏出钱包，并打开查看，稍感安慰地说："还好，我这张还在。"

我突然觉得，在这女生心目中，丢失喜欢的大头照，或许比同伴突然离世更让她感到难过。因此，我不禁感到好奇，偷偷往她钱包瞅了一眼。钱包里的大头照其实并没有任何特别之处，只是她跟许梓轩对着镜头做出非主流的表情而已。

悦桐用夹子把钱包放进证物袋里，并问道："你有什么想法？"

"不排除抢劫的可能。"我边说边往外走。

悦桐和蓁蓁会意地跟在我身后，与许梓轩等人稍微拉开距离，悦桐便小声说："我才不信你的鬼话。"

我笑道："凶手的目的肯定不是劫财，却故意制造劫财的假象。"

"既然不为钱，那为什么要拿钱包里的钱呢？"蓁蓁不解问道。

“那我就不知道了，不过如果只是求财，就没必要拿现金及信用卡以外的东西。而且我不认为现金和信用卡对僵尸能起什么作用。”

“你还认为凶手是僵尸吗？”悦桐似乎话中有话。

“你有发现？”我向她投以期待的目光。

“暂时没有。”她娇媚地笑了笑，“待会儿给你电话。”

悦桐完成证物搜集工作时，流年亦已经对死者作完初步尸检，准备把尸体运回法医处再作进一步检验。继续停留在现场似乎也不会有什么发现，所以我跟蓁蓁便移步到商业街，希望在那里能找到一些线索。

或许因为时间尚早，拥有数十间店铺的商业街显得十分冷清，除了几家卖早餐的食肆外，大部分店铺还没开门营业。还好，我们此行没有白走，许梓轩所说的便利店仍开着店门。

我们进入便利店时，并没看见店主，一连叫了几声才见一名中年男人从收银台后面爬出来。原来店主刚才一直躺在收银台后的帆布床上睡觉。我向他表明身份后，询问他昨晚的事情。

“我叫陈锋，是塘仔村的村民……”作自我介绍后，他便开始回答我的问题。然而他的回答跟阿杨所说的差不多，昨晚大概凌晨一点，有个眼镜男过来买了两包软中华，除此之外并没能提供更多的信息。

在交谈期间，偶尔有学生来买烟或饮料之类的东西，待他闲下来后，我便笑道：“你想多休息一会儿也不容易啊。”

“没办法啦，像我这种没念几年书的土包子，就只能混口辛苦饭吃。”他打了个哈欠后，冲我露出憨厚的笑容，“你们别看我这只是家小店，如果没有特别的事，一天到晚也不会关门。”随后，他给我说了很多琐碎事，当中包括商业街的由来。

原来商业街并不是由政府规划兴建的，而是塘仔村的村民自发建成。自美院落成之后，便有不少学生租住塘仔村的出租屋，有村民看准当中的商机，便在到美院的必经之地开设店铺，久而久之就成为现在的商业街。

跟他闲聊了好一会儿后，并没得到有用的信息，于是我便打算离开。然而，就在我们准备离开的时候，一名十五六岁的少年走进店里，并对陈锋说：“爸，昨晚我回去后，是不是出大乱子了？”

陈锋点头道：“是啊，去美院那条路上死了个人，你没事就别往那边钻。”

少年吃惊地大张嘴巴：“靠，我才回去睡了一觉，怎么又死人了。”

“这是你儿子吗？”蓁蓁向陈锋问道。

“是啊，这个不中用的臭小子是我儿子阿光。”陈锋憨厚地点头。

“他们是谁啊？”阿光以不友善的目光打量我跟蓁蓁。

陈锋伸手用力地在他头上敲了一下，骂道：“你这是什么态度啊，人家是警察。”

“就知道打我。”阿光揉着头不忿地瞪着父亲，“还不快回去喂猪，把猪都饿死了，看你妈怎么收拾你！”

陈锋举起手又想打他，但他却机灵地逃到蓁蓁身后，并向蓁蓁求救：“打人啦，打人啦，我要报警抓他。”

陈锋气得双目大睁，骂道：“我才要报警抓你这臭小子，天天偷我的钱去泡网吧，昨晚又鬼混到什么时候？”

阿光从蓁蓁身后探出头来，不屑地瞥了他一眼：“昨晚大爷我RP（人品）爆发，爆了两件极品装备，一点左右就回家睡觉了。”

本来父子间的打闹，外人不便多言，但听见阿光说一点左右回家，我不由多口一问：“你回家的时候，有看见这个男生吗？”

我取出麦青河的相片让他辨认，他看了一眼就说：“哦，这不就是小麦嘛，我昨晚有看见他。”

“你认识他？”我略感愕然。

“我早就认识他了，他跟我一个工会，老缠着我带他打BOSS（网络游戏中难度较大、奖励较高、出现在关键时刻的人物或怪物），烦死了。”他傲气地扬了下头，“不过，听说他前几天好像出了什么事，都好几天没见他来网吧练级了，可昨晚又突然冒出来了。”

“你什么时候看见过他？当时有特别的事发生吗？”这是我最关心的问题。

“当时大概是一点吧，我刚从网吧出来，看见他从这里走出来，然后就走向KTV。”他带我们走到店外，给我们指示当时的位置，“他走到KTV门口时，里面有个人走出来搂住他的肩膀，不知道在跟他说什么，之后他们就往美院那边走了。”

“跟他一起的是什么人？你认识吗？”性急的蓁蓁替我问了这个关键性的

问题。

“那时我刚从网吧出来，跟KTV的距离有些远。”他往百米开外的网吧指了指，“而且那人一直背着我，我没看清楚他长什么样子。不过他的背影挺眼熟的，应该是经常跟小麦混在一起的那帮人中的一个吧！”

奇怪了，麦青河去买烟的时候，同行的朋友应该都醉卧在KTV的包厢里，那到底是谁出来找他的呢？从阿光的叙述看来，麦青河是自愿跟对方离开，之后很可能是前往凶案现场。以他的心理状况，不可能随便跟别人到僻静的地方，除非对方是他最信任的人。

虽然阿光不清楚带走麦青河的是什么人，但我可不想放弃这条关键线索，于是便问道：“你还记得那人的衣着吗？”

阿光思索片刻后说：“他好像是穿着蓝色外套。”

第八章　逮捕疑凶

散落于凶案现场的蓝色布条，很可能是在凶手袭击死者的过程中，被撕碎的外套碎片。由此推断，外套应该是属于死者的，所以我便向阿光确认一个极其重要的问题：“穿蓝色外套的是麦青河还是带他离开的人？”

“小麦当时穿的是黑色外套，带走他的人才是穿蓝色的。”阿光回答得十分肯定。

阿光提供的信息使案情变得更加扑朔迷离，以行凶手法判断，杀害麦青河跟方树的凶手应该是同一人。而杀害方树的凶手已经确定是沈婷悦，麦青河光是听到她的名字也会浑身发抖，当然不会跟她到僻静的地方。

难道沈婷悦有帮凶？

就在我为此感到疑惑之际，手机突然响起，是悦桐的来电。电话接通后，我急切问道：“有新发现吗？”

“其实也不算新发现，只是确认了一件事。”

“是什么事？”没有新发现虽然令我略感失望，但我还是急切地想知道她确认了什么。

“刚才在小溪发现钱包时，我就觉得奇怪，小溪跟凶案现场的距离可以说不远也不近，为何凶手把钱包丢在小溪里，而不是别的地方。现在我总算明白了……”悦桐卖关子般沉默片刻后，自信的声音又再从手机听筒传来，“凶手之所以把钱包丢到小溪里，是因为他曾经用溪水洗刷钱包上的指纹。”

“难道凶手把钱包扔到小溪里，是为了掩饰洗刷痕迹？”我问。

“这几乎是肯定的，可惜他矫枉过正，不但用溪水，还用野草洗刷钱包，在钱包表面留下了细微的刮痕。”

我突然感到一阵眩晕，看来我之前的判断是错的，如果凶手是已变成僵尸的沈婷悦，根本没有必要清除钱包上的指纹。凶手这么做，原因就只有一个：“凶手是死者身边的人！”

“而且钱包里有凶手必须要得到的东西。”悦桐补充道。

“凶手需要的是什么？钱包里不就只有现金、信用卡，以及VIP卡、学生证之类的东西，我实在想不到有什么值得冒险留下罪证，除非凶手只不过是个求财的小毛贼。”我的思绪开始变得混乱。

悦桐事不关己地说：“这个问题还是留给你去挠破脑袋吧，我只管在证物上找线索。”

苦恼之际，许梓轩于凉风中微微颤抖的画面突然于脑海中闪现，于是便问：“检查过凶案现场的蓝色布条吗？”

“这些破布条就在我面前，你想到些什么？”

“我怀疑这是凶手的衣服。”

“……”悦桐立刻展开工作。

片刻之后，听筒传来她的惊呼：“还真的有问题，之前一直以为这是死者的衣服，所以没有多加留意。”

“发现了什么？”

“血迹是由外溅射到衣服表面，而不是由内渗出的。也就是说，凶案发生时，这件衣服穿在凶手身上。”

我已经知道杀害麦青河的凶手是谁了，不过我还要确认一件事。挂掉悦桐的电话后，我立刻致电流年。

电话刚接通，听筒便传来流年不安的声音：“我正准备给你打电话。你现在来我这一趟，我想给你看些东西。”

“有什么发现吗？”

“过来再说。”

挂掉电话后，我跟蓁蓁立刻赶赴法医处，流年就在解剖室门口等我们，从他焦急的神色判断，他应该发现了一件很可怕的事情。

我们刚走到流年面前，他便急不可耐地说："杀害两名死者的不是同一个凶手。"

"何以见得？"

"我刚才对两名死者身上被撕咬的伤口作了对比，发现两者伤口的形状有明显区别。方树身上的伤口，以直径及牙齿留下的痕迹判断，是成年女性造成的；而麦青河身上的伤口，显然是由成年男性留下的。"

"我想，我已经知道杀害麦青河的凶手是谁了。"我把所知道的信息告诉他。

"单凭一件外套的碎片，并不能确定凶手的身份。最起码你还不能确定这件外套的主人就是你推断的那位。"

"我自有办法找到证据。"

新证据推翻了我之前的假设，杀害麦青河的凶手并非沈婷悦。虽然凶手故意布下迷局，但我已经知道他是谁了。

麦青河曾经说过，他在美院的朋友并不多，能取得他信任、让他自愿跟随对方到偏僻地方的就更加凤毛麟角了——除了昨晚跟他一同到KTV的三人外，应该就没有第四个。根据阿光提供的信息，疑凶昨晚穿着蓝色外套，而这件外套显然就是已被撕成碎片、散落在凶案现场的蓝色布条。

凶手应该是在行凶后，发现外套沾满了死者的鲜血，于是便把外套扯成碎片，伪装成死者的外套散落于凶案现场，企图蒙混过关。

若以上假设成立，那么凶手就是在这清凉季节却只穿纤薄衬衫的许梓轩！

然而，纵使诸多疑问我都能作出合理的假设，但有一点我却始终也想不通，那就是许梓轩为何会拥有野兽般的力量。难道他也变成了僵尸？又或者他跟沈婷悦有某些不为人知的关系，并从对方身上得到某种力量？

不管怎样，他跟沈婷悦肯定脱不了关系。幸好这些问题都不重要，反正把他抓回局里，总有办法能让他开口。当务之急是怎么才能把他抓回去。

蓁蓁虽然是散打冠军，但凶手能徒手残暴地杀害麦青河，她不见得有绝对把握制伏对方。因此，我给老大打了个电话，叫他派雪晴过来帮忙。雪晴带有配枪，有她同行会比较安全。

许梓轩昨晚一夜未眠，今天应该没有去美院上课。因此，跟雪晴会合后，我就给阿杨打了个电话，询问他许梓轩的住处。今早他的手下给许梓轩做笔录时，应该有登记住所等信息。

“要他的地址是吧？你等一下。”听筒传出短暂的翻弄文件声音，“找到了，他住在塘仔村……”

虽然在院外租房的美院学生大多都租住在塘仔村，但当我听见这个意料之中的住址时，却有片刻的迟疑，因为我突然想起在陈氏墓园出现的鬼魅身影。如果那个身影就是沈婷悦，那她刻意把我们引到塘仔村是否想给我们暗示些什么呢？会不会跟租住在塘仔村的许梓轩有关？

或许这件事另有文章，但不管怎样，也得先把许梓轩抓回来。

塘仔村并不大，所以我们没有花多长时间就找到了许梓轩的住处。这是一间两层的单栋楼房，与其说是出租屋，还不如说是简陋的别墅。虽然有些许陈旧，但环境十分安静，而且房前还有一个小花园。

印象中，我跟蓁蓁追逐那个鬼魅身影时，好像曾从这栋房子前经过，随后被对方引进狭窄的巷子里甩掉。

此时天色已经开始暗下来，房子二楼的灯亮了，并且有节奏强劲的音乐从房子里传出，应该有人在里面。然而，我敲门敲了老半天也没有人给我们开门，正思量着是否该破门而入时，大门却突然开启。

给我们开门的是刘婧岚，她的样子有些狼狈，只穿着短裙及“小可爱”。而且纤薄的“小可爱”上，还突出两颗若隐若现的“草莓”，由此可见她并没有穿内衣。

在家中穿着随意是很正常的事情，之所以说她狼狈，是因为她潮红的脸色及略显零乱的秀发——谁看见她这模样，也知道她刚才正在做什么。

“今天早上不是已经把事情说清楚了吗，还有什么要问呢？”大概因为好事被迫中断，坏了心情，所以她的语气极不耐烦。

“其实也没什么，只是有些细节想跟你们确认一下。”我挤出一副友善的表情，“你昨晚穿的外套是什么颜色呢？”

“绿色。”面对我这个无聊的问题，她显得更不耐烦，还抱怨起来，“你早上没看见吗？昨晚整晚没睡，好不容易才睡一会儿，你们就来敲门。”

从早上到现在都已经过了近八小时，如果只是睡觉应该足够了，她这么说只不过是想掩饰刚才正在跟爱郎翻云覆雨，免得尴尬而已。

此时房子里传来许梓轩的声音：“岚岚，是谁啊？怎么还不上来。”

“马上就来。”她回头答应了一句，不耐烦地跟我说，“我们还有事，如果没特别的事，就别再骚扰我们好不好。”她说完就想把门关上。

我伸腿把门顶住，隔着门缝儿对她说：“我再问一件事就走。”

“问吧，我们还有事。”

许梓轩的催促显然使她心情变得焦急，这对来我来说是好事，于是便抓紧机会问道：“许梓轩昨晚穿的外套是什么颜色？”

“蓝色。”

她说完就想把门关上，但我可不会让她这么做，稍微使劲儿把门推开。她往后退了一步，杏眼圆睁，瞪着我叫道：“你们想干吗?！别以为自己是警察就能乱来，我跟梓轩的父母都是有头有脸的人，不是你们这些小喽啰能惹得起的！”

“这句话等我把你男朋友抓回去后，你再去跟厅长说吧！”我悠然地点了根烟。

她愣了一下，随即叫道：“你这是什么意思啊！梓轩又没犯事，你们凭什么抓他？”

我吐了口烟，对她露了个笑脸：“还不是凭你刚才的一句话。”

“你少唬人了，我刚才什么也没说。”

“蓝色，你刚才说许梓轩昨晚穿的外套是蓝色，但今天早上我看见他只穿着白色衬衫，他的外套哪里去了呢？”

“他的外套当时放在我手袋里……”她往放在沙发上的手袋看了一眼。

我不请自进地走入客厅，并径直走到沙发前拿起手袋，向她问道：“不介意我看一下里面的东西吧？”

“外套已经拿了出来，不在手袋里。”她的神色略显焦急。

手袋里没有外套是理所当然的，而且这个巴掌大的手袋里也不见得能装下一件男性外套。不过，我在手袋里意外地发现了一样东西——大头照！

我从手袋里取出一张她跟许梓轩一起拍的非主流表情大头照，接着又取出她的钱包，发现钱包里也有一张，于是便问她：“你怎么解释？”

“有什么好解释的啊，我都不知道你在说什么。”她扭过头不答理我。

此时，只穿着短裤的许梓轩从二楼走下来，烦躁地问道：“发生什么事了？”

疑凶一出现，蓁蓁跟雪晴立刻警惕地护在我左右，作好应变准备以防不测。我给她们使了个眼色，示意她们先别打草惊蛇，然后拿着钱包跟大头照向许梓轩扬了扬，佯装轻松地笑道：“没什么，只是希望你们能解释一下，为何会有两张大头照。”

“有两张又怎么样？”他似乎对我们的到来十分不满，言语中饱含敌意。这也是人之常情，正在缠绵的时候被别人打断，谁都会生气。

“今天早上，你们说过这大头照就只有两张，其中一张是放在你的钱包里，被杀害麦青河的凶手连同钱包里的其他东西一同拿走……”我顿了顿又道，“那么，现在其中一张应该落在凶手手中。”

他愣住片刻，随即强作镇定地说：“这有什么稀奇的，我们copy一张不行吗？”

“嗯，理论上是可以复制一张。不过复制照片需要专门的设备，只有大型的冲印店才有这种设备，我可没听说过这附近什么时候开了一间大型冲印店。”

“我们早上打的到城里copy，一个来回还有时间睡上一觉呢！”他表面上虽然振振有词，但显然有些底气不足。

“的确是够时间复制，可惜这张照片并不是复制出来的。”

大头照是连拍的，虽然看上去十分相似，但只要稍加注意就能发现两者之间的细微差别。我把两张大头照放在一起，并指出两张照片中两人的表情略有差异。

“就算这张大头照就是我原来那张，那又能代表什么？反正是我自己的东西，我爱放哪儿就放哪儿，还用得着跟你们交代吗？”他仍在狡辩。

“好吧，就当你之前把钱包里的大头照拿了出来，那你给我解释一下，在凶案现场发现的蓝色外套碎片上，为何会有你的皮肤组织？”虽然悦桐还没来得及化验外套碎片，但刘婧岚刚才已经确认了许梓轩昨晚穿的是蓝色外套，我大可以以此将他一军。

果然，他被我唬到了，连说话也开始结巴：“那，那外套是我借给小麦穿的，有我的皮屑又有什么稀奇。”

“如果是你借给死者穿，那为什么没跟警方交代这件事？”

“我忘记了。”

“哦，那你还记得，麦青河昨晚穿着一件黑色外套吗？他自己也穿着外套，为何还要借你的外套？”

他一时语塞，不知道该如何反驳。我花费这么多唇舌就是为了让他亲口承认，凶案现场的外套碎片是属于他的。现在我已有足够的理由将他拘捕，便对他微笑道：“昨晚有人看见穿着蓝色外套的你，带穿着黑色外套的麦青河到凶案现场，现在你有什么解释呢？”

他愕然地看着我，双眼尽是讶异之色，愣住片刻之后，突然叫骂道：“你他妈的陷害我！”说罢便拿起身旁的电话机向我掷过来……

第九章　离奇失足

我早就料到许梓轩会突然发难，但没想到他竟然不是像野兽般向我扑过来，而是随手拿起身旁的电话机向我掷过来。幸好蓁蓁动作敏捷，一个箭步冲到我前面挥手把电话机打飞，要不然我又得挂彩了。

蓁蓁站在我身前，亮出手铐正义凛然地说：“许梓轩，你涉嫌谋杀麦青河，我们现在正式逮捕你！”

因为许梓轩可能拥有超乎常人的力量，所以我下意识地瞥了雪晴一眼。她似乎已经作好了准备，随时拔枪应对对方的袭击。

然而，就在我躲在蓁蓁身后、准备迎接这场一触即发的大战时，许梓轩却没有向我们扑过来，而是再次随手拿起身边的东西向我们掷过来，而且这次掷过来的竟然是沙发上的靠垫。

当蓁蓁把靠垫打飞后，在我们眼前的就只有被吓呆了的刘婧岚，许梓轩却不见了。

“他从后门跑了！”雪晴猛然冲向楼梯旁边那道半掩的铁门。

我跟蓁蓁见状立刻紧跟着她追上去。

房子后面是一片杂草丛生的空地，某些野草竟然长得比人还高，就像一片密集的玉米田。因为天色昏暗，一时间难以分辨这些野草属于什么品种，当然我也没闲情逸致去钻研这种无关痛痒的问题，紧跟着蓁蓁及雪晴冲进草丛之中。

在进入草丛那一刻，我心里突然闪现一个奇怪的想法，眼前这片犹如迷宫般的草丛，会不会是因为吸收了尸体的养分才生长得如此茂密呢？我很怀疑自己进去后，是否还能活着出来。毕竟这里的野草生长得既高大又密集，就算里面躺着几具尸体也不会被人发现。

如此茂密的草丛是个隐匿的好地方，最起码现在别说许梓轩，就连雪晴我也没看见，只能跟着蓁蓁高翘的臀部，使劲儿地往前跑。如果此时跟蓁蓁失散，我也不知道该到哪里把她捡回来。

遗憾的是，有些事情越不想发生，就越有可能发生。正当我把注意力都集中在蓁蓁的翘臀上时，不知道被什么绊了一跤，摔了个饿狗扑屎。当我爬起来的时候，蓁蓁已经不见踪影。

往四周张望，不管是东南还是西北，除了比人还高的野草外，还是野草。而且此时天色已全黑，根本分辨不了方向。幸好草丛的面积不是很大，还不至于把我困在里面，不过当我走出草丛时，蓁蓁跟雪晴早已不知所踪。

虽然我可以给她们打电话，但就算知道她们现在身在何处，也不见得能帮上忙。毕竟我跑得没她们快，等我累死累活地跑过去时，她们早就不知道又追到什么地方去了。而且跟许梓轩干上时，我可能不但帮不上忙，甚至还会成为负担。

所以，我打算回出租屋等她们的消息。

或许，还能趁机搜集证据。

我享受着乡村的清凉夜风，沿着草丛的边缘缓步返回出租屋。突然，一声尖叫从出租屋里传出，我还没回过神来，就看见一个诡异的人影出现在出租屋后门。

我所处的位置跟出租屋约有三百米的距离，而且此时天色昏暗，所以没能看清楚对方的样貌，但那零乱的长发却让我印象深刻——是在陈氏墓园出现的鬼魅身影——难道是沈婷悦？

对方从出租屋后门走出来时，似乎发现了我，毫不犹豫地冲向密集的草丛。我虽然想追她，但她的动作实在太快了，一下子就钻进草丛当中。根据之前的经验，她要是想甩掉我，我根本追不上。而且我可不想再钻进那片令人不安的草丛，所以就放弃追捕她，转而冲向出租屋，看里面是否出了状况。

刚从后门走进出租屋，我就觉得不对劲儿，客厅内的东西非常零乱，似乎有打斗过的痕迹。而且出奇的安静，一点儿声音也没有，或者说一点儿生气也没有。

果然，当我走到客厅中央时，便发现真的出了状况——刘婧岚倒卧在沙发前的地板上。

我急忙上前试探她的鼻息，发现她已经没有呼吸，却没有看见她身上有明显的外伤。不过，我很快就发现她的死因——颈椎折断。

奇怪了，许梓轩不是沈婷悦的同伙吗？为何要杀死他的女朋友呢？而且她这次并不是像杀方树那样，以最原始、最凶残的方式，而是以可称之为技巧型的折断颈椎的方式。

虽然这些问题令我很迷茫，但我并没有为此多费心神，因为我发现刘婧岚腰间插着一部手机。这部手机应该是许梓轩的，早上我见过他用这部手机打电话。

刚才我并没有看见刘婧岚身上有手机，而且在家中也没有必要把手机这样插在腰间，因此手机很可能是凶手在行凶后，故意放在她身上。联想到之前那个鬼魅的身影，故意把我们引来塘仔村，这一回很可能又想给我暗示些什么。

为了不破坏手机上的指纹，我从茶几上的纸巾筒里取来纸巾，隔着纸巾拿起手机，查看手机的信息。

经过短暂的查阅，我发现手机里储存了大量照片，其中大多是许梓轩与刘婧岚的私密照，但竟然也有不少沈婷悦的照片。这些照片以偷拍的日常照为主，全都是在美院范围内偷拍，绝大部分是以课室为背景。

就在我奇怪许梓轩为何要偷拍沈婷悦的时候，一张可怕的照片便出现于眼前。这是一张沈婷悦的全裸照片，之所以说可怕是因为她零乱的头发遮盖了一大半张脸，露出来的脸颊呈骇人的铁青色。很明显，这张照片是在沈婷悦遇害后拍的。

我查看照片的来源，发现是方树通过彩信发来的，彩信附带的文字内容为“出事了”。我看着这条彩信呆了好一会儿，虽然还不能肯定，但我想我已经知道是怎么一回事了——方树并不是一时兴起才拉麦青河去强暴沈婷悦，他很可能是受许梓轩的指使！

从手机里存有大量偷拍沈婷悦的照片判断，许梓轩必定对这名校花垂涎已久，可惜对方不予理睬，又或者害怕被刘婧岚发现，所以一直未能一亲芳泽，甚至有可能被对方羞辱过。

他可能一直对此念记于心，继而指使方树强暴沈婷悦。方树大方地请麦青河下馆子，大概就是因为从中收取了为数可观的酬劳。

我想他本来的计划并不是杀死沈婷悦，我记得麦青河说过，方树扬言强暴沈婷悦后再拍下裸照要挟。这应该是他原本的计划，让方树拍下对方的裸照，并以此要挟对方。可是，他万万没想到，方树竟然把事情搞砸，而且还闹出人命。

沈婷悦刻意给我提示这条关键线索，表明她早就知道许梓轩才是主谋，那么她跟对方肯定不是同伙。而许梓轩之所以要杀死麦青河，大概是因为他知道太多内情，怕他向警察泄露这些不可告人的秘密，所以杀人灭口。并且刻意以残暴方式行凶，妄图将罪名嫁祸给沈婷悦。

若事实的确如此，那么又会衍生出来另外两个问题：其一，若麦青河的死与沈婷悦无关，许梓轩为何能以如此可怕的方式行凶？其二，倘若沈婷悦已变成僵尸，她又怎么可能如此心思细密呢？

就在我为了这两个问题快要挠破脑袋时，手机突然响起，是蓁蓁的来电。电话接通后，她说了一个让我感到五雷轰顶的消息：“许梓轩死了。”

“什么！”我差点儿没拿稳手机，连忙追问确认。然而不管问多少次，蓁蓁仍是给我同样的回答——许梓轩死了。

“苍天啊，这到底是怎么搞的！我还有很多问题要问他呢，怎么能说死就死啊！”我心有不甘地说。

“你过来再说吧，我们就在村口的鱼塘旁边。”手机彼端的声音略为颤抖。

挂掉蓁蓁的电话后，我便致电给阿杨，叫他过来处理刘婧岚的尸体，随即赶去村口的鱼塘跟蓁蓁她们会合。

来到鱼塘时，我发现已有不少村民在看热闹，基叔等几名治安会队员正在维持秩序。穿过围观的群众，许梓轩的尸体便出现于眼前，他身上唯一的短裤湿透了，赤裸的躯体尽是水珠，脸面苍白如纸。除此之外，并无其他异样，就像躺在地上睡着了一样。

全身湿漉漉的蓁蓁站在尸体旁边，健美的躯体在晚风吹拂下微微颤抖。我脱下外套为她披上，并问她到底发生了什么事。

“我也不知道为什么会这样子……”她抹去沿着头发滴落到脸上的水珠，

一脸无奈地向我讲述事情的经过——

刚才我跟雪晴追着他穿过草丛后，又穿过了一片果园，眼看就能把他抓住，他却拐进村子的巷子里。之前你也在那些巷子里转过，不熟识里面的情况就像进了迷宫一样，我们根本找不着他。

被他甩掉之后，我们也不知道该到哪里找他。恰巧就在这时候，我们碰见基叔等几个正在巡逻的治安员，于是便请他们帮忙一起找。我们在基叔的带领下，几乎把全村都翻了个遍，可是依然没找着。

我正跟雪晴商量是不是该给老大打电话，让他派些人过来帮忙，又或者干脆出通缉令的时候，其他治安员用对讲机通知基叔，说有人掉进鱼塘里，落水的人只穿一条短裤，很可能就是我们要找的人。于是，我们便立刻赶过来。

我们来到这里的时候，看见有个人浮在鱼塘里，因为他脸朝下面，而且距离塘边又有些远，所以也没能确认是否是许梓轩，也不能确认他是死是活。

当时有治安员找来一根很长的竹竿，想把他捞到塘边。可是他的位置距离塘边太远了，竹竿不够长，试了很多次也捞不到。我说这么个捞法，就算现在人还活着，到捞上来时也已经淹死了，于是便叫他们下水救人。

可是，他们全都不敢下水，说这个鱼塘“不干净”，怕下水会沾染霉气。情急之下，我只好自己跳下去救人。人救上来后，发现的确是许梓轩，不过已经没有了呼吸，给他急救了好一会儿也没有效果……

奇怪了，许梓轩怎么会莫名其妙地掉进鱼塘里淹死？难道就像治安员说的那样，因为这个鱼塘“不干净”？然而，在询问基叔等人后，得知这个鱼塘因为之前发生过怪事，之后一直都没有人敢承包，当然也没有人敢到鱼塘里游泳。正因为没有人敢靠近这个“不干净”的鱼塘，所以也没有人在此遇溺。

而且，许梓轩能以野兽般的残暴方式杀害麦青河，也能逃过蓁蓁及雪晴的追捕，体能应该相当好，怎么可能会如此失魂，掉进鱼塘里淹死？难道，这只是因为他是只旱鸭子？

虽然他死得莫名其妙，但总算是罪有应得，可惜的是我还有很多问题希望能从他口中得到答案。

翌日早上，我在诡案组办公室向老大汇报调查情况。当他听完我的汇报后，竟然眉头紧锁地叹息：“要是小相在这里，我就不用听你这些狗屁不通的推理。”

我感到自己的脸部肌肉抽动了几下，不过还是强行挤出一副笑脸，和颜悦色地向他讨教："老大，我哪里出错了？"

"你的推理错漏百出，许多关键证据都被你忽略了。"他伸出又胖又短的食指，"第一，你只把重点放在许姓小子的蓝色外套上，却完全忽略了麦姓小子的黑色外套。"

我还没弄明白他这话是什么意思时，他已伸出第二根指头："第二，你只注意到钱包里的大头照片，却完全没有在意钱包本身。"

"第三，"他在我迷茫的眼神中伸出第三根指头，"你压根儿没想过凶手杀害刘婧岚的动机是什么。"

老大在我面前晃动他那三根短胖的手指，把我晃到云里雾里去，一时间我并没能理解他提出的疑点。

就在我为这三个疑点大伤脑筋时，手机突然响起来，是流年的来电："许梓轩不是失足遇溺，而是被人谋杀。"

第十章 武警支援

就在我为老大提出的三个疑点而头痛不已的时候，流年突然来电告知许梓轩并非失踪遇溺，而是死于他杀。我连忙问他到底是怎么回事，他回答道："我给许梓轩作尸检时，发现他头发下的皮肤组织有明显的皮下出血，并呈手掌形状，显然是死前被人用力按压而成。因此，有理由相信，他是被人按在水里淹死的。根据手掌的形状判断，凶手应该是成年男性。"

我在惊愕中挂掉流年的电话，并将这个消息告诉老大。

"小相才不会像你这样，犯这种低级错误，被凶手玩弄于股掌之中。"老大以鄙夷的眼神瞥了我一眼，"杀死姓麦的，根本就不是姓许的小子，他只不过是个替死鬼。现在他已经没有利用价值，真凶自然就让他带着杀人的罪名去见马克思。"

我的思路极为混乱，一时间没能理出头绪，只好向老大虚心讨教。

"没错，凶手杀害姓麦的小子时，的确穿着蓝色外套，这一点能从外套碎片上的血迹得以确认。"老大竖起胖乎乎的食指在我眼前晃来晃去，"但这并不代表凶手就是姓许的，因为他大可以把外套藏起来，甚至烧掉，而不是撕碎伪装成死者的外套。从死者离开KTV，到同伴发现他失踪至少有两小时，这段时间足够凶手在杀人后，到凶案现场旁边的小溪洗个澡，然后再慢条斯理地处理这件外套。”

“你以为凶手是职业杀手吗？一般人在杀人后，哪还有闲情逸致来慢条斯理。”我反驳道。

“这就是第二个疑点的问题所在。”他又晃动胖乎乎的食指，并伸出第二根指头，“在凶案现场并没有发现死者的黑色外套，却在附近的小溪中发现姓许的钱包，而且钱包被溪水和野草洗刷过。你认为这代表了什么？”

我完全被他说糊涂了，一时间没能给出答案，只好为掩饰窘境而敷衍回答：“凶手不会真的跑到小溪里洗澡吧？”

“你说呢？”他瞪了我一眼又说，“凶手既然能把黑色外套带离凶案现场，干吗还要把蓝色外套和钱包留下，而且还要在这两件证物上花那么多工夫？”

我还在消化这个论据时，他又补充道：“更重要的是，如果凶手就是姓许的，他干吗要清除钱包上的指纹，而且还要用野草来洗刷？钱包本来就是他的，没有他的指纹才怪！”

我开始明白他的意思，喃喃自语道：“原来许梓轩只是凶手刻意安排的替死鬼……”

老大点头又道：“本来根据这两点，以及你从姓刘的小妞手袋里找的大头照，有理由怀疑她才是凶手。但验尸报告却说凶手是男性，而且她也已经被人杀害，那么凶手就只可能是……”

黎恺敏那充满阳光气息的模样，突然在我脑海中闪现。在排除许梓轩及刘婧岚的情况下，凶手就只可能是他，因为除了他们三人外，麦青河不可能跟其他人到僻静的地方。因此，当晚的情况很可能是这样——

麦青河因为害怕沈婷悦冤魂不散，早晚会找他报仇，所以终日惶恐不安，以至不敢离开宿舍半步。多日来的感情积压，在被许梓轩等最能信任的朋友硬拉到KTV后，终于爆发出来，以纵情享乐宣泄心中的不安。许梓轩及刘婧岚也在他高涨的情绪带动下，畅饮狂欢，纵情享乐。

在众人寻欢买醉时，黎恺敏却留有余地，待许刘两人酒醉倒下后，他趁麦青河没注意把香烟藏起来，并倒卧在沙发上假装醉酒。

随后，麦青河发现香烟已经抽完，就跟许梓轩要钱买烟。麦离开包厢后，黎恺敏便换上许的外套，悄悄溜出KTV。他在KTV外面跟麦碰面后，跟对方说许刘两人喝醉了，想先回家，叫他们自己找节目之类的话。

因为许的钱包还在麦手上，所以麦可能还想到其他地方消遣，但黎却以醉酒为名，硬拉对方回宿舍休息。之前受到沈婷悦袭击时，因为得到黎的帮助才能侥幸逃脱，所以麦必定对其百分之百信任，没多想便跟他沿着马路返回美院。

当走到距离商业街约五百米处，黎恺敏见周围人影全无，便原形毕露，袭击对他完全信任的麦青河。

麦青河没料到自己最信任的伙伴，竟然会突然袭击自己，慌不择路地从路边的草丛逃走。他的体能本来就不怎么样，再加上受到酒精的影响，以至脚步轻浮，就算使尽全力，也只是跑得比步行快一点儿而已。而黎恺敏是篮球队员，平时经常锻炼，刚才喝酒时又留有余地，所以轻易就能追上他，并给他一下重击，把他打倒在地。

他惶恐地爬起来，虽然知道自己逃不出对方的魔掌，但还是本能地进行最后的挣扎，继续逃往草丛深处。但他没跑多远就被黎恺敏扑倒，而这一次他已没机会再爬起来。

以野兽般的残暴把麦青河杀死后，黎恺敏便把许梓轩的蓝色外套撕碎，散落在现场伪装成死者的外套，并从死者身上取出许的钱包，掏空里面的东西后，在附近的小溪里刷洗。他故意用野草刷洗钱包，除了想清除钱包上的指纹外，更是为了混淆警方的视线。

之后，他有充足的时间处理从钱包里掏出的东西，以及死者的黑色外套。或许他还准备了另一套同款式的衣服更换，甚至在小溪里清洗死者留在自己身上的血迹。

在处理好一切后，他返回KTV包厢，把从钱包里取出的大头照放进刘婧岚的手袋。然后假装刚刚醒来，叫醒许梓轩询问麦青河去了哪里。

他肯定已经料到我们会再去找许梓轩问话，甚至直接去拘捕他，所以早就在出租屋附近潜伏。待许从出租屋逃出来后，他便暗中与许接触，并引导对方甩脱蓁蓁和雪晴的追捕。随后他把许带到鱼塘，把他按在水里，直到他窒息死亡……

我把自己对案发经过的推理告诉老大，并叹息："我实在想不到，外表如此阳光开朗的青年，有什么理由会接连杀害自己最亲密的同伴。"

"如果我知道，还用得着你去调查吗？"老大训了我一顿后，继续给我分析第三个疑点，"杀死姓刘的凶手，既然把姓许的手机放在死者身上，就说明早已知道姓许的做了什么好事。假设你说的鬼话是对的，从出租屋跑出来的人影就是已经死掉的沈婷悦，那么她为何要去杀死姓刘的？"

老大这个问题可让人挠破脑袋。

许梓轩虽然对沈婷悦有意，但对方却不予理睬，所以他才会买通方树，希望通过拍下裸照来要挟对方。在这件事中，刘婧岚作为许的女朋友，在某种程度上也算是受害者。如果说沈是小三儿，那么她要杀刘还说得通，但她并不是。

那到底是什么原因，令沈婷悦要对刘婧岚狠下杀手呢?

这件案子实在有太多令人百思不解的地方，不过所有问题很快就都能得到答案，因为现在已经能锁定案中的两名疑凶——沈婷悦跟黎恺敏。

虽然暂时还不知道沈婷悦的藏身地点，但黎恺敏每天都待在美院里，只要把他抓回来，就不愁不能问个水落石出。不过，他可是个极度危险的人物，一旦撕破脸皮，必定会露出野兽般可怕的一面。我可不想像方树及麦青河那样，死得如此惨烈。于是，便叫老大联系武警队帮忙。

然而，老大竟然指着我的鼻子大骂："你以为你爸是李刚啊！叫你去抓个人回来，还得派支武警队保护你！"

"老大，这可是随便一口就能咬断别人喉咙的怪物啊！打老虎也得多派几个人，你不找人来帮忙，不就是叫我们去送死！"我挤出一副哭丧脸，苦苦哀求，"可怜慕家九代单传，要是我有什么闪失，你就忍心看着慕家断后，你就忍心看着我父母晚年无人供养？"

"你家哪来九代单传！"老大白了我一眼，"你的大伯、二伯我都认识，而且你也不见得有多孝顺父母。你父母常跟我说，一年到头也没能看上你两眼，连你长啥模样都快忘记了，倒是你姐隔三差五就回娘家探望他们。"

"那还不是因为你老是不给我放假，我才不能回家孝顺父母。要是我这次出了意外，看你怎么跟我父母交代！"我理直气壮地反驳。经过一轮讨价还价之后，老大最终还是给厅长打了电话，调了一支武警小队过来帮忙。

我们跟武警小队在停车场会合，带队的小队长是蓁蓁的师兄傅斌，他一看见我们，便热情地打招呼。我准备给他介绍雪晴时，他已主动向雪晴点了下头，表情略显尴尬地笑道："很久没见，没想到还有机会跟你合作。"

雪晴没有回应他，甚至连看也没看他一眼，径直地从他身旁越过走上警车，仿佛完全没看见他一样。虽说雪晴平日待人冷漠，但也不至于连点一下头这种基本的礼貌也没有，而且傅斌似乎认识她。

我不禁感到好奇，很想知道他们之间到底是怎么一回事，可又不便开口询问，以免使傅斌更加尴尬。不过，蓁蓁可不像我考虑那么多，直接问他："你认识雪晴吗？"

傅斌叹了口气，露出牵强的笑容："嗯，她以前没现在这么冷漠。"

"她怎么看也不看你一眼？"蓁蓁皱起眉头，"你们之前是不是有什么不愉快的事？"

傅斌轻轻点头："嗯，我们的确有点儿小误会。"

"是什么误会呢？趁现在跟她解释一下不就行了！"蓁蓁推了他一下，既像给予鼓励，也像催促对方。

"都已经是过去的事了，她应该不想再提起。"傅斌露出牵强且无奈的笑容，看来他跟雪晴之间的"误会"肯定不小。

在前往美院的路上，我突然想起沐阁璋师傅曾经给雪晴看过掌相，当时他对雪晴的评论是："你外表虽然冷若冰霜，但内心却热情如火。冷漠只因曾经受到伤害，想以此保护自己。你受到的伤害来自一个你曾经深爱的男人，而能配得起你的男人必定智勇双全，所以伤害你的人的名字中应带'文''武'二字。"

我想这个男人就是傅斌吧！

虽然只跟他合作过几次，但他的英勇及果断给我留下很深的印象。而且他的名字中不就带有"文""武"二字吗？不过，他跟雪晴的事，我还是少理为妙。上次沐师傅道破此事时，雪晴可是当场翻脸，立刻拔枪指着他的脑袋。

到达美院后，我本来打算带着大队人马直接杀进教室找黎恺敏，可是雪晴时刻跟傅斌保持着距离，虽然他们什么都没说，但大家也意会到他们的关系非比寻常。因此，我提议分组行动，我跟雪晴和两名武警一组，傅斌跟蓁蓁及另外一名武警一组，分别到课室及宿舍找黎恺敏。

现在是下午，黎恺敏应该在教室里上课，不太可能待在宿舍睡懒觉，分组纯粹是为了避免不必要的尴尬。傅斌明白了我的意思，马上就同意，只是一再提醒要时刻保持联络，出了什么状况，切记第一时间叫他们过来支援。

我跟雪晴这一组前往教室，因为很可能会跟黎恺敏交锋，而且又是在课室这种人员密集的地方，所以大家都格外留神。然而，我们绷紧每一条神经，如临大敌地来到教室时，却被告知黎恺敏这两天都没来上课。

我大感不妙，立刻给蓁蓁打电话，打算告诉她目标很可能在宿舍。可是，她却说："我们现在就在他的寝室，他的室友说他前天晚上，跟许梓轩架着麦青河出去，到现在还没回来。"

奇怪了，如果说他昨天因为要待机杀死许梓轩，所以整天不在美院也在情理之中，但今天他跑哪里去了呢？据他的室友说，他平时很少会跷课。

难道他预料到我们会发现他才是凶手，所以在杀死许梓轩之后，便立刻潜逃？

这可不好办。只要他还活着，我总有办法能找到他，但他要是穿省过市地到处流窜，可不是一时半会儿就能把他抓住。而明天就是老大给我的最后期限，我还得去找不知死活的沈婷悦呢！

就在我垂头丧气地带着大家离开、准备去跟蓁蓁他们会合时，不经意地听见两个女学生的交谈："听说旧教学楼又闹鬼了，三楼的画室每天深夜，就会莫名其妙地亮起灯来……"

第十一章　真正主谋

正在我为黎恺敏的去向而苦恼不已时，突然听见这两名女学生谈论旧教学楼三楼的画室闹鬼。根据麦青河的口供，沈婷悦应该是在这间画室里被方树杀害，我早就想去调查一下，只是一直抽不出时间。现在听见有人谈论这间画室，我便想趁这机会了解一下，于是就走到这两名女学生跟前，嬉皮笑脸地问道："嘿，美眉们，你们刚才说的闹鬼是怎么回事呢？"

如果只有我一个人，或许很轻易就能从这两名女生口中套到话，甚至邀约她们共进晚餐也不是难事。但我一时没记起，身后还有雪晴及两名手持冲锋枪的武警大哥。

可能武警大哥跟随我冲过来的英姿过于威武，又或者他们的气场过于强大，反正两位女同学被他们吓得像小猫似的蜷缩在一起。有他们在场，这两位女生大概难以平静下来，所以我让他们先去跟傅斌会合，我跟雪晴随后就到。

“不好意思，刚才吓到你们了。”我向两名女生解释我们是警察，正在调查一宗案子，希望能得到她们的协助。

虽然武警大哥已经离开，但她们似乎仍心有余悸。良久之后，其中一名个子长得稍高、自称小怡的女生才怯弱地说：“我们有什么能帮上忙的呢？”

经历了刚才的惊吓，我想她们大概已没心情跟我侃大山，所以便直奔主题：“你们刚才说旧教学楼又闹鬼，能告诉我到底是怎么回事吗？”

“我只是听说而已，是我刚来这里念书的时候，从学姐口中听来的……”小怡虽然仍有些害怕，但并不妨碍她向我讲述旧教学楼的历史——

据说在很多年以前，有一个女生偷吃禁果后怀孕，因为她掩饰得很好，所以一直都没有被人发现。直到某天深夜，她独自跑到旧教学楼三楼的画室里把小孩生下来，然后抱着刚出生的小孩从楼顶跳下来自杀，大家才知道这件事。不过，孩子他爸是谁，到现在也没人知道。

自此之后，就有人说旧教学楼闹鬼，闹得人心惶惶，晚上基本上没有人敢去那里。不过，这大多都只是捕风捉影的传闻而已，真正引起大家注意的是前几年发生的一件事。

听学姐说，几年前有两个胆大的师兄，为图个安静，晚上特意跑到旧教学楼三楼的画室里画画儿。开始时还没什么异常，但到了凌晨时分，他们同时听见对方叫自己的名字，但他们都没有开口，而且声音明显是从窗外传来的，所以很自然就往窗户望过去。

他们一同望向窗户，看见一个穿着绿色连衣裙、披头散发、面貌模糊的女人，抱着一个浑身是血的婴儿在窗外飘荡。女人对他们微微笑着，嘴巴一张一合，用他们的声音互叫他们的名字。

不管胆子有多大，遇到这么可怕的事情也会吓个半死，他们当然也不例外，立刻就发疯似的跑回宿舍。他们一路大喊大叫地跑回宿舍，恰巧碰见正在巡夜的舍监。

舍监是个当过兵打过仗的老头子，当然不会相信他们在画室里遇见鬼的鬼话。一口咬定他们是在外面玩儿到三更半夜才溜回来，还说要报告训导主任，给他们记过之类的话。

他们觉得委屈，就跟舍监吵了起来，还问舍监敢不敢独自去画室走一趟。舍监说自己连阎罗王也不怕，要是画室里真有鬼，就抓几个回家下酒，说完就昂首阔步地往旧教学楼走。当时宿舍里有不少男生跟过去看热闹，不过都只是来到旧教学楼门前，除了舍监之外，谁也不敢进去。

舍监走进教学楼没多久，外面的男生就听见响亮的“哇哇”声，就像初生婴儿的哭声那样。虽然这声音哭得很吃力，仿佛快要窒息一样，却非常响亮，外面的男生都听得十分清楚。

舍监进楼后，哭声就没停过，而且过了很久也没看见他出来，大家觉得他可能出事了，于是就一起进楼找他。

大家在三楼的画室里找到了舍监，不过他已经疯了，躺在地上像婴儿似的不停地哭，而且哭声非常响亮。大家在外面听见的哭声，就是从他口中传出的。

看见他这模样，谁都知道他中邪了，于是赶紧把他抬到教学楼外面。可是人虽然抬出来了，但还是哭个不停，而且脸色越哭越紫，还没来得及送到医院就死翘翘了。

自这件事之后，旧教学楼就没几人敢进去，就算在那里安排讲课，大家要么请假，要么就干脆跷课，再加上新教学楼的落成，渐渐就不再安排在那里上课了。后来，有些贪玩儿的学生，吃饱了撑的，跑去那里探险，虽然没出过什么意外，但大多数人还是不敢去那里。

前不久又有个大胆的女生，大概也是为了图个安静吧，每晚都跑到三楼的画室里画画儿。也不知道她画了多久，好像有两三个月吧！反正个把月前，她就莫名其妙地失踪了。

学院的领导怕影响招生，把这事捂得死死的，到现在也不知道那女生是死是活。但是自从她失踪之后，三楼的画室每晚深夜就自动亮起灯来……

旧教学楼有如此恐怖的传说，沈婷悦还敢深夜独自去画画儿，看来她也不是一个简单的人。不过，她之所以失踪，主要是因为受到方树袭击，跟这些恐怖的传说似乎毫无关联，想必只是以讹传讹的鬼故事而已。

我脑海里突然灵光一闪，既然没有人敢进旧教学楼，那不就成了藏匿的好地方了吗？而且沈婷悦本来就敢一个人进去画画儿，现在画室又每晚深夜都会自动亮灯……看来有必要进去调查一下。

跟傅斌等人会合后，我就把刚才获得的情报告诉他们，并要求晚上一同到旧教学楼三楼的画室调查。

傅斌大概因为这趟行动毫无收获而颇感无聊，所以爽快地答应了。不过，我发现他在回答我的时候，有意无意地扫了雪晴一眼。我想他之所以如此爽快，或多或少是因为雪晴。

可惜，雪晴连眼角也没扫他一眼。

我让大家先回家稍事休息，等到深夜时分再度返回。

本以为有四名武警罩着，肯定不会出问题，可万万没想到问题竟然发生在行动之前。就在我们准备出发去美院时，傅斌突然打来电话，说他们要执行另一项任务，不能过来帮我们。对此我除了让蓁蓁讹他一顿饭之外，也不能再拿他怎么样。毕竟他支援我们的任务在白天就已经结束，晚上的行动只是朋友间的义务帮忙而已。

旧教学楼位于旧院区，平日较少有学子在附近活动，所以非常安静，静到甚至让人觉得恐怖的地步。如果有傅斌等四名彪形大汉罩着，倒让人觉得无所谓，但此刻只有蓁蓁跟雪晴两位美女当我的左右护法，难免会让人心里觉得不踏实。

幸好，一路来到旧教学楼外的空地，除了没见到几个人影之外，也没什么值得注意。这里的确是多见树木少见人的鬼地方，怪不得方树敢大摇大摆地过来对沈婷悦施暴，在这种地方遇袭，恐怕叫破喉咙也不会有人知道。

仰望教学楼三楼，发现其中一个课室果然亮了灯，但所有窗户都有窗帘遮掩，所以并不清楚里面的情况。我们蹑手蹑脚地走到楼梯口，虽然这里有电灯的开关，但为了避免打草惊蛇，只好摸黑上楼。

通往二楼的楼梯虽然安静得让人心里发毛，但并没发现任何问题。然而，就在我以为通往三楼的楼梯也不会有特别发现时，却看见一个头发散乱的女性站在楼梯口。我对这个身影十分熟识，一眼便认出对方就是在陈氏墓园及许梓轩租住的出租屋中出现的鬼魅身影。

我们发现对方的同时，对方也发现了我们，“啪”的一声，眼前亮起耀眼的光芒。因为眼睛习惯了黑暗，所以短时间内没能适应光明，眼前除了一片白光之外，什么也看不到。就在我担心对方会趁此机会袭击我们时，一个男性声音响起：“你们终究还是找到这里来了。”

当双眼开始适应光线后，我发现站在楼梯口的并非美艳女鬼，而是披着假发的黎恺敏！

"别动，否则开枪！"

雪晴在眼睛适应光线后，第一时间拔枪瞄准。蓁蓁也摩拳擦掌，作好准备跟眼前这个杀人魔王决一死战。然而，黎恺敏似乎并没有攻击我们的意思，缓缓摘掉头上的假发，并除去身上的女性伪装，以平和的语气说："我知道你们早晚会找到这里来，只是没想到会这么快。"

"我想你应该知道我们的来意吧！"蓁蓁亮出手铐，"希望你能跟警方配合，跟我们回去接受调查。不过，你不配合也没关系。"她紧握拳头，关节咔嗒作响。

黎恺敏往左右各望一眼，友善地笑道："这里的环境其实挺幽静的，我以后恐怕没有机会再来了，能让我在这里多待一会儿吗？或许，你们能利用这个时间，问一些想问的问题。"

虽然不知道他在打什么鬼主意，但我确实有很多问题希望能从他口中得到答案，所以也不在乎跟他在这里耗上一些时间。不过，在向他发问之前，我必须先要确认一件事："你到底杀了多少人？"

他平静地回答："小麦、岚岚、梓轩都是我杀的。"

虽然早知道这些死者是被他所杀，但他承认得如此坦白、如此从容平静，却让我感到惊讶，仿佛在他眼中，杀人只是一件很平常的事。

"你为什么要杀害他们？"这是最关键的问题。

他悠然地吐了一口气："他们都该死。"

"为什么？"

"这可说来话长，我们何不换个地方坐下再慢慢说。"他做出邀请的动作，请我们进楼梯口旁边的教室。

我谨慎地审视当前环境，虽然我们堵住了唯一的出口，但他站在三楼的楼梯口，地势比我们高，视野开阔，我们的一举一动全在他眼皮底下。而且如果他利用居高临下的优势袭击我们，对我们会十分不利。因此，尽管不知道他在搞什么鬼，我还是答应了他的提议，并给雪晴使了个眼色，示意她时刻留意对方的一举一动。

我们跟在他身后进入教室，这里似乎很久没人使用过，电灯花了些时间才能启动，不过尚算明亮。在带有陈旧气息的灯光照射下，课室里的一切尽收眼底。这间应该是雕塑教室，除了蒙尘桌椅外，还有几个半身人像放在墙角。除此之外就再没有其他东西，也没有能让人隐藏的地方。也就是说，这里是安全的。

他在讲台前拉了张椅子坐下，示意我们也一同坐下来。我跟蓁蓁在靠门的位置找来椅子坐下，而雪晴则堵住门口，枪口时刻瞄准他的脑门儿，没有坐下来的意思。

“我们继续刚才的话题吧！”他摆出一个很随意的姿势，就像跟朋友聊天一样，向我们详述他的诡异经历，及杀害麦青河等人的前因后果——

婷悦是个难得的好女孩，她很善良，也很纯洁，就像一朵于污泥中散发清香的白莲。

我一直都很欣赏她，她跟我也很谈得来，但我们之间的关系并没有超越友谊的界限。其实，我曾经向她表白，但她并没有给我直接的答复。她当时只是告诉我，她父亲如何狠心地抛弃她跟她母亲，以及失去父亲后的灰暗童年，还有她母亲不止一次在她面前自杀的可怕经历。

她坦然地告诉我，她并不相信爱情，因为不管爱情的火焰燃烧得如何炽热，也总有冷却的一天。但友情却不一样，真挚的友谊往往能维系一辈子，在生命最后的日子里仍能让人感到温暖。

虽然我的表白失败了，但我们仍然是朋友，偶尔在校园里碰见时，会待在一块儿谈天说地，有时甚至会忘记时间。或许，有个词能很恰当地形容我们的关系，那就是“知己”。

人生在世，要找到称心的恋人并不难，但要求一知己却不易。所以当获悉她失踪的消息后，我四处寻找她的踪影，可惜却一无所获，她就像凭空消失了一样。

或许是命运的安排吧，虽然我跟梓轩他们非常熟识，但平时却很少跟他们出去玩儿。自从婷悦失踪后，为了忘记失去知己的痛苦，我才经常跟他们出去喝酒。正因我经常跟他们一起喝酒，所以才能得知婷悦失踪的真相。

最初，我是从醉酒后的小麦口中察觉出端倪，随后我便在他们大醉的时候，有意无意地向他们套话，甚至偷偷查看他们手机的信息。经过多日的查探后，我终于知道婷悦原来已被方树杀害，不过这件事的主谋是岚岚……

“怎么可能！”我几乎不相信自己的耳朵，刘婧岚怎么会是这件事的主谋呢？她根本没有杀害沈婷悦的理由啊！

第十二章　旱魃尸奴

“出乎意料吧！”对于我的惊愕，黎恺敏的反应十分平静，似乎一切都在他的掌握之中。在短暂的沉默之后，他继续给我们讲述事情的经过——

你们可能想象不到，岚岚为何会如此憎恨婷悦，这不是因为你们笨，而是你们不了解岚岚而已。

岚岚家里虽然很有钱，她也是那种玩世不恭的富二代，但她并非一无是处。她之所以进美院念书，是因为她的确有点儿艺术天赋，尤其是在油画方面，她的天分并不比婷悦差。刚入学时，她的作品总是拿第一名。只可惜她没有善用自己的天赋，自从跟梓轩一起后，她就只记挂着吃喝玩乐，渐渐把学业荒弃了。

未经打磨的原石，不管品质如何优越，终究不能发出耀眼的光芒。成功除了天赋之外，更需要后天的努力。婷悦的先天条件也许不及岚岚，但通过后天不懈的努力很快便超越了她。

岚岚本来不屑跟婷悦作比较，她经常说婷悦只不过是个贫民窝出身的下等人，根本不懂得什么是艺术。但是，一再被婷悦打败之后，她就开始有种“既生瑜，何生亮”的感慨。尤其是刚结束的省美术作品展，这可能是她们最后一次较量，所以她特别在意，希望能在最后一战中，给对方一次完美的反击。

然而，不管她多么用心，也不可能立刻追回之前浪费的时间，婷悦的实力早已跟她拉开距离，获得作品展的参加资格是毫无疑问的事情。

争强好胜的岚岚，不甘心带着失败者的耻辱离开美院，不管用什么手段也要夺得参展资格。

要以作品打败婷悦是不可能的，因为她的画功已达到连老师们也自叹不如的程度，唯一能取代她的方法就是毁坏她的作品。只要她没能赶在展览开始之前交出作品，岚岚要取代她的参展资格就容易得多。

当然，这事单靠岚岚自己一个人是办不了的，于是她就把这个想法告诉梓轩，跟他商量怎样才能毁坏婷悦的作品。

你们大概已经看过梓轩手机的内容，应该知道他早已对婷悦垂涎三尺。所以，当岚岚提出找人毁坏婷悦的作品时，他立刻就想到一个一石二鸟的计划。他给了方树不少钱，让对方毁坏婷悦的参展作品，同时强暴婷悦并拍下裸照。

画手虽然不像演员那么引人注目，但也算是半个名人，一旦有裸照这种不堪入目的东西流传出去，其艺术生命也就结束了。梓轩本来打算以裸照要挟婷悦跟他发生关系，但没想到方树竟然在施暴过程中错手把她杀死。

当我了解到事情的真相后，本想报警为婷悦讨回公道，可是我当时还不知道他们把婷悦的尸体埋在什么地方。在找到尸体之前，就算报警恐怕也不会受理，所以我只好继续跟他们待在一块儿，希望能从他们身上找到线索。

可惜，在婷悦遇害后将近一个月，对于埋尸地点，我仍然毫无头绪。虽然我一再试探他们，但他们都守口如瓶，唯一的线索就只有小麦在醉酒后曾经说过，千万不能走途经墓园的那条小路。

我想婷悦的尸体，有可能埋在这条小路的某个地方，于是就趁跟他们去玩儿的机会，刻意把小麦灌醉，再趁他醉得迷迷糊糊，向方树提议走这条小路。本来，我只是想碰碰运气，没想到婷悦竟然在途中出现！

刚见到婷悦时，我并没有感到害怕，只是十分惊愕，因为我知道她已经死了，怎么可能突然出现在我们眼前呢？想到这里，我就因为未知而感到恐惧，本能地往回逃跑。

当时的情况就像我之前跟你们说的那样，我拉着小麦在方树撕心裂肺的惨叫中拼命地逃跑。不过，我们并不是一口气就跑到商业街，因为小麦没跑多远就摔倒了。我本想把他拉起来继续跑，但却发现他晕倒了。正在我犹豫是否该丢下他，独自逃跑的时候，眼前突然闪现一抹绿色，随即我闻到一股浓烈的怪异香味。

仔细一看，原来是一个奇怪的人站在前面，挡住了我们的去路。这个人戴着一顶宽大的斗笠，淡绿色的绸缎从斗笠边缘一直垂到地上，整个人都裹在绸缎里面，只从绸缎的缝隙中露出一只紫色的眼睛。

我不知道哪来的勇气，冲面前的怪人叫道：“你是什么人？”

“吾乃赤地之神——阿娜依。”一个令人感到敬畏的女性声音从绸缎内传出。我还没弄明白这是什么意思，对方又开口：“汝恋伊否？”

我愣住了一会儿，不过很快就明白她是问我是否喜欢婷悦，于是就点了点头。她又说："不管伊变成何等模样？"我缓缓回头，发现方树已倒在血泊之中，而浑身是血污的婷悦则站在他旁边，静默地看着我，似乎在等待我的答案。

对于这个问题，我于心底挣扎良久，但当我想起婷悦拒绝我时所说的话，一股炽热的感觉突然从心底涌现，使我瞬间明白了自己的心意，于是便以肯定的语气回答她："婷悦吸引我的并非她的外表，而是她纯洁的心灵。不管她变成什么模样，我对她的爱也绝不退色。"

"汝会否为伊而死？"她的语气非常冰冷，但我却没有感到害怕，也没有片刻犹豫，马上就给她肯定的回答。

突然，一只包裹着绷带的手臂，从绸缎的缝隙中伸出，直伸到我面前，把一条血红色的小蛆虫放在我掌心。

"伊时日无多，且有心愿未了，难以亲自报仇雪恨。汝若甘愿为伊而死，即以此蛊入鼻。此蛊能予汝神力，同时亦燃烧汝之生命。汝替伊雪恨之日，即汝寿尽之时。尔后，汝与伊皆吾之奴仆，永世听从吾之差役。"

眼前这条恶心的虫子并没有让我感到恐惧，我甚至没有片刻的犹豫，立刻就让它钻进鼻孔。来自大脑的强烈痛楚带来一阵眩晕，但随即我便感到每一块肌肉都充满力量，身体仿佛在一瞬间变轻了，每一个动作都像完全不用花费力气似的。

之后的事情，我想你们大概已经猜到。

你们找我跟小麦问话的那天晚上，我悄悄跟在你们身后。你们进入墓园后，我特意装扮成女生模样，把你们引到塘仔村，本来是想提示你们调查梓轩及岚岚，可惜你们却没有注意到他们住在那里。

既然你们没有替我惩治他们，那么我就只好用自己的方法为婷悦讨回公道。

把小麦硬拉到KTV是我向梓轩提议的，我还偷偷把烟藏起来，诱使小麦单独出去买烟。之后，我穿上梓轩的外套，把小麦骗到僻静的地方，用阿娜依赐予我的力量，非常轻易就把他杀掉。不过，我故意把钱包和外套留下来，目的其实不是为了把罪名嫁祸给梓轩，而是希望你们把目光放在他身上，查出他跟岚岚所做的龌龊勾当。然而，这一次你们又让我失望了，你们当时没有发现梓轩那张大头照就放在岚岚的手袋里。

我已经一再给你们提示，但你们还是没发现他们所做的坏事。或许我该多给你们一些时间，可惜我已经没有时间继续等待。

昨晚在草丛里，是我把你绊倒的，我想你应该没有注意到，阿娜依赐予我的力量，使我的动作可以比一般人快好几倍。把你绊倒后，我迅速冲进出租屋里，把岚岚送上黄泉路，并把梓轩的手机放她身上。我这么做是为了给你最后的提示。

之后，我便去找梓轩，帮他摆脱你们的追捕。然后，嘿嘿，当然是让他去陪他的姘妇……

虽然黎恺敏的犯案过程，十有八九已在我推理之中，但没想到他的可怕力量竟然是来自一条恶心的蛆虫。这让我觉得他所说的一切，只不过是一个天马行空的奇幻故事，虽然他并不像在撒谎。然而，他的力量从何而来，并不是事情的关键，现在最重要的问题是："沈婷悦在什么地方？"

"我会告诉你的，但不是现在。"他不经意地望向右方，而画室就在这个方向，沈婷悦很可能就藏身于此。

我站起来对他说："现在我们要正式拘捕你，因为你涉嫌谋杀麦青河等三人，请你跟我们回警局。"

"真对不起，我不能跟你们离开。虽然我不想伤害你们，但如果你们坚持，那就只能得罪了。"他猛然站起来，一掌把身旁的桌子拍得支离破碎。

我为他恐怖的臂力感到吃惊的同时，身后传来震耳欲聋的枪声，他刚才坐的椅子随即被子弹击中翻倒。

"双手放在头上，否则下一枪不会打在椅子上。"雪晴冰冷的语言犹如命令。

"你们还不明白自己的处境，阿娜依赐予我的是你们无法想象的强大力量。"他摊开双手，摆出一副满不在乎的姿态。

但是，就在下一刻他猛然前冲，速度之快只能以"迅雷不及掩耳"来形容。蓁蓁随手抄起身后的一把椅子，想给他一个迎头痛击。但身子还没转过来，他就已经来到跟前，往她后腰踹了一脚，使她倒在桌椅堆中，并扬起一片灰尘。此时，他跟我的距离触手可及，我还没来得及思考到底是该逃跑，还是该冲上前跟他拼命，他的拳头就已经来到我鼻子前。

眼看就要被他一拳放倒，震耳欲聋的枪声再度响起，艳丽的血花在他肩膀上绽放，子弹的冲击力使他整个人往后弹起，随即倒在地上。

“下一枪将会是你的心脏。”面对突如其来的袭击，雪晴依然能沉着应对。

“你们认为有用吗？”他的声音并没有因为受伤而出现任何变化，仿佛刚才那一枪并没有打中他。

一般而言，绝大多数人在肩膀受枪伤之后，短时间内会失去攻击能力。但他竟然一点儿事也没有，迅速爬起来，准备再次袭击我们。

这回雪晴没有丝毫犹豫，瞄准他接连扣动扳机。虽然每一枪都准确命中他的身体，但他竟然只是稍微后退一步，也没有倒下，仍一步步地向我们逼近。

手枪里的子弹全部射进他体内，他竟然仍能面带微笑：“你们不该只带这种程度的武器来。”说罢猛然跳起，如野兽般向我们扑过来。

就在我以为自己马上就得蒙苍天召唤的时候，身后传来冲锋枪的疯狂咆哮，子弹如暴雨般落在黎恺敏身上，但他竟然还能保持站立的姿势，直到枪声停下来才徐徐倒下。不过，这时候他已经成了马蜂窝，就连脑袋也被轰得不知所踪。

我正疑惑雪晴啥时候把冲锋枪带来时，傅斌爽朗的声音便传入耳际：“幸好我们过来看看，要不然你们的麻烦可大了。”

原来傅斌担心我们应付不来，而且他们执行任务的地点距离这里并不远，所以完成任务就马上赶过来帮忙。

我扑到傅斌身上，抱着他那强壮躯体，视他如再生父母般一再言谢。蓁蓁也夸他来得及时，因为刚才挨的那一脚，差点儿把她的腰骨踢断了。

傅斌关切地慰问蓁蓁，确定她没伤及筋骨后，便走到雪晴跟前，柔声问道：“你没受伤吧？”

雪晴冷漠地瞥了他一眼：“我不会向你道谢。”

“没关系，只要你没事就好。”傅斌牵强地笑着。

解决黎恺敏之后，我们便移步到隔壁的画室，虽然有傅斌等四名武警罩着，但有了之前的经验，我可不敢有丝毫放松，谁知道沈婷悦会不会是更可怕的怪物。

在三名荷枪实弹的下属的掩护下，傅斌小心翼翼地把画室的门打开一道缝隙。通过这道缝隙，能看到里面的大概情况。

门缝儿里的世界非常安静，仿佛没有任何活人的气息，宛若死者的安息地。然而，在这个连呼吸声也没有的沉寂世界里，却有一个未能安息的亡魂。零乱的头发、污秽的衣服，仿佛在诉说逃离地狱的匆忙，无法停下来的画笔宛若感叹岁月的仓促。

虽然此刻只能看见她的背面，虽然在此之前我从没见过她，但我能肯定眼前的就是她——沈婷悦。

傅斌向下属挥手示意行动开始，自己一马当先闯入画室，其他三名武警紧跟其后，对他进行掩护，四支冲锋枪的枪口一同指向坐在画室中央作画的恬静女子。

“把双手举起，放在我们能看见的地方！”傅斌的喝令充满威严。

但是，眼前的女子宛若陶醉于自己的世界当中，依然缓慢而细致地为身前的油画添色加彩。

傅斌跟下属稍作眼神交流，随即一同缓步向女子逼近。当他们与女子的距离，只有五步之遥时，女子突然站起来，干枯、嘶哑的声音随即于画室中回荡：“完，成，了……”

寂静再一次降临，画室内每一个人都停止活动，甚至屏住呼吸，因为我们都被女子身前的油画深深吸引。或许，应该说是被这幅油画深深震撼。

麦青河曾向我提及这幅油画，并详细地给我描述过油画的内涵，以及给他带来的震撼。因为我对油画的认识不深，所以当时并没有在意，但此刻亲眼所见才发觉他所说的震撼，竟然是如此汹涌澎湃。

或许因为之前曾遭方树毁坏，在我眼前的油画跟麦青河的描述稍有不同。妇人脸上多了一摊从割脉处飞溅而来的血迹，使整个画面的色调更显鲜艳，更能反衬出妇人眼神中的绝望。

而从画面边缘伸出的小手，不是麦青河所说的一只，而是一双。另一只小手拿着削铅笔的小刀，向妇人展示自己的渺小、脆弱，但拥有足以跟随母亲离去的力量与决心。我仿佛听见一个细嫩而倔犟的女孩声音从油画中传出——妈，如果你要走，就别把我留下，我一个人活不下去！

“确是上乘之作，难怪汝非要从坟墓中爬出来完成此画。”

既优雅但又令人心生敬畏的女性声音，把我们从震撼中带回现实，当眼光离开沈婷悦这幅惊世之作时，突然发现画室里多了一个浅绿色的物体，并闻到一股极其浓烈的异香。之所以说是异香，皆因这股香味非常怪异，不但极其浓烈，且浓香中带有一丝微仅可察的臭味。这种臭味给人似曾相识的感觉，让我想起流年身上那股终年不散的尸臭。

仔细一看，发现这物体原来是一个穿戴怪异的人。浅绿色的绸缎宛若碧水瀑布，自宽大的斗笠边缘直冲地面，使人完全看不到隐藏于绸缎里的人长什么样子。不过，从绸缎缝隙中露出的紫色眼眸，拥有让人心生寒意的凌厉眼神，由此可见其并非等闲之辈。

我想，她就是黎恺敏说的赤地之神——阿娜依！

怪异的情景容易使人迷茫，不过傅斌很快就从迷茫中回过神来，厉声喝令：“都待在原地，并把手放在我们能看见的地方。若有任何挑衅性动作或异常举动，格杀勿论！”

虽然傅斌有不怒而威的气势，但沈婷悦却毫不理会，迈出机械化的步伐缓步走到阿娜依身后，优雅的声音随即从绸缎内传出：“愚昧无知的轩辕后裔，汝辈在吾眼中乃蝼蚁一群，竟敢对吾如此傲慢。若非吾曾立下誓言，不再妄杀轩辕后裔，单是汝辈毁吾尸奴，就足以令汝辈无一能活着离开此室。”

傅斌怒目横眉，再次厉声警告：“立刻把双手举起来，否则格杀勿论！”并往阿娜依左右两旁各开一枪。

“骄傲自满乃通往墓穴之捷径，汝辈若再对吾无礼，吾必让汝辈知晓，何谓生死两难！”阿娜依优雅的声音带着彻骨的寒意。

“别像个欧巴桑似的，跟我叨唠些莫名其妙的废话，再不把双手举起来，休怪我不客气。”傅斌将子弹上膛，并示意下属准备开火。

“放肆！”

阿娜依怒喝一声，我立刻感到一阵劲风随之从足下掠过，犹如铁棒般狠狠地往小腿上敲了一下。还没弄清楚是怎么回事，我就已经摔倒在地。浓烈异香伴随劲风而来，钻进鼻孔让人感到眩晕，此刻我更加肯定异香中夹杂的是尸臭。

傅斌等人也被贴地的劲风吹倒，不过他马上就爬起来，并向阿娜依开火。

他先往对方的下半身开枪，但连续开了十几枪，对方却依然屹立不倒，只好把枪口上移。与此同时，其他三名武警亦已经爬起来，给予他火力支援，一同向阿娜依开火。

按理说，被四支冲锋枪近距离疯狂扫射，就算穿着最先进的防弹衣，全身的骨头也会被震得粉碎。可是，这怪物竟然丝毫无损！

我说的“丝毫无损”并不是指她仍然能站起来，而是她根本就没受到丝毫损伤。子弹打在绸缎上仿佛瞬间被“吃”掉，只能让绸缎稍微抖动，连弹孔也没留下，就像打在水面上一样。

傅斌等人于讶异中停下扣动扳机的动作，呆若木鸡地看着眼前这种不可思议的现象。

“汝辈一再毁吾之尸奴，哼……”

绸缎内传来一声怒哼，我随即感到一股强大的力量从头顶压下来，仿佛有一只无形的大手按在身上，压得我趴在地板上动弹不了。其他人的情况也一样，傅斌虽然顽强地挣扎了几下，但最终还是被压趴在地上。

与此同时，站在阿娜依身后的沈婷悦徐徐倒下，看见她那如马蜂窝的模样，我突然意识到，刚才那暴雨般的子弹并没有打在阿娜依身上，而是穿体而过落到她身上。难道阿娜依只是一个没有实体的影像？

一个可怕的念头随即于脑海中浮现——她就是传说中的“鬼”，我们眼前的一切全是幻觉！

我用尽全身的力气，好不容易才把心中所想挤出牙缝儿，但换来的却是对方无情的嘲笑：“哈哈哈……愚昧的轩辕后裔，汝辈的见识仅限于此？或许，吾能给汝辈一个提示，吾之信徒虽称吾为赤地之神，但汝辈的先祖则称吾为‘魃’。”

我于脑海中快速搜索，可惜在我的知识范畴内并没对“魃”这个名字有任何了解，就在我以为自己会死得不明不白时，对方又道：“愚昧的轩辕后裔，吾辈会有再会之日。吾虽曾立誓不再妄杀轩辕后裔，但若汝辈一再冒犯，吾绝不再手下留情。”

突然，压在身上的力量消失了，浓烈的异香亦随之消失，诡秘的阿娜依也不见踪影……刚才不可思议的诡异现象，仿佛只是一场噩梦。但躺在地上那具遍布弹孔的尸体却让我知道，刚才发生的一切都是事实。

尾　声

一

“尸检情况怎样，有特别的发现吗？”

我给刚为黎恺敏及沈婷悦作完尸检的流年抛了根烟，他点燃后靠着墙角蹲下一言不发。他很少会表现得如此苦恼，于是我便关切地问他是不是发现了可怕的东西。谁知道他竟然对我破口大骂：“发现个屁，两具尸体都被子弹打成马蜂窝。你说的血色蛆虫，更是连影子也没找到！”

随后，他连珠炮似的跟我抱怨了很久，说这两具尸体若能保存完好，必定会有惊人的发现，不但能改写现代医学，甚至有可能找到令人长生不死的方法。

在他抱怨期间，我好不容易才找到机会插话：“你听说过‘魃’吗？”随即告诉他，与阿娜依对决时的情况。

他听完我的讲述后，神色凝重地回答：“你惹到的可不是寻常的怪物，更不是你想象的鬼魅。”

“那是什么？是妖怪吗？”

“恐怕比妖怪要高好几个层次。”他的眉头紧锁，沉默片刻又道，“据我所知，古往今来被称之为‘魃’的，就只有传说中的僵尸始祖——旱神魃。”

“不可能吧，这只不过是传说而已，世上哪会有神存在呢？”虽然我相信鬼魅的存在，但在我的知识范畴内，神只不过是宗教的产物，并非真实存在。

“不要在了解真相之前，先持否定态度。大千世界不存在不可能，也没有什么是一定不存在的。正如你无法解释，她为何能使沈婷悦复活，令黎恺敏拥有异于常人的力量。你也无法解释子弹为何对她不起作用，她如何能做到来去如风，又是用什么方法使你们全部趴下来。”

他说得也不是没有道理，如果阿娜依真的是传说中的旱神魃，那么我们可能会有大麻烦。因为她说我们还会再见，而且下次见面就不会手下留情。

或许，我该去找沐阁璋师傅，他对稀奇古怪的事情最感兴趣，他应该能告诉我有关阿娜依的事情。

二

沈婷悦的遗作在枪林弹雨下，奇迹般得以幸存，为了完成她的遗愿，我带着这幅油画去找通灵画师廉潇宇。

廉画师看到这幅惊世之作后，近半小时一言未发，随后惊叫一声“哥们儿，你发财了”，并问了一连串问题，例如这幅画从哪里弄来的、是哪位大师的作品之类。

我如实告诉他，这幅画并非大师之作，而是一名美院学生的遗作，并告诉他沈婷悦为完成作品而超越生死的荒诞故事。

他听完后，深感惋惜，扼腕长叹：“唉，这么年轻就能画出如此高水平的油画，假以时日必定能成为一颗耀眼的新星。可惜了，可惜了。”

“你能帮她完成遗愿，拿这幅画去参加公开的展览吗？”

“没问题，恰好我有个朋友最近正在筹备画展，虽然不是大型画展，不过也有不少行家品评作品。可以先把这幅画拿去展出，然后再让拍卖行卖个好价钱。虽然这幅画不是名家的手笔，但以这幅画的水平，以及画背后的故事，肯定能卖个不错的价钱。”他顿了顿，突然神秘地问道，“你的心理价位是多少？”

我摆手笑道：“我只是为了完成作者的心愿才把画带过来，卖多少钱也没关系，只要这幅画不被埋没就行了。反正拍卖得来的钱，我会全数转交作者的母亲。”

“这也好，要是省点儿用，应该够她母亲养老。”

“这幅画真的这么值钱吗？”我略感吃惊。

“有故事的艺术品最值钱，虽然作者本人没有名气，但这是她的遗作，要卖十来万还是很轻松的。如果对买家不挑剔，随便找个暴发户当冤大头，上百万也不是没可能。”

我突然觉得眼前这幅油画就像一个打开了的保险柜，里面装满可爱的钞票。不过，钞票虽然很诱人，但不属于我的钱财，我不会放进自己的口袋。

三

“没想到这宗案子竟然牵涉到神话传说。”厅长翻阅调查报告，眉头越皱越紧。

梁政佯装惊讶地说道："不会吧，你真的相信阿慕的鬼话？"

厅长把报告丢到一边，凝视对方片刻后深沉地问："你呢？别告诉我，你完全不相信。"

"我要是一点儿也不信，就不会坐镇诡案组。"梁政狡黠地笑着，"人的知识是有限的，有些人总是把合理、科学挂在嘴边，却不肯接受自己知识范畴之外的事物，这种人才最无知、最愚昧。"

"很好，我最欣赏的就是你这种既理性，又勇于接受未知事物的性格。虽然你的牛脾气有时候也挺惹人讨厌。"

"现在可不是讨论我有多讨厌的时候，这宗案子前后一共出了六条人命，而且案中关键人物依然在逃，我们得想个办法善后才行啊！"梁政虽然一脸满不在乎，但微微上翘的嘴角，泄露了他心中那份压抑不住的喜悦。

厅长摊开双手，不以为然地说："还能怎么善后？该死的死了，不该死的也死个精光，把这份报告封存就是了。至于封锁消息方面，美院的领导自会想办法，要是这宗案子被媒体曝光，他们明年就别想再招新生。"

"那在逃的疑犯怎么办？她可是能把一支全副武装的武警小队当猴子耍的极度危险人物。"

"四支冲锋枪也奈何不了她，你认为还能怎么办？"

梁政思索片刻，漏气似的说："的确不能怎么办。"

"那就只能先放下了，反正她也不像惹是生非的人，要不然以她的能力，恐怕早就闹出大乱子了。"厅长把一份档案递给梁政，"这事暂且放下吧，还有另一宗案子等着你来处理。"

梁政接过档案，翻阅片刻后露出好胜的笑容："六岁女童于电话亭内自杀？年纪这么小就想不开，不可能吧！我想这宗案子一定会很有意思。"

灵异档案　关于荫尸的恐怖传闻

来自台湾的网友Leamas为某市提供了两则恐怖的灵异传闻，第一则发生在台南附近一个叫五块厝的地方。十几年前，这里曾经发生过一件骇人听闻的僵尸害人事件，当地报纸也曾报道过此事。

该地有一座私人墓园，据说属于某个姓陈家族，但不知何故长年无人拜祭，也无人打理。墓园入口两旁的榕树挂满了死猫，几乎每棵榕树都挂了两三只，墓园内阴森无比，即使是白天从园外经过，也会让人不寒而栗。

有一段时间，当地接连有近十人死亡，全都死因不明，但有一共同点就是都曾进入墓园。坊间传说，他们进入墓园时，影子被僵尸踩到，所以死得不明不白。

在科学发达的年代，这种说法当然没人相信，但因为一连出了近十条人命，所以这件事越闹越大，并且引来了一真一假两名道士。

真道士在观测墓园的风水地气之后，发现园内其中一座坟墓有问题，便择取吉时，与假道士一同开棺。开棺的时候，吸引了大批当地人前来观看，因此僵尸的庐山真面目便展露于众目睽睽之下——该尸体虽下葬多年，但经久不腐，而且头发、指甲依然继续生长，指甲就像港产片里的清装僵尸一样长，眼睛更是睁开了一半，样子非常吓人。

假道士为了在众人面前卖弄自己的神功，用手往尸体头上压，跟大家说僵尸已经被他神力镇压。谁知道，他提手的时候，尸体竟然跟着他的手坐了起来。这一幕在场的所有人都目睹了。

真道士见情况不妙，立即取出道符贴在尸体的额头上，并顺势把尸体压下去，随即吩咐众人立即将尸体火化。

另一则恐怖故事发生在高雄，主人公是Leamas外公的邻居。

邻居全家都从事养殖业，父亲去世后，儿子便请来风水师傅，将父亲安葬在自家的鱼塘附近。开始那几年一切如常，没发生任何奇怪的事。

几年之后，儿子像往年那样把鱼苗放进鱼塘，并按时投放饲料，一切都跟往常一样。但到了收获季节，下网打捞竟然连一条鱼也没捞上来，之后三年的情况都一样。而且从第三年开始，家族成员便一个接一个地离奇暴毙，前一个的丧事还没办妥，后一个的死讯就传来了。

整个家族因此惶恐不安，便找来道士查看阴阳两宅的风水。当道士来到鱼塘时，就问鱼塘有没有发生过怪事。儿子把鱼塘里的鱼无故消失的事情，详细地告诉道士。道士听完后就知道是他父亲的坟墓出了问题，要求立刻开棺查看。

开棺的时候，Leamas的外公也在场，目睹了僵尸的可怕面目。

老先生下葬多年，竟然完全没有腐烂，而且遍体长满蜷曲的红毛，牙齿就像狗牙似的参差不齐，还一颗颗伸到嘴外。更可怕的是，尸体的眼睛竟然完全睁开，眼珠呈暗灰色，虽然像死物般毫无生气，却能随着周围的人走动而左右转动，死死地盯着别人。

下葬多年的尸体变成这个模样，虽然没有像电影里那样跳起来伤人，但也已经够吓人的。所以家属听从道士的吩咐，在做完法事之后，就立刻将尸体火化。

之后，道士给大家解释说，水属阴，鱼也属阴，鱼塘本身就是个阴气旺盛的地方。把尸体葬在鱼塘附近，会吸尽鱼的精气，鱼的精气被吸光了，自然就死翘翘，并且沉到塘底化做塘泥，连鱼尸也不会浮上来。

尸体在吸收大量鱼的精气后，成长速度非常迅速，短短几年就变成了坊间俗称的“荫尸”。荫尸虽然不会跳起来伤人，但会给亲属带来无形的伤害，甚至使整个家族蒙受灭顶之灾。

Leamas的外公在事后听说，邻居之前请来的风水师傅就报酬一事，曾跟邻居发生过争执，可能因此而结怨，故意给老先生选一个遗祸子孙的凶穴。不过，这是极损阴德的事，所以这位风水师傅也没有好下场，老先生的尸体被火化后，他就突患恶疾，不久便撒手于人世。

［卷十三完］

卷十四·藏镜罗刹（上）

引　子

一

“老四，别进去！妈妈说藏镜鬼就住在里面，我们要是被她抓住，永远也不能出来。”在漆黑的防空洞前，大姐严肃地喝令年幼的四弟停下脚步。

老四毫不在乎大姐的威吓，挑衅般反驳道：“那足球怎么办？如果不进去捡回来，我们到哪儿找一个还给卢老师？”

“是啊，卢老师知道我们把足球弄丢了，肯定会处罚我们。”二姐小声地嘀咕，“他最喜欢罚人家抄课本，上次他罚我抄满一整本作业本，害我手酸得连筷子也握不住……”

“就算卢老师那边能混过去，爸也不会放过我们。”三姐以不安的眼神瞥了老四一眼，心中所想虽然没说出口，但两位姐姐心里都清楚，无论四弟跟五弟做错什么事，父亲都只会责怪她们三姐妹。

老五也像哥哥那样，很想探索这个充满神秘色彩的洞穴，附和道：“足球应该不会滚得很远吧，我们一起进去找，用不了多久就能找到。”

“现在是大白天，我们又有五人，应该不会有问题吧！”三姐上前拉了拉大姐的衣角，不经意露出手腕上的棒痕。

既然大家都表态了，大姐也不再坚持，毕竟她也不想受皮肉之苦，父亲只要一生气就会把她和两个妹妹打得皮开肉绽。

老四趾高气扬地走向令人感到不安的漆黑洞穴，大姐立刻紧跟其后，以防他有任何闪失，老五也随即跟上。二姐和三姐虽然不想进入这个阴森的防空洞，但她们更不想父亲的棍子落在自己身上，只好互相偎依跟随入内。

此刻，洞外一棵大榕树后有一个鬼祟的身影探头，默默地窥视着这五姐弟没入黑暗的洞穴之中。

对身高不足一米二的老四而言，防空洞就像一座巨大的城堡，不但高不见顶，而且非常宽敞，仿佛没有边际。他之所以会有这种感觉，是因为洞内光线不足，除洞口的一小段外，其他地方均隐没于漆黑之中。

在黑暗的空间里，或许隐藏着无数危险，但同时亦蕴藏未知所带来的诱惑。初生牛犊不怕虎，在父母及三位姐姐呵护备至下长大的老四，自然胆大包天。因为他知道不管发生什么事，大姐一定会想办法帮他解决。而且，就算大姐解决不了，父亲也会罩着他，不会让他受到半点儿伤害。

就像刚过去的春节，他跟老五玩儿烟花时，差点儿把邻居的猪棚烧掉，父亲也只是做做样子地责备了他们几句。可是，三位姐姐却因为“看管不力”，而被父亲用棍子打得半死不活。

他跟老五大步流星地走进黑暗之中，三位姐姐亦步亦趋地紧跟其后，一同搜索向卢老师借来的足球。在洞口附近仔细地找了一遍后，并没有发现足球的踪影，他们只好走向洞穴的深处，探索更为黑暗的未知领域。

防空洞很深，而且有很多岔口，如果足球滚入深处，要找回来可能要花上一阵工夫。老四提议大家分头找，大姐心里虽然不愿意，可是不分开找，恐怕找到天黑也找不着，无奈之下也只好答应。

越往防空洞的深处走，光线就越微弱。虽然还不至于伸手不见五指，但这种程度的昏暗，已足以令绝大多数孩子却步。老四也不例外，不过当他打算退缩的时候，却发现前方拐角处有微弱的灯光，而且还隐约有人声传出。好奇心会害死一只猫，也会害死一个小孩，在好奇心的驱使下，他快步流星地走向前方的光亮处。

当老四走到拐弯处时，突然听见一个男人的声音："谢了，这半截儿仁孝我先收下。"他探头张望，看见一个高瘦的男人站在一面人脸大的镜子前，用手帕包着一截儿沾满泥巴的铁片儿，拿在手上像挥舞匕首般舞动了几下。

老四正奇怪对方在这里干什么，突然发现他身前的镜子里竟然有一张可怕的脸。蓬乱如草的头发、毫无血色的苍白脸色，还有那双淌血的可怕眼睛，构成一张宛若来自地狱深处的女鬼脸孔。

老四被这张狰狞的面孔吓得几乎要叫出来，但他更害怕被对方发现，只好把已到喉咙的尖叫硬咽回去，并安慰自己这只不过是一幅画像而已。然而，他随即便发现镜中的女鬼不但会动，而且还会开口说话。

镜中的女鬼目露凶光，恶狠狠地对镜前的男人说："相溪望，你这个卑鄙无耻的小偷！明明是我先发现圣剑，你竟敢来抢我的功劳！"女鬼的声音缥缈而空洞，宛若来自地狱深渊。

男人随意地挥动着手中的铁片儿，面露狡诈的笑容："我不是已经向你道谢了吗？"

女鬼发出令人毛骨悚然的尖声叫骂："你妈的，说一声谢就能换取这把旷世神器吗？若胆敢不把圣剑双手奉上，我必定向圣主禀明一切，让圣主好好地惩治你一番！"

"阿娜依才不会管找到仁孝的人是谁，她只在意是谁把仁孝交到她手上。"男人依然狡诈地笑着。

女鬼再次放声尖叫，双目闪烁着骇人凶光，血口大张露出参差不齐的獠牙，冲男人怒吼："别再跟我耍嘴皮功夫，若不立刻交出仁孝，休怪我心狠手辣。"

男人泰然自若地答道："你以为自己是赤神教的右护法，我就会买你的账吗？在我眼中，你不过是一只藏头露尾的小老鼠罢了，有本事就出来跟我比画一下。"说罢，一个箭步上前，挥动手中铁片儿在镜子上划了一下。

沾满泥巴的铁片儿虽形似废铁，但只是轻轻一划，镜子便一分为二。两截儿镜子一同坠地，其中一块儿摔成碎片，另一块儿也被男人抬脚踩碎。一声痛苦的低吟于洞穴中回荡，女鬼随之消失于无形。

在争斗后的死寂中，老四双手牢牢地捂住嘴巴，蹑手蹑脚地缓缓后退，想在对方发现自己之前，离开这个可怕的地方。然而，正在把玩着手中铁片儿的男人，似乎早已察觉到身后的异动。他猛然转身盯着阴暗的拐角，脸上露出凶狠的神色，缓步向前移动，冷声道："小鬼头，这里不是你该来的地方……"

二

入夜时分，县实验中学对面的老蔡饭馆里有四个忙碌的身影，老板蔡恒正在厨房准备晚饭，他的妻子及岳父母则在清洁店面。这家饭馆主要做学生的生意，从学校放学开始，他们就忙个不停，直到此刻才能为自己准备晚饭。

他们忙得头顶生烟，自然无暇分身照顾年仅六岁的少萌。不过少萌是个乖巧的孩子，并没有去烦扰他人，而是独自坐在后堂看她最喜欢的动画片。

当少萌全神贯注地看着动画片时，动画片中的主角——一只人形的可爱小绵羊，不知于何时，悄然无声地在窗户里出现。小绵羊不停地向她招手，最终引起了她的注意。她惊讶地看了看电视机，又再看窗户，不明白动画片里的主角为何会跑到窗户上。

小绵羊憨厚地笑着，再次向她招手，似乎有话想跟她说。她好奇地走向窗户，打算跟这只平日只会出现在电视机里的小绵羊一起玩儿。可是，当她来到窗前，对方却挠着脑袋似乎正为某事而烦恼。

"你想说什么呀？"见对方嘴巴张合，并不停地指手画脚，却没能听见任何声音，少萌也不禁挠起了脑袋。

小绵羊无奈地叹了口气，往自己的嘴巴和耳朵分别指了指，少萌随即会意，兴奋地叫道："你想说，你说话我听不见是吗？"

对方一个劲儿地点头，少萌则失望地说："我可有很多事情想问你呢！"

小绵羊皱着眉头思索片刻，似乎已经想到了能互相对话的办法，随即往门外指了指，示意少萌跟它到外面去。

少萌往门外的街道瞥了一眼，不明白窗户里的小绵羊要怎样才能跑到街道上去，当她回过头来却发现对方已经不知所踪。她本以为小绵羊已经走了，但很快就发现对方并没有离开，只是“跑”到靠近门口的窗户上。小绵羊又手脚并用地比画，示意她去外面的街道，并做出奔跑的姿势，一溜烟地“跑”向门外。

少萌兴奋地跑出门外，在街道上四处张望，很快又发现可爱的小绵羊原来藏身于隔壁文具店的橱窗玻璃中。她走到橱窗前，小绵羊马上做出滑稽的动作，引得她哈哈大笑。

“我要怎样才能跟你说话呀？我很想跟你聊天呢！”少萌心里有很多话想跟眼前这位熟识的新朋友说，无奈一直未能听见对方的声音。

小绵羊做了一个打电话的手势，并指着少萌身后，响亮的电话铃声随即传入耳际。

少萌回头看着身后铃声大作的电话亭，马上就明白对方的意思了，立刻跑进电话亭想摘下听筒跟对方通话。可是，她的身高只有一米多一点儿，不管怎么伸手，也不能将话筒摘下。

此时，小绵羊突然出现在电话亭的透明塑料壁上，示意她踩着塑料壁下方的钢管，爬高一点儿就能摘到话筒，并向她做出加油的动作。

在小绵羊的指示下，少萌抬起幼细的小腿，踩在钢管上奋力往上蹬，希望能摘下听筒与可爱的小绵羊通话。可是，不管她怎么努力把手往前伸，却总是差一点点才能摘下话筒。

从电话机传出的铃声，仿佛越来越急躁。电话彼端的小绵羊，或许已经等得不耐烦，随时会把电话挂掉。少萌越想越着急，把一双小脚板尽可能地伸直，以使自己能站得高一点儿。

在使出浑身解数后，她的小手与话筒的距离一再接近，眼见就要将其摘下，一股无形的力量在她的后脑勺上狠狠地敲了一下，使她立刻失去了平衡，身体随即下坠。她爬得并不高，就算摔下来也不会受伤，可是在那道无形力量的敲击下，小脑袋被准确地推进电话绳圈里，使她的脖子卡在电话线上。

电话线离地并不高，但这个高度已足够使她的双脚不能触及地面。她就这样被吊在电话线上，不管怎样挣扎也无法挣脱电话线的束缚。当幼小的躯体停止抽搐时，文具店老板娘的惊叫声便随之响起。

塑料壁上那只可爱的小绵羊，看着少萌那双已无力地垂下的小手，脸上露出诡异的笑容，在老板娘跑过来之前悄然消失……

第一章　幼女自尽

花间一壶酒，独酌无相亲。
举杯邀明月，对影成三人。
月既不解饮，影徒随我身。
暂伴月将影，行乐须及春。
我歌月徘徊，我舞影零乱。
醒时同交欢，醉后各分散。
永结无情游，相期邈云汉。

仔细品味这首《月下独酌》，能充分感受到李白的孤独。皎月当前，芳香花间，如此良辰美景却只能与自己的影子一同邀月畅饮，是何等无奈的寂寞。不过，在诗人眼中，寂寞也可以是一种享受，至少还有影子做伴。

每个人都有一个属于自己的影子，不但忠心耿耿，而且寸步不离，若把影子当做朋友，自然就不会觉得寂寞。但是，倘若伴随左右的不是自己熟识的影子，而是突然出现在镜中的恶鬼，那又会是怎样的可怕经历呢？

鄙人慕申羽，是一名刑警，隶属于专门处理诡异案件的诡案组。因为工作的关系，我经常会接触到一些离奇的案子，在接下来这宗案子里，我将跟一个藏身于镜子里的恶鬼周旋……

“你们觉得有压力吗？”伟哥突然抛出一个莫名其妙的问题，然后一个劲儿地向我们抱怨，“自从被老大招安进来做临时工后，我每天的时间都耗在毫无技术含量的资料录入当中，跟干体力活儿没有两样。想当初老子只要随便编个木马，就能跷起脚等着数钱。每逢有应用新技术的硬件推出，不管价钱有多BT（变态），我都会第一时间弄回来研究。可是现在呢？我连换CPU（中央处理器）的钱也拿不出来！作为二十一世纪最伟大的黑客，我感到压力很大。”

虽然伟哥经常会抱怨在诡案组里只有他才是临时工，以及老大不准他做任何违法的勾当，就连下载盗版软件也不行，我们对此早已见怪不怪。可是，这一回他的抱怨，却罕见地引起了大家的共鸣。而且首先作出回应的，竟然是一向沉默寡言的雪晴。

“嗯，我也觉得压力很大。”虽然雪晴没有说明压力的来源，但我猜她所说的压力应该是指傅斌。

自从上次跟傅斌合作之后，他总是找机会过来溜达。虽然他每次都有不同的借口，但目的却非常明显，就是想修补跟雪晴的关系。不过效果似乎并不理想，雪晴至今仍对他不理不睬。

蓁蓁也跟大家抱怨，说最近有不少同学及亲友结婚，每次参加婚宴总会有人问及她的感情生活，甚至提出给她介绍些青年才俊。尤其是她姨妈，每次跟她父亲虾叔碰面，总会问上一句“小蓁谈男朋友没”，仿佛怕她嫁不出去似的。这让她觉得很烦腻，自己才二十四岁，用得着为婚事这么着急吗？

蓁蓁刚把话说完，伟哥跟喵喵的目光立刻落在我身上，仿佛我该对此负全部责任。蓁蓁也意识到这个话题太敏感，霎时间脸色便红润起来。为免尴尬，我马上扯开话题，跟大家说我的压力也很大。因为老大总是要求限时破案，而且在他眼中破案是应该的，不能破案就得受处罚，所以老是用各种各样的惩罚来威胁我。

“我也觉得压力很大……”

一直被认为毫无烦恼的喵喵，在听过我们的抱怨后，竟然也皱起眉头。当我们为她的烦恼而感到好奇时，老大从外面走进来，扬了扬手中的档案夹：“你们的压力会比这个六岁的小女孩大吗？”说罢便把档案抛给我。

我翻阅档案后，不禁皱眉道：“才六岁的小鬼，竟然在电话亭里上吊自杀？太扯了吧！”

老大点头说：“的确很扯，但根据现场的证据，确实没有他杀的可能。虽然处理此案的同僚对死者家属宣称是意外，但他说这话时，自己心里也没底。”

“不是他杀，也不是意外，那就只能是自杀了。可是，六岁的小女孩有可能自杀吗？”蓁蓁也皱起眉头。

“我要是知道，还用得着浪费纳税人的钱给你们发工资吗？”老大瞪大他那双小眼睛，咆哮道，“还不快去调查！”

我跟蓁蓁在老大的咆哮声中落荒而逃，走到门口的时候，听见伟哥向喵喵小声问道：“你有啥压力啊？”

喵喵眉头紧皱，愁肠百结地回答：“我想了一个早上都没想好，今晚到底该跟朋友去吃寿司好，还是去吃pizza（比萨）好。”

听见喵喵这样回答，我差点儿没摔倒，然而伟哥接下来的话，却更让我吐血：“把我也带上吧，我已经吃了三天方便面了。”

根据资料显示，这宗案子的案发地点是县实验中学对面、一个文具店前的电话亭内。死者是一个名叫蔡少萌的六岁女童，被发现时脖子卡在电话线上，且已经停止呼吸。虽然以死者的身高，在站立的情况下，脖子并不能伸到电话线的高度。但在电话亭下方，一根距离地面三十厘米的钢管上有死者的鞋印，由此推断死者有可能是踩着钢管往上爬，自行把脖子伸到电话线上“自杀”的。不过，一名年仅六岁的女童，有可能自杀吗？

死者的住处就在文具店隔壁，不过最先发现此事的是文具店的老板娘谭好。因此，我跟蓁蓁先到文具店了解情况。

我们走进跟案发的电话亭只有三米距离的文具店，发现这里出售的文具并不多，店内摆放更多的是各式各样的玩具。我向店主谭好了解死者的情况，她谈及此事时显得十分迷茫：“太奇怪了，我到现在还不敢相信少萌已经死了。”

“你熟识死者吗？”我问。

“我可以说是看着她长大的……”她轻声叹息，随后告诉我们一些关于死者的事情——

应该是两年前吧，老蔡带着一家老小在隔壁开了一家饭馆。当时少萌只有三四岁，却比同龄的孩子乖巧，平时很少哭闹，也不会妨碍别人做事。因为大家是左邻右舍，而且我们都是做学生生意，所以学生上课的时候，少萌便会来我这里玩儿。

小丫头对什么都很好奇，而且你们也能看到，我这里遍地都是玩具，所以她每次过来都会眼睛发亮地盯着店里的玩具。我知道她很想拿这些玩具玩儿，但她并没像别的孩子那样，看见什么就拿什么玩儿，或者缠着父母买这买那。她很乖巧，从来不乱动我的东西，想玩儿什么都会先问我能不能玩儿。当然，她刚搬过来的时候，说话还不太流利，那时候她通常是指着想玩儿的东西，用期待的眼光看着我，怯生生地叫我一声“阿姨”。

要是别的野孩子过来玩耍，我通常会不耐烦地把他们赶走，唯独她是个例外。而且见她这么乖巧，我还经常送她一些小玩具。她啊，最喜欢的就是小绵羊，每次我送她小绵羊的东西，她都会高兴老半天，哪怕我送她的只是一张小小的贴纸。

唉，现在再也看不到她天真无邪的笑容了……

她摇头叹息，悲哀之情不亚于丧失至亲。蓁蓁安慰她别太难过，毕竟人死不能复生。待她的情绪稍微平复后，我便询问她事发时的情况。

“其实，当时我也不知道是怎么回事……”她思索片刻后，便向我们讲述当时的情形——

那时是傍晚，学生都已经回学校上晚自修，街上非常冷清。平日这个时候通常不会有生意，所以我也没在意外面的情况，专心地看着电视。大概是七点三十五分吧，有个熟客走进店里，他进来时很奇怪，边走边回头往后看。我问他发生了什么事，他指着外面的电话亭说：“那小女孩怎么了？”

我往电话亭一看，看见是少萌站在那里。

少萌是个怕黑的孩子，晚上一般不会独自跑出来玩儿，所以我就多看了几眼。开始时我并没有发现问题，但越看就越觉得不对劲儿，因为她双手垂着，而且她应该没这么高。我本以为她脚下垫了砖块之类的东西，但往她脚下一看，却发现她双脚是悬空的。

我意识到出事了，不由得叫起来，并且立刻跑过去。可是，当我跑到电话亭的时候，已经晚了……

听完她的叙述后，我提出了两个问题，一是她所说的时间是否准确，二是这位“熟客”是什么人。

对于这两个问题，她想也没想就给出答案：“那时刚播完新闻联播没多久，应该是七点三十五左右，误差不会超过一分钟。至于来买东西的人，是王村小学的教师王希，他喜欢写毛笔字，经常会来我这里买墨水、宣纸之类的东西。前不久他还让我帮他进一些质量好的宣纸，我想他应该是为这些宣纸而来的。不过他可能是吓坏了，什么也没买就走了。”

蓁蓁看着外面人来人往的街道问：“当时没有其他人发现死者出事吗？”

谭好摇头道：“没有，晚上学生都要晚修，天一黑整条街就会变得十分冷清，只有放学的时候才热闹起来。”

从谭好口中并没有特别的发现，我们便走向隔壁的老蔡饭馆，准备向死者家属了解情况。

时值晚饭时间，但我们进入饭馆后，却发现店面非常冷清，只有两男两女在里面。其中一位正在收拾桌椅的老人家看见我们进来，便跟我们说饭馆现在不做生意，想吃饭得去别的地方。

我向他表明身份及来意后，得知他是死者的外祖父周建。他跟我说，自从外孙女出事后，他们便无心继续经营这家饭馆，正打算转让给别人，然后举家返回家乡。

事实也许的确如他所言，饭馆内仿佛笼罩着一片愁云惨雾。在靠近厨房的桌子前坐着一个男人，双目无神地凝视着手中的照片，桌子上的烟灰缸堆满了烟头儿。我想，他应该是死者的父亲蔡恒。死者的母亲周琼呆坐在墙角，悲痛的泪水默默滑过苍白的脸庞。而周建的老伴则以机械性的动作反复擦拭桌子，仿佛以此麻痹心中的悲伤。

我在蔡恒对面坐下，说了几句安慰的客套话后，便询问他有关死者的事情。他没有立刻给我回答，甚至连目光也没有离开手中的照片，仿佛完全没听见我的话，继续一根接一根地抽烟。经过良久的沉默后，他突然抛出一句话："不可能是意外，少萌一定是被人谋杀的！"

"何出此言？"我问。

"不可能是意外，绝对不是意外……"他又点了根烟，也许是因为太过激动，双手稍微颤抖，"少萌很怕黑，天黑之后就不敢一个人跑到外面，如果不是有人叫她出去，她一定会乖乖地待在屋子里。"

"蔡先生，虽然我也觉得令爱的死，或许事有蹊跷，但也不能以你的主观判断作为证据。"我也点上一根烟，柔声问道，"能把当时的情况，详细地告诉我们吗？"

他把烟头儿掐灭，苦恼地用双手抓头。经过片刻的沉默后，才开口告诉我们当时的情况——

那天饭市刚结束，我女人跟岳父母在清洁店面，而我则在厨房里给大家做晚饭。大家都忙得不可开交，谁也没空儿去照顾少萌，只好让她自个儿在后堂里，看她最喜欢的小绵羊动画片儿。她每晚都是那样，一个人乖乖地待在后堂，之前一直都没有出过任何问题，可那晚却出事了。

当时应该是七点三十分左右，我听见少萌好像在跟谁说话。我本来想到后堂看看是谁进来了，但我正在炒菜，一时间走不开。我想应该是隔壁的孩子来找她玩儿吧，平时也经常有小孩过来找她玩儿，所以就没有在意。可是我万万没想到，只是炒个菜的时间，她就出事了。

大概过了十分钟，岳父突然冲进来跟我说："少萌出事了，你快出去看看。"我把勺子一扔就立刻跑出去，一出门就看见少萌躺在电话亭旁边，我女人正对着她的嘴巴吹气。岳母跟隔壁的谭大姐也站在那里。

我跑过去问岳母怎么回事，她急得哭起来，连话也说不清楚，我只好问谭大姐。谭大姐跟我说，刚才少萌不知道为什么，脖子卡在电话线上，她发现的时候，少萌的手脚都已经凉了……

就像之前询问谭好时那样，听完蔡恒的叙述后，我同样提出了两个问题，一是时间的准确性，二是是否确定曾有外人进入后堂。

对于第一个问题，他给予我肯定的回答，并加以解释："那晚我蒸了一条鱼，为了不把鱼蒸得太老，我每次蒸鱼都会看一下时间。那晚我刚把鱼放进蒸笼里，就听见少萌跟别人说话，时间肯定是七点三十分。"

对于第二个问题，他也十分肯定："少萌平时不会无缘无故地自言自语，当时我听见她在后堂说话，肯定是有人进来了。而且她很怕黑，如果不是有人进来叫她出去，她绝对不会一个人往外面跑。"

我跟他进后堂查看，发现后堂有一道门能通往外面的街道，而厨房就在后堂隔壁。按理说如果有人进来，并跟少萌说话，他应该能听见。但是，这必须在安静的前提下。

厨房并非安静的地方，蒸笼、抽风机等都会发出不小的声响，在这样的情况下，纵使只是一墙之隔，也不见得能听清楚隔壁有人说话。而更重要的是，他只听见少萌的声音，而没有听见他口中的外来者所发出的任何声音。如果真的是有人来找少萌，不可能一句话也不说。

虽然他一再强调，当时肯定有人进来把少萌叫到外面去，但他所提出的论据却缺乏说服力。纵使我觉得这宗案子非常可疑，但以目前的情况来看，少萌的死的确有可能只是意外。

"电话！少萌出事之前，电话亭曾经有个可疑的来电！"也许因为我不相信外来者这个假设，他突然抛出另一个理据支持自己的说法。

据资料显示，出事当晚七点三十二分，电话亭曾有一个未接来电。之前处理该案的同僚，曾调查过这个来电，查出是来自一个储值手机号码，无记名，于事发前一天开通，除事发电话亭外，没拨打过任何号码，事发后也一直未被使用。

处理该案的同僚认为，此来电只是巧合，与本案毫无关联。我想，他把这个判断记录下来时，心里大概并不是这么想。然而，来电的是一张无记名储值卡，根本无法查出使用者是谁，自然也无法以此为线索追查下去。因此，只好在这个关键的疑点上敷衍了事。

尽管蔡恒认定少萌是被人谋害，但现阶段我们并没能找到任何有助于调查的线索，所以只好先行离去。

就在我们向蔡恒道别、准备离开的时候，一直呆坐在墙角黯然落泪的周琼，突然喃喃自语："少萌一定是被人害死的，不然不可能才十来天就接连死了八个小孩，而且全都是姓蔡的……"

第二章　不灭邪神

在向文具店老板娘谭好及死者父亲蔡恒了解情况后，并没有特别的发现。正以为白走一趟时，死者的母亲周琼突然自言自语地说才十来天就接连死了八个姓蔡的小孩。

"接连死了八个小孩？"我惊讶地问，"能告诉我是怎么回事吗？"

她并没有回答我的问题，而是向我提出一个疑点："有我女儿鞋印的钢管距离地面三十厘米，而她的身高是一百零四厘米，如果她踩在钢管上总高度应该是一百三十四厘米。在重心失控的情况下，她的身体要么是向前倾，要么就向后倾。若是向后倾的话，充其量就是摔一跤，不可能卡在电话线上。若是向前倾，那么额头肯定会碰到电话机上，就算不流血，至少也会有一小块红肿。可是，我们并没发现她额头有任何伤痕。"

刚才她还哭哭啼啼，但话匣子一打开就变得激动起来，滔滔不绝地给我们继续分析疑点："她踩到钢管子上，脖子距离地面应该有一百零六厘米，而电话线最下端距离地面是九十八厘米。如果她在身体失重的情况下，脖子卡到电话线上，以她三十来斤的体重，和这八厘米的距离，在惯性作用下，怎么可能只有一道缢沟？应该还会造成其他伤痕才对啊！"

"所以，我能肯定少萌的死绝对不是意外，她一定是被人害死的！我甚至能想象得到，凶手是怎么样把她害死，当时的情况应该是这样……”她突然用坚定的眼神看着我，咬牙切齿地向我讲述她的推测，“凶手肯定是少萌认识的人，而且一定是个成年人。他趁我们正在店面忙着，无暇照顾少萌的时候，走进内堂把她诱骗到外面。他把少萌骗到电话亭里，哄她踩着钢管往上爬，然后看准时机在少萌身后推了一把，使她的脖子刚好卡在电话线上。”

她提出的疑点及假设，之前处理该案的同僚也有考虑过。虽然她的论据在论理是上正确的，但实际情况却要复杂得多。首先，死者踩在钢管上的高度，也不是简单的钢管高度加上死者身高，还要考虑死者当时身体的曲直情况，毕竟一个六岁女童踩在圆柱状的钢管上，跟站在平地是两回事，身体不可能昂首挺胸地完全站立。其次，以现有证据显示，事发时除少萌外，并没有任何人在电话亭附近出现，当然也不存在她所说的凶手。

我把心中的想法说出来，并给她递上纸巾，还说了些安慰的话。她抹去脸上的泪水后，仍然坚持女儿是被人害死。为了令我们相信她的假设，她向我们道出一个可怕的信息：“昨天，我们去殡仪馆给少萌办理后事时，殡仪馆里一个叫庆生叔的老爷子告诉我，少萌的死有些蹊跷。他还告诉我，少萌出事之前十来天，王村一户姓蔡的本地人，家里五个小孩一起淹死。没过几天，隔壁的梁村又有两个姓蔡的女孩莫名其妙地淹死。再加上我们家的少萌，这十来天就有八个姓蔡的小孩不明不白地死了。”

“应该是本县姓蔡的人比较多吧！”蓁蓁猜测道。

“没这回事！”周琼一个劲儿地摇头，“少萌在幼儿园里的同学没一个是姓蔡的，我们在本地认识的朋友，姓蔡的也没几个。蔡姓在本县根本就不是什么大姓，所以殡仪馆的老爷子才会觉得奇怪。”

如此说来，的确事有蹊跷，看来有必要到殡仪馆走一趟。

虽然已经是入夜时分，但为了能尽快把事情弄清楚，离开老蔡饭馆后，我便打算立刻前往周琼所说的殡仪馆。但刚上车蓁蓁就装模作样地说：“天都已经黑了，现在过去人家早就关门啦！还是明天再去吧，免得白跑一趟。”

我笑着问道：“天黑了就不死人吗？”

她理直气壮地反驳：“天黑了也会死人，但殡仪馆不会整天都开门啊！”

我点了下头，严肃地说：“也许节假日还会休息呢！”

“不是这样吗？”她认真地问。

我差点儿没被她气得吐血，仰天长号：“苍天啊，你这刑警到底是怎么当的，连一点儿基本常识也没有！”

一般来说，绝大部分殡仪馆都是全年无休，而且全天二十四小时也有人值班。因为不管什么时候都会有人去世，有人离世自然就会有生意。有生意，殡仪馆当然不会休息。哪怕是除夕夜的凌晨，只要不怕晦气，敢去敲殡仪馆的门，也一定会有人开门。

我把这些事告诉蓁蓁后，她的脸色马上就变了，怯弱地问道：“你不会真的想现在就过去吧？”

“其实我想吃完消夜再去。”我这么一说，她就不敢再说话。

周琼所说的殡仪馆位于一条僻静的街道，附近都是些出售香烛、冥钱及纸扎品的店铺，虽然已是入夜时分，但街道上大部分店铺仍然开门营业，只是行人稀少，显得格外冷清。不过这也是正常的，若无亲友离世，谁会三更半夜到这种晦气的地方溜达。要是时运不济，说不定还会遇到一些无家可归的“好朋友”。

街道虽然冷清，但殡仪馆仍大门敞开，里面还亮着灯，只是灯光略显昏暗，隐隐让人感到不安。进入殡仪馆后，我们没发现有人在馆里，空荡的厅堂只摆放着花圈等祭奠物品，了无生气，仿佛并非活人的世界。不知道是否是开了空调的缘故，厅堂里的温度明显要比外面低，蓁蓁健美的躯体也微微颤抖，并不自觉地往我身旁靠近。

我稍微提高声调，叫了声“有人吗”，良久也未见有人回应，当我叫第二次的时候，一个苍老的男性声音突然从内堂传出：“别叫了，这里没有人，只有鬼！”

蓁蓁被这突如其来的声音吓了一跳，像只受惊的小猫咪似的，迅速躲到我身后。我也被吓得不轻，如临大敌地盯着通往内堂的门洞。内堂没有开灯，门洞内漆黑一团，一副苍白的面孔突然出现于黑暗之中，随即又看见其身体斜斜地前倾，如鬼魅般飘出来。蓁蓁从我身后探头出来，正好看见这个只有上半身的诡异身影，不由得吓得惊叫起来。

“别叫了，晚上在这里乱叫可不是好事。”

一名年约六旬的老人，伴随着诡异身影一同从门洞出来，他似乎不喜欢我们破坏这里的宁静。当他完全进入灯光的照射范围后，我才看清楚把我们吓一大跳的诡异身影，原来只是他手里抱着的纸扎人偶。

当我想向他道明来意时，他突然把食指放在唇前，示意我们说话尽量小声一点儿，并加以解释："殡仪馆是中阴身汇集的地方，晚上在这里乱喊乱叫，很容易惊动他们。尤其是不能大叫'有没有人'之类的话，要是他们回答你们，你们的麻烦就大了。"

"中阴身是什么意思呢？"蓁蓁怯弱地问。

"前阴已谢，后阴未至，中阴现前。"老人喃喃念道，随即加以解释，"人在刚刚离世的时候，因为生前的意识还很强，往往在三七回魂之前，仍不知道自己已经离开阳世。这些以为自己还活在阳世的灵体就是中阴身。因为他们以为自己还活着，所以你们不能在这里乱叫'有人吗'之类的话。一旦他们答话，就会跟你们交感，说简单点儿就是缠着你们。"听见他这么说，我还真有点儿后怕，幸好刚才并没有"好朋友"答话。

跟他说了好一会儿，我才想起我们还没道明来意，于是连忙向他作自我介绍，并跟他说我们来找庆生叔。

老人布满皱纹的脸庞突然展露欢颜，笑道："呵，难得哦，竟然还会有警察专程来找我这块老骨头。"原来眼前这位老人就是我们要找的庆生叔，这一趟总算没有白跑。

庆生叔是个健谈的人，所以在切入主题之前，我们跟他聊了些闲话。他说自己在殡仪馆里劳碌了半辈子，且膝下无儿无女，恐怕得在这里终老一生了。

"这是命啊，干我这一行的，终日跟死人打交道，沾染一身晦气，三损必有其一。"他吐着烟轻声叹息。

"三损"之说我也略有所闻，是指损财、损寿及损嗣，我本以为只是学习风水术数的师傅，因为泄露天机太多才会有三损，没想到从事殡葬工作也会有三损。然而，我更没想到的是，眼前这个看似落魄的糟老头，竟然是腰缠万贯的财主。

"没想到吧，这间殡仪馆是我开的。"庆生叔得意地笑着。

蓁蓁吃惊地说："你既然是老板，干吗还要自己值夜班，而不早点儿回家休息呢？"

庆生叔闭目深思，似乎在回忆往事，片刻之后长叹一声："唉，我本来有三个儿女，不过都没活到三岁就夭折。我女人为此郁郁寡欢，十多年前就离开了我。虽然我有一间上千平方米的房子，但每晚回到毫无生气的房子里，我都找不到一点儿家的感觉。既然家不成家，那还回去干吗呢？反正伙计都不愿意值夜班，我就干脆把家当都搬过来，把这里当家好了。最起码，偶尔三更半夜还会有人过来跟我聊几句，不像一个人待在空房子里那么寂寞。说难听一点儿，要是我哪晚双脚一伸，第二天还有伙计帮我办身后事。而在那空房子里，恐怕要等到尸体发臭，才有人知道我已经去了阎王殿报到。”

在他落寞的叹息中，蓁蓁试图给予安慰：“其实你现在也算不错啊，有钱有房，又是老板。现在可有不少人，为了一套房子而奋斗一辈子呢！”

“这只是你们年轻人的想法。人其实只需三餐一宿，房子是租的还是买的、每天吃的是山珍海味还是粗茶淡饭都不重要。但求三餐温饱、有瓦遮头，无须风餐露宿便足矣。你们看我就是个例子，年轻时为了赚钱，做了不少违背良心的勾当。到头来钱的确是多得花不完，却失去了更多珍贵的事物。”庆生叔露出苦涩的笑容，“年轻人，名利不能带来幸福，争名逐利只会让人忽略了值得珍惜的眼前人。”

他寓意深长地看着我跟蓁蓁，似乎另有暗示。蓁蓁显然明白了他的意思，脸色一下子就红润起来，我也不免感觉尴尬。正想转换话题的时候，突然听见内堂传出“叩、叩、叩”几下敲打木头的沉闷声音。

“里面还有人吗？”蓁蓁探头望向通往内堂的漆黑门洞。

“没有。”庆生叔摇了摇头，“如果没有人在这里摆设灵堂，或者做法事，这里晚上就只有我一个人。”

叩、叩……叩、叩、叩……敲打声再次响起，沉闷而有节奏，似乎有人在封闭的木箱里敲打箱壁。

“这声音是怎么回事啊？”蓁蓁的脸色不太好。这是当然的，毕竟这里是个容易让人联想到可怕事物的地方。

“没事，没事，晚上经常会这样，只不过是棺材的响声而已……”庆生叔似乎想告诉我们是怎么回事，但看见蓁蓁刚才还略带红润的脸颊一下就变得煞白，便立刻把话咽回去。

他虽然没继续说下去，但敲打声也没有消失，而且还在我们的沉默中显得更加响亮，每一下敲打皆如丧钟，令人不寒而栗。他越不把事情说清楚，就越会让人胡思乱想。我还受得了，但蓁蓁可不一样，这单从她的脸色就能看出来。

我想，要是现在不把这声音弄个明白，她今晚大概不敢一个人睡觉。因此，我便请教庆生叔，这响声到底是怎么一回事。

“其实是新鬼在挑棺材。”庆生叔轻描淡写地说，“人离开阳世后，已过世的亲友便会前来迎接，带他认识死后的世界。这些老鬼通常会先带新鬼到棺材店或者殡仪馆，挑选一个合心意的棺材，就像活人挑选睡床那样。年轻的时候，每当晚上听见棺材发出的响声，我就高兴了，因为这代表有人离世，而且很快就会有生意上门。”

我本以为只要庆生叔把事情说清楚，就能解除蓁蓁的疑虑，使她不再害怕。但是我万万没想到，庆生叔竟然会给出一个如此恐怖的答案。这回可好了，蓁蓁的脸色由白变青，每当敲打声响起，她就死死地盯住门洞，仿佛随时会有一个披头散发的新鬼从内堂里飘出来。

庆生叔安慰她说：“平生不做亏心事，半夜不怕鬼敲门。只要你没做坏事，就没必要害怕鬼魅。”

话虽如此，但别看她外表强悍，其实她跟大多数女生一样，非常害怕虚无缥缈的鬼魅。还好，敲打声只持续了很短的一段时间，要不然我们跟庆生叔的交谈恐怕要就此中断。

为免再次让莫名其妙的声音耽误正事，我抓紧时间立刻切入正题，询问庆生叔有关近日接连有八个蔡姓儿童死亡的事情。

“这件事恐怕不像表面那么简单。”庆生叔眉头紧锁，欲言又止，似乎在思索是否该把所知的事情告诉我们。良久之后，他再度开口：“或许，我该先告诉你们一个关于不灭邪神的传说。”

第三章　范围分析

“我事先声明啊，这只是个传说，虽然会令人觉得匪夷所思，但我相信是真的。”

庆生叔揉着太阳穴，闭目沉思，似乎在思索该从何说起。片刻后，他缓缓睁开眼睛，向我们讲述一个荒诞不经的神话传说——

这个传说是我入行的时候，师傅亲口告诉我的。

相传，在三皇五帝时期，神州大地上曾经出现了一个穷凶极恶的不灭邪神。他不但能上天下地、呼风唤雨，更拥有不死不灭的金刚之躯。他的力量非常强大，曾一度于神州大地中肆虐，以致生灵涂炭。

据说他拥有操控尸体的能力，而且喜欢以尸为奴，每到一个地方，必定杀尽一切活物。他不单只把所有人都杀光，就算是禽畜虫鸟，甚至花草树木，反正一切活的东西都不会放过。用我师傅的原话说就是：邪神所经之处，必定尸横遍野，赤地千里，人兽花草均无一幸免。

天上诸神眼见凡间生灵涂炭，于心不忍，便联手对付邪神。但是，邪神拥有不灭之躯，纵使诸神联手亦无法将他消灭。

就在诸神束手无策的时候，黄帝想到一个舍难取易的方法，并向诸神献计：既然邪神的肉体无法消灭，那就先别管他的肉身，只要把他的元神消灭，剩下这副臭皮囊便不足为患。

诸神闻计后恍然大悟，再度联手与邪神周旋，其间引出他的元神，并将其擒获。当诸神准备把元神消灭以了结此事时，却发现邪神连元神也修炼到了不死不灭的境界。尽管诸神费尽心神，但最终仍无法将其元神消灭，只好将元神流放到三界之外，并令一门将看守。

邪神的元神总算被诸神解决了，可是他的肉身仍然留在凡间。

在失去元神之后，邪神的肉身便跟普通的尸体没多大分别，但因其是不灭之躯，所以腐而不烂、朽而不化。而且随着时间的推移，肉身吸收了天地之灵气、日月之精华，渐渐产生了自主意识，随后更修炼成尸魔。

变成尸魔后的邪神肉身，力量虽然不能跟昔日相提并论，但也足以祸害一方。可惜诸神察觉此事时，为时已晚。邪神心知自己不再是诸神的对手，自然不会贸然跟诸神正面交锋。

为逃避诸神追击，他不但四处逃窜，还把自己的血液洒遍神州大地。人的尸体若安葬在被邪血污染的土地里，就会受到邪神的力量影响，轻则尸身不腐，重则化做僵尸，甚至破土而出祸害一方。

诸神疲于奔命，而邪神为求自保，亦不再像当初那样到处肆虐。因此，诸神便给凡人传授仙术，教他们如何辨别被邪血污染的土地，以免误葬凶土，使死者化做僵尸祸害一方。诸神传授的仙术经过千百年的流传，渐渐演变成后世的风水术数，以及殡葬礼仪。

虽然诸神不再找邪神的麻烦，但并不代表邪神就会变乖。

邪神一直在想办法拯救自己的元神，因为失去元神之后，他的精元逐渐流失，甚至触及根基。纵使他已修炼成尸魔亦无济于事，若精元散尽他便会失去不灭之躯。届时他将会化为尘土，消失于天地之间。

为了保住不灭之躯，也为了恢复昔日足以独立与诸神对抗的力量，邪神利用部分凡人的愚昧和贪婪，成立了一个邪教，指使教徒替自己做事。当然，为了躲避诸神的耳目，这一切都在暗中进行……

听完庆生叔这个邪神传说后，我感到一头雾水。因为这个荒诞不经的上古传说，似乎跟近日接连发生的蔡姓儿童死亡事件毫无关系，于是我便询问他告诉我们这个传说的用意。

“我跟你们说这个传说，是因为六十年前也曾经发生过类似的事……”庆生叔神情凝重地给我们讲述了另一个故事——

这也是我从师傅口中听来的，是师傅的亲身经历。

六十年前，本县也曾经有八个姓王的小孩，在短短一个月内相继死亡。不过，那年头物资非常短缺，经常会有人饿死，而且消息传播渠道也没现在这么发达，所以这事没有太多人知道，当然也没有多少人在意。

按照旧时的俗例，还没成年便夭折的小孩，不能像成人那样装殓入棺，但也必须做一些法事。当时给这八名小孩做法事的人，就是我师傅。

那年头人死得多，就算一连死了八个同姓的小孩，师傅也没有在意。但是，当他知道这些小孩的生辰八字及殒命时日后，就觉得事有蹊跷，因为他们的八字都是属水，而且都是死于亥日。

师傅觉得这些小孩的死肯定有问题，于是暗中向同行打听，谁知竟然从一名老仵作口中获悉一个可怕的信息。

老仵作已经年近古稀，大半辈子都在跟死人打交道，但凡跟死人有关的事情几乎无所不知。他不但告诉师傅有关邪神的传说，还说邪神为了弥补精元的流失，每隔六十年就会指使教徒为他举行一次祭祀仪式。举行祭祀需要八个同宗、纯洁，且八字属水的灵魂，而且必须取于亥日……

“你的意思是，这八名蔡姓儿童是被邪神教教徒杀害的？”听完庆生叔的故事后，我感到十分震惊。

他点了下头："八名小孩都姓蔡，都是八字属水，符合举行祭祀的要求。而且其中一对姐妹及刚去世的女孩都是死于亥日，他们的死很可能跟邪神有关。"

"另外五名小孩也是死于亥日吗？"我问。

"这个问题，我不能给你肯定的答案。他们是在失踪四天后，尸体才被人在鱼塘里发现，不清楚他们准确的去世时间。不过，虽然他们送来的时候已经被水泡了很久，但以我的经验看来，他们应该跟邻村的那对姐妹同一天去世。"

"同宗、纯洁、属水、亥日……"蓁蓁喃喃自语念着这四个词，我问她在想什么，她答道，"我知道同姓代表同宗，但这个'纯洁'是什么意思呢？"

"就是未经人事的意思。"庆生叔笑着给她解释，"每一个初生的孩童都拥有纯洁的灵魂，但经历男女之事后便会沾染俗气，变成不洁净的灵魂。"

听他这么一说，蓁蓁的脸色马上就红了起来。

我赶紧替她打圆场，询问庆生叔，邪神是否会赐予教徒某种异于常人的能力。虽然我并不了解另外七名蔡姓儿童的情况，但以现有证据判断，蔡少萌很可能是死于意外，而非人力所为。而且作为一个如此隐蔽的邪教，若没有极其诱人的利益驱使，要维持六十年一次的祭祀仪式并不容易。毕竟六十年不是一个短暂的时间，有道是"人生七十古来稀"，我想应该没几个人能为邪神举行两次祭祀仪式。

"应该是没有人可以为邪神举行两次祭祀仪式。"庆生叔皱起眉头。

"此话何解？"我问。

"我不知道邪神是否会赐给教徒特殊能力，但有一点是能肯定的，就是为邪神举行祭祀仪式的祭祀者，必须奉献自己的生命。"

蓁蓁惊讶地说："谁会这么笨啊？为讨好这个杀人如麻的邪神，竟然连自己的命也不要？"

庆生叔摇头道："有得必有失，要得到邪神的恩赐，必须先奉献生命。"

"那祭祀者会得到什么？"这是问题的关键。

"永生！"庆生叔的话简洁但有力，他随即给我们解释，"邪神虽然失去了元神，但仍然拥有操控尸体的能力，能让祭祀者以僵尸的形态得到永生。当然，若要得到邪神赐予的永生，必须先成为尸体。"

千百年来，长生不死都是人类永恒的追求，哪怕是以僵尸的形态获得永生，对某些人来说也是一件梦寐以求的事情。我想这个邪教之所以能够一直传承下来，就是因为这个。

然而，纵使祭祀者能以僵尸的形态获得永生，但以命案现场的情况看来，就算是僵尸也不见得能神不知鬼不觉地加害蔡少萌。

“有件事我并没有告诉这个小孩的家人……”庆生叔听了我的疑问后，欲言又止地沉默半晌，似乎在思索某些事情，当他再度开口时神情格外严肃，“这件事是给小孩上妆的伙计告诉我的，为免她的家人难过，我没敢告诉他们。”

“是什么事呢？”蓁蓁性急地追问。

“这伙计给小孩上妆时，发现她后脑勺有一小块红肿，应该是出事时被人用力地敲了一下。不过因为被头发盖住，如果不仔细看不容易发现。”

庆生叔提供的这个信息，让我脑海里立刻浮现少萌出事前于电话亭内的情景——她因为某些原因踩着钢管往上爬，一个黑影突然在她背后出现，朝她后脑勺狠狠地敲了一下。这一下突如其来的敲打使她失去了平衡，小脑袋瓜不偏不倚地钻到电话线构成的绳圈里……

如果少萌真的是被人敲了一下，脑袋才卡到电话线上，那么就能解释周琼提出的疑点了。行凶者肯定算准了角度，才给少萌这一下致命的敲打，使她的脑袋刚好套进电话线圈里。

这本是极其重要的证据，可惜之前处理此案的同僚并没有发现，此刻死者的遗体已经火化，无法进行核实。不过也不要紧，只要知道有这回事，接下来的调查便有较为明确的方向。

我向庆生叔要来另外七名蔡姓儿童的资料，随后说了几句客套话便向他道别。就在我们准备离开时，电话铃声于厅堂内回荡，庆生叔连忙上前接听。

“是，这里是殡仪馆。嗯，嗯……还要订一副棺材是吧！没问题，我马上派车去你那里，你的地址是……”庆生叔接完电话，向我们展露出诡异的笑容，神秘地说，“我没骗你们吧，晚上听见棺材响，一定会有生意上门。”

翌日，我向老大汇报调查进度后，他挤弄着一双小眼睛，狡黠地问：“你相信这个殡仪馆老头儿的鬼话？”

“虽然没有证据能证明他所说的话都是真的，但同样也没有能证明他撒谎的证据，而且向我们撒谎对他没有好处。”我悠然地点了根烟，继续说，“最重要的是，他给我们提供了一个非常重要的信息，如果蔡少萌后脑真的有一小块红肿，那么就能肯定她死于他杀。”

“就当之前处理这宗案子的伙计没注意到死者后脑的红肿，但这老头儿所说的邪神、邪教也太扯了吧！先撇开那些不着边际的神话传说，如果这个邪教真的存在，而且又存在了这么长时间，你认为我会毫不知情吗？”

“如果邪教活动频繁，当然不可能逃过老大的法眼。倘若这个组织只是每隔六十年才举行一次祭祀，平时不做任何有可能引起别人注意的坏事，那要避过警方的视线也不难。毕竟我们没可能查证六十年前，甚至一百二十年前，是否曾经发生过类似的事情。”

老大双手放于唇前，以深邃的目光凝视着我，让人猜不透他在想些什么。在良久的沉默后，他终于开口：“好吧，我就当这个邪教真的存在，那你觉得现在该怎么办？要继续调查电话亭的案子，还是先调查另外七名蔡姓小孩的死因。”

“或许两方面能同时进行。”我把跟庆生叔要来的七名蔡姓小孩的资料递给老大。

资料上虽然只写有七名小孩的姓名、生死日期及住址，但老大一看便察觉出端倪，并皱起眉头。我补充道：“庆生叔跟我说，这七个小孩分别住在两个相邻的村子里，其中住在王村的五名小孩是来自同一家庭的亲姐弟，另外两名则是梁村的一对姐妹。先是五姐弟失踪，三天后两姐妹遇溺身亡，第四天五姐弟的尸体在鱼塘里被人发现。虽然没有作正式的尸检，但根据庆生叔的判断，他们的死亡时间应该在同一天。”

“你想到了什么？”老大露出狡黠的笑容。

我认真地分析道：“假设这七名小孩都是被蓄意谋杀，那么凶手应该不止一个。因为对付两姐妹还比较容易，但要对付王村的五姐弟，哪怕对方只是小孩子，单凭一个成年人的力量很难做得到。毕竟这些小孩受到袭击，就算没能力反抗，至少也懂得逃走。”

“就只有这些吗？”老大的小眼睛滴溜溜地转动。

我莞尔一笑：“七名小孩住在相邻的两个村子里，他们相继死亡或多或少都会引起别人的注意。一旦警方介入，肯定把凶手的活动范围锁定在这两个村子。如果我是主谋，一定会在稍远的地方，再找一个跟这七名小孩毫无关系、但符合祭祀条件的目标。这样就能扰乱警方的视线，分散我们的注意力。蔡少萌完全符合凶手的要求。所以，我认为凶手的老窝就在这两个村子里。"

"你的推断也不是没有道理，但依据并不充分。"老大眼睛一转，立刻对我的推理提出反驳，"如果我是主谋，我会先远后近，这样才能起到更好的迷惑效果。"

"这种情况我也有考虑过，不过我认为凶手窝藏在乡村的可能性更大。"我再次给老大分析，"要知道一个人的生辰八字并非难事，但要知道七个人的生辰八字，就不是一时半刻能办到的事情。凶手要核实这些小孩的出生时间，必定要花上一段日子。而且凶手的时间并非只花在这七名小孩身上，他们需要在众多小孩中寻找符合要求的目标。如果在他们日常活动范围以外的地方办这件事，在操作上难度比较大。"

对于我的观点，老大并没有发表意见，只是默默地看着我。从他的眼神中，我知道他对我的推理仍有保留。不过也没关系，因为我还有其他依据。

"在这七名小孩中，其中五名是姐弟，另外两名是姐妹。刚才我已经说过，他们如果待在一起，要把他们全部害死相当困难。但是如果是熟人以诱骗的手段行凶，那就容易多了。更重要的是，假设五姐弟是在失踪的第三天才遭到毒手，那么凶手必须找地方禁锢他们。如果凶手是外来人，很容易就会被当地人发现。"

"这些都只是你的推断，没有任何实质证据支持。"老大仍不认同我的推理。

我得意扬扬地笑道："如果没有实质证据支持，我才不会跟你唠叨这么久。文具店的老板娘跟我说，首先发现蔡少萌出事的是一位名叫王希的教师，而这位王老师任教的地方恰巧就是五姐弟居住的王村。"

第四章　镜鬼传说

"你怀疑这名教师就是杀害小女孩的凶手？"老大不假思索地说。

我点头道："根据老板娘及附近店主的口供，当时街道上十分冷清，除了这位教师以外，就没有其他行人经过。而蔡少萌离开自家后堂的时间大概是七点三十分，老板娘发现她出事的时间约为七点三十五分，也就是说凶手的行凶时间少于五分钟。如果她真的是死于他杀，那么凶手就只可能是这位教师。因为倘若凶手在行凶后慌忙逃离现场，必然会引起附近店铺人的注意。”

“好吧，既然你言之凿凿，我就姑且相信你。要是你没能把这个所谓的邪教挖出来，我可不会饶过你。”老大大手一挥把我轰走。

我跟蓁蓁驾车出发，调查这个涉嫌跟八名蔡姓儿童死亡有关的邪教组织。我们的目的地是两个相邻的村子——王村及梁村，但我们并没有直接到村子里，而是先到当地派出所了解另外七名儿童的情况。

对于我们查阅相关档案的要求，派出所的值班民警王达表现得十分茫然。他跟我们说，虽然一连死了好几个小孩，但都是死于意外，只不过恰巧发生在一起而已，不明白我们为何还要调查。尽管他觉得我们调查这七名儿童的死因，纯粹是多此一举，但还是非常配合地帮我们找来相关的档案。

根据档案的记录，在蔡少萌出事前十四天，王村蔡家五姐弟彻夜未归，父亲蔡全于次日到派出所报案，值班民警以失踪时间未超过二十四小时为由不予受理。第三天，蔡全再次报案，值班民警只作了记录，仍然没有立案。直到第四天，蔡全第三次到派出所才予以立案，但并没有派出警员搜索失踪的蔡家五姐弟。

同日，王村村民在该村小学附近的鱼塘里，发现有五名儿童的尸体漂浮在水面，经打捞后证实是失踪四天的蔡家五姐弟。

王村儿童失踪的第三天，即蔡少萌出事前十二天，梁村蔡家姐妹蔡芬、蔡芳，一同被发现浮尸于距离住所不远的蓄水池内。接案到场的民警并无特别发现，认为她们只是失足跌入蓄水池，所以只作了简单的记录，并没有立案调查。

这些记录跟庆生叔所说的相差无几，不过稍微详细一些而已。蓁蓁在翻阅档案后便大发雷霆，质问为何蔡全前两次报案，都没有立案处理?!

对于这个问题，王达只是轻描淡写地回应：“农村里的野孩子哪个不是天天到处乱跑，要是谁家丢了孩子都要我们去找，那我们不就连睡觉的时间也没有了。”

“话怎能这么说?!我们可是领着纳税人给的工资，怎能这样敷衍了事？如果孩子的父亲第一次报案，你们就立刻出警去找这些孩子，他们可能就不会出事了！”蓁蓁对王达怒目而视，一副张牙舞爪的架势，吓得后者不自觉地后退。

我怕她会揍对方一顿，于是连忙拉住她。

“你们肯定没在基层待过，不知道情况。虽然说失踪二十四小时就能报案，但派出所一般都会拖上十天半月，甚至不予立案。”王达小声地咕哝着，仿佛给予立案已经是对蔡全天大的恩赐。

“为什么?！”蓁蓁冲他怒吼一声，要不是我拉着她，她肯定会冲过去踹他一脚。

“还不是为了提高破案率……”王达怯弱地解释，“失踪这类案子通常都吃力不讨好，就算动用全部警力也不见得能把人找回来。人没找着就不能结案，不能结案自然就会拉低破案率。”

他这么一说，蓁蓁又要发难了，我使劲儿地拉着她，在她耳边小声道：“很多基层派出所都这样，不少民警都以‘少做少错，不做不错’为办事原则。我以前待在反扒队时，类似的情况也经常遇到。失主财物被盗后，如果没能把小偷当场抓住，就算到派出所报案，值班警员也只会随便作个记录敷衍失主，根本不会立案。”

“怪不得现在的治安这么差！”蓁蓁恶狠狠地瞪了我一眼，仿佛治安不好是由我一手造成的。

对此，我只能两手一摊以示无奈。

离开县派出所后，我们便前往梁村，希望能从蔡氏姐妹的父母口中，了解她们出事当日的情况。可是当我们到后，却发现似乎来得不是时候。

零乱的厅堂里，笼罩着一股压抑的气息，一对男女分别呆坐在相对的角落里，他们就是蔡氏姐妹的父母蔡光耀及梁娟。此刻的梁娟似乎仍沉浸在失去爱女的痛苦之中，双目无神地凝视着女儿的课本及奖状，仿佛在寻找女儿留下的气息。而蔡光耀则边喝着二锅头，边指着妻子谩骂，责怪对方没有好好照顾女儿。

蔡光耀喝得晕头晕脑，向他问话只会浪费时间，因此我打算把重点放在梁娟身上。然而，梁娟的精神状态也不太好，只是喃喃自语地说两个女儿都很乖很懂事，尤其是姐姐蔡芬，从来不用她操心，读书经常拿第一名。

当我问及事发当日的情况时，她突然握住我的手，以略带神经质的口吻说："姐姐一向都很懂事，绝对不会带妹妹去危险的地方玩儿，绝对不会，绝对……"

"那个蓄水池很危险吗？"蓁蓁问。

梁娟神经兮兮地回答："去年有一头猪掉进去，淹死了。这事姐姐也知道，她绝不会带妹妹去那里玩儿。"

梁娟胡言乱语般跟我们说了很多关于蔡氏姐妹的往事，不过似乎跟她们的死亡并无直接关联。而且她的精神状态越来越差，继续问下去恐怕也问不出什么，所以我们只好先行离开。

随后，我们来到王村，并在田地里找到正在干农活儿的蔡全。他不像蔡光耀夫妇那样，仍沉浸于痛失儿女的悲伤之中，但当我提及他的儿女时，他亦不禁黯然神伤、嘴角颤动，沮丧地喃喃自语："藏镜鬼要是想找丫鬟，把那三个臭丫头要过去就是，怎么连老四跟老幺都搭上呢……"

"藏镜鬼？什么是藏镜鬼？跟你五个儿女的死有关系吗？"蓁蓁惊奇地问。

"藏镜鬼是一个可怕的恶鬼，我们村子里的人都很怕她……"蔡全在田边席地而坐，拿起竹筒边抽着水烟，边向我们讲述一个流传于王村的可怕传说。他的叙述非常零乱，而且夹杂大量方言俚语，不过我勉强也能听明白。他所叙述的传说大概如此——

这事应该是发生在解放之前，当时有个地主叫王寿，因为他很有钱，而且王村的农地几乎全都是他的，所以很自然就当上了村长。

他有个儿子叫王庆，倚仗父亲的财势，经常在村里作威作福，村民都很害怕他。可能是坏事做多了吧，有一晚他喝完花酒回家时，掉进鱼塘里淹死了。他死的时候还没讨老婆，按照当时的风俗，没拜堂成亲就不算成人，死了也不能安墓立碑。

王寿虽然有几房妻妾，可就只有王庆一个儿子，当然不能让他死后连墓碑也没有。于是便去找神婆帮忙，给儿子安排冥亲。

冥亲就是给死人安排相亲，神婆会让双方家属把他们的灵牌放在一个没人的房间里，让他们安静地相处一会儿，然后做法事询问他们是否愿意做一对鬼夫妻。如果双方都愿意，那就给他们安排冥婚，如果不愿意就再安排另一次冥亲。

王寿有财有势，按理说要讨个鬼儿媳一点儿也不难，只要他开口，别说鬼儿媳，就算是要讨个活媳妇儿，也有人抢着当。可是，虽然有不少人愿意跟他攀上亲家的关系，但全都失望而回。原因是每次神婆询问王庆的意愿时，他都对神婆大发雷霆，骂神婆随便找些庸姿俗粉来敷衍他。

神婆也够冤的，不但把附近过去三年内死去的年轻闺女，全都带来给王庆挑了个遍，就连活着的闺女也带来了好几个，可王庆就是一个也没看上。

儿子久久未能挑到合心意的鬼媳妇儿，王寿自然不会给神婆好脸色。神婆被弄得没有办法，只好做法事问王庆到底想要怎样的媳妇儿。王庆说神婆之前带来的不是丫鬟，就是农户家的丫头，全都出身低微，配不起他这个大户人家的少爷。这回神婆总算明白他的心意，于是就到处打听哪里有大户人家的千金早死。

几经打听后，神婆终于打听到县城一户姓蔡的大户人家有两个女儿，其中小女儿因为自幼体弱多病，还没满十六岁就死了，而且蔡老爷正有意为小女儿找一个好归宿。不过，蔡家好歹也是县城里的大户人家，蔡老爷可不愿意往王村这种乡下地方跑。

为了能给儿子讨个合心意的鬼媳妇，王寿带上儿子的灵牌，跟神婆一起到县城拜访蔡老爷，安排冥亲的事情。

蔡老爷虽然不愿意往乡下跑，但也不是那种趾高气扬的白眼狼，对王寿这个从乡下来的小地主也尚算客气。两人分别把各自儿女的灵牌放在房间里，便一同到客厅喝茶闲聊，等待神婆告诉他们冥亲的结果。

本来，不管冥亲的结果怎样，双方是愿意也好，不愿意也罢，亦相安无事，充其量也就白跑一趟。可蔡老爷的大女儿出于好奇，想知道妹妹的冥亲对象是个怎样的人，竟然偷偷走到妹妹与王庆冥亲的房间外，从门缝儿往里面偷偷瞧了一眼。

她这一看就出事了！

回来后，神婆跟王寿说，王庆虽然不喜欢蔡家二小姐，但看中了蔡家大小姐，而且还说只会跟她成亲，要是讨不到这个媳妇儿，就在阴间做个青头鬼算了。王寿这下子可为难了，如果儿子看中的是穷人家的女儿，那么不管对方是死是活，他都有办法给儿子办这宗婚事。可是，儿子看中的竟然是蔡家的大女儿。

（“青头鬼”是指有正常的生育能力，却从未与女性交合，且在阳寿未尽之前死于非命的男鬼。传说，青头鬼在阴间的地位极低，不但会受到其他鬼怪欺负，还不能转世投胎，是最凄惨的一种鬼魅。在粤语方言中，“青头鬼”常用于嘲讽他人未经男女之事，并有咒骂对方短命的意思。）

蔡老爷在县城是个有头有脸的大人物，论财论势都不是王寿能比拟的，这次肯跟王家冥亲已经是屈尊降贵了。若要对方让活生生的大女儿跟自己已过世的儿子冥婚，那简直就是痴人说梦。

然而，王寿就只有这个儿子，他既然执意要跟蔡家大小姐冥婚，那就管不了这么多，便跟神婆说不管用什么办法，也不管要花多少钱，反正就要讨蔡家大小姐做儿媳妇儿。

有钱能使鬼推磨，神婆为了能赚到为数可观的大红包，把心一横收买了蔡大小姐的近身丫鬟，打听到对方的生活习惯。原来蔡大小姐已有心上人，而且每次跟心上人见面之前都会悉心打扮一番。

神婆获悉后，就让丫鬟偷偷取出蔡大小姐妆扮时用的镜子及口红，在镜子背面画上符咒，并在口红里施放毒药，然后让丫鬟放回原位。

不知情的蔡大小姐用沾有毒药的口红装扮时，嘴唇沾毒便立刻身亡。这时候她正面向画了符咒的镜子，镜子便把她的魂魄吸入镜中。随后，神婆又暗地里用重金跟丫鬟买下这面镜子，轻而易举便得到了蔡大小姐的魂魄。

虽然神婆机关算尽，但她却没料到蔡大小姐装扮时，竟然穿着一身大红色的艳丽衣服。当她发现问题的时候，为时已晚，因为蔡大小姐已化做厉鬼（民间传说如有穿红衣而死者，死后多化做厉鬼）。

为了早日完成儿子的心愿，在神婆把藏有蔡大小姐魂魄的镜子带回来当晚，王寿就立刻给儿子举办冥婚。当神婆把镜子跟王庆的灵牌放在一起时，蔡大小姐马上便明白是怎么回事，并为自己被他们害死而感到愤怒，于是便向他们复仇。

当晚是十五月圆夜，月光恰巧照在镜子上，蔡大小姐凭借月光的灵气冲出镜子。月光反射到谁身上，她就把谁掐死，第一个遭殃的正是害死她的神婆，随后被杀的都是王家的下人。

眼前的可怕景象把王寿吓得魂不附体，随手拿起一只茶杯掷向镜子，将镜子从供桌上打下来，掉到地上摔破了。他本以为把镜子摔破，蔡大小姐就会魂飞魄散，可是他万万没想到镜子是用来禁锢蔡大小姐的魂魄的。镜子一旦有任何破损，蔡大小姐的魂魄将不再受到束缚，能于任何镜子之间自由穿梭。

一夜之间，王家上下所有人，包括丫鬟及长工，全都被变成藏镜鬼的蔡大小姐杀死了。杀光王家的人后，她还觉得不解恨，不时滋扰其他村民。虽然她没有直接害人，但经常半夜三更在镜子里出现，把人吓一大跳，有不少小孩被她吓掉魂儿，更有些年纪较大的老人被她活活吓死，弄得整个村子鸡飞狗跳。

后来，有一位云游道士路过，村里的长老就求他帮忙，收服这个可怕的藏镜鬼。道士本来打算为民除害，消灭这个恶鬼，但没想到对方怨气极重，不容易对付。经过一轮交锋之后，道士不但没能收服她，反而把她惹火。

藏镜鬼这回可不再只是滋扰村民，而是大开杀戒，害死了不少无辜的村民。道士对付不了她，只好跟她谈判，问她要怎样才不再伤害村民。她跟道士说，自己生前是千金小姐，习惯有丫鬟侍候，要道士给她找个丫鬟。

道士心想这还不简单，给她烧一个纸扎丫鬟就行了。可是，她要的不是纸扎丫鬟，而是要活人生祭，而且还指定要用跟她同姓的少女生祭。她是被自己的近身丫鬟害死的，所以不相信外姓人。

道士这下子可为难了，生祭是邪魔外道所为，就算以牛羊牲畜祭祀亦为正教所不齿，以活人生祭更是天理难容。然而，当他与村民商量此事时，竟然有大多数村民赞成生祭。毕竟被藏镜鬼害死的人已经够多了，为了以后能安心过日子，也不在乎再多一个。

村民经商量后，决定让村里一个长年卧病在床、姓蔡的丫头作为生祭的人选。村民跟道士说，这丫头是自愿的，并让其赶快举行生祭，免得藏镜鬼再来找麻烦。

道士虽然不愿意生祭，但毕竟是自己把藏镜鬼惹怒，才使事情越闹越大，所以只好遵从村民的意愿。他本以为生祭之后，就能了结此事，但没想到姓蔡的丫头虽然自愿当祭品，但她母亲却不愿意。

原来丫头的母亲是村里的一名寡妇，为照顾长年卧病在床的女儿吃尽苦头，甚至为了生计，不惜跟村里的男人发生关系。女儿不忍母亲为了自己而吃苦，就自愿当生祭的人选。而村民为了让生祭顺利进行，便借故支开寡妇。

当寡妇知道自己的女儿被生祭之后，痛不欲生。为了报复村民，她在深夜穿上大红衣服于镜子前上吊自杀，死后化成厉鬼向村民索命。

道士知道自己铸成大错后，觉得愧对师门，于是便愿意一死，以换取寡妇的原谅。

道士死后，寡妇的事算是解决了，但藏镜鬼的事还没解决。因为道士死前为寡妇的女儿做了场法事，超度她的亡魂，使她无须再当藏镜鬼的丫鬟，致使藏镜鬼最终还是没有丫鬟伺候。

自此之后，每隔一段时间村里就会有三两个姓蔡的女娃莫名其妙地死掉……

听完这个可怕的藏镜鬼传说后，蓁蓁面露寒色地问："她们都是被藏镜鬼害死的吗？"

蔡全黯然点头，悲伤地说："藏镜鬼每隔一段时间都会害死三两个姓蔡的女娃，抓她们的魂魄回去当丫鬟。她抓丫鬟也就算了，干吗还要害死我两个儿子呢？"

虽然他把这个恐怖传说描述得绘声绘色，但说到底也只是个传说而已，我可不认为能跟五个孩子的死扯上关系。然而，面对我的质疑，他却坚定地反驳："这不是传说，是真的，老四他们失踪的那天晚上，就有人亲眼看见藏镜鬼！"

第五章　小学教师

"什么？藏镜鬼是真的？"

"那当然了，要不然我两个儿子怎么会死呢！"

面对蔡全肯定的语气，蓁蓁不由得脸色发青。

不管传说有多恐怖，也只是虚无缥缈的故事，跟现实扯不上任何关系，并不令人感到害怕。可是，当虚无缥缈的传说与现实重叠，那就难免会让人感到毛骨悚然。

然而，为传说与现实交叠而感到惊讶的同时，更令我讶然的是蔡全的态度。从他言语间流露出来的感情判断，三个女儿在他眼中仿佛毫无存在价值，就算死掉也不觉得可惜。虽然他对两个儿子的死显得极为悲伤，但我觉得这种悲伤，无异于丧失财产的悲痛。

在他眼中，儿女只不过是一份重要的财产、一份传宗接代的荣耀、一种养老送终的工具。

对于他这种思想仍停留于封建社会的人，我实在不愿意跟他再多作交流，于是便直接切入重点，询问他曾亲眼看见藏镜鬼的人是谁。

“就是在菜市场开冻肉店的吴威他媳妇儿，她可被藏镜鬼吓得不轻啊，一连病了好几天。后来到庙里求了道神符，化水喝了之后才慢慢好起来。”

得知藏镜鬼的目击者是谁后，我们便立刻前往王村菜市场找吴威夫妇。

我们来到菜市场时已是黄昏时分，市场内难觅顾客的踪影，虽然大部分菜贩已经收市，但冻肉店仍然开门营业。一名年约三十的男人坐在冻肉店门口，看见我们走过来便立刻站起来，热情地问我们想买些什么。

我们道明来意后，得知他就是吴威。当我问及藏镜鬼一事，他的脸色立刻变得很难看，心有余悸地说：“藏镜鬼可把我媳妇儿害惨了。”

“到底是怎么回事呢？”蓁蓁胆怯地问道。

人有时候很奇怪，越是觉得害怕的事情，就越想深入了解。这也是好事，因为未知往往是恐惧的根源，越不了解真相，就越会胡思乱想，越使自己害怕。然而，世事无绝对，有时候深入了解，反而会发现真相比传闻更可怕。

吴威点了根烟，夹烟的指头微微颤抖，简要地告诉我们他妻子的可怕经历——

大概是在半个月前吧，那天我媳妇儿打算回娘家串门。因为她要提些饼干、水果之类的东西给娘家送礼，所以就叫我跟她一起去，说是帮她提东西。男人嘛，最烦的就是这些过家家的礼节，你送我、我送你地送来送去，还不如坐下来搓几圈儿麻将。

当时刚过完春节，店里有很多事情要忙，而且我又不想跟她回娘家，所以就让她自己过去。反正她娘家就在梁村，也就是几步路的事。

那晚，我等到很久也没看见她回来，以为她为白天的事生气，在娘家过夜不回来。于是就打电话到她娘家，可丈母娘说她已经走了好一阵子，应该早就到家了。

我想她该不会是出意外了吧，就想出去找她，但刚走到门口，就看见她像个疯婆子似的，边大叫救命边拼命跑回来。她一进家门就往被窝里钻，还用被子把头盖着。我问她发生什么事，她也不答理我，只是不停地说有个女鬼要抓她。

我不知道她又在发什么神经，不过人总算回来了，便没有管她，以为她第二天就会没事。可是第二天她整天都躺在床上，而且我还发现她身上有好几处伤痕，便问她昨夜到底怎么了。

她啥也没说，只说觉得头很晕，一点儿力气也没有。我把她带到医院，医生说她只是受点儿皮外伤，没其他问题，给她处理伤口后，再吊瓶点滴就可以走了。

从医院回来后，我又问她昨晚到底发生了什么事，她说昨晚经过村里的小学时，在教室的窗户里看见一个女鬼。那个女鬼抓住她不让她走，说要抓她回去当丫鬟，还问她叫什么名字。她告诉女鬼自己叫梁彩霞，女鬼说只要姓蔡的，然后就放她走了。她怕对方反悔，就连滚带爬地往家里跑。

我媳妇儿是梁村人，没听过王村的藏镜鬼传说，所以不知道自己见到的是藏镜鬼。还好她没说自己姓蔡，要不然她这条小命恐怕保不住。

藏镜鬼没说要她的命，我想她大概只是吓掉魂儿，于是就到庙里给她求了一道神符。我拿神符化水给她喝，休息了几天后，情况就渐渐好过来了。不过，她现在还是有点儿害怕，天一黑就不敢出门，而且特别害怕镜子、窗户之类的东西。我只好把家里的镜子都藏起来，在窗户的玻璃上都贴上报纸……

随后，他告诉我们有关藏镜鬼的传说，跟蔡全所说的大同小异，最大区别只在于道士并非向寡妇以死谢罪，而是在超度寡妇女儿的亡魂后，就得到了对方的原谅。

不过，因为自己的过失而造成寡妇母女的惨剧使道士非常内疚，为了弥补自己的过错，道士决定孤注一掷，跟藏镜鬼以死相搏，最终把藏镜鬼逼进小学后面的防空洞内，并用自己的生命把对方禁锢于洞里。

可惜道士修为浅薄，并没能将藏镜鬼完全禁锢，只能有限度地限制她的活动。所以每隔一段时间，藏镜鬼就能冲破束缚，跑到洞外害人。

倘若事实正如他所说，那么藏镜鬼也太可怕了。不过耳听七分假，眼见亦未为真，更何况他也不过是从妻子口中听来的。

然而，我注意到他在叙述的过程中，曾提及妻子受藏镜鬼袭击后，身上出现好几处伤痕。在向他确认后得知，伤痕是藏镜鬼袭击造成的，而非逃走时摔倒所致。在我的知识范畴内，鬼魅是虚无缥缈的，不可能给人造成物理上的伤害。

因此，我便问他能否让他妻子亲口告诉我们，事发当晚的详细情况。

他稍微思索片刻便说：“没问题，我媳妇儿就在家里，你们要是不介意，就跟我回家走一趟吧！”他随即给家里打了个电话。向妻子告知我们将来拜访后，他便关上店门带我们回家。

我本想直接开到吴威家，可是当警车驶近一所小学时，他便示意我把车停在操场前。他说乡间路窄，这里到他家的一段小路，警车无法通行，必须下车步行。

下车后，他告诉我们其妻就是在这儿受到藏镜鬼袭击的。此时天色已黑，借助微弱的星光，我勉强能看清楚小学的全貌。

小学的主体建筑是一栋三层高的教学楼，占地约五百平方米，教学楼前面是一个简陋的篮球场，场外有一圈儿沙石铺砌的跑道。整间小学最引人注目的要数教学楼的窗户，从正面看过去能看见二十多扇窗户，每扇窗户宽约二米，高约一米五，全是装嵌着深蓝色玻璃的推拉式铝合金窗。

教学楼里的每间教室，白天必定光源充足，非常适合学生们上课。然而，当夜幕降临后，深蓝色的玻璃在微弱星光的映照下，犹如一面面诡秘的黑镜子。

此刻，传说中的藏镜鬼仿佛躲藏在某一面镜子背后，窥视着我们的一举一动，等待机会向我们发动袭击。

或许镜子般的玻璃让蓁蓁感到不安，她不停地催促我们赶快离开。可是我却突然想起，我们此行的目的地，正是眼前这所王村小学。我们前来的目的，本来是调查小学教师王希是否就是杀害蔡少萌的凶手，可后来却一直专注于藏镜鬼一事，反而把原本的目的给忘了。

我问吴威是否认识王希，他答道：“认识，王村并不大，本村人大多都互相认识，而且他在村里可是个响当当的大人物，没有谁不认识他。不过，你们现在要找他可不是时候。”

“为什么呢？”蓁蓁问。

吴威笑道：“你们别看他只是个小学老师，那‘节目’可是多姿多彩，放学之后想找他，可难喽。”

我顺势问道：“他是个怎样的人？能告诉我们吗？”

“我们边走边说吧！”吴威带领我们穿过乡间小路前往他家，并在途中向我们讲述王希的“光辉事迹”——

王希的父亲名叫王发，是个包工头，专门承包政府的建筑工程。王村菜市场就是他承建的，还有一份股份呢！

你们当警察的肯定知道，只要能跟政府工程沾上边儿，就不愁没钱花，而他就是个钱多得可以拿去填海的款爷。前两年他的大女儿出嫁的时候，喜宴摆了差不多两百桌。虽说是联婚，但男方撑死也坐不了三十桌，其他全都是女方的客人，基本上认识他的都请来。就连我跟我媳妇儿这种八竿子打不着的闲人，竟然也收到了请柬。

那顿喜宴可丰富喽，全是龙虾、鱼翅、鲍鱼等昂贵菜色，仿佛怕我们不知道他有钱似的。呵呵，不过我可不管他的酒席有多豪华，反正我跟媳妇儿就只给他一百元的红包，谁叫他老是加我们的租金呢！

（蓁蓁似乎对王发这个大款没啥兴趣，催促道：“那他儿子怎么样？”）

王希这臭小子在我们村可是出了名的捣蛋鬼，基本上没啥坏事是他没干过的。我最记得他十四五岁的时候，把梁村一个小女孩的肚子搞大了，之后又不要人家。那女孩是他的小学同学，当时也是十四五岁，被他玩儿了之后也不敢跟父母说。那女孩眼见肚子一天比一天大，早晚会瞒不下去，一时想不开就跳进鱼塘里自杀了。

女孩的父母知道是怎么回事后，当然不肯放过他，叫上所有亲戚抄家伙到他家找他算账。王发可要靠这个儿子传承香火，当然不能让他有什么闪失。不过，他虽然有财有势，但儿子确实是理亏，他也不想把事情闹大，只好给女孩的父母赔了一大笔钱。

后来，王发怕儿子继续给他惹事，就花钱找关系，把王希送到省会的重点中学里念书。本来，他想让王希在重点中学里好好儿念书，可王希到了省会后没人管束，反而更加捣蛋，好几次都差点儿被赶出校，最后还是花钱才把学籍保住了。

学籍虽然能保住，但王希本来就不是读书的料，好不容易才混到高考，可那分数他都不好意思说出口。后来还得让他老爸花钱，把他塞进一所叫不上名儿的师范大学。

他在师范里混了几年，把毕业证混到手后，王发又砸钱给他在县城的中学里买来一份差使。可惜他还是那个德行，竟然把自己的学生给搞了。虽然不像之前那样闹出人命，但也不是花钱就能解决的问题。人家县城可不像我们村这么好办事，虽然王发没少给校长烧香，但还是保不住他的工作。这也怪不得人家校长，学校里有这样的老师，还有谁敢让女儿来上学呢？

从县城里被轰回来后，王希跟他老爸做过一阵子工程，可他做什么都不上心，经常把事情搞砸，还得罪了一些官老爷。这可是他老爸的饭碗啊，当然不能让他乱来，只好让他干回老本行，在王村小学给他找一份差使。

王发虽然没本事搞定县城的中学，但在王村他还是有些能耐，而且王村小学的校长就是他堂哥，所以让王希进小学工作一点儿困难也没有。不过王希待在小学里，可让女学生的家长整天提心吊胆，一个个千叮咛万嘱咐自己女儿别跟他走得太近，仿佛给他看一眼就会怀孕似的。

其实最惨的还是王校长，他虽然很不愿意让王希到小学工作，可自己这些年又受了王发不少恩惠。而且说到底也是亲戚一场，这个面子总不能不给吧！

不过，王发也知道自己的儿子不是个好东西，他把王希塞进小学时就跟王校长说："我这是花钱让他'坐牢'。"他每年都会给小学捐一笔钱，就当给儿子发工资。所以，能不让他干的事就别让他干，只要他每天准时来上班，别让他到处惹是生非就行了。

王校长是个聪明人，为了不让王希给他惹麻烦，也为了让家长安心，就安排他做些行政管理上的工作，美其名曰"教务主任"。其实这巴掌大的小学，一共就十个八个教师，而且都是些安分守己的老实人，哪来什么行政工作。

所以，王希实际上就像他老爸说的那样，每天准时到小学"坐牢"。

天天去小学"坐牢"，王希心里肯定不愿意，但也不能不去。因为他老爸给他出狠招，要是他不按时到小学上班，哪怕只是迟到一次，也得扣光他当月的工资。你们别以为他的工资没多少，我刚才也说了，他的工资其实就是他老爸的捐款，说白了也就是通过学校给他发零用钱。

王发这招儿还挺管用的，最起码王希待在小学这两年，也没惹出什么大麻烦来……

第六章　镜鬼凶猛

"王希小时候在梁村念书吗？怎么会有梁村的同学？"蓁蓁听完吴威的讲

述后问道。

“梁村哪有小学。”吴威笑道，“我们这里又不是大城市，每个村子就只有几百口人，谁家有几个小孩基本上都能数出来，要那么多小学干吗？附近几个村子的小孩，都在王村小学念书。”

我觉得有些蹊跷，立刻问道：“梁村不久前淹死的那对蔡姓姐妹，也是在王村小学念书吗？”

他点了下头：“嗯，本地人在王村小学念书不用交学费，跑去县城念书既麻烦，又得交赞助费，所以大家都让小孩在这里念书。”

如果这七名儿童都是王村小学的学生，那么身为“教务主任”的王希，应该很容易就能获取他们的出生日期等资料。或者说，他很有可能利用职权之便，在王村小学所有学生当中，挑选这七名同姓且八字属水的儿童作为目标。

然而，作为一名玩世不恭的纨绔子弟，王希会跟邪教搭上关系，并且不惜为此犯下杀人的罪名吗？虽然以常理推断，他应该不会加入邪教，但这并不代表他没有嫌疑。像他这种整天吃饱了撑的纨绔子弟，往往会因为闲得发慌而做出一些出人意料的事情。

七名儿童中有五名是女孩，而根据吴威的叙述，王希绝对配得上“好色之徒”的“称号”。他终日被困在小学里，虽说过着坐牢般的日子，但放眼皆是尚未发育成熟的女学生。说不定他因为无聊透顶而心理扭曲，所以想给自己找点儿刺激，于是就对这些小女孩下手。另外两名男孩可能是他为了掩饰自己的罪行而杀人灭口，又或者在诱拐他们的姐姐时一同拐过来。毕竟，王村五姐弟死前很可能曾被禁锢，说不定在禁锢期间曾遭到侵犯。可惜他们的尸体已经火化，而且没作详细的尸检记录，要不然就能验证我的推理是否正确。

“听说王希喜欢写书法，有这回事吗？”蓁蓁好奇地问。

“可能他天天待在小学里，实在是闲得发愣，所以就跟王校长学起书法来。”吴威突然笑了笑，“说起来他还拿过县书法比赛的优秀奖呢！拿这种人人有份的‘猪肉奖’，竟然也在小学门口挂起横幅，像害怕大家不知道似的。不过，我们都把这事当成笑话。”

（“猪肉奖”乃广东俗语，意谓每人都有一份，源于俗语“太公分猪肉，人人有份”。香港乐坛的多个颁奖典礼因为奖项繁多，且获奖者几乎涵盖所有当红的歌手及唱片公司力捧的新人，所以经常被嘲讽为“猪肉奖”。）

拿了一个人人有份的安慰奖也大肆宣传，说明王希是个喜欢炫耀、虚荣心极强的人。这可能因为他一直以来成事不足、败事有余，所以急于寻求他人的认同。这么说，他有可能以杀人来显示自己的能力。

一路上，我脑袋都在想王希的事情，不知不觉来到了一块空地前。反正现在找不到王希，我只好把他的事情放下，打算先向吴威的妻子了解她遭遇藏镜鬼一事。

眼前这一块宽阔的空地上有两棵茂盛的樟树，七八间房子错落有致地分布于空地周围，构成一个如四合院般的小社区。

吴威的房子地处“四合院”深处，是一栋占地近百平方米、两层高的楼房。从外面看，这房子应该挺宽敞的，可步进客厅后我却觉得十分逼仄，原因是所有窗户都用报纸封住。纵使客厅并不狭窄，但也给人一种奇怪的感觉，仿佛置身于封闭的空间内。

吴威让我们坐在客厅稍等片刻，然后便进厨房找妻子。或许是出于职业习惯，他离开客厅后，我稍微留意了一下客厅内的摆设。这是一个平常人家的客厅，除了窗户都被贴上报纸之外，并无其他特别的地方，唯一能引起我注意的是一个挂在墙上的相框。

我想这个相框本来应该嵌有一块玻璃，但此刻玻璃已被拆掉，只有数十张相片插在相框边缘。相框中大多都是吴威的相片，记录了他从孩童时代到结婚生子的成长过程。当中有两张引起了我的注意，一张应该是他十来岁时拍的相片。相片中他高举奖状，神情兴奋，似乎获得了某项赛事的冠军。我想看清楚奖状上写些什么，无奈字太小了，除“冠军”二字之外，我能看清楚的就只有一个“气”字和一个“击”字，该不会是气功、搏击之类的吧？另一张是他抱着一名婴儿拍的相片儿，相片儿中的他满脸皆是幸福的表情，怀中的婴儿大概是他的儿子。

我突然想起在之前的谈话中，他并没有提及自己的儿女……

就在我为这个问题感到疑惑时，吴威跟一名妇女从厨房走出，并向我们介绍，这名妇女就是他的妻子梁彩霞。我见窗户都被封住，以为她仍受藏镜鬼一事困扰，但事实上她的精神状态并无异样。

吴威给我们解释说，在喝过符水之后，他妻子就已经没事了。不过，外出必须经过小学，他怕妻子又会被吓到，所以就让她在家里休息。

刚才在冻肉店的时候，吴威已事先告知我们将会到访，没想到梁彩霞竟然立刻给我们准备好饭菜，还说因为不知道我们要来，所以没好东西招呼我们，只有墨鱼丸、牛肉丸之类的冷冻食物。

尽管我们一再拒绝，但吴威夫妇硬要请我们一同用膳，盛情难却，我们就跟他们一起用餐，并于席间闲聊起来。

开始时，我说了些称赞梁彩霞厨艺的客套话，气氛还不错，可是蓁蓁突然冒出一句："你们还没生孩子吗？"吴威夫妻的脸色立刻就沉下来。

他们两人都沉着脸，一言不发，似乎想起某些不愉快的经历。我想起相框中有一张吴威抱着婴儿的相片，由此断定他们应该是被蓁蓁的话刺中要害。

良久的沉默使我跟蓁蓁连菜也不敢夹，只好低着头光吃米饭。蓁蓁侧过头来向我挤眉弄眼，似乎想问我自己是不是说错话了，我也不知道该怎么回应她。这还用问我吗？

正当我为如何打破当前这种尴尬的沉默而苦恼时，吴威突然开口："其实，我们有一个儿子。"

"是吗？他多大了？"蓁蓁立刻兴奋起来。

"三岁，他死的时候刚好三岁。"梁彩霞面无表情地说。

我瞪了蓁蓁一眼，她知道自己又说错话，立刻低下头吃饭不敢再开口。

"我们的儿子已经死了一年多……"吴威轻声叹息，放下碗筷给我们讲述他们夫妻的一些往事——

我们很年轻的时候就已经住在一起，当时我们还没结婚，而且又没多少钱，所以就不想这么快要小孩。虽然我们有避孕，但意外总是难免的，为此我们前后打掉了三个小孩。

后来，我们在菜市场经营冻肉店，虽然赚钱不多，但总算够过日子。生活稳定下来，我们就去领了个结婚证，并计划生孩子的事。

以前领结婚证是要做婚检的，我们本以为那不过是例行公事，但没想到还真的检出问题。给我媳妇儿做婚检的医生说，我媳妇儿因为之前打了好几次胎，子宫壁薄得像纸一样。她叮嘱我们，如果再次怀孕千万别打掉，因为这次怀孕可能是我们的最后机会。

她这话可把我吓坏了，赶紧让我媳妇儿调理好身体，准备生孩子的事情。还好，我媳妇儿最终还是顺利地把儿子生了下来。不过生完孩子后，医生说她再次怀孕的概率很低，而且就算怀上也会很危险。

恰好当时村里的干部来问我们，要不要办独生子女证，办了之后会有很多福利，不过要结扎后才能办。我想反正都已经生了孩子，以后也不打算再生了，于是就让我媳妇儿去结扎。

因为我们两口子就这么一个儿子，所以我给他取名叫吴惟，意思是独一无二。我们把他当成掌上明珠，不但给他吃好的、穿好的，还寸步不离地照顾他，简直就是捧在手上怕摔、含在嘴里怕化。

我们把所有心思都花在他身上，甚至连他长大以后的事情都计划好了，可以说我们下半辈子就是为他而活。虽然我们对他充满期待，希望他长大后能有一番作为，不过这都只是想想而已，只要他能够健康地长大，我们就心满意足了。

可是，老天爷竟连这么小的愿望，也不能满足我们。

惟儿两岁的时候，不知道为什么经常哭闹，尤其是小便的时候，老是捂住肚子说痛，有时候甚至会呕吐。我们带他跑了好几家医院，检查也没少作，但就是找不出病因。眼看他一天比一天痛苦，我们心都酸了，可又想不到办法帮他。

后来，我看到电视上报道说，有很多婴儿因为吃了有问题的奶粉而患上肾结石。对比一下惟儿的情况，发现跟电视上说的差不多，于是就立刻带他到医院。在医院里一检查就发现了问题，原来他真的患了肾结石，而且情况已经非常严重。

医生跟我们说，这么小的孩子患肾结石并不常见，所以之前带他到医院检查时，医生都没往这方面想。结石通常由不良的饮食习惯引起，两三岁的小人儿，平时吃的不是奶粉、米糊，就是稀饭，不像大人那样什么都吃，所以很少会患上结石。正因为之前一直都没发现问题，现在才知道已经晚了。

医生说结石堵塞了惟儿的输尿管，引起严重的肾积水，最终导致肾衰竭。要救他只有一个办法，就是动手术。可是动手术有一定风险，惟儿才两三岁，身体状况又不好，怎么能撑得住呢？而且，就算我们想冒险给惟儿动手术，也拿不出那么多钱来付手术费，只好眼睁睁地看着惟儿离开我们……

诉说完这段遗憾终生的往事后，吴威夫妇皆眼泛泪光。我正想说些安慰话时，蓁蓁已开口道："这件事我也有听过，不是给你们派发赔偿金吗？怎么不用来给你们的儿子治病？”

吴威突然怒火中烧地拍打桌子，叫骂道：“赔个屁，才给我们赔了两千多，连一天的住院费也不够！医生给我们算了一笔账，要是给惟儿动手术，起码得花十万八万。要是想完全治好他的病，至少要准备五十万以上，赔的两千多连零头儿也不够！”

人世间的不平事实在数不胜数，对于他们夫妇的悲惨遭遇，我只能深表同情。毕竟人死不能复生，我们就算想帮忙亦爱莫能助。

饭后，我花了不少时间才撇开先前的沉痛话题，询问梁彩霞遭遇藏镜鬼的前后经过。虽然已事隔半月，但当我提及此事时，她仍面露寒色，身体微微颤抖：“实在太恐怖了，那晚发生的事，可能是我这辈子最可怕的经历……”

她的身体微微抖动，脸色也在刹那间变得苍白。吴威体贴地给她倒了杯热茶，她取暖般双手捧茶，但身体的颤抖却没有停下来。直到吴威坐在她身旁，轻轻搂住她瘦弱的肩膀，鼓励道“说吧，没事的，有我在”，她才停止颤抖，向我们讲述遇到藏镜鬼的可怕经历——

这事发生在半个月前，我娘家有三姐弟，大家都已经成家立室，春节那几天要在娘家碰见不好安排。所以，我们每年都是春节过后，才一起回去给父母拜年。那天我本来想叫老吴跟我一起回娘家，可是他却推说店里还有很多事要忙，不肯跟我回去，我一时来气就跟他吵了几句。

往年我通常在娘家吃过晚饭后就会回来，但是那天因为跟老吴生气，想在娘家多待几天，所以很晚都没有离开。妈见我这么晚也不走，猜到我跟老吴闹别扭，就劝我早些回家。她说春节大家都应该高高兴兴，而我却待在娘家里不肯回家，太不像话了。我说不过她，就只好回家了。

我提着妈给的回礼一个人回家，一路上也没特别的事发生，但经过王村小学的时候，突然听见一个凶巴巴的女人说“站住”。当时周围都静悄悄的，突然听见这声音，把我吓了一大跳，连忙往周围张望，看是谁在说话。可是，我看了好一会儿也没发现附近有人。

我想可能是自己听错了，于是就继续往家里走。可我刚抬起脚，头发就被对方从后扯住，那个声音凶巴巴地在我耳边大吼：“叫你站住你还敢走！”我惊慌地问发生什么事了，并回头看是谁揪着我的头发，可是我谁也没看见。

虽然没看见有人，但我的头发却是被一道很大的力揪着，而且还一直把我往小学的教学楼拉。我没办法挣脱这股力，只好大叫救命，可是刚叫出来，脸上就挨了一巴掌。我没看见是谁……或许说，我根本没看见是什么东西打我，只听见凶巴巴的声音："你要是敢再叫，我就把你的舌头整根儿拔出来！"

这时候，我脑子里只想到一件事情，就是我会不会是见鬼了?

我被拉到教学楼的一个窗户前，揪着头发的力就消失了。我赶紧站起来往家里跑，可是刚跑第一步，头发又被揪住，而且这回揪得非常使劲儿，把我往回摔到地上。还没来得及爬起，脸上又挨了一巴掌，凶巴巴的声音又说："你要是再跑，我就干脆把你双脚拧下来，看你还怎么跑。"

我惊恐地往四周张望，并向对方求饶，我从来没做过坏事，也没害过谁、得罪谁，求对方大人有大量放我一马。

"别到处乱瞧，我就在你后面，在窗户里。"

我按照对方的指示，转身望向窗户，看见一个穿着红色旗袍、容貌恐怖、神态狰狞的女人。我本以为她是站在窗户后面，但仔细一想又觉得不对劲儿，因为窗户用的是深色玻璃，里面又没开灯，在外面应该看不见里面的情况啊！

想到这里，我就觉得头发像要爹开一样，因为眼前这个女人站在窗户的玻璃上！

第七章　镜鬼现身

或许因为过于恐惧，在讲述遭遇藏镜鬼的经历时，梁彩霞的身体不住地颤抖，一度哽咽难言。直到吴威紧紧地搂住她，她才稍微平静一些，继续给我们讲述当晚的情况——

我向玻璃中的女鬼跪地叩头，求她饶我一命，但她并没有让我走，还叫我把头抬起来。我抬起头看着她那张可怕的脸，立刻就觉得浑身发冷，头皮麻得像被针刺一样。她的样子实在太可怕了！

她脸上虽然抹了胭脂，却遮盖不了铁青的脸色；眉毛虽然画得细长工整，却朝天而上；双眼虽然大而水灵，却血红圆凸；嘴唇虽然涂了鲜艳的口红，但仍遮盖不住紫黑的唇色……更可怕的是，她只要张口就会露出如锯齿般参差不齐的獠牙，仿佛随时会一口把我吃掉。

她让我抬着头，一直盯着我看，我快要受不了的时候，她突然张口说：

“老是老了点儿，但总比那五个什么也不懂的小鬼强。你以后就跟着我，当我的丫鬟。”

我一时间没弄明白她的意思，但肯定不会是好事，就想开口求她放过我。但是她那张脸实在太恐怖了，让我不敢看着她说话。而且因为我心里实在太害怕，所以有些口齿不清，好不容易才能把话说出来。

可是我刚把话说出来，她就狠狠地打了我一巴掌，把我打得趴在地上。我被她打得眼冒金星，还没回过神来，头发又被她揪住。她把我扯到窗户前，恶狠狠地跟我说：“能做我的丫鬟，是你上辈子修来的福气，你要是敢说半个不字，我就让你生不如死。”

她竖起一只手指，像锥子一样的指甲——不，是锥子一样的爪子——慢慢从指尖伸出来。她把手指晃了晃，跟我说：“想知道什么才叫‘生不如死’吗？”说着就用爪子往我手臂上扎。

她的爪子就像冰冻的铁锥子，手臂被她扎到后，除了觉得痛之外，还觉得非常冰冷。不过，这只是刚开始时的感觉，下一刻我就明白她所说的“生不如死”是怎么一回事了。

冷冰感渐渐消退，剧烈的疼痛随之而来，痛感从被扎到的地方扩散到整只手臂。这种痛苦并非只是一瞬间，而是持续了好一会儿才开始消退，使我恨不得把整条手臂给砍下来。

她在我手臂上一连扎了三下，痛得我满地打滚，就像她说的那样——生不如死。随后，她又揪着我的头发，把我扯到窗前，问我还想不想受这种苦头。我当然说不想，她又说：“不想吃这苦头，就得当我的丫鬟，以后乖乖地伺候我。”

虽然我不想答应，但刚才那种痛苦实在太可怕，所以只好对她言听计从。可是，我是人，她是鬼，我又怎么能伺候她呢？想到这里，我的心马上就凉了，因为我知道，她肯定会把我杀死，让我做她的鬼丫鬟。

果然，事实就如我想象中那样，她突然掐着我的脖子，问我想怎么死，是活活让她掐死，还是让她扔到水里淹死。我说反正都是死，怎么死都一样，但她却说：“当然不一样，把你掐死虽然方便快捷，但之后你老是把舌头伸出来也挺难看的。扔水里虽然好看些，可是得找个能把你淹死的地方。”

我想反正都要死，就死得好看一点儿吧，便跟她说想在水里淹死。她好像不太乐意，但也没有反悔，揪着我头发往小学后面走，说要把我扔到防空洞旁边的鱼塘里淹死。

我本来想这次肯定会没命，可是没走几步，她又突然跟我说：“对了，我得给你取个名字，你姓蔡，而且待会儿就得淹死……就叫翠萍吧！”

我跟她说，我不姓蔡，我的名字叫梁彩霞。她惊愕地看着我，一双血红圆凸的眼睛诡秘地移动，过了好一会儿才冲我怒吼：“你真的不姓蔡？”

我颤抖地点头，她突然狠狠地甩了我一巴掌，又冲我大吼：“当年我就是太相信你们这些下贱的外姓人，才会被自己的贴身丫鬟害死！现在我再也不会相信你们，所以我得找姓蔡的人来给我当丫鬟。既然你不姓蔡，那就立刻给我滚！”

她的喜怒无常把我吓蒙了，一时把我折磨得半死不活、要我当她的鬼丫鬟，一时又莫名其妙地说放我走。我不知道她到底是真的要放我走，还是想再次折磨我，就立刻跪下来向她求饶。可没想到刚向她求饶，她就一脚踢在我胸口上，踢得我整个人往后翻，还冲我大骂：“你不想走是吧？好，我就成全你，送你上黄泉路！”她骂完就伸出双手，锥子般的利爪从十根手指头上伸出来。

我可被她这举动吓疯了，刚才被戳了三下就已经痛得我生不如死，要是她十只爪子一起戳到我身上，那还不如用刀把我的肉一片片割下来。所以，当看见她准备向我扑过来时，我什么也没想就连滚带爬地逃跑。

她那让人毛骨悚然的笑声在身后响起，仿佛紧跟在我身后，在我耳边疯狂地大笑。我本以为很快又会被她抓住，可是跑了好一会儿也没有再被她揪着头发，只是可怕的笑声依旧在耳际回荡。我觉得她就在我身后，所以一刻也不敢停下来，更不敢回头看，用尽全身的力气往家里跑。

直到跑回家里，我还是隐约听见她的笑声，她仿佛一直跟在我身旁，仿佛随时会在某一面镜子里出现……

叙述完这段可怕的经历后，梁彩霞在丈夫的帮助下，向我们展示手臂上的伤痕。她手臂上有三个已经愈合的小伤口，看上去就像被削尖的筷子戳出来的。根据她的叙述，制造这三个伤口的是藏镜鬼的利爪。

在我的知识范畴内，鬼魅是虚无缥缈的精神体，理应不会给人造成物理上的伤害。如果藏镜鬼是由人假扮的，又或者是有实体的妖怪，那就另当别论。

但是这也不可能，因为从梁彩霞的叙述中，藏镜鬼从头到尾都只出现在教学楼的窗户里，人肯定办不到。藏镜鬼袭击她时，只是在玻璃中挥动手脚，落到她身上的却是无形的拳脚，有形的妖怪也不可能做到这一点。

这可又让我犯愁了，藏镜鬼到底是什么东西呢？是有形的实体，还是虚无缥缈的鬼魅？

然而，这个困惑源于梁彩霞的叙述。如果她的叙述有假，那么一切疑团都能得到合理的解释。或许，我该换一个思路去思考。

据梁彩霞所说，她在遇到藏镜鬼之前，曾跟吴威吵架，以至在娘家待到很晚也不想回家。以此推断，她有可能是因为跟丈夫斗气，一时间下不来台才编造这个谎言。如果事实的确如此，那么她手臂上的伤痕很可能是她自己弄上去的。而制造这些伤痕，最简单的办法就是用削尖的筷子或竹签。

我突然想起吴威的冻肉店里，有用竹签穿起来的肉串儿，梁彩霞大可以用这些竹签来制造伤口。不过这事说起来容易，实际操作可不简单——用竹签在自己的手臂上狠狠地戳三下，并不是谁都能做得到。如果这么做的目的只是为了跟丈夫斗气，按常理来说，可能性并不高。

而且，在梁彩霞的叙述中，藏镜鬼曾提及“五个什么也不懂的小鬼”，而她遭遇藏镜鬼的时候，又恰好是王村五姐弟失踪当天。从这些迹象判断，她所说的极有可能是真话。

反正警车就停在小学的操场外，我打算在离开之前，在小学外面再调查一下，以确认她的叙述是否有假。

乡间小路难行，且现在已经夜深，吴威一再客气地说要送我们到小学。但考虑到梁彩霞的状况，我只好婉言谢绝。跟他们道别后，我跟蓁蓁来到王村小学。

之前只是隔着操场稍作观察，现在来到教学楼前，更能感受到眼前这些大窗户带来的压迫感。可怕的藏镜鬼仿佛就隐藏在某一扇窗户之中，静默地窥视着我们的一举一动。

然而，除了二十来扇大窗户之外，似乎就没有其他值得注意的地方了，这里就像普通的乡村小学那样，宁静而安逸。如果不是因为恐怖的藏镜鬼传说，这里或许会是个谈情说爱的好地方。

在教学楼前没有特别的发现，我便想到学校后面查查。根据资料显示，学校后面有一个荒废多年的防空洞，以及一个无人打理的鱼塘，王村五姐弟的尸体就是在鱼塘中被发现的。

当我提出要去学校后面调查时，蓁蓁便皱起眉头："都这么晚了，我们还是明天再去吧！"

我调笑道："你害怕吗？"

"我怕什么！"她虽然嘴巴上逞强，但脸色却不太好。

"怕我把你埋了。"

"就凭你这个跛子？"她握了下拳头，指关节咔嗒作响，缓缓向我靠近，似乎准备跟我"比画"一下。

我连忙向她求饶："女侠饶命啊！"

"想得美！"她说罢便抬脚把我踹翻。

我爬起来准备说她滥用暴力时，脑袋被狠狠地打了一下，顿时感觉头晕目眩、眼冒金星，又再次倒下来。她把我拉起来，说自己没用多少力，死不了人，叫我别再装蒜。

我好不容易才站起来，脑袋还有点儿天旋地转，过了好一会儿才缓过来，冲她骂道："你这也叫没用多少力？差点儿把我的脑袋敲开花了。"

她目瞪口呆地看着我，良久才挤出一句话："我没打你的脑袋呀！"

她这一说，我就呆住了。想来也是，她平日虽然举止粗鲁，动辄就对我出手，但每次动手都很有分寸，绝对不会像刚才那样，差点儿把我打得晕过去。

正当我为此事感到疑惑之际，尖锐的笑声回荡于夜空之中："嘻嘻……刚才是本小姐打你。"这声音缥缈而空洞，仿佛来自另一个空间，一时间难以判断是从哪个方向传来的。

我跟蓁蓁本能地往四周张望，寻找声音的主人，但是在目所能及的范围内，除了我们两人，再没有第三者，那到底是谁在说话呢？我压抑心中的恐惧，望向教学楼的窗户。

果然，说话的"人"就在一楼的一扇窗户之中。

在窗户宽大的玻璃上，有一个身穿旗袍的女人，她的装扮就像电视剧里民国时期的大家闺秀。不过，她的脸却没有一点儿大家闺秀的贤淑，光是血红圆凸的双目就足以把人吓个半死。我想，她大概就是传说中的藏镜鬼。

藏镜鬼虽然目露凶光，却嘴角含笑，只是诡异的笑声让人不寒而栗："嘻嘻……你们两个来得正好，虽然我前不久才收了几个小鬼头来使唤，但还欠家丁和厨娘。”

蓁蓁看见这个可怕的恶鬼，脸色都青了，但她好歹也是武警出身，还不至于会被吓呆，立刻捡起一块石头就往窗户扔过去。“砰啪”一声，玻璃应声碎裂。

玻璃虽然破了，但藏镜鬼马上出现在另一扇窗户中，并恶狠狠地冲蓁蓁骂道：“好大的胆子，竟然敢对我无礼，看我怎么收拾你这个疯丫头。”说着，她便竖起食指，锥子般的利爪随即从指尖伸出来。

据梁彩霞说，被藏镜鬼的爪子戳到会有生不如死的剧痛，所以看见她亮出爪子，我跟蓁蓁都如临大敌。然而，在畏惧的同时，我又有一丝期待，希望能知道藏身于玻璃中的藏镜鬼到底会如何攻击我们。虽然我刚才被她狠狠地打了一下脑袋，但并没有看见她是怎样出手的，所以这次聚精会神地注视着她每一个动作。

“疯丫头，现在就让你尝尝我的厉害！”

藏镜鬼说着便挥手指向蓁蓁，虽然她只是在玻璃中挥手，而且蓁蓁跟窗户的距离超过五米，但这一指竟然能像武侠小说中的一阳指那样隔空打出。随着她挥手的动作，蓁蓁突然惨叫一声，身体仿佛受到冲击，后退了两步才稳住身体，并立刻按住右臂。

我连忙上前询问她是否受伤。她先说没事，只是觉得手臂有些冰凉及麻痹的感觉，但话刚说完又惨叫一声，而且这次叫得比刚才要痛苦百倍，并不自觉地蹲下来。

我蹲在她前身，把她的手松开，发现她的手臂上有一个像被筷子戳出来的血洞，形状跟梁彩霞手臂上的伤痕几乎一致，正有少量鲜血涌出来。我立刻把上衣脱下来，给她做简单的包扎。

可是还没来得及包扎好，脑袋又被狠狠地打了一下。我整个人往前扑，把蓁蓁也给推倒了。

我翻过身来，发现藏镜鬼正晃动她的利爪，恶狠狠地说：“对我无礼就是这种下场，你要不要也尝尝？”话音刚落，吱呀声随之响起，教学楼的大门缓缓打开。

难道，藏镜鬼要显露真身？

第八章　留校教师

教学楼的大门在可怕的吱呀声中缓缓开启，我惊惧地注视着将会出现于门中的藏镜鬼真身。然而，在这让人胆战心惊的时刻，窗户中的藏镜鬼却说："哼，来得真不是时候，今晚就暂且放你们一马，但下次可不会这么走运。"说罢红光一闪，便消失得无影无踪。

藏镜鬼刚消失，教学楼大门随之开启，一道强光从门内射出，照得我睁不开眼睛。一个烦躁的男性声音于门内传出："是哪个捣蛋鬼把窗户打破了？"

我还以为会有什么妖怪从门内跳出来，但当双眼适应强光后，便发现从门后出来的，原来是一名年约四十的中年男人。不管对方是什么人，只要不是妖魔鬼怪就好。然而，就在我稍松一口气时，对方却来势汹汹地跑过来，使劲儿地抓住我的手，并愤怒地斥责："你们都多大的人了，竟然还这么无聊，打破学校的玻璃！"

看来这男人应该是王村小学的教员，于是便向他出示我的警员证，并告诉他蓁蓁受伤了，问他学校里是否有能包扎伤口的医疗用品。至于损坏玻璃一事，在处理好蓁蓁的伤口后，我会给他一个交代。

他看见蓁蓁的手臂正在流血，脸上的怒容立刻消失，连忙带我们到教学楼一楼的教员室，取出医药箱给蓁蓁处理伤口。给蓁蓁包扎好伤口后，他才作自我介绍："我叫卢永志，是这所小学的教师。"随后，他开始询问我们刚才发生了什么事。

我把受到藏镜鬼袭击的经过告诉他，并询问藏镜鬼是否经常在附近出没。

他愕然地看着我们，过了好一会儿才开口："真的有藏镜鬼吗？"

他说自己并非本地人，五年前才开始在这里教书，住在教学楼三楼的宿舍里。对于藏镜鬼的传说，他曾有所听闻，但一直都不太相信。而刚才我们受到藏镜鬼袭击时，他除了听见打破玻璃的声音之外，并没有发现其他异常的地方。至于大半个月前，梁彩霞受到藏镜鬼袭击一事，他说自己每晚都待在宿舍里，但并不知道有这么一回事。其实这也不稀奇，毕竟梁彩霞并没有像蓁蓁那样砸破窗户，他在三楼的宿舍里没发现也很正常。

反正已经聊开了，我便想向他了解一下王希的事情，但又不知道他跟王希的关系如何。为避免他起戒心，就先跟他聊些闲话。我说前段时间是春节假期，问他为何一个人待在宿舍里，而不回家乡跟家人过春节？我本是随口一问，但话刚出口就察觉到自己说了不该说的话。

卢老师本来跟我们有说有笑，可听了我的问题后，脸色马上就沉下来，良久也未发一言。蓁蓁偷偷戳我一下，虽然她没说话，但我能从她带着胜利者意味的责备眼神中，读懂她的意思——刚才在吴威家还怪我乱说话，你不也一样说话不经大脑！

我没心思跟她在这种事情上较劲儿，脑海里只想着如何打破眼前的尴尬局面。然而，我还没想到该怎么办，卢老师便已再度开口："家乡已经没有亲人，回去也没有意义。"

我抱歉道："不好意思，让你想起伤心事。"

"没关系，都已经是过去的事了……"他把玩着黄色半透明的打火机，给自己点了根烟，黯然地向我们讲述伤感的过去——

我曾经拥有一个完整的家庭：有一间小房子，有一个贤惠的妻子，还有一个可爱的女儿。不过，这一切在七年前、一夜之间全都消失了。

我的房子建在果园里，房子虽小，但果园的占地面积却挺大的。当时我在村里的小学教书，而妻子则在家里打理果园和照顾女儿，夫妻俩各司其职，收入虽然不多，但日子过得很开心。

后来，县政府的人过来跟我要土地证，说要作登记。果园是祖辈留下来的，我们这些乡下人不懂得跟政府打交道，所以一直都没有办任何土地证明。县政府的人说："没办就赶紧去办吧，我们先帮你测量面积，回头就给你办土地证。"

我们对这些事一窍不通，他们说要测量就让他们去量，本以为测量过后，他们就会给我们办土地证，但没想到他们根本没有这个打算。

大概过了个把月，县政府又派了另一帮人过来。我以为他们是送土地证过来，可实际上并不是。他们一来就给我看一份通知书，上面写着为改善区内群众的生活，需要对我们村进行旧区改造，所以要征收我们的土地，还让我签一份征地同意书。

我仔细地看过同意书，上面有我家房子的测量面积，并按这个面积计算征地补偿。可是，他们只给我算房子的面积，果园的面积却没算上，要知道果园的面积要比房子大十多倍。而且如果只按房子的面积计算，我们的补偿少得可怜，别说买房子，就连买个猪圈也不够。

这样的同意书，我当然不能签了，但是县里的人却说："你不签也得签，你这块地没有土地证，有钱给你就已经算你走运。你要是不识时务，我们就直接把你的房子铲平，到时你连一毛钱也拿不到。"

我相信世上有公义，相信这个社会有王法，所以没有理会他们的恐吓，直接把他们赶出门外。我本以为只要不给他们签同意书，他们就不敢动我的房子。然而，我万万没想到，自己竟然会为此落得家破人亡的下场。

大概过了两个月，学校的领导突然让我到县城学习。虽然觉得有些突然，但这种事对教师来说也挺平常，所以我并没有在意，跟妻子交代一声就出发了。

我在县城听了一整天的课，回来的时候已经很晚了。在车站下车后，我碰见好几个村里的兄弟，大家都刚从外面回来。我们平时都是极少外出的人，一起在车站碰面，自然会觉得奇怪。聊起来才发现大家都是突然被领导派去外面办事，而且都是些无关痛痒的事情。我们觉得很不对劲儿，于是便一起跑回家。

回到村里的时候，我们都呆住了。

早上我们出门时，村里还一切如常，但此刻放眼皆颓垣断壁，入耳均哭天喊地。村里有不少房子倒塌了，老弱妇孺都在废墟中放声啼哭。眼前的景象给我的第一反应是——鬼子进村了！但是，这年头哪还会有鬼子呢？

我问一名在废墟中号哭的嫂子到底发生什么事了。她说今天早上，县政府派出来好几百人，有警察、有城管、有治安员，还开来几台推土机、挖土机，浩浩荡荡地进村。还没说清楚是怎么回事，就开始拆房子。他们人多势众，而且村里的男人大多都外出办事，根本没有能力反抗，只能眼睁睁地看着他们把房子拆毁。

听她这么说，我的心马上就凉了，下意识地往家里跑。

当我跑到果园时，发现家已经不在了，在我眼前的只是一堆瓦砾，以及遍地的残枝断树。我跪在瓦砾前仰头痛哭，诅咒那些拆我房子的土匪不得好死，越骂就越觉得不忿，恨不得抄家伙去跟他们拼命。

突然，我觉得有点儿不对劲儿——妻子跟女儿怎么不在这里？

我立刻跑去问村里的人，知不知道妻子跟女儿在哪儿，得到答案那一刻犹如晴天霹雳——妻子跟女儿都死了！

妻子无力反抗县政府的暴行，但又不甘心眼睁睁看着家园被毁，一时想不开，竟然跟女儿一起喝农药自杀。

我的家庭在一夜之间完全毁了，妻子死了，女儿也死了，就连房子也被拆了。你们能想象我当时是怎样的心情吗？我在一瞬间崩溃，不知道从哪里找来一把菜刀，盲目地冲进无人的村委会，然后又朝治安队冲过去，最后当然是被治安队的人暴打一顿。

后来，我跟其他房子被强拆的村民一起上访。两年间，除了首都之外，几乎能去的部门，我们都跑了个遍，但这事最终还是不了了之。

虽然我很想为妻子和女儿讨回公道，但接连不断的挫败令我感到十分疲倦，而且当初一起上访的村民，大多都已经放弃了，我也不想再坚持下去。毕竟人活着就要吃饭，在耗尽积蓄之前，我必须找到新工作，因为在县里的施压下，我任教的小学早已把我辞退。

这两年间，我一直在跟县里对着干，想继续留在家乡混口饭吃并不容易。反正妻女都已经死了，房子也没了，留下来也只会徒添悲伤。于是，我便远走他乡，来到这里当教师，就当避开家乡那帮瘟神……

对于卢老师的不幸遭遇，蓁蓁打抱不平，痛骂卢老师家乡的败类不作为。看她义愤填膺的模样，似乎恨不得立刻蒙面，当一回女黑侠木兰花，去教训那些败类。而我对此却只能沉默，毕竟以我们有限的能力，不足以为卢老师讨这个公道。

为甩脱令人不愉快的气氛，我立刻转换话题，对卢老师说："你在这里任教五年了，应该跟学校里每一位教职员工都很熟吧？"

他点了点头，苦中作乐般笑道："我平时很少外出，这五年来几乎每天都待在学校里，别说这里的老师，就连花圃里的每一棵花草，我都非常熟识。这里可以说是我另一个家。"

他提及"家"这个字眼，让我担心又会回到刚才的话题，便立刻发问："那你跟王希熟吗？"

"他呀……"他突然皱起眉头，迟疑片刻才答道，"在学校里，我跟谁都熟，唯独跟他没说过几句话。"

"为什么？他这人很坏吗？"蓁蓁问。

他摇头道："也不能说坏，只是不太愿意跟我们交流而已。"

“何出此言？”我问。

“可能因为他之前在县城的中学里当过教师吧，所以不太愿意跟我们这些乡下的教师待在一块儿，说不好听就是看不起我们。他每天到学校后，就会在隔壁的资料室里练书法，一放学便立刻离开，不会在学校多待一分钟。有时候在走廊上碰见，他充其量也就跟我们点一下头。他来学校都已经两年多了，我跟他说过的话也不超过十句。”

“听说他参加过书法比赛，而且还拿过奖。他应该很喜欢书法吧？”我又问。

“虽然他一到学校就练书法，但也不见得喜欢。其实是校长见他整天待在学校里闷得发慌，才教他练书法，好让他怡情养性，他便借此打发时间。我想你们应该有听说过，他之前闯了不少祸吧，我想他来学校后没怎么惹事，当中有校长的一份功劳。”他顿了顿又说，“至于奖状嘛，其实是他为了哄父亲开心，自己花钱买回来的。他的字练得不怎么样，只能算初学者的水平，如果他给别人写春联，我想大概没有谁会愿意贴在自家门口。”

这些事吴威之前已经跟我说过，而且对调查的帮助不大，所以我便问些更深入的问题，譬如他是否知道王希在王、梁二村七名儿童失踪及遇溺期间的行程，那几天王希是否如常地待在学校里练书法。

“那时候学校还在放假呢，他肯定不会来学校。”他的回答没有丝毫犹豫。

这也是当然的，王希本来就把上班当做坐牢，节假日又怎么会特地跑回来呢？

虽然在同一所小学里工作，但卢老师却对王希所知甚少，继续交谈似乎也不会得到更多信息。因此我便打算告辞，毕竟现在已经是深夜，他明天还得上课，不便打扰他休息。

然而，当我们准备离开时，他却轻声叹息：“唉，这几个小孩死得这么突然，真是可惜啊！出事之前，他们还蹦蹦跳跳地跑来跟我借足球，没想到再见到他们时，竟然已经阴阳相隔。”

第九章　妄虚罗刹

蓁蓁多嘴问道：“他们七个放假也经常回学校玩儿吗？”

卢老师先点头，随即又摇头："不是，梁村那对姐妹不会，王村五姐弟倒是经常过来玩儿，尤其是他们的老四，非常调皮，老是把我气个半死。可现在人已经不在了，我却想念他调皮捣蛋的模样。"

随后，他告诉我们，春假期间，王村五姐弟几乎天天都会来学校玩儿。他们当中大多都曾经是他的学生，每次看见他，都会跟他借足球玩儿。本来他们可以在篮球场上玩儿，可是老四实在太调皮了，足球在他脚下不长眼睛，要不就踢到花圃里，要不就是踢向教学楼。他怕老四打破教学楼的窗户，就让他们到学校后面的空地玩儿。还特别交代他们，别靠近防空洞和附近的鱼塘。

"他们失踪那天，也有跟我借足球，我已经一再交代他们别靠近防空洞和鱼塘，可他们还是……"卢老师又再摇头叹息。

"为什么不能靠近防空洞呢？"

正所谓"欺山莫欺水"，在鱼塘附近嬉戏容易失足，导致遇溺，一再交代学生不能靠近鱼塘属情理之中。但刚才卢老师说过，自己并不相信藏镜鬼的传说，那又为何不让王村五姐弟靠近防空洞呢？

"这防空洞是解放前挖的，据说主要是用来存放炮弹。解放后就一直都没人用过，没人知道里面有多深，也没人知道是否还有炸弹之类的危险物品遗留在里面，所以学校一向都不准学生到里面玩儿。"卢老师回答完问题后，给我们说了一件关于防空洞的事情——

大概是去年端午节半个月前吧，有三个六年级学生，相约一起进防空洞探险。其中一个姓梁的学生因害怕而失约，另外两个不知天高地厚的调皮鬼，竟然真的往洞里跑。

第二天，这两个学生都没有来学校。我当时是他们的班主任，见他们没来就给他们的父母打电话。两人的父母都说，他们昨天跑出去玩儿，到现在还没回，正"敲锣打鼓"地找他们呢！还让我帮忙问班上的同学，是否知道他们跑哪里去了。

我连忙问班上的学生，谁知道他们的去向？这时姓梁的学生就胆怯地跟我说他们曾相约到防空洞探险的事情。我问清楚事情的经过后，就立刻给他们的父母打电话，还把这件事告诉校长。

校长知道后很紧张，怕这两个学生会出意外，马上就找来治安队帮忙。校长带着我跟另外三名老师和四个治安员，陪同学生的父母一起来到防空洞外。

可是看着漆黑的洞口，谁也不敢进去，怕进去后会迷路。后来还是校长想出办法来，找来一根很长的绳子，让两名治安员系在腰上，然后才进去找人。

绳子应该有三百米左右吧，但治安员进去没多久，我们就发现绳子不够长。另外两名治安员赶紧给进去的伙计打电话，想叫他们先出来，可手机在防空洞里没信号，怎么打也打不通。无奈之下，只好把绳子往回拉，提醒他们出来。

还好这两个队员也不笨，我们一拉绳子，他们就出来了。后来，我们又找来一大堆绳子互相系上，系成一条长绳子，总长就算没一千米，起码也有八百米，这才再次进去找人。

我们本来想，绳子这么长，肯定够用了吧！可是过了一阵子，绳子还是放尽了，只好再次把他们拉出来。他们出来之后，说在洞里越往深处走就越昏暗，而且岔路多得像个迷宫似的，如果不是系上绳子，肯定找不到出路。

后来，我们把所有能找到的绳子都拿过来，全系在一起，有多长我也说不清楚，至少有两千米以上吧！

这回绳子总算够长了，但我们在洞外等了老半天也没看见他们出来。正商量着是不是该沿着绳子进去找他们的时候，便看见他们带着两个孩子出来。不过这俩孩子出来后，却有些不对劲儿。

其中一个孩子的母亲，看见自己的孩子被救出来，就哭着走上前想抱着他。可他看见自己的母亲，竟然惊恐地后退，并大叫“不要杀我，不要吃我”之类的话。另一个孩子也不见得比他好多少，稍微有些风吹草动，就双手抱头蹲下不住地颤抖。

休息几天之后，他们俩的情况才好一点儿，但始终也没告诉大家在防空洞里发生了什么事。每当有人问起时，他们都会非常惊慌地说：“不能说，不能说，说出来就没命了。”

经过此事之后，校长一再强调，不能让学生靠近防空洞，以免再次发生相同的意外……

听完卢老师的叙述后，蓁蓁怯弱地问道：“这两个学生在防空洞里遇到了藏镜鬼吗？”

“不好说。”卢老师摇了摇头，“虽然有不少人认为他们中邪了，但他们始终也不肯说出在洞里的遭遇。我个人认为世上根本不存在鬼神，如果真的有鬼，我妻儿的鬼魂早就找县里那些浑蛋报仇了，可那帮浑蛋现在还不照样吃香喝辣。”

“既然之前有学生跑到防空洞里面去，那王村五姐弟失踪时，为何不进去找呢？”我问。

“知道他们失踪后，我第一时间想到的就是防空洞。”卢老师摇头叹息，“他们失踪之前，还跟我借足球到学校后面的空地玩儿，所以我想他们可能把足球踢进防空洞，为找回足球才走进去。我把这事告诉他们的父亲蔡全，让他到派出所报案，可他跑了几趟对方也没派人过来。”

“为什么不找治安队帮忙呢？”蓁蓁问。

“找过了。”卢老师苦笑道，“当时春节刚过，治安队的人都不想进这种晦气的地方，说了一大堆借口来推搪。就是因为他们不肯帮忙，蔡全才会跑到县派出所，没想到还是没人肯来帮忙。”

“就算没人来帮忙，你们也可以自己进去找啊！怎么说也是自己的孩子，蔡全不可能放任不管吧？”蓁蓁怒气冲冲地说。

“蔡全对藏镜鬼的传说深信不疑，连洞口也不敢靠近，哪还敢进去呢？”卢老师又轻声叹息，“其实，在知道县派出所不受理后，我就给校长打了电话。校长对这件事很紧张，到治安队闹了一场，非得要他们派人进防空洞找人，说养兵千日、用兵一时。他们每个月都拿村委会发的工资，可在这种关键的时刻却袖手旁观，实在太不像话了。治安队的队长说他们也有难处，说县派出所给他打过电话，跟他说到哪里找人都可以，就是不能到防空洞里找。还说如果因此而出意外，就要他负全部责任。”

“太可恶了，自己不受理，还不让别人进防空洞找人，县派出所的人都是饭桶吗？”

在蓁蓁义愤填膺地大骂县派出所不作为的同时，我则思考着一个问题——县派出所为何阻挠治安队进防空洞找人呢？

首先，不管治安队能否在防空洞里找到王村五姐弟，甚至是否会在防空洞里出意外，似乎都不会给县派出所带来损失；其次，治安队曾经进洞救人，且队员毫发无损，再次进洞应该也不会出大问题；最后，倘若治安员真的在洞里找到王村五姐弟，事情也就能得到解决，蔡全便不会一而再地到县派出所报案，增加他们的工作量。

由此推断，县派出所完全没有阻挠治安队的理由，除非他们早已知道这五名孩子被禁锢在防空洞里，并且不想让大家找到他们。如果真的是这样，县派出所不就成了帮凶？

我突然想起庆生叔所说的邪教。

虽然不能排除有邪教教徒混进县派出所，但这个可能性似乎并不高。或许，防空洞里有某些县派出所不想让民众知道的秘密。

虽然我很想立刻进防空洞一探究竟，但此时已经是深夜，而且蓁蓁又受了伤，也只好作罢。向卢老师道别后，我便跟蓁蓁各自回家休息。

翌日，我大清早就爬起来，连蒙带骗地把蓁蓁拐到法医处找流年。虽然八名蔡姓儿童的尸体已经火化，但我找流年的目的并非为了看死尸，而是找他给蓁蓁“验伤”。

蓁蓁昨夜受到藏镜鬼袭击，手臂被对方的利爪刺伤。虽然有卢老师帮忙处理伤口，但他并非医生，只能作简单的处理，不能保证不出问题。而且天晓得藏镜鬼的爪子是否有毒，还是找个“医生”检验一下比较安全。

流年虽然是专门跟尸体打交道的法医，感冒咳嗽或许不会治，但对于外科损伤，他还挺专业的。拆开蓁蓁手臂上的绷带，仔细地检查藏镜鬼留下的可怕血洞后，他便一脸严肃地说：“可能会留下疤痕。”

我没好气地说：“你就不能说些有建设性的话吗？”

他边认真地给蓁蓁消毒边严肃地对她说：“一个害你留下疤痕也不感到愧疚的男人，是靠不住的。”

蓁蓁白了我一眼，不屑地说：“我早就知道他靠不住。”

“好吧，我承认自己贪生怕死，且没绅士风度，反应也不够敏捷。看见同伴有危险没有立刻挺身而出，替她挡下这一下。”我举起双手作投降状。

流年道貌岸然地说：“嗯，很好，既然你能承认错误，那就更应该主动承担后果，好歹也得请蓁蓁吃顿饭谢罪。”

蓁蓁没有说话，只是有意无意地瞥了我一眼。我正想开口时，流年又幽幽地说：“听者有份。”

“哎呀！”蓁蓁突然大叫一声，不知道因为消毒水弄痛了伤口，还是其他原因。

玩闹过后，流年开始正儿八经地跟我说正事："蓁蓁的伤口没有大问题，给她包扎的教师处理得不错，伤口没有发炎的迹象。至于她受伤时的剧痛，我觉得应该是由于爪子上的非致命性神经毒素引起。毕竟她现在没有中毒的症状，伤口也没发黑。如果你们还是不放心，就让我抽点儿血去化验好了。"随后，他叫助手给蓁蓁抽血化验。

在等待化验结果期间，我们一起讨论昨夜受藏镜鬼袭击的经历。

"鬼魅有可能给人物理上的伤害吗？"我向流年问道。

"一般来说不会，但世事无绝对，凡事也不能一概而论……"他沉默片刻后又道，"或许，我该告诉你们一个关于妄虚罗刹的传说。"

第十章　纨绔子弟

相传，曾有一位高僧为钻研成佛的法门而穷其一生，可惜当他领悟出佛门真谛时，却已经油尽灯枯。仅一步之遥便能成圣成佛，对为此而奋斗一生的僧侣而言，当然心有不甘。为了能得偿心愿，他动了歪念，妄图不入轮回，逆天续命。

他于弥留之际吩咐门下弟子，待他圆寂后为其注塑金身，放置于佛坛上供奉。他之所以要这么做，是为保护自己的魂魄，于死后不会因尸身消亡而魂飞魄散。说白了，就是给魂魄一个藏身之所。

金身铸成，他的魂魄也就保住了，不过这只是计划的第一步。随后，他的魂魄寄宿于金身之内，每天吸取佛坛上的香火供奉以会聚灵气。经过数十年的积累，他的魂魄已由虚化实，倘若继续吸取香火再过百年便能化做精怪。届时，他就可以再次修行，经历百劫之后，仍有成圣成佛的可能。

从精怪入道过程凶险艰巨，而且他也不愿再等百年之久。因此，他选择了一条邪恶的捷径——吸取活人的精血！寺院内有上百名僧侣，只要吸尽他们的精血，便可重塑肉身，再生为人。

他是半虚半实的鬼魅之躯，能于寺院内自由穿梭，而不为僧侣所察觉。而且他行事小心谨慎，只在夜阑人静之时，挑选熟睡的僧侣下手。因此在刚开始的时候，完全没有人察觉到他的存在。可是，僧侣被他吸尽精血之后，轻则大病不起，重则当场猝死。不管他行事如何谨小慎微，事情总会有败露的一天。

寺内僧侣一一倒下，且非死即重病不起，众僧侣大为紧张，大家都知道肯定出了问题，但又不知道问题出在哪里。幸好，寺院的住持也非泛泛之辈，当寺内僧侣倒下过半时，他终于找出问题所在，并把高僧的金身摧毁。

可惜为时已晚，高僧凭借连日来吸取的精血，已能化做人形，不再需要依赖金身安魂定魄。

眼见事情已经败露，高僧也不再藏头露尾，于众人眼前显露半虚半实之躯，并大开杀戒，妄图一举吸尽全寺僧侣的精血，重塑肉身，再生为人。

为拯救全院僧侣，住持甘愿献出自己的性命，求天神众佛下凡解困。他的举动感动了观世音菩萨，菩萨于众人眼前显灵，将高僧降服。

观世音慈悲为怀，念在高僧本是诚心向佛，只是一念之差才误入魔道，不忍打散他的魂魄。然而，高僧此时已是半人半鬼的状态，不为六道所容，三界之内亦无他的去处，菩萨便将他收为座下，赐名“妄虚罗刹”，圆他成圣成佛的夙愿……

听完流年讲述的传说后，蓁蓁便问道：“你的意思是，藏镜鬼是‘妄虚罗刹’？”

流年摇头说：“相传妄虚罗刹是观世音菩萨座下使者，虽然曾犯滔天罪行，但已经洗心革面，重新皈依正教，严守清规戒律，绝对不会袭击你们。我想说的是，像藏镜鬼这种若虚若实、介乎人与鬼之间的精怪是有可能存在的。”

据吴威说，藏镜鬼每隔一段时间就会抓人去给她做丫鬟，或许被她害死的人，并非做了她的丫鬟，而是被她吸光精血。如果事实真的如此，那么她就有可能像妄虚罗刹那样，拥有半虚半实之躯。这就能解释她为何身为虚无缥缈的鬼魅，却又能给我和蓁蓁有形的伤害了。

倘若事实果真如此，杀害八名蔡姓儿童的凶手就是藏镜鬼，那么这案子也够悬。先不论我们要怎样才能把她抓住，就算我们把她抓回警局去，又能给她怎样的惩罚呢？她至少杀死八人，若按照正常的法律裁决，怎样也得判个死刑。但她本来就已经死了，还怎样才能把她再弄死一次呀？

然而，我这些顾虑似乎言之过甚。

虽然藏镜鬼曾说自己前不久“收了几个小鬼头”，但并不代表她就是杀害八名蔡姓儿童的凶手。王、梁两村的七名儿童还不好说，但至少蔡少萌不会是她杀的。毕竟蔡少萌住在县城，跟王村有些距离，如果藏镜鬼的活动范围能有这么大，恐怕早就闹得满城风雨。

虽然藏镜鬼有可能不是凶手，但也不能放任她继续肆虐。单凭昨晚的交手就能判断，她是个性情暴躁，且攻击性极高的危险“人物”。得想个办法把她制伏才行，不然早晚会闹出更大的乱子。可是，我们要怎样才能对付她这种若虚若实的缥缈鬼魅呢?

就在我为此快要挠破脑袋时，流年的助手已经把蓁蓁的血液化验报告递给流年。流年接过报告后仔细地查看，脸上的表情越来越严肃，眉头也越皱越紧。我感觉有些不妙，连忙问他是否出了状况。

“哦，多心了。其实也没什么，只是最近比较上火，痔疮又犯了，现在菊花有点儿痒。”他极其淡定地给我这个恶心的回答。

我差点儿没摔倒在地，忍不住冲他叫骂：“靠，谁会关心你的痔疮啊！我问的是蓁蓁的验血报告！”

他恶心地挠了挠屁股才回答我：“没问题，一切正常，蓁蓁的身体比你好五倍。”

听见他说“一切正常”时，我突然有种放下心头大石的感觉，也不再在乎他随后的嘲讽，心中只是在想，我是不是对蓁蓁越来越在意了呢?

在法医处瞎忙了一个早上，我跟蓁蓁再次来到王村小学时已是下午。通过卢老师，我们找到独自在资料室练书法的王希。我们表面上是为昨晚打破玻璃的事情，来给“教务主任”一个交代，但实际上当然是为了套他的口风。

卢老师简单地介绍了我们的名字，并告诉王希昨晚不小心打破窗户玻璃的人就是我们，随即匆忙赶去给学生上课，似乎不愿在此多作逗留。他离开后，王希仿佛当我们不存在，继续练他的书法，连看也没看我们一眼。

一般人练习书法，通常会用清水在厚纸上写字，又或者用竹竿在沙面上写，这样可以重复练习，不会造成浪费。就算奢侈一些，充其量也就是用旧报纸，甚至是普通的白纸。然而，王希用来练习的纸张，竟然是昂贵的宣纸！

纸是上好的宣纸，毛笔和砚台也相当精致，想必也价值不菲。可惜的是，以昂贵的笔墨纸砚写出来的字却不上档次，大概随便找一个书法初学者，也不见得会比他逊色。看来卢老师并没有撒谎，他在书法比赛中的奖状肯定是买回来的。

我没兴趣欣赏他蹩脚的书法，于是便从赔偿入手展开话题，询问他该怎么解决我们打破学校玻璃一事。

他继续练着书法，头也不抬便说道：“我早上已经叫了人把玻璃重新装上，待会儿他们过来后，你们再去跟他们谈价钱吧！没别的事就别再来烦我，我正忙着呢。”

怪不得吴威对他的评价那么差，卢老师也不愿跟他有过多接触，他这种脾性实在不招人喜欢。无奈的是，我们得从他口中套取口供，不管他的脾性有多坏，我也得先忍着。毕竟以目前所得的证据，并不足以证明他跟蔡少萌的死有任何直接关联，王梁两村的七名儿童就更别说了。虽然我们能直接带他回警局问话，但如此一来他必定会对我们起戒心，届时要套他的话就难多了。

虽然他已下达逐客令，但死皮赖脸是我的看家本领，当然不会这么容易就被他赶走。“反正安装玻璃的工人还没来，我们就在这里等一会儿好了。”我以此为借口，继续待下去。

“随便你们吧，别妨碍我就是了。”他依旧看也没看我们一眼，这种态度着实让人厌恶，我发现蓁蓁拳头紧握，似乎恨不得冲上前踹他一脚。

我给蓁蓁使了个眼色，示意她少安毋躁，随即对王希说：“这些宣纸质量不错，一定很贵吧？”

“不用最好的宣纸，怎能衬托出我笔下的铁画银钩呢！”

听见他这话，我差点儿没吐出来，不过还是强撑着继续跟他搭讪：“我有个朋友也喜欢书法，但不知道在哪里才能买到上好的宣纸。”

“我这些宣纸都是专程托县实验中学对面那家文具店的老板娘帮我买的，一小沓就要上百块，你朋友用得起吗？”他终于瞥了我一眼。从他的眼神中，我看到一种充满优越感的炫耀目光。

“他当然不能像你这样，连练习也用昂贵的宣纸。”我佯装尴尬地笑着，随即又道，“前不久，县实验中学对面死了个小孩，你经常去那里，应该有听说过吧？”

他突然停下练字的动作，正眼看着我，语气较刚才略有改变：“岂止听说，当晚我刚好到文具店买宣纸，还是我首先发现那女孩自杀的。”

我见这个话题已引起他的注意，便顺着此事继续说：“自杀？不可能吧，才几岁的小孩，怎么可能会自杀呢？”

“林子大了，自然啥鸟都有，没啥事不可能。这事我可是亲眼目睹的，她就是自杀死的。”他似乎怕我们不相信，立刻又给我们详细讲述当时的情况——

当晚我开着悍马进城，就是停在操场外面那一辆，你们应该有看见吧！县实验中学门口那段路不让停车，而且我的悍马车身又比较大，好不容易才在另一条街上找到位置停车。

把车停好后我就直接走过去，拐进县实验中学那条街时，就看见那个小女孩在电话亭里玩耍。她当时正一个劲儿地往上爬，似乎想把话筒摘下来。

当时整条街冷冷清清的，就只有我跟她两个人，我还好奇她怎么会一个人在街上玩耍，身旁连个大人也没有。你们也知道，现在这年头人贩子不比菜贩子少，那些穷人家的父母只要稍不留神，下半辈子就得穿省过市地贴寻人启事。我们学校隔三差五就组织家长来听防拐讲座，我都听得耳朵长趼，可还是有人这么大意，孩子被拐了也是活该。

不过，这也不关我事，反正她又不是我什么人，管她呢！

之后，我进了一家小店买烟，出来的时候就看见那个小女孩一动不动地站在电话亭里。我本来也没怎么在意，但直到我走到文具店门前她也没动一下，我才觉得奇怪，于是便告诉老板娘。谁知道老板娘跑过去一看就叫起来。原来女孩的脖子套在电话线上，吊死了……

“你撒谎！”蓁蓁大概对王希的态度极其不满，突然杏眼圆睁指着他大骂，“你当晚根本没在文具店里买过任何东西，你去那里的目的只是为了杀死蔡少萌！”

王希被她这一举动吓了一大跳，一改之前傲慢的态度，怯弱地回答：“你、你说什么？那个叫蔡什么的是谁啊？我就去了一趟文具店，怎么可能把她给杀了？”

蓁蓁突然的发飙虽然乱了我的计划，但同时亦挫了王希的傲气。我示意她先别说话，然后对王希说：“蔡少萌就是当晚吊死在电话亭里的小女孩。如果你不是为了杀她而去那里，那又是为了什么？”

“买宣纸啊！”他虽然把话说得理直气壮，但不知是否因为刚才被蓁蓁的气势压倒，暂时还没平复下来，显得有些底气不足。

“但你当晚在文具店什么也没买。”我已经取得话语的主导权，没有必要继续装模作样，坐在他对面点了根烟，以严厉的眼神凝视他脸上每一个表情变化。

他大概被我看得心里发毛，恼羞成怒地冲我大喊：“怎么了，你以为你是谁啊！把我当犯人呀，我干吗要跟你们说这么多废话？！”

“我们就是当你是嫌疑犯，准确说来，是怀疑你杀害蔡少萌。”我悠然地向他出示警员证，“你可以不跟我们废话，但我们也能抓你进看守所，先关半个月再跟你慢慢聊。别以为你父亲有钱就什么事都能解决，杀头的罪名可不是小官小吏说放人就能放的。”

他被我将了一军后，气焰立刻消失，态度也变得合作起来，无力地回答：“当时可是出了人命啊，老板娘哪还有心情做生意，等了好一会儿她也没返回店里，我当然就先走喽。”

他的回答在我意料之中，而且也不是问题的重点，因为我从他刚才的叙述中，发现一个重要的疑点：“你刚才说进小店买烟之前，还看见蔡少萌在电话亭内攀爬，也就是说她当时还活着。但你出小店时，却又说她已经纹丝不动。人被吊死不是一瞬间的事情，而是有一定的过程，在这个过程中，她会本能地挣扎，甚至会失禁。从脖子挂在电话线上到完全失去活动能力，两三分钟是少不了。我倒想问你，买一包烟需要这么长时间吗？还是……”我突然加重语气，“还是你根本就在撒谎！”

“冤枉啊！”他刚才的高傲已消失得无影无踪，取而代之的是不知所措的惊慌，“我当时在小店里用一百块买一包中华，那臭婆娘给我的找零中，竟然有一张五十块的假币。虽然我发现后，她立刻给我换过来，但我一时来气骂了她一顿，耽误了可能有三四分钟吧！你们要是不信，可以去问一下她，我当时还把一箱放在地上的方便面踢翻了，她肯定会有印象。”

他言之凿凿，且能提供证人，并不像撒谎。然而，如果他说的是真话，在他进入小店买烟期间，整条街道就只有蔡少萌一个人，那她后脑勺的肿块又是怎么来的？

我突然想起藏镜鬼，如果她就是凶手，要神不知鬼不觉地杀蔡少萌实在太容易了。她只要在蔡少萌准备摘下话筒时，看准角度用力一敲，就能使对方的脖子卡进电话线圈中，使其自绞身亡。

难道，凶手并非眼前这个败家子王希？

为了确定我的推论，我又问了王希一个关键性的问题，就是王梁两村的七名蔡姓儿童失踪及遇溺的那几天，他身在何方。

“那几天我在日本泡温泉，我的护照有出入境记录，旅行社也能给我作证。”

蔡少萌的死不能证明跟他有关系，其他七名蔡姓儿童出事时，他又有不在场证据，也就是说他的嫌疑一下子便消除了。

既然不能证明他跟八名蔡姓儿童的命案有关，继续留下来问话也只是浪费时间。我给他一张名片，叫他等玻璃装好后，把账单寄过来，我会给他汇款。

随后，我打算跟蓁蓁到防空洞调查，以查证藏镜鬼一事。

“你们要去防空洞找藏镜鬼？哈哈哈……”王希听见我们的对话，竟然大笑起来。

蓁蓁瞪着他，喝道：“笑什么！”

他立刻止住笑声，但语气仍带有嘲笑意味：“藏镜鬼根本不会在防空洞里出现，你们就算把防空洞翻个底朝天也找不到她。”

第十一章　难以接受

正当我们想到防空洞调查时，王希竟然说藏镜鬼不在防空洞，我不禁问道：“为什么？”

他又忍不住笑起来：“哈哈哈……因为最初说藏镜鬼躲在防空洞里的人就是我。”

他随即告诉我们，防空洞是他年少时的“炮房”，他经常会勾引一些无知少女跟他到那里鬼混。因为不想被别人骚扰，尤其是那些不知好歹的小鬼头，所以就编造藏镜鬼藏身于防空洞的谣言，以阻吓他人进入防空洞坏他的“好事”。

“没想到，我小时候撒的一个谎，过了十多年竟然还会有人相信。哈哈哈……”他肆无忌惮地放声大笑，刚才被蓁蓁灭掉的气焰，一瞬间又回来了。

“十多年？当时你几岁？”我问。

他骄傲地回答：“老子十一岁破处，至今从不缺女人。”

“你别逗我笑了，哪会有女生理睬你这种一无是处的浑蛋。”蓁蓁不屑地白了他一眼。

他似乎被蓁蓁一语刺中要害，眼见就要发作，但忍住了，并以鄙夷眼神看着蓁蓁，轻蔑地说："我的确是个一无是处的浑蛋，可我有个钱多得十辈子也花不完的父亲。只要有钱，还用得着为女人犯愁吗？第一个主动让我上的骚货，图的就是我家有吃不完的进口巧克力。你们这些女人，全都贪荣慕利，表面上故作清高，但还不是见钱就什么都不顾了！"

虽然蓁蓁对他出言不逊，但他这话也太过分了。我正想给他一点儿教训时，蓁蓁已怒吼前冲，狠狠地踢他胯下，踢得他立刻蹲下来。

"你，你这个臭婊子，竟然敢踢我……"

"踢你又怎么样！"蓁蓁说着又是一脚。

我怕继续让蓁蓁闹下去，会惹出大麻烦，于是便上前把她拉住，并扯着她往门外走。当我们走到门口时，正倒卧在地上呻吟的王希突然叫道："你们一定会后悔的，我绝对不会放过你们！"

我回头对他说："如果我告诉你父亲，你的书法奖状是买回来的，他才不会放过你呢！"我这一说，他本来就不太好的脸色变得更加难看。

我拉着蓁蓁走出资料室时，发现一个七八岁的小孩躲在一根柱子后面，正鬼鬼祟祟地探头出来窥视我们。我走到他跟前，友善地说："小朋友，你叫什么名字啊？怎么待在这里不回教室呢？"

"我叫王剑钦。"他小声地说，"你们是警察吗？"

"是啊，你怎么知道？"我友善地笑道。

"我刚才听见你们跟王主任说的话，还看见你们打他。"他模仿蓁蓁踢王希的姿势。

"打他又怎么样？他这种人就该打！"蓁蓁怒意未消，凶巴巴地叫道。剑钦被她吓了一跳，身子立刻往后缩，脸上尽是惊惶之色。

"小剑钦别怕，警察姐姐不会打你。但是，躲在柱子后面偷看别人是不礼貌的哦！"我怕蓁蓁会继续发飙，稍微安慰一下受惊的剑钦后，便想拉蓁蓁离开。

然而，剑钦似乎有话想跟我说，但又因为胆怯而不敢开口。我直觉觉得他或许能给我们提供某些线索，但要获得线索，必须先消除他的恐惧。每当遇到这种情况，我的小魔术就能派上用场，伸手到他衣领后说："小剑钦，你在衣服里藏着些什么呢？”说话间便翻出一枚糖果交到他手上，又说，“你调皮了，竟然把糖果藏到衣领后面。”

“哇，警察叔叔会魔术耶！”他兴奋地看着手中的糖果，之前的畏惧瞬间一扫而空。

我微笑道：“小剑钦，有话要跟会魔术的警察叔叔说吗？”

他点了下头，随即往四周张望，然后拉着我的手说：“跟我来，到外面再告诉你。”

他把我们带到学校后面，看清楚周围没有人之后，才神秘地跟我说：“老四他们是在防空洞里被藏镜鬼勾走魂魄，然后再被她扔到鱼塘的。”

本以为他会告诉我们一些有利于调查的线索，没想到又是老调重弹。虽然他没能给我什么帮助，但我可不想熄灭他的热情，于是便跟他说：“小剑钦，谢谢你告诉警察叔叔！不过，刚才你应该有听见王主任的话吧，他说藏镜鬼根本不在防空洞里。”

“他撒谎！”他的语气非常坚定，“我亲眼看见老四他们进去的。”

“你亲眼看见？”我惊愕地看着眼前这个孩子，“能把详细情况告诉我吗？”

他点了下头，随即向我们讲述王村五姐弟失踪当日的情况——

我跟老四一起上二年级，平时经常会跟他一块儿玩儿。

那天，他向卢老师借来足球，跟我还有他家的姐弟一起在这里玩儿。平时我们也经常在这里踢足球，但那天我们玩儿得特别起劲儿，一边追逐一边踢球，跑到防空洞前也没注意到。后来，我一时用力，就把球踢进了防空洞。

足球是老四向卢老师借来的，要是弄丢可就麻烦了。别看卢老师平时挺像好人的样子，一旦凶起来比藏镜鬼还可怕，动辄就会罚我们抄课本。

老四要我进防空洞把足球找回来，不然卢老师不会放过他。我可不敢进防空洞，里面黑魆魆的，光在洞口往里面看就已经够吓人了，而且还有藏镜鬼躲在里面。

我妈经常跟我说，要是我不听话，就把我丢进洞里。她还说被丢进去的小孩，没一个能活着出来，都会被藏镜鬼勾走魂魄。

我因为害怕，就说要回家帮我妈做事，没管老四他们就跑掉了。我当时想，反正足球是老四借来的，就算卢老师要罚，也只会罚他一个，我用不着陪他遭殃。

虽然心里是这么想，但我又害怕他们真的会跑进防空洞，被藏镜鬼勾掉魂魄。所以我没有跑多远就悄悄溜回来，躲在一棵大树后面偷看他们，想知道他们会怎么办。

他们五姐弟围在一起吵了老半天，最后老四还是说要进防空洞把足球找回来，之后他们就一起进去。他们进去后，过了很久都没有动静，我当时很害怕，不知道他们是不是已经被藏镜鬼杀掉，也不知道该怎么办。

我正想着是该立刻跑回家，还是继续躲在树后多等一会儿，突然听见老四的声音从洞里面传出来。他似乎很害怕，不断大叫救命，但没叫多久，声音就消失了。

这可把我吓死了，他们肯定已经被藏镜鬼杀掉。

我非常害怕，怕藏镜鬼杀掉他们还不够，还会跑出来把我也抓回洞里，便想立刻跑回家。可就在这时候，我看见洞里有个人影儿走出来，我还以为是老四他们，但当他走出来时才看清楚，并不是老四他们，而是藏镜鬼……

剑钦说到这里时，蓁蓁忍不住插话："藏镜鬼不是只会出现在镜子里吗？"

"才不是呢，他是直接从洞里走出来的，根本不用镜子。"

"藏镜鬼长什么样子，你还记得吗？"我急切地问。

剑钦认真地说："他个子跟警察叔叔差不多高，但脸色很白，手里还拿着一小截儿铁片儿。"

"他是男的？"蓁蓁问。

剑钦点了下头："嗯，是个男人，应该也跟叔叔差不多大吧！"

看来剑钦把另一个人当成藏镜鬼了。虽然他的表达能力有限，不能清楚地描述从洞中走出来的人长什么样子，但我们所见的藏镜鬼，无论怎么看也不像个男人。而且此人在白天走出防空洞，也不见得会跟鬼魅扯上关系。

虽然此人并非藏镜鬼，但他在防空洞传出呼救声后出现，肯定跟王村五姐弟的死有关，说不定他就是凶手。可惜剑钦未能清晰地描述他的相貌，要不然接下来就好办了。或许，我该带剑钦回警局，找人给他做一幅疑犯相貌的拼图。

就在我思索着是否该立刻带剑钦回警局做拼图时，蓁蓁不停地向他询问神秘男人的相貌特征，他的回答跟刚才差不多，都是些比较模糊的描述。我想就算带他回警局，也不见得能拼出嫌犯的相貌。

“难道是他……”蓁蓁眉头紧锁地自言自语，我问她是不是想到些什么，她不但没有回答我，反而把手伸进我的裤袋里。

我连忙叫道：“你也太猖狂了吧，剑钦可是个小孩啊！你就不能在他面前收敛一点儿吗？”

“你发什么神经呀！”她没有管我，从我裤袋里掏出我的手机，并翻查相册。

她不停地翻阅相册，我还没弄明白她想干什么时，她便拿着手机向剑钦展示：“找到了，你看是不是这个男人？”

剑钦认真地看着手机的屏幕，片刻便叫道：“是他，就是他！他就是杀死老四他们的藏镜鬼！”

我没保存犯人照片的习惯，储存在手机相册里的都是一些亲友及同僚的照片，而且他们大多都在城区生活，怎么可能跑到王村的防空洞里去？

我带着疑惑，粗鲁地从蓁蓁手中把手机抢回来，查看剑钦口中的藏镜鬼到底是谁。当目光落在屏幕上的那一刻，我立刻就呆住了，因为屏幕上显示的是小相的照片。

“怎么可能是他？”我呆滞地对着手机喃喃自语，随即用力地抓住剑钦单薄的肩膀，以咆哮般的语气冲其大吼，“你那天见到的人真的是他？他现在在哪里？快告诉我，他现在在哪里？”

剑钦哇的一声哭出来，显然是被我吓到了。蓁蓁连忙把我推开，抱起剑钦背向我，转过头来冲我骂道：“你知不知道自己在干什么？他只是个小孩，他只见过小相一面，他不可能知道小相现在在哪里！”

她说得没错，剑钦是只见过小相一面而已，不可能知道他现在身在何处。我强行让自己冷静下来，但很快思绪又再度混乱，因为根据剑钦的描述，小相很可能是杀害王村五姐弟的凶手。

我一时间接受不了这个事实，如失去理智般上前想抓住剑钦，不过被蓁蓁挡住了。虽然她不让我接近剑钦，但我仍然以带有敌意的语气冲他叫道：“你撒谎，你刚才所说的一切都是谎话！如果你知道老四他们就在防空洞，为什么在他们失踪的几天里也不告诉别人？！”

剑钦在我的怒吼中，紧紧地抱着蓁蓁大哭，蓁蓁突然转过身来，狠狠地甩了我一巴掌，并骂道："冷静点儿，他只是个小孩，看你把他吓成什么样了？"

虽然被蓁蓁打得眼冒金星，我却稍微冷静下来。思绪虽仍十分混乱，不过至少已意识到愤怒不能解决问题。我无力地坐在地上，跟蓁蓁说："他是时候要上课了，送他回去吧！"

蓁蓁一言不发地抱着剑钦离开，过一会儿便独自回来，并跟我说："刚才剑钦跟我说，他很害怕，因为足球是他踢进防空洞的，他害怕大家会把所有责任都归咎于他，所以一直都不敢把这件事说出来。今天，他把这件事告诉我们，是因为他觉得自己对不起老四、对不起老四的姐弟。其实，他在资料室外面犹豫了很久，不知道该不该把这件事跟我们说，如果不是你先跟他搭讪，他大概鼓不起勇气说出来。"

我静默地坐在地上，没有回答她，她也没有继续说话，而是在我身旁坐下，跟我一起沉默。我们并排而坐，良久也未发一言，直到天色渐黑，她才开口问我："痛吗？"

我指着大概有五道指痕的脸颊说："你说呢，脸都肿了。"

"谁叫你那么冲动，一点儿也不像平时的你。"她轻柔地抚摸着我红肿的脸颊，平日的强悍不见影踪，展露于我眼前的只有温柔与妩媚。

在这一瞬间，我把一切烦恼皆抛诸脑后，紧紧地抱着她，一亲她的朱唇。她虽然有些许的惊惧，却没有任何反抗。片刻的迟疑后，她的双手便轻柔地落在我的背上，回应我的拥抱……

见利可忘义，见色亦可忘友。与蓁蓁美妙的拥吻使我重拾心情，暂时把小相的事情放下，站起来对她说："走，我们进防空洞瞧瞧。"

"现在进去吗？天都已经黑了。"她微微潮红的脸色，渐渐变得苍白。

"王希不是说了，藏镜鬼不会在防空洞里出现，我想洞里也不会无缘无故地摆着一大堆镜子吧！而且洞里黑魆魆的，白天进去跟现在进去一样。"我紧紧地握住她的手，温柔地说，"如果她真的出现了，我也会保护你。"

"切，从来就只有我保护你。"她不屑地白了我一眼。

第十二章　洞内对决

日落西山，夜风微寒。

漆黑的防空洞犹如通往冥府炼狱的黄泉路，我站在洞口前，仿佛听见从地狱深渊传出的凄厉号叫。

虽然王希声称藏镜鬼不会在防空洞内出现，但县派出所刻意阻挠村民进洞搜索，可能因为洞里有某些不可告人的秘密。而且小剑钦目睹小相从洞内出来，或许在防空洞某处能找到跟他下落有关的线索。因此，有必要进去调查一下。

当然，我并不期望能在洞里找到小相跟八名蔡姓儿童死亡有任何关联的证据。

为进洞搜索，我们返回学校向卢老师借绳子，他给我们找来一大捆奇怪的绳子。绳子是棉质的，稍微纤细，有点儿像织毛衣用的毛线，但要比毛线粗糙一些。之所以说奇怪，是因为这捆绳子被缠绕成球状，大小跟篮球并不多，而且带有一股食用油的气味。

卢老师说这捆绳子是去年搜索防空洞时，校长从家里拿来的，本来是用来裹粽子的。校长担心再有学生走进防空洞，就把绳子放在学校以防万一。虽然那次搜索，除了这捆绳子外，还拼接了不少别的绳子，但光这一捆就有近千米，应该够我们搜索很大范围了。

至于绳子上的异味，他的解释是学校没有仓库，只能把绳子放在宿舍的小厨房里。刚才他拿绳子的时候，不小心打翻了一瓶食用油，整瓶洒落在绳子上。绳子是棉质的，吸附性极强，油都被吸进绳子里，自然就会有异味了。

虽然这根绳子略为纤细，总让人觉得随时会断开，而且感觉有点儿脏，但有总比没有好。毕竟我们在附近认识的人并不多，要找一根足够长的绳子可不是件容易的事情。

蓁蓁把绳子的一端绑在防空洞外的一棵树上，使劲儿地扯了几下，以确定绳结是否结实，测测绳子的韧度。本来，我还对这根绳子挺不放心，但见她这么使劲儿也没把绳子扯断，才发现绳子比我想象中要坚韧得多。

她把绳子的另一端系在我腰间，之后便说："成了，我们进去吧！"

"你怎么不把绳子也系到自己身上？"我问。

她白了我一眼说："你跑得那么慢，要是真的遇到藏镜鬼，我跟你系在一起不就跑不掉了？"

"你还真没良心。"虽然我这么说，但心里知道，她这么做是怕遇到危险时会束手束脚，不能全力保护我。当然，也不排除她其实是嫌绳子沾有油迹。

我用从警车上取来的强力手电筒，照亮前方漆黑的洞穴，装作若无其事地牵起她的手，缓步走进令人不安的防空洞。她没有任何抗拒的举动，低着头默默地跟在我身后。我想，此刻她娇羞的脸颊大概又红润了起来。

进入防空洞后，前方几米尚能看清楚周围的事物，再深入一些就完全置身于黑暗之中。无边的黑暗如潮水般将我们包围，充满危机的压迫感使我感到呼吸不畅，仿佛吸入鼻腔的并非空气，而是漆黑的血液。

蓁蓁紧紧地握住我的手，我能感觉到她的身体微微颤抖。虽然有手电筒照明，但此刻却犹如一根水管，我们只能通过它窥探"管口"以内的情况。"管口"以外是否隐藏着致命的危险，我们全然不知。在这个充斥着未知危险的洞穴里，唯一能依靠的就只有对方。

我紧握着蓁蓁的手，一步一惊心地走向防空洞深处，其间并无可疑的发现。防空洞比我想象中还要大，也比我想象中还要干燥，而且通道纵横交错。倘若一旦起火，火势必定一发不可收拾，而在迷宫般的防空洞内遇到猛火，可以说是必死无疑。

还好，洞内并没有多少可燃物品，我们只是在部分洞穴发现了少量战争时期遗留下来的物资。这些物资虽然经过岁月的洗礼，已经破旧不堪，但天晓得这些破铜烂铁里是否有仍能引爆的炸弹。所以，我们并没有冒险去检查这些物资，反正在这些破烂中也不会找到我们想要的线索。

继续往深处走，竟然发现其中一条通道的尽头有灯光。防空洞荒弃多年，按理说不可能有灯光，除非近期有人在这里活动。不管对方出于何种目的到这里溜达，也有必要查探一下。当然，我最期望的是能看见小相的身影。

我压抑心中那份兴奋与期待，熄灭手电筒，跟蓁蓁谨慎地走进通道。突然，蓁蓁拉住我小声说："你不觉得奇怪吗？"

我心里只想着小相的事情，便随意答道："在这种地方有灯光，傻子都知道有古怪。"

"我不是说这个。"她摇了摇头，"我们应该已经走得很深了，绳子有这么长吗？"

经她这一说我才想起，我们已经走了一段不短的路途，绳子应该没这么长才对。难道，她刚才没把绳子绑好？我道出心中所想，得到的却是她的白眼。她瞪眼怒道："你让我绑一次试试看？我用鞋带也能把你像粽子一样绑起来。"

她是武警出身，肯定学习过捆绑技巧，所以她系的绳子应该不会轻易松脱。但是倘若绳子没有松脱，以绳子的长度，我们又不可能走这么远。

"绳子会不会断了？"她脸上露出不安的神色。

我心里也有些担心，毕竟绳子如此纤细，总让人觉得不可靠。但是我又不想增添蓁蓁不安的情绪，只好强作镇定地说："你刚才不是试过绳子的韧度吗？哪会这么轻易就断掉呢！"

为了消除蓁蓁的不安，也为了解除我心中疑虑，我缓缓地拉动绳子。绳子的另一端并不受力，我毫不费劲便拉了一大段，绳子仍然软弱地躺在地上。再拉，情况也一样。当我拉第三次时，便发现问题所在——在我们刚才经过的通道尽头，有一点儿微弱的火光。我迅速地拉动绳子，火光随着我的动作而向我们靠近，当这点火光出现在我们身前时，我便傻眼了。

"靠，绳子竟然着火了！"

绳子是棉质的，而且吸附了食用油，一旦遇火就会迅速燃烧起来。要是平时，我才不管它怎么烧，但现在它可是我们离开防空洞的唯一方法。

"绳子怎么会无缘无故地着火呢？"蓁蓁也傻眼了，但她很快就反应过来，立刻把系在我腰间的绳子解开。

我把绳子丢到地上，抬脚用力地将火苗踩灭，气愤地说："绳子当然不会无缘无故地着火，肯定是有人故意将绳子点燃的。"

"谁会这么做呢？"蓁蓁疑惑问道。

"除了王希还会有谁！他肯定因为下午的事，对我们怀恨在心……"我突然想起卢老师描述王希时所说的话："他每天到学校就会到隔壁的资料室里练书法，一到放学便立刻离开，不会在学校多待一分钟。"

我决定进防空洞时已经天黑，王希应该早就离开学校，也就是说他应该不知道我们要进防空洞，当然也不可能待在洞外，等我们进洞后点燃绳子。知道我们要进防空洞的人，就只有借我们绳子的卢老师，那么说点燃绳子的人极有可能是他。

可是，卢老师为何要这么做呢？我们跟他没有任何过节儿，也不存在任何利益冲突，他害我们不见得能获得好处。而且身为教师，他应该不会做这种损人不利己的无聊事。

“他会不会是受王希指使呢？”蓁蓁说。

“不可能。”我摇了摇头，“下午时你也看到了，他跟王希关系只属一般，甚至不愿意跟王希有过多接触，肯定不会替王希做这种事。”

虽然我很想知道是哪个王八蛋断了我们的后路，但现在的当务之急是怎样活着离开。必须在这个迷宫般的防空洞里找到出路，才能惩治那个该死的王八蛋。

手机在洞穴里跟砖头没两样，我跟蓁蓁各自尝试过拨打手机，但都因接收不到信号而无法拨出。当下唯一能离开这里的办法，就只有仔细回忆刚才走过的路。

在我绞尽脑汁回忆刚才走过的每一条通道时，蓁蓁指着前方的灯火说：“我们不走过去看看吗？或许能找到离开这里的办法。”

女人有时候很奇怪，虽然明知前方有危险，但她们往往会愿意朝着已知的危险前进，却为黑暗中的未知而感到恐惧。蓁蓁就是这样，她之所以提议继续往前走，大概是因为前方的灯火让她感到安全，即使在这种地方出现的灯火显然是个危险信号。

反正已经走到这里，再往前走一段也不见得会有什么损失，但现在离开肯定会空手而回。因此，我同意她的提议，紧握着她的手缓步走向通道尽头。

我们小心翼翼地前进，时刻注意着随时可能出现的危险，但直到通道的尽头，一直担心的危险仍未出现。灯光源自一盏挂在洞壁上的煤油灯，这盏灯非常陈旧，可能跟这个洞穴是同一时期的产物。不过，以煤油灯的容量，不可能点燃了大半个世纪仍未熄灭，必定是近期有人将其点燃的。

煤油灯挂在一个丁字路口，右侧有一条向下倾斜的通道，能看见尽头有非常微弱的光线，但不像是另一盏煤油灯。

手电筒的光柱在黑暗中极其耀眼，如果有人躲藏在这里，很容易就能发现我们。因此，我没开手电筒，继续借助微弱的灯光，跟蓁蓁走进右侧的通道，缓慢而谨慎地往前走。

通道尽头似乎是个偌大的空间，因为只能看见前方的微弱光线，绝大部分空间都被黑暗吞噬，所以不能确定实际大小。能确定的只是这里的温度，明显要比我们刚才经过的地方低，而且还有一股似曾相识的怪异香味。

我没花时间去回忆这股香味在哪里闻过，因为我发现前方光源竟然是来自一面镜子！

这是一面普通的方形镜子，略比人面大一些，如果出现在其他地方根本不会引人注意。但当我发现这面镜子时，立刻头皮发麻，脑海随即浮现藏镜鬼的可怕模样。蓁蓁也好不到哪里，身体不自觉地颤抖，并缓缓后退。

王希肯定向我们撒谎了，事实或许正如吴威所言，防空洞是藏镜鬼的藏身之所。可是现在才发现已经太迟了，因为当我们准备往回跑的时候，阴冷的笑声已于漆黑的洞穴中回荡："嘻嘻嘻……昨天让你们跑了，没想到今天竟然主动送上门来。既然你们这么想当本大小姐的奴仆，我又怎能不成全你们呢！"随着这可怕声音的响起，藏镜鬼狰狞的脸庞亦随之出现在方镜子之中。

"跑！"

蓁蓁果断地拉着我往回跑，可我刚踏出第一步，破风之声便传入耳际，小腿随即传来一阵冰冷的麻痹感觉，一时失去平衡便整个人趴在地上。我想，小腿大概被藏镜鬼的"鬼爪功"刺伤了。

"这里是我的地盘，想跑可没那么容易，嘻嘻嘻……"

藏镜鬼阴冷的笑声于漆黑的洞穴内回荡，宛若来自地狱深渊。她那双可怕的无形鬼爪，仿佛随时会从某个黑暗的角落冒出来，刺穿我们脆弱的躯体。

蓁蓁把我扶起来，并挡在我前面，小声地跟我说："还能走吗？能走就快走，我只能挡一会儿。"

我知道她只是在逞强，因为她扶起我的时候，我能感觉到她在颤抖。她虽然是散打冠军，但在无形的鬼魅面前，她只能像三岁孩童般任由对方鱼肉。

她愿意牺牲自己来救我，让我很感动。若以理性思量，我应该接受她这份恩情立刻逃走。毕竟我就算留下来也帮不上忙，甚至可能扯她的后腿。但是，感性思维令我做不出这种贪生怕死、离弃同伴的可耻行为。

然而，正当我准备义薄云天地跟蓁蓁说"不能共生，那就同死吧"的时候，小腿突然传来剧痛。这是一种令人死去活来的痛，来得非常剧烈，使我恨不得立刻把整条腿砍下来。

剧痛使我倒地打滚，心想应该是流年所说的神经毒素发挥了作用。蓁蓁连忙护在我身前，并小声说道："忍住，这痛来得快也去得快，过一会儿就不痛了。待会儿你能跑的时候，就立刻逃走。"

我痛得眼泪都快掉下来，大概一时半刻也站不起来，更别说逃跑了。藏镜鬼肯定不会安静地等待我复原，在我能跑之前，她不多刺我几下才怪。

丢下蓁蓁独自逃跑，无论在感情上，还是客观条件上都不可行。既然走不掉，就只能留下来跟藏镜鬼拼个你死我活。

“你们小两口儿就只管唧唧喳喳，都不把我这个主人放在眼里是吧！看来我得给你们一点儿颜色看看……”随着藏镜鬼阴冷的声音，破风声再次响起来。

蓁蓁条件反射般张开双臂挡在我前面，但她的速度远不及藏镜鬼，我的肩膀又挨了一下。就像刚才那样，刚被藏镜鬼的利爪刺中时不会很痛，只觉得有一股冰冷刺骨的寒气从伤口向周围扩散，并伴随着少许麻痹的感觉。但当这股寒气渐渐消失，随之而来便是足以让人死去活来的剧痛。

我强忍剧痛，拉着蓁蓁小声说：“别管我，你先逃，我有办法对付她。”

“你连跑也跑不动，有个屁办法！”蓁蓁突然聪明起来，但聪明得不是时候。她不肯先逃，我又跑不动，两个人继续待在这里就只能等死。

“好了，你们小两口儿也吵够了，是时候来伺候本大小姐了。以后我会让你们好好地相处，嘻嘻嘻……”

阴冷的笑声于黑暗中回荡的同时，破风之声三度响起，我猛然把蓁蓁推到一旁，挺身以手臂承受可怕的“鬼爪功”。藏镜鬼的速度极快，出手只在弹指之间，幸亏我事先已有心理准备，在她开口时就已经动手推蓁蓁，要不然这一爪肯定落在蓁蓁身上。

“你干吗?！”蓁蓁扶起我，在责怪的同时，关切之情尽表于颜。

小腿的痛楚已经开始消失了，但肩膀及手臂传来的痛楚仍非常强烈。我强忍剧痛，把蓁蓁推到身后，大义凛然地说：“保护自己的女人，不是每个男人都该做的事吗？”

虽然我经常道貌岸然，却很少会说这种肉麻的话，在蓁蓁面前更是从来没说过。或许这句话把她感动了，她的坚强于瞬间消失，如同寻常女生般柔弱地依偎在我背后。

其实，我之所以会挺身抵挡藏镜鬼的利爪，并不是为了在她面前逞英雄。我已经受伤了，就算再多挨几下，情况也不见得会更糟糕，但如果她也受伤，那麻烦就更大了。而且，我已经想到逃走的办法，但成败的关键全在于蓁蓁。

“小子，没想到你也挺有男子气概，我喜欢。就让你做我的管家吧！”

藏镜鬼阴冷的声音于黑暗中回荡，我知道她马上又要用她的无形利爪袭击我们。我把一块儿刚才在地上捡起的石头，悄然递给身后的蓁蓁，就在破风声响起的同时，开启手电筒并对准前方的镜子。

镜子在手电筒的强光照射下，反射出耀眼的光芒，虽然照亮了洞穴内的部分地方，但也使我看不清楚周围的情况。眼睛虽然看不清楚，但身体的痛楚却十分明显，藏镜鬼这一爪刺在我大腿上。

在我被刺中的同时，蓁蓁从我身后探身，使劲儿地向镜子掷出石头。“砰”一声响起，镜子应声碎裂，反射的强光也随之消失。我迅速将手电筒关闭，黑暗立刻将我们包围。虽然通道入口有灯光照过来，但跟刚才的强光相比微不足道。

我需要的就是刹那间的“黑暗”。

在这个关键时刻，我跟蓁蓁已不再需要言语上的沟通，任何一个肢体上的接触，都能让我们知道对方的心意。此刻，在我们脑海中就只有一个字——逃！

蓁蓁扶着我拼命往回走，身后传来藏镜鬼可怕的狞叫：“你们竟然敢逃，我绝不会放过你们的！”

破风之声于身后一再响起，但可怕的利爪并没有刺在我或蓁蓁身上。因为通道向上倾斜，所以藏镜鬼的鬼爪只是胡乱地刺在我们身后的地面上。

我们逃到挂着煤油灯的丁字路口前，正想着从哪条通道进来的时候，破风之声再度响起。虽然这一爪没落到我们身上，却刺中了挂在洞壁上的煤油灯。

煤油灯被打翻，微弱的灯火随之熄灭，通道内立刻漆黑一团。

虽然我有手电筒，但在这个时候使用无异于告诉藏镜鬼我们的准确位置。可是，现在这种漆黑环境，对于不熟识这里地形的我们来说，情况非常恶劣。毕竟这里是藏镜鬼的地盘，她就算摸黑也能找到我们，而我们却连跑快一点儿也怕会摔倒，甚至撞到洞壁上。

藏镜鬼骇人的狞叫已经在身后响起，正不知该如何是好时，一个熟识的声音传入耳际：“阿慕，这边来！”

这是一个久违的声音，虽然这两年多来未曾听过，但我还是立刻听出声音的主人，并冲声音来源方向叫道：“小相，是你吗？”

“是我，快过来，我带你们离开。”

虽然还没有看见小相，但能听见他的声音已令我感到欣喜若狂，立刻示意蓁蓁一同往小相的方向走。

藏镜鬼并没有因为小相的出现而消失，相反变得更加狂暴，暴躁的怒吼充斥着通道的每一个角落："相溪望，你这个不知廉耻的小偷！我没惹你，可你不仅偷走我的圣剑，还一而再地坏我好事，今天我绝不会放过你！"

我不知道小相在这两年间到底在做些什么，也不知道他跟藏镜鬼之间有什么恩怨。我只知道他绝对不会加害于我，其他事情等离开防空洞后再慢慢问他好了。

可是，现在最大的问题是，在这漆黑的防空洞里，我们能逃得过藏镜鬼的追击吗?

第十三章　关键提示

常言道，"福无双至，祸不单行"，在与蓁蓁进入防空洞搜索的过程中，先是用于返回洞外的绳子无故着火，随后更受到藏镜鬼袭击，最后连挂在洞壁的煤油灯也被藏镜鬼打翻，致使我们陷身于黑暗之中。对于不熟识洞内环境的我们来说，要在这种情况下逃脱藏镜鬼的追击，并寻找出路离开，无异于痴人说梦。

幸运的是在这个关键时刻，失踪多时的小相突然现身。虽然防空洞内漆黑一团，我未能看见他的身影，但能听见这熟识的声音已让我欣喜若狂。

"相溪望，你这个不知廉耻的小偷！我没惹你，可你不仅偷走我的圣剑，还一而再地坏我好事，今天我绝不会放过你！"

藏镜鬼愤怒的咆哮声在狭窄的通道内回荡，震耳欲聋的声浪让我感到一阵眩晕。我不知道她跟小相有何恩怨，只知道不立刻逃离防空洞，肯定不能看见明天的太阳，于是便示意蓁蓁扶着我往小相的方向逃走。

然而在这生死关头，蓁蓁却停下了脚步，迟疑问道："能相信他吗？"

倘若平时蓁蓁这样问我，我一定会教训她一顿。小相是曾经跟我出生入死的好兄弟，不知多少次从死神身边把我救回来。要是连他也不能相信，那还有谁能相信？但在这个生死攸关的时刻，可没时间能让我浪费，于是便紧紧地握着她的手，以坚定的语气说："相信我，小相绝对不会害我们。"

“但是……”她虽然有刹那间的犹豫，但最终还是选择相信小相，或者说是相信我，扶着我快速往小相的方向走。

在黑暗之中，眼睛的功能几乎完全丧失，除了声音之外，我能依靠的就只有身体的触感。因此，我把手臂尽量往前伸，一方面为了探索前方的状况，另一方面则为了尽快“抓住”小相。

虽然知道小相就在前方，但到现在为止也只是听见他的声音而已，我希望能尽早确认他的存在，同时也害怕他会再次不知所踪。可是，跟蓁蓁走了一段不短的距离后，我所能触及的仍只是无尽的黑暗。

身后再次传来藏镜鬼的咆哮，我们不由得加快脚步。突然，我摸到坚硬而冰冷的东西，马上意识到已到了通道尽头，身前是冰冷的洞壁。奇怪了，都已经走到尽头，小相怎么不在这里？难道他又不辞而别？

“这里是我的地盘，你们全都跑不掉！”藏镜鬼的咆哮充分表达了她的愤怒，令人胆战心寒的怒火充斥着洞内每一个角落。

我们必须立刻逃走，稍有迟疑便会死在藏镜鬼的鬼爪之下。可是，该往哪里逃呢？防空洞就像一个地下迷宫，进来时因为系着绳子，所以没刻意记下路线。现在又为避免被藏镜鬼发现，不能打开手电筒，要迅速离开谈何容易。

就算是自己熟识的居所，深夜停电的时候，要摸索到门口也很容易被杂物绊倒，更何况我们现在身处的是陌生环境。以现在的情况要找到出路，就算不用十天半月，至少也得花上好几小时。可是，藏镜鬼绝对不会让我们慢条斯理地寻找出路。

正不知如何是好时，小相的声音再度响起：“阿慕，这边，跟着我！”

听见小相的声音，悬在半空的心立刻就稳下来，我就知道他不会把我丢下，不管我的死活。他的声音从左侧的通道传过来，应该是先我们一步，走到下一个路口。虽然不知道他为何不跟我们一块儿走，但现在不是想这个问题的时候，等逃到洞外再慢慢问他也不迟。现在最大的问题，是能否逃过藏镜鬼的追击。

蓁蓁扶着我跟随小相的声音，走进左侧的通道，身后立刻响起可怕的破风声，接着是一声细微的、类似打碎玻璃的声响。我想大概是藏镜鬼对我们的袭击落空，把鬼爪刺在坚硬的洞壁上，这声音或许是她的爪子折断时发出的。

难道，她的鬼爪是用玻璃做的？

我现在可没闲情逸致研究藏镜鬼的身体构造，趁着身体的痛楚渐渐消退，咬紧牙关跟蓁蓁使劲儿地往前跑。

小相虽然一再给我们指引，但始终跟我们保持一段距离。还好这并没有耽误我们逃走，历经近半小时的奔跑后，我们终于逃出如迷宫一样的防空洞。

逃离漆黑的地底世界，再次沐浴于月色之下的感觉真好，犹如重获新生。不过，我可没时间为这份重生的喜悦而感慨，虽然已逃离防空洞，但这附近仍属藏镜鬼的活动范围，我们必须尽快离开。然而，当我想跑的时候，却没看见比我们先出来的小相，不由得四下张望，并大叫他的名字。

蓁蓁突然拉了我一下，往远处一指，小声说："他在那里。"

我顺着她所指的方向望去，发现一个熟识的身影躲藏于榕树后。虽然月色并不明亮、榕树跟我们有些距离，但我还是一眼就认出对方是小相。

"小相，快跟我们一块儿走，藏镜鬼随时会追出来。"我蹒跚地走向榕树。

"别过来！"他的语气非常严肃，致使我愕然地停下脚步，他又说，"你们可以放心，藏镜鬼行事藏头露尾，不会追出来。"

"你跟藏镜鬼是怎么回事啊？她怎么会说你偷她的东西呢？"我皱眉问道。

他冷漠回应："阿慕，我跟她之间的恩怨，你最好别管。"

"那我们先别管她，见华跟悦桐知道你回来了，一定会很高兴。现在一起去找她们吧！"我再次向前举步。

"阿慕，别过来！我还有非常重要的事要办，暂时不能跟你们一起，也不能跟见华和悦桐见面。"他的语气非常坚定，大有绝不作半点儿让步的意思。

我突然觉得很生气，冲他叫骂："靠！对你来说，还有比见见华跟悦桐更重要的事吗？你可知道这两年来，她们为你吃了多少苦头、为你流了多少眼泪吗？你就连见她们一面也不愿意？"

"阿慕，相信我，我有我的苦衷。"他说罢便转身准备离开。

在他失踪的两年里，为了打听他的下落，我不知道花了多少心思、用了多少办法。如今他就在眼前，我当然不会如此轻易便放他走，立刻冲他大吼："站住！相溪望，你涉嫌跟王村蔡家五名小孩的死有关，我现在要拘捕你，你要是逃走，我就立刻发通缉令！"

面对我的恐吓，他的表现一如既往，并没有特别的反应，甚至连头也没回，只是平静地说："给你们绳子的卢永志，并不是表面上那么简单，你们要多提防他。"言尽，人已悄然隐没于树影之中——他走了。

我看着阴暗的树影，良久也未发一言。在这两年里，我曾多次想象跟小相重逢时的情景，却没想到最终竟然是这样。他于黑暗中出现，又在黑暗中悄然无声地离开。

我到底该怎样跟见华及悦桐交代这件事呢？或者说，我是否该告诉她们，我终于找到小相，却没能留住他。

"真的要通缉他吗？"蓁蓁的语气极其温柔，跟平日的粗鲁大相径庭，或许她亦能感受到我心中的那份失落与迷茫。

我轻轻摇头："他很聪明，知道我不可能通缉他。现有证据只能证明，王村五姐弟失踪当日他曾进入防空洞，并没有明确的证据证明他跟此事有关。而且证据的提供者是一名七岁的小孩，这证据本身就不牢靠。在公在私，老大也不可能批出通缉令。"

"现在怎么办？我们该往哪个方向调查？"她露出困惑的神色。

我苦笑道："小相刚才不是已经告诉我们了？"

"你说卢老师？"她眼中闪现一丝疑虑，沉默片刻后又道，"你相信他的话？"

"为什么不相信？"我觉得她这个问题非常愚蠢。

她再次沉默，似乎有话想说，但又不知道该如何开口。过了好一会儿，她似乎终于下定了决心，说出憋在心中的话："你能确定他就是你所认识的小相吗？"

她这句话让我感到莫名其妙，虽然刚才小相一直刻意跟我们保持距离，但我绝对不会看错这个曾与我出生入死的好兄弟。然而，在我准备反驳的时候，她又说："两年了，他已经失踪了两年。在这两年间他去过哪里、做过些什么，你完全不知道。之前他把另一宗案子的证物，那半截儿叫仁孝的古剑偷走，现在又牵涉到王村五名小孩的命案当中。难道，你就一点儿也没有怀疑过他？"

蓁蓁的质疑并非全无道理，两年前小相失踪时，牵涉命案的重要证物古剑坤阖亦不知所踪。刚才他在防空洞内出现，藏镜鬼随即勃然大怒，骂他是偷走圣剑的小偷。还有剑钦曾提及王村五姐弟失踪当日，他从防空洞出来时，手里拿着一截儿铁片儿……

无数画面于脑海中闪现，这些画面虽然杂乱无章，但都一同指向小相，不由得使我陷入混乱之中。他到底隐瞒了些什么？他刚才说有苦衷又是怎么回事？他到底有什么秘密？

思绪虽然极其混乱，但我还是坚信小相不会作奸犯科，便跟蓁蓁说：“我相信他！我跟他认识这么久，他的为人我很清楚，他绝对不会做任何违法的事情。”

“你认识的小相会丢下自己体弱多病的妹妹不管？你认识的小相会一言不发就人间蒸发，两年也不跟任何亲友联络？你认识的小相会从警察手中偷走证物？”蓁蓁一连串追问让我哑口无言。

事实或许正如她所言，小相变了，变得非常陌生，他已经不再是我熟识的好兄弟。虽然他给我指引了调查方向，但他本身也牵涉到本案当中，难保他不是为了扰乱我们的视线，而把我们引到错误的方向。

我闭上眼睛，尽量让自己镇静一下，暂时放下私人感情，以理性思考当下的问题。

小相并不笨。

他不但不笨，而且非常聪明。

我们加入警队时曾进行过智商测试，他以一百六的高分傲视群雄，足足比我高出二十分。以他的智商，就算真的想扰乱我们的视线，也不会随便诬蔑一个跟本案毫无关系的人。倘若卢老师品行端正、没任何可疑之处，我们很快就会发现小相的意图，并因此而不再信任他。这种得不偿失的事情，他绝对不会做。

因此，就算他有意扰乱我们的视线，也会指引我们去调查一个涉及本案、又或者暗中做了不少坏事的人，而这个人就是卢老师。这样不但能花费我们更多时间，而且也不至于会怀疑他的诚信，毕竟他说的是事实，充其量只是没把事实全部说出来。

锁定卢老师的嫌疑后，我突然想起那根被点燃的绳子。我们进防空洞搜索，就只有卢老师一个人知道。他给我们的绳子沾有油污，声称是自己不小心打翻油瓶所致。但到底是不小心，还是故意，只有他自己才知道。

油污跟绳子被烧断有直接关系，若不是沾有油污，绳子被点燃后很快便会熄灭。就算绳子被烧断，我们仍能凭着剩余的部分，返回接近洞穴出口的地方。但沾上油污后，绳子便会不断燃烧，直到整根烧成灰烬。

倘若绳子上的油污是卢老师故意淋上去的，那么点燃绳子的人很可能就是他。

有了这个想法后，一切便豁然开朗。虽然不知道卢老师为何要置我们于死地，但我有信心能从他口中找到答案。然而，正当我准备跟蓁蓁到学校找卢老师问个明白时，突然发现一个鬼鬼祟祟的身影于黑暗中窜动。

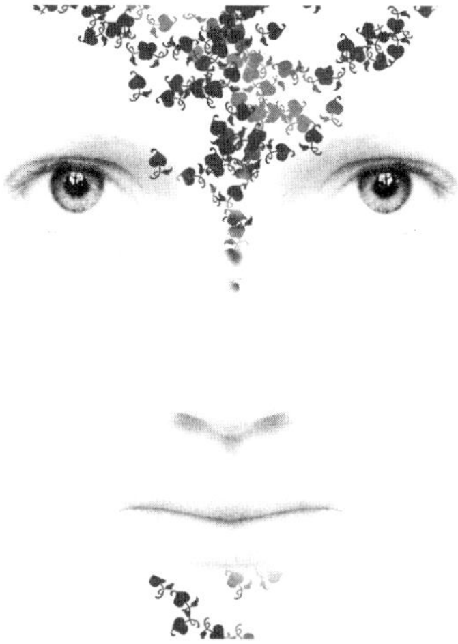

卷十四·藏镜罗刹（下）

第十四章　神秘毒素

在这夜阑人静的时候，诡秘的防空洞外，突然出现一个隐藏于黑暗中的人影儿。我想对方肯定不是吃饱撑的，才来这种阴森的地方散步吧！

蓁蓁也看见了这个鬼祟的身影，不过或许是因为对藏镜鬼仍心有余悸，所以她没有像平时那样直接冲过去把对方抓住，而是在地上捡起一块儿小石头掷过去。

石头没入黑暗之中，惨叫声随即响起。

对方的声音让我觉得似曾相识，稍加思索便知道对方是谁。蓁蓁似乎没能分辨出对方的身份，但至少已确定对方是人，而不是虚无缥缈的鬼魅，便立刻冲入黑暗之中。

片刻，蓁蓁牵着一个哭哭啼啼的小孩，从阴暗的树影中走出来，并说道："都这么晚了，你怎么还跑这里来玩儿不回家呢？"

当小孩显露于朦胧的月色下，我的猜测便得到确认——他是剑钦。

剑钦牵着蓁蓁的手走过来，边走边哭哭啼啼地说："对不起，我只是一时贪玩儿，对不起，对不起……"

"你怎么不停地跟我道歉呢？是我用石块掷到你，该我向你道歉才对。"蓁蓁一脸歉疚之色。

剑钦仿佛没有听见她的话，依然不停地说"对不起"。当他们走到我身前时，我便想蹲下来跟剑钦说话。刚才在防空洞里挨了藏镜鬼四爪，虽然神经毒素的作用已经消失，但伤口还是隐隐作痛，所以我好不容易才能单膝跪下。

"剑钦别哭，警察姐姐不知道是你藏在树后，她以为是小偷，所以就把石块掷过去。"我轻抚他的小脑袋以示安慰。

"对不起，对不起，我只是一时贪玩儿……"他依然在重复刚才的话，让我怀疑他是否受惊过度。

"姐姐掷到你什么地方了？是不是掷到你的头了？"他一直用手捂住额头，所以我想移开他的手，看他是否伤得很严重。如果被蓁蓁掷出个脑震荡，那可麻烦大了。

他的左额虽然肿了一大块，但并没有流血，我想问题应该不大。不过在移开他的手时，发现他手心沾有油污。我立刻抓住他的手，严肃地问："你刚才是不是碰过绑在洞口那棵树上的绳子？"

他像触电一样，猛然缩手并迅速后退，或许因为过于惊慌，一不小心就绊倒了。在他倒地的同时，一个黄色的打火机从他的裤袋里掉出来。

蓁蓁上前把他扶起，并以责怪的语气对我说："你怎么又向剑钦发脾气了，你这样会把他吓坏的！"

我艰难地走上前去，捡起剑钦掉落的打火机，在她面前扬了扬："他之所以一直跟我们说'对不起'，是因为点燃绳子的人就是他。"

蓁蓁愣了一下，随即双手扶着剑钦的肩膀，紧张地问："真的吗？是你把绑在树上的绳子点燃的？你为什么要这样做呢？"

剑钦突然放声大哭，蓁蓁意识到自己失态，立刻温柔地安慰对方。经过蓁蓁的耐心安抚后，他的哭声终于小了下来，于抽泣中把事情的经过告诉我们。

原来他记恨着下午的事，放学后便悄悄走过来，发现我们还没离开，就想找机会向我“报仇”。他所说的“报仇”，当然不是想要我的命。他本来只想弄些狗屎让我踩，又或者抓条毛毛虫扔到我身上。

随后，他在树林里抓到一条虫子，但跑回来却发现我们正准备进入防空洞。他想我们进洞后，大概要过一段时间才会出来，所以就先跑去玩儿，打算过一会儿再回来“报仇”。

然而，待他玩耍回来时，却发现虫子丢了。当时天色已黑，要再抓一条可不容易。正想着该用什么办法报复我的时候，他注意到绑在洞口树上的绳子。

他其实没有把绳子烧断的打算，只是以为点燃绳子后，火焰只会沿着绳子燃烧，最终烧到我身上，把我吓一大跳。所以，当他发现绳子被烧断后，心里非常惊慌，害怕我们会像老四他们那样，没办法出来。

他知道自己闯下了弥天大祸，害怕回家会被父亲打骂，便不敢回家，一直躲在树后，期望我们能够想到办法离开防空洞。

“原来是这样，别哭，现在我们不就没事了。”蓁蓁温柔地安慰仍在抽泣的剑钦。

我看着从剑钦裤袋掉落的打火机，思考一个至关重要的问题。或许这个问题能在剑钦身上得到答案，但他现在很害怕我，只以号哭回答我的提问。无奈之下，只好先送他回家，待明天再找机会问他。

把他送进家门后，他的父亲王亮边责骂他，边向我们道歉。

“你也别太责怪他了，小孩子犯错是常有的事，教导他分辨对错，以后别再犯就是了。”我给王亮递了根烟，他婉言谢绝，并说自己不抽烟。我取出从剑钦身上掉落的打火机给他看，问道：“这打火机是你们家的吗？”

他摇头道：“不是，我家就神龛上放着一个打火机，傍晚时我还用它给祖先上过香，你这个肯定不是我家的。”他的回答验证了我的疑虑。

离开剑钦家时，蓁蓁问我现在怎么办，因为烧断绳子的人是剑钦，而不是我们之前怀疑的卢老师，也就是说小相给我们提供的情报很可能是假的。

“他给我们提供虚假的情报，不是心中有鬼，还会是什么？”蓁蓁的眼神带有坚定的光芒，但同时也流露出一丝忧虑。

“现在还不能认定小相骗我们。”我给她回以微笑。

“你这么感情用事，是不可能查出真相的。”她的忧虑已变成了责备。

她担心我一时间接受不了被曾经最信任的同伙欺骗，所以才会这么紧张。虽然我的确曾因为小相牵涉此案而感到迷茫，但现在已经能以理性分析每一个问题了。

我所认识的小相，是一个不会随便撒谎的人。撇开诚信不谈，他不撒谎的一个主要原因，是不管谎言如何完美，也必定存在漏洞，而为填补漏洞必须要用更多的谎言。然而，更多的谎言势必带来更多错漏，这是一个无止境的恶性循环。

要解决这个棘手的问题，最好的办法就是不撒谎，或者只说事实的一部分。世事往往就是这样，即使能做到言必有据，也不代表所说的就是事实的全部。只把部分事实说出来，有时候也能起到撒谎的效果，而且不会被揭穿。譬如，我只说1+1，那么对方肯定会认为答案是2。1+1虽然是事实，但只是事实的一部分，如果事实的全部是1+1–1，那么答案便截然不同。

若以实例说明，最常见的实例莫过于演艺圈。譬如某男影星说自己并没有结婚，影迷便主观地认为他是单身。但实际上他不仅并非单身，甚至连孩子都已经生了好几个。可是他并没有撒谎，因为他的确没有跟伴侣结婚。不过，不进行法律意义上的婚姻登记，并不妨碍他当伴侣的丈夫，以及孩子的父亲。

这就是小相昔日教我的“说谎艺术”，我想他肯定不会这么快就忘记。因此，我相信他所说的是事实，卢老师必定有问题。不过，卢老师是否跟我们调查的案子有关，则另当别论。

“你放心，我不会再感情用事。”我向蓁蓁出示剑钦掉落的打火机，“你对这个打火机有印象吗？”

她接过打火机随便看了几眼便说：“只不过是普通的打火机而已，随便哪家便利店都能买到，哪会有什么印象。”

“那是因为你没留心观察。”我将打火机取回，给自己点了根烟，“这个打火机已经用了一段时间，里面的液体没剩多少，而且是黄色的。你想一想是不是在哪里见过？”

她皱着眉头认真思索良久后，似乎已察觉出端倪，严肃地回答：“没想到。”

我差点儿没摔倒在地，没好气地说：“我们昨晚才见过，卢老师点烟时不就是用相同的打火机吗？”

“是吗？我没留意到这些细节。”她又皱起眉头，“就算是，那又能代表什么？”

“你真够笨的。”我在她头上轻敲一下，“绳子是我们向卢老师借的，而绳子上的油污他说是自己不小心淋上去的，但这只是一面之词。除了他本人，谁也说不清到底是意外还是故意的。而且只有他才知道我们进防空洞搜索，如果剑钦点燃绳子的打火机也是从他手上得来，你不觉得事有蹊跷吗？”

“好像真的有问题耶……”她似懂非懂地点了下头。

我继续给她分析：“剑钦跟我们没深仇大恨，如果不是综合诸多因素，他不可能把绳子烧掉。最起码他不会为了烧绳子而跑回家拿打火机。”

“这么说，是卢老师指使剑钦把绳子烧掉的？”她终于想明白了。

我轻轻摇头：“不能说是指使，充其量只是诱导。不过有一点能肯定，就是他创造了这个条件。”

“那我们现在就去质问他。”她大义凛然地说。

我又摇头：“现在还不行，一来我们没弄清楚他为何要加害我们；二来单凭这个普通的打火机，并不能拿他怎么样，毕竟这种打火机随处可见。”

“我们可以拿去技术队，让悦桐作指纹鉴定啊！”她仍然大义凛然。

我拿着打火机在她眼前晃动，没好气地说：“你仔细看看，这个打火机被剑钦弄成啥样？”

打火机沾满油污及泥巴，显然是剑钦玩耍时弄上去的，指纹恐怕早已被破坏掉了。而且就算没被破坏，打火机上也不见得会有卢老师的指纹。他既然能如此谨小慎微地诱导剑钦，肯定不会犯这种低级错误，应该把指纹擦掉后才交给剑钦。

“难道我们就只能放任他不管吗？”她不服气地说。

“当然不是，我刚才跟王亮交代了一下，等剑钦的情绪平复下来，他就会问剑钦打火机是从哪里得来的。只要剑钦指证打火机是从卢老师手中得来的，那一切就好办了。”

她笑道：“那就好了，我们先回家睡觉，明天再去找卢老师算账！”

“到你家睡，还是我家？”

“去你的！”

她突然踹我一脚，我可是遍体鳞伤的伤员啊！

翌日，王亮大清早便来电告知，剑钦已经承认打火机是从卢老师手中得来的。剑钦还说卢老师昨晚很奇怪，不让他在篮球场上玩儿，并把他赶去学校后面的空地。

有了这样的回复，就能确认我的推断了——卢老师刻意诱导剑钦烧断我们的“救命绳”。虽然我很想立刻把卢老师拘捕，盘问他为何加害我们，但我还有更重要的事要做，只好暂且放下这事。

我跟蓁蓁又到法医处找流年，跟昨天不同的是，今天要检查伤口的是我，而不是蓁蓁。

昨晚蓁蓁本来想让我到她家，找她父亲虾叔帮忙处理伤口。但我知道若被虾叔逮住，必定又会借机试探我对他女儿是否有意思。所以我没敢去她家，只是回家后对伤口作了些简单的处理。

流年给我检查伤口后便皱起眉头，看似在思考某个严肃的问题。我认为他不过是在盘算怎么戏弄我们而已，于是便白了他一眼：“又在想什么鬼主意？”

然而，事情并非如我所料，他皱着眉头严肃地说：“你的伤口竟然一点儿发炎的迹象也没有。”

“这不是很好吗？”蓁蓁欢颜尽露，“只要及时处理伤口，就不会发炎了，就像我前晚那样。”

“你们不一样。”流年摇了摇头，“你在受伤后，立刻找人给伤口消毒，而阿慕则是回家后才处理伤口。从受伤到处理伤口，相隔了近两小时，这段时间足够让细菌感染伤口。更重要的一点是，他的身体没你强壮，除非是受伤后立刻消毒，否则必定会发炎。”

“那到底是什么原因使我的伤口没有发炎呢？”我直接询问重点。

“不知道。”他困惑地摇头，思索片刻后又道，“我给你们作一次详细的身体检查。”

“你担心我们会中毒吗？”我惊愕地问。

他点头道：“小心为上，藏镜鬼这种若虚若实的个体，本身就是不可思议的存在，我担心她的爪子含有某种更不可思议的毒素。你们的伤口之所以没有发炎，有可能是因为血液中含有的神秘毒素。”

“但我们现在不是很好吗？怎么可能中毒呢？”蓁蓁不解地问。

“凡事不能单看表面。”流年严肃地说，“你们没有发炎并非一定是好事，有可能是血液中的毒素过于强横，杀灭所有感染伤口的细菌，也有可能是你们的免疫系统已经遭到毒素的破坏，无法像正常人那样对抗细菌的感染。不管是哪一样，都不是好事。”

被他这么一说，我跟蓁蓁不由得感到一阵不安，只好任由他给我们从头到脚作一次详细的检查，连血压、体温以及条件反射都检测过，就差没有量身高和称体重了。可是我们在法医处忙了一个早上，得出的结果竟然是一切正常。

然而，流年看着检查结果，眉头不但没有舒展，反而皱得更紧：“表面上一切正常，只能说明这种毒素跟身体的结合度极高，不容易被察觉，但阿慕的伤口没有发炎又足以说明问题的存在。我必须详细化验你们的血液样本，才能确定你们的身体到底有没有问题。”

他这句话让我隐隐感到不安，未知的事物往往比已知的危险更令人感到恐惧。然而，就在我忐忑不安时，手机突然响起，是老大打来的电话：“都跑哪里去了？王村小学出了人命，一个姓卢的老师死了！”

第十五章　密室凶案

“死者的名字是卢永志吗？怎么死的？”我紧张地冲着手机问道。

“我也是刚刚收到消息，详细情况并不清楚，或许跟八名蔡姓儿童的案子有关。我已经跟当地的派出所打过招呼，让你们接手调查这宗案子。你们赶紧到现场了解一下。”老大说完便挂了线。

因为将要对尸体进行检验，我便叫上流年一同前往王村小学。他没有推辞，但需要准备些验尸工具，让我们稍等片刻。

在等待流年期间，我问蓁蓁是否会为我们身上的神秘毒素而感到害怕。她皱眉思考片刻，随即笑道：“不怕，就算我要死，也有你垫背。”

我们来到王村小学时，当地派出所的民警早已封锁现场，还让学生放假一天，以免妨碍调查。我本来还想询问剑钦一些问题，以推测卢老师的动机，不过他已离开学校也就作罢。现在当务之急，是调查卢老师的死因。

在场民警当中，有一名是我们之前在县派出所见过的王达，他带我们到卢老师的宿舍，也就是命案现场，并把案情简要地告诉我们："今天早上十点左右，报案中心接到王校长打来的报案电话，说王村小学一位老师突然死了。我们接报后立刻赶过来，在三楼宿舍里发现了死者，并发现他胸前有一道伤口，应该是他杀……"

进入卢老师宿舍那一刻，我突然想起小相曾经说过："破坏命案现场重要证据的人通常是警察。"

县派出所虽然已封锁现场，但有好几个民警在狭窄的房间内走动，且不戴手套便随意翻弄现场的物品，什么鞋印什么指纹，在他们眼中都是浮云。

他们的头儿看见我们，立刻恭维地上前跟我们说了些客套话。我没心情跟他浪费时间，让他马上把所有下属带走，只留下王达协助我们。

这群没脑子的民警走后，流年便对尸体进行初步的检验，我趁他验尸的空当儿，认真地观察房间内的情况。房间略为狭窄，且只有一扇窗户，但阳光能直接从敞开的窗户照进来，所以光线十分充足。窗前放置了一张简陋的书桌，桌面放有一摞打开的作业本、一个装有好几支钢笔的笔筒及两瓶墨水。

房间内大多数物品都有被翻弄过的痕迹，想必是刚才那群民警所为，我稍微留意了一下，并没有多少值得怀疑的地方。或许曾经有，但已经被破坏。不过，虽然房间内的东西曾被民警翻弄过，但仍不至于凌乱，也就是说没有打斗的痕迹。

环视一圈儿后，唯一能引起我注意的是房门。房门是木头做的，正面有四个明显的鞋印，但不像是刚刚印上去的。门锁有明显的被撬痕迹，门闩严重损坏，应该是从外面破门而入造成的。门闩只能从里面插上，如果房门是在死者死后才被撬开的，那么这宗命案便是一起密室杀人案。

房门从里面闩上，没安装防盗网的窗户便是唯一能进出房间的通道。我探头到窗外观察了一下，这里虽然只是三楼，但外墙平滑，没有水管依附于墙身，附近也没有高大的树木。再仔细地观察窗台，没有发现鞋印等明显的痕迹。凶手若通过窗户进出房间，应该是"从天而降"——从楼顶悬一根绳子爬下来。

当然，如果门闩是凶手在行凶后才插上的，那么他还有另一种更便捷的离开方式，就是直接从窗户跳出去。当然，前提是他不怕受伤。窗户下方的地面铺有水泥，直接跳下去虽然不至于会摔死，但多少也得受点儿皮肉之苦。然而，当我的目光落在尸体身上时，便否定了这个可能。

卢老师的尸体于书桌前呈大字形躺在地板上，脸颊及嘴唇发黑，嘴角有呕吐物，呈明显的中毒特征。尸身腰间压着倒下的椅背，左手旁边的地上有一部手机，右手边有一支钢笔。

我想，案发时卢老师应该坐在书桌前，边批改作业边接听电话。正当他一心二用、无法再分心留意其他事物时，凶手突然从窗外出现，并向他发起袭击。他被凶手袭击后，由于惯性向后倒，因而造成现在这个姿态。

死者胸口右侧的衣服上有一大片血迹，血迹中央有一破洞。右胸并非人体要害，这个伤口不可能致命，再加上尸体呈现中毒特征，几乎能肯定他的致死原因是中毒。

流年正小心翼翼地解开死者上衣的纽扣，以便检验死者的伤口。验尸是他的专业，我当然帮不上忙，如果硬要插一脚，反而会妨碍他。但我亦不会因此而闲下来，而是打算向校长了解民警到达前的情况，于是便让王达请他过来。

校长在一楼教员室，跟一众老师们商讨如何善后。我本以为王达会下楼找他，谁知道他竟然掏出手机，并按了一下重拨，接通后便对着电话说："爸，你上来一趟。"说罢便挂线。

"校长是你父亲？"我愕然地看着他。

他不友善地回答："不可以吗？"

我意识到自己相当失礼，赶紧给他递了根烟，赔笑道："可以，当然可以，我只是觉得有些巧合，没别的意思。"

"没事。"他回应一句后便自顾自地抽烟，没再理会我。

在等待王校长时，流年向我招手。我于尸体前蹲下，他便指着死者胸膛上的伤口，说："你看见什么？"

死者的上衣已经被流年解开，在裸露的胸膛上有一个可怕的血洞。血洞周围的大片皮肤呈紫红色，明显是中毒的症状，这跟我之前的推测一致。然而，当我看见这个血洞时，却愣住片刻，因为血洞的大小跟我和蓁蓁被藏镜鬼利爪刺伤的伤口几乎一致。

流年用工具测量血洞的深度后，皱眉道："大小、形状及深度，都跟你们身上的伤口非常相似，几乎可以肯定是同一种方式造成的。"

"你的意思是，他是被藏镜鬼杀死的？"蓁蓁紧张地凑过来。

“这个可能性很大，不过，问题的重点是……”流年眉头紧锁地看着我。

我明白他担心什么，便点头道：“尽快把尸体送到法医处作进一步检验吧！”

虽然几乎能肯定死因是中毒，但死者所中的是哪种毒素却是个问题。而更大的问题是，我跟蓁蓁身上也可能带有相同的毒素，若不尽快检验出来，我们的命就悬了。谁知道这种毒素是怎样的特性，说不定下一刻我们就会像卢老师那样。

此事刻不容缓，流年立刻打电话安排运送尸体。

在他打电话的时候，我的目光落在尸体左手边的手机上。手机之所以掉落在地，很可能是因为死者受袭击时正在通电话。他生前最后一次通话，极有可能是破案的关键，因此我把手机放进证物袋，并试图查看通话记录。可惜手机的电池似乎在掉落的时候松脱，导致自行关机，而当我试图开机时，却发现死者设定了开机密码。

身为一名教师，有必要给手机设定开机密码吗？难道这部手机里有某些不可告人的秘密？这部手机或许隐藏着某些关键的线索，我想伟哥应该有办法破解密码。

我把手机收起后，便看见王希跟一名六十有余且轻度驼背的老先生来到门外。王达看见他们，便走到门外迎接，并谄媚地跟王希说：“希哥，你怎么也上来了？”

王希瞥了他一眼，冷淡地回应：“嗯，堂伯父让我上来看看。”

“我快要退休了，也是时候让王主任接手学校里的事务了。”老先生看了看王希，眼神中带有三分无奈。

老先生进门后便向我们作自我介绍：“老朽名叫王谨，是本校的校长，未知有何事能为警官效劳？”

王达亦向我们介绍王希，可惜他这马屁没拍响。

王希显然仍对昨天的事耿耿于怀，不但不跟我们说话，而且看我们的眼神也极不友善。一个念头突然在我脑海中出现——卢老师会不会是他杀的？

这个想法并非凭空猜测。

首先，根据现有信息，剑钦是在卢老师的诱导下烧断绳子；其次，卢老师跟我们没任何过节儿，也不存在利益冲突，因此他不存在加害我们的理由。然而，王希不但跟我们有过节，更扬言绝不会放过我们。所以，不能排除他指使卢老师加害我们，并于事后杀人灭口。

虽然昨晚我亦曾考虑过卢老师可能受王希指使，并以卢老师不愿意跟王希接触为由，否定了这个推论。但是，小相给我的提示是卢老师“并不是表面上那么简单”，如果事实确如他所言，那么卢老师很可能故意在我们面前装作不愿意跟王希接触。

有两个重要依据能支持我这个想法：其一是，卢老师显然死于中毒，因为我跟蓁蓁都曾被藏镜鬼所伤，但我们至今仍没出现中毒症状，但卢老师昨夜受到袭击后，便于短时间内中毒身亡；其二是，王希昨天跟我们说防空洞并非藏镜鬼的老窝，但事实已证明他撒谎。而且他这个谎言，险些让我们丧命于防空洞。不排除他是故意欺骗我们，诱使我们进入防空洞，并指使卢老师给我们一根沾有油污的绳子，以方便将绳子点燃。

然而，这只不过是推测而已，我需要更多证据支持这个推理。

王校长虽然六十有余，但头发乌黑发亮，且精神饱满、声音洪亮，给人一种干劲儿十足的感觉，跟懒散的王希截然相反。我走到他身边，闻到一股清新的香味，感觉有点儿像米饭的香味，不由得感到奇怪——难道他洒了香水？

对于我的疑问，王校长牵强笑道：“警官见笑了，老朽都已经一把年纪，怎么还会像年轻人那样洒香水呢？我不过是习惯用洗米水来洗头发，这样既能节省洗发水，又能使头发变得乌黑。要不然，恐怕我早就白发苍苍了。”没想到他老人家还挺环保的。

我向他询问民警到达前的情况，包括谁发现卢老师遇害、房门上的鞋印，以及撬门痕迹是怎么回事。

“事情是这样的……”王校长摘下老花镜，揉着鼻梁给我们讲述早上发生的事情——

卢老师平时起得很早，校门通常都由他开启，可今天我到校时，发现校门仍没打开，早到的学生都在操场上玩耍。我想他可能是昨晚批作业弄到很晚，睡过头了，所以并没有在意。反正要到第二节才有他的课，也就没去叫醒他，让他多休息一会儿。

我以为他会在第二节课之前下来，因为如果他只是睡过头，第一节课的上课铃会把他吵醒。可是直到第一节课结束，还没看见他的身影，我就想他会不会是生病了?

我本想上来看看他的情况，但我要给五年级上第二节课，其他老师又有各自的工作，全都走不开。所以，我就让王主任去看他。

我上楼梯准备到二楼给五年级上课时，在楼梯上遇到王主任，他说卢老师的房门锁上了，怎么叫门里面也没反应，打对方手机又提示关机。

听他这么一说，我心里就慌了，心想卢老师肯定出了什么意外。虽然这时候第二节的上课铃已经响起，但我也管不了那么多，立刻跑上三楼拍卢老师的房门。可是不管我怎么拍，里面就是没半点儿反应。

房门从里面反锁，我虽然有钥匙，但也开不了门。我让王主任去把体育老师叫过来，而我则去旁边的小厨房找撬门的工具。

体育老师虽然年轻、力气大，但房门也非常结实，他花了不少时间才把房门撬开。房门一打开，我就看见卢老师躺在地上，胸口有一大片血迹，怎么叫他也没反应，于是便打电话给我儿子小达。

小达说出人命的案子，他一个人处理不了，让我先打110报案，他马上就带人过来……

听完王校长的叙述后，我分别提出了四个问题，王校长逐一作答：

一、一般情况下，三楼除卢老师之外，是否还会有其他人?

答：三楼又没有教室，为避免学生跑到楼顶上面玩儿，我向来都禁止学生到三楼。而这里除了卢老师之外，就没有其他人住，如果没特别的事，其他老师都不会上来。

二、王希独立上三楼找卢老师，一共花了多少时间?

答：第一节课下课后，发现卢老师还没有下来，我才叫王主任上去找他。而我在楼梯上遇到王主任时，第二节的上课铃便响起，他花的时间应该跟课间休息时间差不多，也就十分钟之内。

三、房门上的鞋印是谁印上去的?

答：是王主任印上去的。他敲门没反应，就想把门踹开，但房门很扎实，所以没有成功。

四、一共有多少人持有校门钥匙?

答：校门的钥匙一共有三把，我、王主任及卢老师各有一把。

我之所以问这些问题，目的很明确，就是确认王希是否具备杀害卢老师的条件。根据王校长的回答，王希的嫌疑非常大。

王希是除王校长及卢老师外，唯一持有校门钥匙的人。他大可以在深夜用钥匙打开校门，大摇大摆地走到楼顶，然后垂一根绳子下来，爬到窗外袭击卢老师。

虽然我不知道他用哪种方式袭击卢老师，但有一点可以肯定，就是他刻意将死者的伤口弄得像被“鬼爪功”刺中一样，便于将罪名嫁祸给藏镜鬼。而藏镜鬼是一个来无影、去无踪的鬼魅，我们若要追查下去便非常困难。

不过，成也萧何、败也萧何，他把罪名嫁祸给藏镜鬼，恰巧就是个致命的漏洞。毕竟卢老师在此生活了五年之久，如果藏镜鬼要对付他，恐怕早已下手，用不着等到现在。而且我们初次受到藏镜鬼袭击时，不正是因为卢老师的出现，她才匆忙离开的吗?

虽然现场很多重要的证据都被县派出所的民警破坏，但要确定我的推理是否正确，还是有办法的，那就是到楼顶寻找痕迹。因为如果王希要从楼顶下来杀人，必定会在楼顶留下犯罪证据，至少他得在楼顶找个地方把绳子绑好，才能爬到窗外行凶。

我问王校长是否能让我们到顶楼调查，他说只要我们需要，就可以到学校的任何地方调查。然而，王希对此的反应却非常大，脸色立刻就变得煞白，连忙拦在房门前，慌张地说：“楼顶平时都锁着，没什么好调查的，你们就别上去浪费时间了。”

第十六章　楼顶之秘

王希过激的反应更令人怀疑他就是凶手，于是我便坚持到楼顶调查，并向王校长索取钥匙。

王校长为难地说：“我虽然有楼顶的钥匙，但因为平时都用不上，所以一直放在家里没带在身上。”

“那还有谁有楼顶的钥匙呢？”我问。

“学校里所有门锁的后备钥匙都放在资料室，由王主任保管。除了我那一把，就只有资料室的后备钥匙了。”他瞥了王希一眼。

王希立刻接话：“后备钥匙都锁在抽屉里，碰巧我今天忘记把抽屉钥匙带来。”他眼神闪烁，显然在说谎。

王希越不想让我们上楼顶，就越说明楼顶有问题，我当然不会放过这条关键线索，便问王校长能否回家一趟把钥匙带来。

“可以，我家离学校不远，请你们稍等一会儿，我马上去拿。”王校长说罢便走向门外。

王希把他拦住，慌张地说：“楼顶就两把钥匙，你没上去，我也没上去，有啥好看的呢！他们不过没事找事，我们用得着跟他们浪费时间吗？”

王校长之前一直都对王希非常客气，但此刻却突然怒目横眉地瞪着他：“小希，你是不是又做坏事了？”

“我会做什么坏事！”王希的脸色不太好，显然是被王校长说中了。

“既然你没干坏事，为什么不让我们到楼顶？”蓁蓁瞪了王希一眼。

王希不自觉地回避她的目光，毫无底气地回答：“楼顶根本就没啥好看的，上去也只是浪费时间。”

见王希已找不到借口，我笑道：“好吧，王主任贵人事忙，我们就别浪费他的时间了。蓁蓁，你陪王校长回家取钥匙，速去速回。”蓁蓁点了点头，立刻陪同王校长回家。

他们离开后，王希便不安地于门外走廊来回踱步，王达也无所事事地在走廊上抽烟。此时，流年正为运送卢老师的尸体作准备，房间内亦无值得注意的地方。因此我便走到走廊，打算向王希套话。

我给王希递了根烟，但他并没有接受，还白了我一眼，显然仍记恨昨天的事。对此，我只是一笑了之，自顾自地点了根烟，然后自言自语：“昨晚我们到防空洞走了一趟。”

他依旧来回踱步，仿佛没听见我说的话，我只好继续自言自语：“亏你还说藏镜鬼不在防空洞，我们昨晚差点儿就被她杀了。”

他仍然没有理会我，看来得给他下一剂猛药，于是便轻描淡写地说：“昨晚，我好像看见你的车停在外面，你这么晚回来干吗？”

这招儿似乎有效，他猛然回头看着我，惊惶地说：“你、你肯定看错了，我昨晚开的是奥迪，不是悍马。”

我走到他身旁，故作神秘地笑了笑：“我可没说看见什么车。”

他愕然地看着我，片刻才反应过来。我不给他任何辩解的机会，随即便以严厉的语气说：“卢老师是你杀的！”

“你乱说，我没杀人。”他惊惶地后退，差点儿绊倒。

我乘势而上，一个箭步逼近他身前，追问道：“那你为什么撒谎？你昨晚明明来过。”

“我没来过，你看错了。”他再次后退，但这次因为过于仓促而绊倒。

我揪住他的衣领，把他拉起来，指着房门上的鞋印，厉声道：“这些鞋印是不是你留下的？”

他惊惧地点头：“是，是我早上踹门时印上去的。”

“撒谎！”我猛然推开他，走向房门，使劲儿地踹了一脚，印下一个鞋印。随即又再揪着他衣领，把他拉到门前，指着我的鞋印说：“你仔细看清楚，我的鞋印跟你的有什么区别？”

他从我手中挣脱，强作镇定地说：“不就是鞋印嘛，有什么不一样。”

从表面上看，房门上的鞋印除了花纹及大小有差别外，就再无明显的区别，但若仔细观察便能发现，我的鞋印跟另外四个鞋印深浅不一，我的鞋印颜色要稍微深一些。

我道出这一点，并加以解释：“垂直平面上的鞋印，尘粒会因地心引力掉落，我的鞋印之所以比你的深，是因为刚刚才印上去。”

“这又能说明什么？我的鞋印是早上印上去的，当然会比你的浅。”他虽然仍强作镇定，但已显得底气不足。

“如果是早上印上去的话，那你也踹得太轻了。”流年从房间走出来看热闹。

王希不自觉地后退一步，脸色渐渐苍白。

我掏出手机向他扬了扬，莞尔笑道：“等技术队过来了，就知道这些鞋印是什么时候印上去的了，如果是昨晚的话……”话还没说完，王希就突然转身冲向楼梯。

王希突如其来的举行，不禁使我感到愕然，我本能地举步追上去。然而就在这时候，一直挨着墙壁默不做声的王达，突然有意无意地挡在我身前。虽然只是片刻的阻挡，但已足够让王希冲下楼。

“你怎么不追上去？”流年虽然在跟我说话，但双眼却盯着王达，“如果这些鞋印是他昨晚留下，那么他的嫌疑就非常大。”

“你没看见他跑得比刘翔还快吗？我又不是蓁蓁，哪能追得上。”我耸耸肩看着王达，并跟他说，“你不会也像我这样跑不动吧？”

“我刚才没反应过来。”他轻描淡写的一句，便把责任推脱得一干二净。

“真不知道你们是怎么混过体能考试的。”流年瞥了王达一眼，便返回房间继续为运送尸体作准备。

其实，就算王达不挡着我，我也不见得会追上去，因为根本没有这个必要。首先，现在还没足够证据能证明王希是凶手。其次，像他这种纨绔子弟是不可能跑掉的，毕竟他习惯奢侈的生活，不管跑到哪里，早晚也会向其父亲伸手要钱。只要他跟父亲联系或使用银行卡，我就有办法把他揪出来。最后，他若是留下来，至少还能给自己一个辩解的机会，但一旦逃走，等待他的就只有通缉令。

等他被抓回来的时候，要让他说真话就容易得多。因此，现在不追他，对我来说更有利。

王希逃走后约二十分钟，蓁蓁和王校长便带着钥匙回来。王校长得知此事后大发雷霆，骂王希是个扶不起的阿斗，还给他父亲王发打电话，叫王发立刻押他回来，不然下半辈子就等着去监狱看他。

待王校长挂掉电话后，我便提议先到楼顶调查，反正王发也不见得能立刻把王希带过来。王校长没有推辞，马上带我跟蓁蓁到楼顶，王达亦跟随我们一同上去。

通往楼顶的铁门用一把普通的铜锁锁着，锁身颜色暗淡，应该已经使用了好几年，让人怀疑它能否再次开启。然而，王校长毫不费力便把铜锁打开，这说明铜锁经常被开启，也就是说经常有人进出。除王校长之外，能自由进出楼顶的，就只有持有后备钥匙的王希。

王希先前一再阻挠我们到楼顶调查，随后因未能为鞋印作出合理解释而逃走，再加上他有曾到楼顶溜达的嫌疑，几乎能肯定他跟卢老师的死有关。不过这些都只是推测，要证实他是否就是凶手，必须找到确实的证据，而证据就在门后。

为避免证据被破坏，我让大家在楼梯间稍候，独自进入楼顶。

我踮着脚小心翼翼地走上楼顶，仔细寻找可以绑绳子的地方，并留意地上的每一个鞋印。

楼顶并没有放置杂物，也没有旗杆之类的东西，除了楼梯间及边缘的护墙外，就跟平地没两样，根本没有可以绑绳子的地方。既然没有绑绳子的地方，那王希又是怎么爬进卢老师房间的呢？

从尸体倒卧的姿态判断，凶手应该是从窗外发起袭击，如果楼顶没有能绑绳子的地方，凶手就不可能从楼顶下去行凶。我突然想起房门上的鞋印，难道王希不是从窗外袭击卢老师，而是先从房门进入房间，布置好密室杀人的假象后，再从窗户逃走？那他为何要阻挠我们到楼顶调查呢？

就在我为此感到疑惑时，突然发现卢老师房间窗户上方的护墙前，有两组明显的鞋印。两组鞋印呈一前一后排列，后面的一组跟房门上的鞋印一致，应该是王希留下的，而前面的鞋印应该属于一双高跟鞋。

奇怪了，难道王希找来一名女性当帮凶？

正为此皱眉时，我在鞋印附近发现了一件让我目瞪口呆的证物——避孕套！

我顿时无力地坐在地板上，眼前的证据已足以让我明白，昨晚发生在这里的事情，也知道了王希为何阻挠调查。

“警官，王希的父亲已经找到他了，马上就把他带过来。”

王校长的声音从楼梯间传来，此处亦再无值得调查的地方，于是我便把地上那个用过的避孕套放进证物袋，跟王校长等人返回楼下。

我们在一楼教员室等了约十分钟，王希便被一个五十多岁、满脸怒容的男人揪着衣领带进来。男人一进门便气冲冲地说：“这臭小子又闯什么祸了？”王校长叫他先别动气，并为我们介绍，他就是王希的父亲王发。

王希在盛怒的父亲面前，就像个小孩一样，低着头一句话也不敢说。看他这个样子，实在难以跟杀人凶手联系在一起。我想现在大概问他什么，他都会一字不漏地说出来，所以也不转弯抹角，直接出示在楼顶找到的避孕套，并对王发说：“这是我刚才在楼顶找到的。楼顶的钥匙除了王校长外，就只有令郎持有，我想这个避孕套该不会是王校长留下的吧？”

王发先愣一下，随即怒火中烧地拍打王希后脑勺，并骂道：“老子是不是没钱让你去酒店，竟然跑来学校干这种事！你到底还要不要脸？”

王希低着头，连看也不敢看父亲一眼，也没有搭话。王发则继续对他破口大骂。我没兴趣看他们父子间的闹剧，拍手示意王发先停下来，并说道：“令郎是否在楼顶寻欢，并不是问题的重点。现在最大的问题是，卢老师昨晚死了，而令郎昨晚又来过，所以他必须把这件事交代清楚。这可是杀头的罪名，不是花钱就能解决的。”

王发意识到问题的严重性，便不再在我们面前打闹，严肃地对王希说：“你都听见了，快把昨晚的情况一五一十地说出来，你要是真的犯了事，老子也帮不了你。不过，要是有人想冤枉你，我就算拼了这条命也不会让他们得逞！”

王发虽然把话说得正义凛然，仿佛已作好准备大义灭亲，但心底里还是偏袒自己的儿子。王希有他撑腰，自然不会说真话，看来我必须出绝招。

我严肃地对王发说：“王先生，警察办案必须实事求是，绝不会冤枉任何一个好人。我们之所以觉得令郎有杀害卢老师的嫌疑，是因为卢老师知道令郎一个秘密。”

“我儿子做事光明磊落，会有啥秘密！你可别乱说。”王发怒目横眉地瞪着我。

“其实，也不是什么天大的秘密，只是我怕你听了之后会很生气。”我淡然一笑，随即又严肃问道，“王先生，你没心脑血管方面的疾病吧？”

“笑话，我的身体好得很，什么病也没有。”他敌意地白了我一眼。

“那就好，那就好……”我顿了顿又道，“卢老师曾经跟我说，令郎的书法奖状是花钱买回来的，他的书法水平其实连中学生也比不上。”

王发愣住片刻，随即一巴掌打在王希后脑勺上，怒目圆睁地骂道：“你这个臭小子，竟然连这种事也敢骗我！你的事，你自己解决，老子以后也不会再管！”说罢拂袖而去，再也不看王希一眼。

王希看着父亲离去的身影，呆住片刻才想追上去，却被蓁蓁抓住。他惊惶地挣扎，蓁蓁好不容易才把他按在椅子上，并给他铐上手铐。

“现在没人能帮你了，你还是乖乖地把昨晚的情况如实地说出来吧！”我找来张椅子坐在他身前，点了根烟悠然地说，“别想再撒谎，只要你撒谎就会有漏洞，每一个错漏都会增加你的嫌疑。也就是说，你说的假话越多，处境就越恶劣。”

“我没杀人，我真的没杀人……”王希像个垂头丧气的战俘那样，自言自语般向我们讲述昨晚的情况——

昨天下午，跟你们闹不愉快后，我心里很不爽，想去找点儿乐子，就当发泄一下。放学后，我把悍马开回家，换上奥迪到城区找来几个哥们儿一起吃饭，然后就去酒吧泡妞。

就像我之前跟你们说的那样，只要兜里有钱就不愁没有女人。我有的是钱，又长得帅气，泡妞对我来说毫无难度，没花多少时间就把到一个太妹陪我喝酒。因为心情不好，所以昨晚我喝得特别多，玩儿得也特别疯，一直玩儿到深夜才离开酒吧。

吃完消夜后，哥们儿都搂着妞儿各自离开，我也带着太妹找地方打炮。本来，我可以带她到酒店打炮，但可能是喝高了，觉得去酒店不够刺激，没意思，所以就想带她到学校来。

虽然多喝了几杯，但我的驾驶技术非常好，一眨眼就把奥迪开到小学门口。我把太妹带到资料室，在那里玩儿了一会儿，还觉得不够过瘾，就跟她到楼梯间玩儿。

我本想跟她在楼梯间爽一把，可她却说楼梯很脏，不肯躺下来。我一边跟她亲热，一边往上走，不一会儿就走到三楼。

到了三楼后，我就想到卢老师的房间，借着酒劲儿去拍他的房门，叫他开门让我们进去打炮……

第十七章　秘密信息

当时大概是凌晨两点钟，我想卢老师肯定睡了，但没想他竟然会睡得这么死。我像拆房子似的使劲儿地拍门，都拍了十来分钟，就算嗑了药也该被吵醒了，可里面就是一点儿反应也没有。我想他一定已经醒了，只是故意不给我开门。

我一气之下，借着酒劲儿狠狠地踹门，想把门给踹开。可踹了几脚，突然想起我有楼顶钥匙，在楼顶弄肯定会更刺激，于是就没管他，把太妹带到楼顶去……

“昨晚是你第一次带女人到楼顶玩儿吗？”我故作漫不经心地问道。

王希怯弱地点头：“昨晚我只是喝晕头，所以才会把太妹带来这里，就这一次而已。”

“是吗？”我以严厉的眼神瞪着他。

他刻意回避我的眼神，声如虫语：“是，就这一次……”

我佯装皱眉道：“那就奇怪了，我刚才检查楼顶的门锁时，发现匙孔很光滑，应该是近期经常被开启才会这样，而楼顶的钥匙就只有你跟王校长才有……”

王希怯弱地低下头，沉默不语。王校长恨铁不成钢地骂道：“小希啊，你爸都已经被你气走了，你再不坦白交代，可是要坐牢的呀！”

“好了，好了，我说，我全都说出来……”王希苦恼地双手抱头，十指插入发间，经过一轮沉默后，终于下定决心将自己的秘事说出来，“其实我不止一次带女人到楼顶玩儿，这阵子我经常带女人回学校玩儿，到底带了多少次，自己也记不清楚。除了楼顶之外，我还跟她们在楼梯间、课室、资料室、教员室，甚至在卢老师的房间玩儿过……”

“你这个畜生，竟然一而再地带女人回来鬼混，你把学校当成什么地方了……”王校长气得满脸通红、双拳紧握，似乎想冲上前揍王希一顿，但最终还是忍住了，压着怒火问道，“卢老师不知道你带女人回来鬼混吗？”

他点了下头，随即又不停摇头：“开始时不知道，最初我对他还有些顾忌，毕竟这种事被你跟我爸知道，肯定会教训我。所以，最初我只是偷偷摸摸地在一楼玩儿。不过玩儿多了，还是被他发现了。”

“卢老师是什么时候发现的？为什么没告诉我？”王校长惘然问道。

王希低头回答：“这学期刚开学不久就被他发现了，当时他还警告我要是再有下次，就会向校长报告。不过后来他有把柄被我抓住，才没有说出来。”

“他有什么把柄被你抓住了？”我对这个话题很感兴趣。

王希抬头瞅了我一眼，又低下头：“之前你们不是问我，去城区买宣纸那晚，为何会在小店里耽误了好几分钟吗？其实，当时我不但发现小店的臭婆娘给我假币，还发现卢老师鬼鬼祟祟地躲在店外。”

“当时是什么状况，你最好仔细说清楚，一个细节也不能漏掉。”蓁蓁凶巴巴地说。

王希此刻早已气焰全灭，任由蓁蓁恶言相向，只是低声回应，如败军之将般细说事情的始末——

其实，当晚我还没进小店，就看见一个挺眼熟的男人站在小店门外。这人刻意地靠着墙壁，身子躲在阴影里，探头望向电话亭的方向，还鬼鬼祟祟地打手机。

我当时觉得他很奇怪，打手机就打手机呗，干吗像做贼一样。不过这是别人的事，事不关己，己不劳心，我才没这份闲心去多管闲事。只不过觉得对方有些眼熟，所以多看了几眼。

他躲在阴暗角落，而且一直背向我，虽然我觉得很眼熟，但一时间也没认出来是谁。之后我从小店出来，恰好看见他把手机卡取出来，扔进旁边的垃圾筒，然后转身往回走，刚好跟我打了个照面。

他看见我时，表情有些惊愕，但随即低下头，装作若无其事地快步往前走，一声不吭地跟我擦肩而过。

虽然当时天色昏暗，但我一眼就能认出他是卢老师。我很奇怪他为啥刻意装作不认识我，虽然我们私下没什么交情，甚至为我带女人回学校玩儿的事吵过几句。但怎么说也是同事，不至于在校外碰面，连招呼也不打一个吧！

不过，我也只是觉得奇怪而已，并没有多想什么，但后来越想就越觉得不对劲儿。怎么说他也是为人师表，不管有多讨厌我，也不至于连招呼都不打吧！而且他看见我时，表情有些惊愕……甚至可以说是惊慌。再加上他刻意躲藏在阴暗角落，让我怀疑他跟电话亭里那女孩的死有关。

你们肯定会说，我的怀疑毫无根据，其实我自己也觉得有些牵强。不过之后发生的事，证明我的怀疑是正确的。

就在第二天早上，他到资料室拿评职称的资料时，我趁机向他套话，说昨晚在城区看见一个人很像他。他当即慌了一下，过了会儿才含糊地“哦”了一声，没有承认那人就是他，也没有否认。

接着我又自言自语：“我这人不喜欢像个三八似的乱说别人的坏话，正所谓多一事不如少一事嘛。要是对方不在校长面前说我的坏话，我也不会在别人面前乱说。”

虽然他没有当面回应我，但自此之后凡事都对我退让三分，我夜里带女人回学校玩儿，被他发现了也只是说一句“别太过分”，然后就自行走开，看也没有多看一眼，第二天也没有在校长面前乱说话。

有一次我喝多了，搂着个太妹敲他房门，叫他把房间借我用一下。他虽然有些气愤，但最终还是把房间借给我，说出去抽根烟就溜走了。

现在你们明白我为什么会这么大胆，半夜三更去踹他的房门了吧……

虽然在王希的叙述里，卢老师并没有承认自己跟蔡少萌的死有任何关联，但他对王希的一再容忍足以证明，他不想让别人知道蔡少萌出事当晚，自己曾经在事发现场附近徘徊。

我突然想起在蔡少萌出事前，电话亭曾有一个电话拨入。之前我们并没有察觉出端倪，现在看来这电话很可能是卢老师打的。难道……他就是杀害蔡少萌的杀手?

他曾于事发现场附近徘徊，且事后不想让别人知道此事，已能证明他跟此事有所关联，就算不是杀手，也可能是帮凶。可惜他已经魂归天国，无法从他口中求证此事。

如果他是凶手还好，毕竟人已经死了，也就无法继续作恶。可他明显是死于他杀，因此不能排除他只是凶手的棋子，被利用完后杀人灭口。

从王希口中没能得到突破性的线索，我跟蓁蓁只好先回诡案组，等待卢老师的验尸报告。我于途中向蓁蓁说卢老师或许只是帮凶的推理，她思索片刻后说：“如果卢老师是帮凶，那小相很可能是主谋。”

若平时她这么说，我肯定会立刻反驳，但经历昨晚的事后，我知道若没有一个充分的理由，她必然会认定我感情用事。所以在反驳之前，我先让她把怀疑小相的理据说出来：“何以见得？”

她有条有理地给我仔细分析——

首先，现在已经能肯定卢老师诱导剑钦将绳子点燃。他本人跟我们没有任何过节，也不存在利益冲突，不可能加害我们。如此一来，他肯定是受人指使，而指使他的人极有可能是杀害蔡少萌的凶手。

其次，小相曾说卢老师并非表面上那么简单，由此可见他认识卢老师，并且知道卢老师某些不为人知的秘密。

最后，知道我们要进防空洞的人，就只有卢老师一个，如果不是卢老师通知小相，他为何会这个时候出现?

综合这三点，有理由怀疑小相跟卢老师有联系，而且小相很可能就是杀害蔡少萌的主谋。

她的分析从表面上看有一定道理，但仔细一想便能发现当中存在严重的漏洞：

首先，卢老师并非跟我们没有任何利益冲突，因为从王希口中得知，他很可能跟蔡少萌的死有关，而我们正在调查此案。所以，暂时还不能确定诱导剑钦是他本人的主意，还是受他人指使。

其次，若诱导剑钦是受小相指使，那么小相又何故会现身解救我们？

虽然她的分析存在错漏，但有一点是对的，那就是小相跟卢老师认识，而且存在某种不为人知的关系。然而，这并非问题的重点，最让我头疼的还是小相跟藏镜鬼的关系，他们之间到底发生了什么争执，小相为何会跟这个似妖非妖、似鬼非鬼的可怕怪物扯上关系？

返回诡案组后，我把卢老师的手机交给伟哥，问他是否有办法破解开机密码。他叼着烟白了我一眼，不屑地说："你这问题，跟问数学教授会不会做小学算术题差不多。"

坐在一旁吃零食的喵喵，突然跳过来插话："嗯，最近有种节目挺流行的，就是让明星做小学生的题目，结果还真的有很多人不会做呢！"

"就你多嘴！"伟哥瞪了她一眼，随即又道，"给我五分钟，不，两分钟就行。"说着便在凌乱不堪的办公桌上翻箱倒柜，找来一根连接线，把手机跟电脑连接起来。

他双手快速在键盘上飞舞，并问道："你想在手机里找什么资料，我copy到电脑上给你看。"

"电话簿、通话记录、短信，反正手机里有什么就要什么。"我说。

他如此夸下海口，我本以为很快就能看到手机里的资料。然而十分钟过去了，他仍然不停地敲打键盘，额上还冒出大滴大滴的汗水。性急的蓁蓁不耐烦地问："刚才不是说两分钟吗？怎么还没弄好！"

伟哥板着脸，一声不吭地继续敲打键盘。喵喵又探头过来插话："人总有失手的时候嘛，蓁蓁姐你就别怪他了。"

伟哥还是没搭话，黑着脸继续敲打键盘……

在等待破解的无聊时间里，我点了根烟，看着这部被伟哥放在主机上的手机，思索里面到底隐藏着什么秘密。就在我为此而皱眉时，手机屏幕突然亮起，且右上角出现一个类似"山"字的符号，随即又暗下来。

我以为这代表破解成功，正想问伟哥是否有发现，却看见他的双手仍在键盘上飞舞，而且还急得满头大汗。看样子离破解还有些距离，于是便没去骚扰他，继续无聊的等待。

三十分钟后，伟哥突然高举双手，长呼一口气后便跟我说："你确定这是小学老师的手机吗？我TMD还以为是恐怖分子的手机呢！除设定了开机密码之外，这手机还安装了好几种保护软件，翻电话簿要密码、看通话记录又要另一组密码、看信息要第三组密码，几乎想看啥资料都要不同的密码。而且这些密码都是十二位的，别说混合大小写字母跟符号，单是数字就有一千亿种组合。正常人哪会如此大费周章，希哥的本本也没上这么多锁！"

"别说那么多废话，现在能看到里面的资料吗？"我给他抛了根烟。

他把烟点上，悠然答道："如果你随便找个修手机的来破解，十天半月也不见得能看到里面的资料，可老哥我是二十一世纪最伟大的黑客，当然不会这么丢人。我已经把手机里的内容全部copy到电脑上，你想看啥就看啥。"他轻敲键盘，显示屏上随即出现一堆名字及电话号码。

我让蓁蓁拿出从王校长手中要来的资料，仔细核对这些名字及号码，发现全都是王村小学的教职员工，以及学生家长，并没有特别的发现。

蓁蓁皱眉道："全都是些普通人的号码，用得着设这么多密码吗？"

我耸肩回应："他既然如此谨慎，当然不会把重要的号码储存在手机上。"

"会储存在哪里呢？"喵喵好奇地问道。

"这里！"我往自己的脑袋一指，随即对伟哥说，"再看看信息跟通话记录。"

伟哥轻敲键盘，数十条短信息出现在显示屏上。然而经仔细查阅后，发现这些都是跟学生家长联络的信息，同样没有值得注意的地方，我只好叫伟哥翻查通话记录。

以卢老师的死状判断，他死前应该正在通电话，因此通话记录很可能是破案的关键。然而，事实远超过我的预期，通话记录不但揭示了凶手的身份，还揭露了一个让我们极度震惊的秘密——小相竟然是邪教成员！！！

第十八章　通话录音

在仔细核对卢老师的通话记录后，我们发现出事当日的通话记录中，有两个号码不在电话簿名单之内：号码A于黄昏拨出，大概是我们向他借绳子的时候；号码B于深夜拨入，跟流年推断他的死亡时间颇为接近。

我尝试拨打这两个号码，号码A在拨通后被拒接，再拨则提示已关机。而号码B一直处于关机状态。我让伟哥查询这两个号码的资料，发现两者皆是本地的储值电话卡，没有任何身份资料记录。

这是卢老师遇害一案的关键线索，我们当然不能就此放弃。然而对方一直关机，我们又无法作进一步的调查。正为此一筹莫展之际，伟哥扬扬得意地笑道：“你们知道老哥我刚才为啥得花上半小时，才把这台烂手机破解吗？嘻嘻嘻……那是因为我发现这手机安装了通话录音软件，而且这软件还设置了密码。我刚才就说过了，手机的密码都是十二位的，如果想要暴力破解，恐怕要等到实现世界大同的时候。不过呢，我是二十一世纪最伟大的黑客……”

“别说一大堆无关痛痒的废话！”蓁蓁把紧握的拳头伸到伟哥面前，“快说有什么发现。”

“说说说，马上就说。”伟哥立刻敲打键盘，显示屏上列出上千个音频文件，“这些文件都是通话录音，全被放在隐藏的加密文件夹里。对智能手机来说，这种程度的保密功夫已经算是最高级别，用脚趾也能猜到，这些录音绝对不会是一般的家长里短。”

音频文件以电话号码加日期为命名方式，时间最早的文件创建于五年之前。我们通过王校长提供的资料，把教职员工及学生家长等无关紧要的录音排除后，余下三十多个号码。在这些号码当中，大多都是拨错号码，或者推销之类的与案情无关的通话，在去除这些录音后，就只剩下两个号码。

卢老师出事当天曾与这两个号码通话，而且在此之前也经常联系。通过听取来自这两个号码的录音，我们发现一个令人震惊万分的秘密——小相竟然是邪教成员。

根据录音的声音及内容，我们发现号码A的使用者是小相，他从一年前开始，便经常跟卢老师联系。从他们的谈话内容得知，他们两人皆已加入一个名为“赤神教”的邪教组织。在小相失踪的两年间，似乎一直为该邪教寻找失落的三才宝剑，并且已经找到其中两把——“坤阖”及分成两截儿的“仁孝”。

本以为这个消息会是我们从录音中获得的最震撼的秘密，可是当我们继续听取号码B的录音时，众人皆当场呆住——号码B的使用者竟然是传说中的藏镜鬼！

实在是太不可思议了，传说中半鬼半妖的怪物，竟然会使用现代的通信科技。然而更让人意想不到的是，藏镜鬼竟然是赤神教的右护法，于邪教中的地位在小相及卢老师之上，两人皆须听从她的命令。

卢老师与小相及藏镜鬼的通话相当多，有近两百个音频文件，而且部分通话的时间达数十分钟。为了解整件事的来龙去脉，我从最初的一条录音开始，逐一聆听他们的通话，不知不觉间，夜色渐浓……

听完相关录音后，我已了解他们三人之间的关系，并于脑海中把事情的始末理出。

原来，卢老师在经历妻离子散的痛楚后，一度迷失自我，决意报复社会。当然他所谓的报复社会，并非挥舞菜刀冲进幼儿园、砍杀无辜的幼儿。作为一名教师，他做不出这种可耻的行为。正所谓“冤有头，债有主”，他的报复对象，当然是害他妻离子散的县政府官员，因此他把目标锁定在县政府的办公楼。

作为一名曾经多次进出县政府的上访者，他对办公楼内的一切相当熟识，当然也知道拿着菜刀冲进去，只会被数名保安毒打一顿，然后关进看守所。在这个过程中，或许能捅伤，甚至杀死一两名保安，但他们不过是打手，并不能达到复仇的目的。毕竟自己势单力薄，要报仇雪恨只能智取。

他尝试过多种方法，但最终只有一种方法成功了，那就是投毒。要在政府部门投毒并不是一件容易的事，但只要计划周详也不是没有可能。

在上访期间，他经常看见送水工给各个科室送桶装饮用水。因为饮用水较重，科室里的官员没有谁愿意把水桶装上饮水机，全都是要求送水工代劳。而送水工是一份非常劳累且收入不高的工作，在盛夏时节人员流动极为频繁，出现新面孔是很平常的事，没有人会在意。

有了这个构思之后，他便立刻付诸行动。

要投毒，首先要购毒。最常见、毒性最强的毒药要数鼠药“毒鼠强”及农药“百草枯”。因为他的果园早已被毁，买农药可能会惹人怀疑，所以他打算买鼠药。卖鼠药的贩子一般都是流动性的，事后若要从毒药源头调查并不容易，这对他来说是一件非常有利的事情。

他买来五桶饮用水，小心翼翼地开封并投入鼠药，再以胶水将封口黏合。虽然封口有较明显的开启痕迹，但只要对方不是亲自把饮用水装到饮水机上，应该不会留意到这个细节。

他戴了一顶鸭舌帽，骑上借来的三轮车，载着饮用水来到县政府办公楼门前，守门的保安什么也没问就开门让他进去了。当初为房子被强拆一事来找领导评理时，要进这道门可不容易。

之后的事情同样顺利，就跟他想象中一样，办公楼内的职员对他这名“送水工”毫无戒心，甚至可以说完全没有理会他。他扛着饮用水自由地进出各个科室，看见哪台饮水机的水快喝完了，就把已经投毒的饮用水装上去。在这个过程中，他一句话也没有说，科室内的职员也各做各的事，没有对他作任何询问，仿佛没有看见他一样。

顺利地把五桶饮用水装上饮水机后，他便想立刻离开。然而就在此时，身后传来一个熟悉的声音把他叫住。叫住他的是县领导的秘书，他之前为了见县领导，不知道跟对方吵了多少次，对方当然认得他这个“专门制造麻烦”的上访者。

他本以为事情败露，不自主地把手插进裤袋，紧握袋里的折刀，准备以死相拼。然而对方叫住他的原因并非发现端倪，而是责怪他没有把空桶带走，也没有找她在记录卡上签名，以记录这次送来的饮用水数量。

当然，秘书也认出他曾前来上访，幸好并未起疑，只是嘲笑般说道：“现在这样不就好了吗？踏踏实实地工作，别再整天无所事事地找我们麻烦。”对于他的种种异常表现，秘书以为只是他对业务不熟悉而已，并没多想。

他点头哈腰地向秘书道歉，说下次再把记录卡带来，随即带着空桶迅速离开。

虽然安全离开了县政府，但被秘书认出来最终必然会导致事情败露。反正因受到官员打压，当地已经没有什么值得他留恋的，所以他干脆就逃亡到外省。

事后，他曾跟故乡的朋友联系，得知被毒死的人只有一个，且此人恰好就是县领导的秘书。或许是苍天怜悯，秘书死前没有向任何人提及他曾给县政府送饮用水，因此警方未曾将他列为怀疑对象。不过他始终是心中有鬼，为避免牢狱之灾，这些年都不敢返回故乡。

离开家乡后，他曾在各地流转，后来辗转加入了赤神教，且为调查三才宝剑一事被派到王村。他之所以到王村小学任教，主要就是为了方便展开调查，寻找失落的宝剑。

虽然他在赤神教中的地位极低，但有幸曾见过圣主一面，并得到圣主一个承诺。他向小相透露，圣主答应帮他完成心愿，但并未提及心愿的内容。我想他的心愿应该是为妻女报仇，杀死家乡那帮渎职的政府官员。

藏镜鬼是赤神教的右护法，于教中地位仅次于圣主及左护法，卢老师必须听命于她。然而，从他与小相的通话中得知，他似乎对藏镜鬼极为不满，抱怨对方经常假公济私，以神教的名义命令他做一些与教务无关的事情，当中有部分录音更提及八名蔡姓儿童的命案。

与卢老师一样，藏镜鬼也有一个心愿。圣主曾答应藏镜鬼，只要找到失落于王村附近的半截儿仁孝，就会达成她的心愿。在调查多时后，她终于知道仁孝的埋藏地点，就在小学后面的防空洞里。可是在挖掘宝剑时，小相突然出现，夺走仁孝，致使她的计划落空。她因而与小相结下不解的仇恨，非得杀之而后快。

然而，她大概并没有想到，小相之所以突然现身，是因为卢老师通风报信所致。

卢老师心知藏镜鬼会把功劳据为己有，因此便通知小相前往防空洞夺剑。他的本意是希望小相在教主面前为他美言几句，以便能早日完成心愿。然而，我所认识的小相，并不喜欢他这种风吹两边倒的墙头草，虽然表面上与他为友，但实际上必然处处提防着他。所以，小相只是表面上敷衍他，并没有给他带来任何好处。而且，他万万没有想到这个举动，将会为自己带来杀身之祸。

被藏镜鬼寄予厚望的仁孝被夺，她只好以另一种方法完成自己的心愿，那就是庆生叔提及的祭祀邪神！

从卢老师与藏镜鬼的通话中得知，包括蔡少萌在内的八名儿童，均是藏镜鬼所杀，而卢老师则为其提供这些儿童的资料，以及从旁协助。

杀害王村的五名蔡姓儿童，其实并非藏镜鬼的计划，只是他们进入防空洞的时候，恰好碰见于洞内与小相发生争执的藏镜鬼。为防身份被揭露，藏镜鬼便把他们禁锢于洞内，随后从卢老师口中得知道他们八字属水，且仁孝已经被小相夺去，便心生祭祀邪神的念头。

杀害王村的五名蔡姓儿童后，藏镜鬼便让卢老师继续寻找目标，继而杀害了梁村的蔡家姐妹。期间，他们曾提及还有一名邪教成员协助此事，可惜在通话中并没有提及此人的名字。

之后，为避免在同一地方连续作案而引起警方的注意，藏镜鬼命令卢老师在县城寻找最后一个目标。卢老师利用教师的身份，取得蔡少萌就读的幼儿园的学生名单，继而把目标锁定在八字属水的少萌身上。

少萌出事当日，藏镜鬼曾给卢老师打了一个电话，命令他晚上七点左右在老蔡饭馆附近守候，等她把少萌引出来，就拨打饭馆外那个电话亭的电话。至于藏镜鬼怎么把少萌引出来，以及怎样使少萌的脖子卡到电话线上等关键问题，在通话中并未提及。

卢老师出事当日，于黄昏时分拨电话给小相，告知我跟蓁蓁将会进入防空洞，必然会遇到正在洞内的藏镜鬼。他这么做表面上是给小相卖一个人情，但联想到他引诱剑钦烧断绳子的举动，不禁让我怀疑他的真正想法并非如此简单。

我跟蓁蓁于洞中迷路，自然会让前来拯救的小相陷入危境。毕竟藏镜鬼跟他势如水火，要带着我们这两个包袱逃离藏镜鬼的地盘，可不是一件容易的事。

我想卢老师心底盘算的最佳结果，是小相与藏镜鬼两败俱伤。这既能报复小相过河拆桥，又能挫藏镜鬼的气焰。倘若藏镜鬼被小相打倒，他就无须再任人摆布。

至少我跟蓁蓁充其量只是他放出的诱饵而已。

不过，他的如意算盘没打响，小相大概已洞识他的诡计，并没跟藏镜鬼正面交锋，而是在引导我们逃出防空洞后，便立刻离开了这片是非之地。

小相的机智不但使卢老师的计划落空，而且还激起藏镜鬼的杀意。

原本在仁孝被夺之后，藏镜鬼已怀疑是卢老师向小相通风报信。这次我跟蓁蓁突然闯入她的巢穴，不但卢老师没有及时知会，随后小相更突然现身拯救陷入绝境的我们。若连当中的因由也没能想个明白，藏镜鬼这个邪教护法也就白当了。

因此，当天深夜藏镜鬼致电卢老师，质问防空洞一事。在藏镜鬼的一再逼问下，卢老师承认自己一直与小相联络，并默认通知小相夺取仁孝。

这段通话在卢老师承认协助小相后便结束，我反复聆听多次后，发现通话结束那一刻，隐约能听见一阵似曾相识的风声。

正皱眉思考时，一杯冒着热气的咖啡突然出现于眼前。抬头一看，发现给我冲咖啡的原来是雪晴。再看看周围，原来在我全神贯注地聆听录音时，其他人早已回家休息，只剩下雪晴留下来陪我。

夜阑人静，能有伊人相伴，本是个美好良宵。可惜正当我准备跟雪晴秉烛长谈之际，可怕的藏镜鬼却不合时宜地出现了。

第十九章　鬼爪神功

从通话录音中得到的大量信息，为我解开心中无数疑问，可是却又衍生出六个令人更为疑惑的问题：

一、藏镜鬼有何心愿？祭祀邪神能否令她达成心愿？

二、藏镜鬼到底是鬼、是妖，还是人呢？

三、藏镜鬼用什么方法杀害蔡少萌及卢老师？

四、协助藏镜鬼及卢老师杀害王梁两村七名蔡姓儿童的邪教成员是谁？

五、小相出于何种目的加入邪教？

六、赤神教教主为何要寻找失落的三才宝剑？

一连六个问题缠绕我的思绪，让我感到头昏脑涨。雪晴体贴地给我冲了一杯咖啡，我微笑言谢：“谢谢！还是你最有良心，不像伟哥他们那样，把我丢下自己溜走。”

雪晴冷漠地看了我一眼，眼光随即转移到窗外，看着楼下的停车场，以冰冷的语气回应：“我不是故意留下来陪你的，只是不想这么快离开而已。”

她的回答让我感到愕然，不过马上就明白是怎么一回事了。傅斌最近老是缠着她，此刻大概在停车场某处，等候与她“偶然相遇”吧！为了躲避对方的纠缠，她只好待在办公室，等对方离开后再走。

我跟她聊了几句闲话，但她的心情似乎不太好，没怎么搭话。她一向待人冷漠，虽然我对此早已习惯，不过自言自语般跟她聊天也挺无聊的，于是便继续聆听卢老师与藏镜鬼的最后通话，希望能从中发现线索。

通过反复倾听，我发现通话的最后一刻，有一阵似曾相识的风声，越听就越像被藏镜鬼袭击时听到的破风声。我把这个发现告诉雪晴，并询问她的想法。

她仔细聆听几遍后说道：“我想这藏镜鬼并不是妖魔鬼怪，而是有血有肉的活人。”

“何出此言……”我刚开口询问，熟识的破风声便传入耳际——这一次显然不是出自音箱。

雪晴突然把我扑倒，我还没弄明白是怎么回事，身旁的电脑主机便“砰”的一声跌落在地。

我躺在地上被雪晴柔软而丰满的躯体压住，惊魂未定地看着掉在地上、中央出现一个小凹痕的主机，一个可怕的念头于脑海中闪现——藏镜鬼来了！

果然，身穿红色旗袍、双眼血红、面目狰狞的藏镜鬼，随即便无声无息地出现在窗户上。

长生天啊，她怎么能如此神通广大，竟然跑来警局袭击我？

我正为此而不知所措时，她展露出让人心寒的狰狞笑颜，随即伸出锋利鬼爪使劲儿一挥。

雪晴突然紧紧地抱着我，D罩杯的丰满酥胸压在我胸口，使我几乎喘不过气。她抱着我滚向墙边，破风声再度传入耳际，我们原来的位置上，响起一声撞碎玻璃的声响，并有一小片晶莹光点扬起。光点转瞬即逝，原地留下的只有一个像被铁锥砸出来的小坑，以及零星的几滴黑色液体。

雪晴抱着我滚到墙边，于藏镜鬼现身的窗户下背贴墙壁蹲下，拔出手枪戒备。我也紧贴墙壁，思量如何逃离藏镜鬼的魔爪。

突然，一阵急促的手机铃声响起，把我吓了一大跳。往口袋里一摸，发现自己的手机没响，转头望向雪晴，她摇头表示也不是她的手机，并示意我望向伟哥的办公桌。

卢老师的手机本来放在电脑主机上，刚才主机被打落时，与主机一同掉到地上。此刻铃声大作的，正是这部手机。

雪晴把身旁的一张椅子拉过来，将其当做钩子，把手机钩过来并递给我。我接过手机一看，发现来电的竟然是藏镜鬼。

我强作镇定地接通电话，听筒里传出空洞而缥缈的狰狞笑声：“嘻嘻嘻……这么晚还在工作，也太辛苦你们了。我刚才跟你们打的招呼，没把你们吓坏吧？！”

我故作轻松地回答："噢，还好，刚才还有一点儿犯困，正好提一提神。"

"别跟本大小姐装腔作势，这次只是小小的警告，跟本大小姐作对的人，都会得到卢永志那样的下场！"听筒里传出藏镜鬼疯狂的咆哮。

她的恐吓不但没有把我吓倒，反而让我有一种放下心中大石的感觉，嬉皮笑脸地说："是吗？那我是不是该向你跪地求饶，求你放过我们呢？！"本来我还害怕她会继续袭击我们，但她既然来电恐吓，也就说明暂时没有下手的机会。

听筒的彼端沉默片刻，她似乎察觉到我心中所想，突然恶狠狠地说："山水有相逢，好运不会长伴你左右，赶紧把身后事交代好，你已经时日无多了。"

她抛下狠话后便挂掉电话，我抬头望向窗户中的藏镜鬼，发现她面露狰狞之色，并疯狂地挥舞一双尖锐的利爪。破风声随即响起，砰、砰、砰……近十下爪击逐一打在窗户及天花板的电灯上，不但把所有窗户的玻璃全部打碎，还使整个办公室陷入黑暗之中。

玻璃碎片如暴雨般落下，我本能地搂住雪晴，以身体阻挡锋利的玻璃碎片。幸好我穿着一件质地坚韧的牛仔外套，利刀般锋利的碎片并没有将衣服刺破，要不然我今夜恐怕得去见马克思。

玻璃碎片全部掉落后，令人畏惧的黑暗与死寂笼罩着整个办公室。我不知道藏镜鬼接下来将会发动怎样的袭击，所以只能以不变应万变，继续紧紧地搂着雪晴丰满的躯体……我真的不是故意揩油。

雪晴平日处事非常冷静，就算身陷险境亦能临危不惧。然而在这令人不安的死寂中，她忐忑的呼吸声不停于我耳际回荡。

难道，她因为被我搂着而感到紧张？

反正现在最好的应对方案，就是维持现状。毕竟敌暗我明，或许只有等到天亮，我们才能得以脱险。

就在我心安理得地揩油时，一阵急促的脚步声于门外响起，走廊外似乎有人跑动。难道，藏镜鬼准备跟我们面对面地拼个你死我活？

她也太剽悍了吧，这里可是警局啊！不过，她既然能来警局袭击我们，当然也不在乎跟我们面对面大干一场。

雪晴突然从我怀中挣脱开来，紧握手中的佩枪瞄准门口，准备随时应战。

虽然我很想跟她一同抗敌，无奈手无寸铁，而且这种打打杀杀的体力活儿不适合我。再者，我昨天受伤，且至今未愈……反正要是跟藏镜鬼干起来，我可帮不上忙。既然不能力敌，就只能智取，而我所用的办法是——躲起来！

与其待在雪晴身边成为她的负累，还不如躲起来减少她的负担，至少她不必为保护我而分神。我背贴墙壁蹑手蹑脚地走到最近的办公桌旁，以其为掩护躲藏起来，密切注视门口的动静。

脚步声到达门外骤然停止，看来终于要跟藏镜鬼决一死战了。我屏声息气地凝视着大门，随手拿起办公桌上一个物件，准备等藏镜鬼闯入时扔过去。雪晴也将枪口瞄准大门，准备射杀闯入的敌人。

“砰”的一声响起，大门猛然打开，一道鬼祟的身影于门外出现，我下意识地将手中的物件扔过去。一把手枪从门外伸进来，枪声数起，无情的子弹准确地穿透我扔出的物件。借助窗外的光线，此刻我才发现扔出的竟然是一包苏打饼干，随即意识到自己藏身于喵喵那张堆满零食的办公桌后面。

数声枪响触动雪晴绷紧的神经，立刻向门外的身影开枪还击。无奈对方异常敏捷，立刻退回门外，似乎没受丝毫伤害。对方有备而来，我们却仓促应战，若不能速战速决，单是子弹数量就是个问题。

雪晴的五四式手枪只有八发子弹，撑不了多久，若对方跟我们打消耗战，形势对我们十分不利。不过，这里咋说也是警局，虽然现在已是深夜，但仍有一大堆同僚值班。刚才的数下枪声，肯定会引起大家的注意。只是，诡案组位于警局大楼最偏僻的角落，我们能否撑到同僚前来支援也不好说。

正当我为此而苦恼时，门外传来一个熟识的男性声音：“阿慕，是你跟雪晴在里面吗？别开枪，是我！”一束强光从门外射入，等双眼适应光线后，发现傅斌正拿着手电筒从门外探头进来。

我从喵喵的办公桌后面跳出来，冲他骂道：“靠！你想练枪为啥不去枪房，没事跑来我们办公室胡乱开枪干吗？”话刚出口，破风声随即传入耳际。

长生天啊，我竟然忘记藏镜鬼还在伺机袭击我们！

我本以为这次肯定要去见马克思了，幸好雪晴反应迅速，向我飞身扑过来，把我扑倒在地。躺在遍布玻璃碴儿的地板上，并不是一件好玩儿的事，要不是穿着牛仔外套，我背上肯定会多几道“性感”的疤痕。

雪晴冲我说：“忍着！”我还没弄明白她在打什么主意，她便双手揪着我胸前的衣服，使劲儿地往门口滚动。

她的动作相当有技巧，我感觉到背部每一次着地，所承受的力道就要重一些，而她着地时受力却相对较轻。如此一来，她就不会因为衣服纤薄而受伤。

在危急的情况下，以队友的身体作掩护，迅速转移到有利地形再作出还击，也是无可厚非的事情。可是就算有坚韧的外套保护，不至于会被玻璃扎伤，但在遍布玻璃碴儿的地面上滚来滚去总是会痛的。

然而，在我痛得死去活来的惨叫声中，雪晴却没有停下来的意思，甚至连片刻的迟疑也没有，仍然揪着我使劲儿地滚向大门，简直把我当做人肉轮胎。

如果能安全地滚出门外，就算受些皮肉之苦，我也就认命了。可是靠近大门的位置较为开阔，当我们滚到这儿便没有任何遮挡物。倘若藏镜鬼能把握这个机会，我们便必死无疑。

虽然我很想让雪晴停下来，但以现在的势头是刹不住车的，只能听天由命了，希望能侥幸逃过这一劫。还好，实际情况没想象中那么坏。就在我们快要滚到门口时，傅斌突然朝窗外连开三枪。这三枪看似是胡乱扫射，但其实是为我们作掩护，给我们换来宝贵的时间。

雪晴仿佛跟傅斌心意相通，第一下枪声响起，便立刻加快滚动速度。当傅斌射出第三枪时，我们已滚到门边，他连忙弯腰向我伸手，像老鹰抓小鸡似的揪住我后领，把我整个人提起来并往后摔。雪晴顺势翻过身子，秀腿一蹬便逃离险境。

傅斌这一摔，可把我摔得眼冒金星，真怀疑他是妒忌我跟雪晴肢体接触，才故意这么使劲儿。不过他总算救了我一命，也就没跟他计较。

我瘫坐在走廊上，往四周扫了几眼，确定在这条熟识的通道上没有窗户及镜子后，才有气无力地说："造反了，造反了，这老妖婆竟然敢在太岁头上动土，跑来警局袭警！"

傅斌颇为慌张地询问雪晴是否受伤，但后者只是爱答不理地瞥了他一眼，连一句"谢谢"也没说。他自讨没趣后，尴尬地向我耸耸肩："看来你们惹了个疯子。"

"疯子我倒不怕，就怕惹来的是个老妖婆！"我把藏镜鬼的事情，简要地向他讲了一遍。

他听完我的叙述后，哈哈大笑："阿慕，你被那些可怕的传说弄糊涂了。

刚才袭击你们的，其实并非妖魔鬼怪，而是有血有肉的人！”

“你凭什么认定袭击者是人，而不是虚无缥缈的鬼魅或者妖怪之类的东西？”我不明白他为何会如此肯定。

他微微笑道：“就凭她的袭击方式，也就是所谓的‘鬼爪功’！”

“你知道她的‘鬼爪功’是怎么回事？”我紧张追问。

他正欲开口作答时，一直呆立在墙角默不做声的雪晴突然冷漠地说：“是气枪。”

第二十章　疑团分析

刚才的数下枪声，几乎让整个大楼的同僚都跑过来，我费了不少口舌才把他们逐一打发掉。不过老大可没这么容易打发，明天他回来看见办公室被弄成这样子，就算不立刻把我掐死，至少也会剥掉我一层皮。

有道是“兵来将挡，水来土掩”，明天的麻烦，明天再作打算。现在我最急切想知道的是，藏镜鬼的“鬼爪功”到底是怎么一回事。继续待在走廊上，是不可能安静地讨论问题的，因为经常会被前来了解状况的同僚打断，所以我们只好移师到讯问室。

我对讯问室没多少好感，因为这里没有窗户，总给人一种局促的压迫感。但经过刚才那可怕的一幕后，我反倒觉得这里比其他地方要安全得多。

在继续刚才的话题之前，我先问傅斌另外三个问题，第一个问题是：“你怎么突然跑来我们办公室？”

身为武警，若周围出现大动静，立刻前来了解情况，也是职责所在、情理之中。可是刚才最大的动静，就是那几下枪声，这还是由于他先开枪而引起。在他到来之前，似乎没有能引人注意的大动静，所以我便有此一问。

他搔着脑袋，一脸尴尬地笑道：“我刚才在停车场上等朋友，突然听见玻璃破裂的声音，随即发现你们办公室里的灯光全部熄灭，窗户也全破了，担心你们出了状况，就立刻跑过来了。”

他这解释疑点挺多的，不过当我发现他说话时，有意无意地瞥了雪晴一眼，心中就释然了。他等的“朋友”就是雪晴，所以时刻留意着我们办公室的情况，从而能在第一时间获悉我们受袭，并前来支援。

“那你干吗冲进来胡乱开枪？”这是第二个问题。

“这可不能怪我啊！”他皱起眉头的样子，看上去像比窦娥还冤。他无奈地向我们苦笑道：“我刚把门踹开，还没来得及弄清楚里面的状况，就看见有东西朝我飞过来，本能反应就朝这东西开枪。”

“那你又是怎么知道，我跟雪晴在办公室里？”这是最后一个问题。

“是枪声。”他露出自信的笑容，“不同款式的枪械所发出的枪声各有特点，我一听就知道，向我还击的是五四式手枪。五四式手枪是警用枪械，而诡案组里就只有雪晴有配枪，向我还击的人当然就是她。还有，她既然能迅速还击，那么她肯定不是向我扔东西的人。而你们这组人当中会扔东西的，大概就只有你吧！”

他对枪声的推理，我倒没什么意见，毕竟他对枪械的认识比我专业得多。可是，他单靠被扔出的饼干，就肯定我在办公室里，却让我感到郁闷。然而，仔细一想，也不能说他是瞎猜。

诡案组也就六个人，要是没出大乱子，老大绝不会在这个时候出现。如果蓁蓁在场，她也不会乱扔东西，而是一个箭步冲上前甩出拳头。至于喵喵跟伟哥这两个胆小鬼，遇到这种情况通常只会躲在桌子底下。也就是说，除了我之外，就不会有其他人朝大门扔饼干。

解决了这些无关痛痒的问题后，我们便回到正题：“藏镜鬼的‘鬼爪功’是怎么回事？”

傅斌并没有急于回答，而是很有风度地向雪晴做出一个“请说”的手势。雪晴沉默片刻后，冷漠地说：“袭击者使用的是气枪。”

“何以见得？”我问。

“是枪声。”雪晴又沉默半晌才加以解释，“其实，听完卢老师的最后通话，我已有所察觉，只是没来得及说出来。”

“那么说，杀害卢老师的杀手就是藏镜鬼。”这个结论并不让我感到惊奇，毕竟在他们的最后通话中，两人已经摊牌，藏镜鬼有充足的杀人动机。我不明白的是，卢老师显然是死于中毒，如果凶器是气枪的话，又如何做到这一点呢？还有，藏镜鬼袭击我跟蓁蓁时，所使的方式并不像气枪射击，这又如何解释呢？

我道出心中疑问，可惜雪晴没能给我答案。傅斌接过话头为她解围，解释道：“刚才已经说过了，每种枪械所发出的声音都不一样，从刚才在你们办公室里听到声音判断，袭击者使用的枪械肯定是气枪。至于你说的问题，你有没有想过，袭击者使用的是什么子弹？”

“子弹？”我疑惑地看着他，思索片刻后答道，“气枪子弹通常都是用铅制造，可是我虽然挨了好几下，但伤口里并没有找到任何子弹。”

“不是没找到，而是你们忽略了。”傅斌狡黠地笑着。

我仔细回想与藏镜鬼的交手经过，以及事后处理伤口的每一个细节，着实想不出来哪里有子弹存在的痕迹。如果说我跟蓁蓁粗心大意，那流年跟悦桐要比我们细心得多吧，流年给我们的伤口作了详细的检查，悦桐也在卢老师的房间里掘地三尺，但至今仍没有发现任何疑似子弹的物体。

再说，我们初次跟藏镜鬼交手时，她所用的招式可是“无形鬼爪”。当时，她无影无形地在我后脑勺敲了一下，那道力劲是相对分散的钝力，如果是子弹的话，力量应该集中在一点上。

对于我的疑问，傅斌没有立刻回答，而是向雪晴微笑示意，似乎想让对方回答这个问题。雪晴冷漠地瞥了他一眼，寒唇微启，只吐出两个字：“干冰。”

见雪晴没有继续解释的意思，傅斌便再次接过话头，向我解释道：“干冰就是固态二氧化碳，在常温下会气化成气体。以干冰作为气枪子弹，在射击的过程中，干冰会因为跟空气摩擦而急速气化，形成一道强大的冲击力。只要距离适中，就能造成你所说的效果。”

藏镜鬼那可怕的“无形鬼爪”原来是这么一回事，不过就算这一点如他所说，但藏镜鬼在我跟蓁蓁身上戳的几个窟窿，又怎么解释呢？这肯定不是干冰能造成的效果。而且，事后在我们的伤口里，并未发现任何类似子弹的物体。

我本以为这个问题应该会难倒他，但他却微笑反问：“你不是说过，你们被藏镜鬼打伤时，伤口有一阵冰冷的感觉，并且感到剧烈的阵痛吗？”

我点头确认后，他又问：“你是否觉得，那种痛楚似曾相识？”我再次点头，他便大笑道：“那是酒精！”我愣住片刻，随即仔细回想当时的痛感，的确跟用酒精给伤口消毒的痛感相似，只是前者要强烈得多。

“藏镜鬼用干冰子弹打出‘无形鬼爪’，而让你跟蓁蓁痛得死去活来的‘有形鬼爪’则是酒精混合物子弹。”他笑着给我解释，“酒精不像干冰那样，在射击过程中完全气化。因为子弹在命中目标前，仍然保持固体状态，所以能轻易穿透皮肤。但固态的酒精坚硬度非常有限，不会给人体造成严重伤害，充其量也就是打出一个指尖大小的窟窿，看上去就像被利爪戳穿那样。"

"如果事实如你所说，那么我们应该能在伤口里，找到你说的酒精子弹。"我反驳道。

"是可以找到，可是……"他卖关子般顿了顿，"可是你们每次受伤，都是在情况危急状况下发生的，不可能立刻对伤口作详细检查。而酒精的熔点非常低，正常人的体温足以使其迅速融化。酒精融化后，会跟血水混合流出体外，你们处理伤口时又会用酒精消毒，所以根本不会注意到酒精子弹的存在。不过，你们受伤时的冰凉感及剧烈阵痛，以及事后伤口没有发炎，都能证明酒精子弹的存在。"

按照他的假设，的确能解释我心中的疑问。如事实正如他所言，那么蔡少萌的死便不再有疑问，事实的经过应该如此——

藏镜鬼以某种方式，把少萌从后堂引到大街上。这对能随意于窗户或镜子中现身的她而言，没任何难度。随后，卢老师拨打电话亭的电话，成功诱使少萌走进电话亭。

当少萌为摘下话筒，踩着钢管往上爬的时候，藏镜鬼看准时机，用干冰子弹往她脑后勺打了一枪，使她失去平衡、身体前倾，脖子刚好卡在电话线上，从而导致窒息惨死。

至于卢老师，应该是被藏镜鬼用混入了毒药的酒精子弹打中，继而中毒身亡。

尽管傅斌的假设能解释这两宗命案的关键疑问，可这个假设似乎还存在一个致命的漏洞——射程。

据我所知，气枪的有效射程相对较短，就算经过改装，当射程超过百米，基本就没什么威力了。而藏镜鬼每次袭击我们，似乎都藏身于百米以外。

如果说之前几次交手，因为地形等因素，不能肯定她的藏身点。那么刚才她袭击我们的时候，藏身点必定不在百米之内。因为办公室窗外是空旷的停车场，而傅斌当时就待在停车场，若有人在此使用气枪，他不可能没察觉。

再加上地势高低等因素，袭击者的藏身点应该在停车场对面那栋商住楼的某个隐蔽地点。先不管藏镜鬼躲藏在商住楼的哪个位置，单算商住楼跟办公室的直线距离，就至少有两百米，气枪射程有这么远吗?

对于这个问题，傅斌不假思索便给我回答：“如果你在两年前问这个问题，我会告诉你，民间自制的气枪，有效射程不可能超过百米。不过前年我在执行任务时，曾经缴获一支‘气枪之王’，最远射程达到五百米，有效射程也在两百米以上。”

“你收缴的是大炮吧？”我惊讶道。

“没这么夸张。”他笑着摇头，随即解释道，“气枪的射程之所以难以超过百米，是因为增加射程必须增加气压，而增加气压则需要更大的气筒。可是，在加大气筒的同时，枪身的重量亦会相应增加。枪身越重，瞄准就会越困难，这就是气枪射程难以提升的主要原因。”

“‘气枪之王’如何解决这个问题？”雪晴罕见地插话。也许是出于职业上的敏感，她似乎对傅斌缴获的“大炮”非常感兴趣。

难得能跟雪晴搭上一句，傅斌显得相当兴奋，得意地说：“制造‘气枪之王’的人很聪明，他为了不增加气枪的重量，干脆把气筒从枪身拆掉，改用外置的高压气筒给气枪充气。这样就能在不增加枪身重量的前提下，最大限度地提升气枪的射程。”

我皱眉道：“这只是个别情况，我们不能确定藏镜鬼也能想出相同的办法。”

“这可要怪我们的领导太爱出风头了。”傅斌晃着指头笑道，“这事领导曾让媒体曝光过，我想那些自制气枪的人，或多或少也略有听闻。虽然他们没见过‘气枪之王’的原型，但只要有了这个概念，再多作尝试，应该能制造出类似的气枪。”

如果事实正如他所说，那么藏镜鬼的“鬼爪功”就不再神秘。不过，我还有一个疑问始终都想不通，那就是藏镜鬼为何能随意地于镜子及窗户中出现。要是其他地方还好说，刚才她可是在警局的办公室里现身。

对于这个问题，傅斌一时间也没能说清楚，但当我把数次与藏镜鬼交手的经过事无巨细地告诉他后，他似乎略有眉目，认真地向我提出一个问题：“你有注意到她的声音吗？”

藏镜鬼的声音很特别，甚至可以说是诡异，每次开口都是那么缥缈而空洞，仿佛来自另一个空间。不过，也就仅此而已，除此以外我并没有别的发现。

我道出心中所想，他又问："她刚才在办公室，有开口说话吗？"

"你不问，我还真没注意到这一点呢！"我愕然答道，"刚才藏镜鬼在办公室里，并没有直接开口说话，而是通过拨打卢老师的手机跟我通话。"

"手机这种通信工具最不可靠，一来容易被对方录音，二来可以通过追踪信号来源确定使用者的位置。"他又展露出自信的微笑，"对于她这种总是藏形匿影的鼠辈来说，暴露自己的藏匿地点，是非常愚蠢的行为。除非别无他法，否则绝对不会以身犯险。"

"你的意思是，她是没办法直接跟我对话，才会给我打电话？"我问。

他点头道："你们之前几次交手都在王村，那是她的地盘，她可以藏匿在任何一个你意想不到的地方，悠然地跟你侃大山。或者通过预先安装的扬声器及收音设备，跟你隔空对话。但警局不是她的地盘，她要做到上述两点几乎没有可能，所以她只能通过手机跟你对话。"

破解了这个谜团后，藏镜鬼的神秘光环便瞬间消失。毕竟在镜子及窗户中现身，并非一件难以理解的事情，大可以通过光影投射达到类似的效果，只是在实际操作上较为复杂而已。而对于这个问题，傅斌提出了一个不错的建议："或许，我们该调查一下王村是否有擅长皮影戏的人。"

藏镜鬼的伎俩与皮影戏确实有类似之处，或许她的真身就是一个精通皮影戏的人。

虽然傅斌给我提供了一个很好的建议，但我却觉得他把话说得怪怪的，因为他用了"我们"这个词。调查这宗案子是诡案组的工作，跟他这个武警队长八竿子打不着。他刻意强调"我们"，无非是想拉近跟雪晴的距离。毕竟老是说"你们诡案组""我们武警队"之类的话，无异于强调他是个外人。

不管怎样，现在总算破解了藏镜鬼的小把戏，现在重点在于如何把她揪出来。

或许，明天我们得到王村进行一次深入调查，把这个藏头露尾的"恶鬼"送进监狱。不过在此之前，我必须先向老大解释一下这战场般的办公室到底是怎么一回事。

希望在我把事情说清楚之前，老大不会把我掐死。

第二十一章　旗袍研究

“阿慕，你这个仆街冚家铲，跟我进来！”老大恶狠狠地揪着我的衣领，穿过满目狼藉的办公室，走进他的办公室。

（“仆街冚家铲”乃粤语的经典骂人组合。“仆街”通常被译做“浑蛋”，其表面意思为趴倒在大街上，有死于非命之意，真正含义是“不得好死的浑蛋”；“冚家铲”中的“冚家”即“全家”。若单以字形解释，不难发现“冚”是一块儿棺材板盖在山上，说白了就是一座坟墓。而“铲”则有挖掘之意，“冚家铲”即全家都需要掘墓埋葬。简单说来，“仆街冚家铲”即是“全家不得好死”。）

“你到底在办公室里搞什么鬼？开狂野派对吗？”刚把房门关上，老大就用胖乎乎的食指，往我太阳穴使劲儿地戳。

“冷静点儿，冷静点儿……”我好不容易才保住脑袋没被他的胖指头戳穿。稍事整理衣饰后，我便挤出一副哭丧脸向他解释：“昨晚已经在电话里跟你说过，我们受到藏镜鬼的袭击，差点儿连命也没了。”

“如果你英勇殉职，或许我会没这么生气。而且你在电话里可没说办公室被弄得像个战场一样。”他瞪大一双小眼睛，恶狠狠地瞪着我。

“这可不能怪我啊！”我继续装孙子，向他汇报近日的调查进展，以及昨晚遇袭的经过。

他听完我的汇报后，怒气渐消，绷紧的脸皮渐渐松弛下来。虽然他的样子没刚才那么可怕，但我却一点儿轻松的感觉也没有，因为他狡黠的眼神让我知道，训话才刚刚开始。

他悠然地泡了一壶茶，坐下来喝了几口，才向我投以鄙夷的眼神：“如果这宗案子由小相处理，我就用不着在这里跟你徒费唇舌。”

我心有不甘地反驳道：“老大，昨晚的事可不能怪我啊，谁也想不到藏镜鬼竟然会如此胆大包天，在太岁头上动土。”

“哪怕她有天大的胆子，把她关进牢里去，还能闹出昨晚的乱子来吗？”老大瞪了我一眼。

我又挤出哭丧脸回道：“我也很想立刻把她抓回来，可是到现在我们还没弄清楚她的真实身份，只知道她应该是个精通皮影戏的人，除此以外就没有别的线索了。"

老大突然站起来，又用胖指头戳我脑袋，并骂道："线索不是没有，只是你太笨没注意到。"

我边躲避他的袭击，边反驳道："冤枉啊，任何可疑的细节，我都已经详细调查过。但是藏镜鬼实在太狡猾了，几乎做到滴水不漏，到现在我们连怀疑对象也没有。"

"这世上没有不留痕迹的犯罪。"他坐下来喝了口茶，心平气和地说，"任何罪犯在作案后，都会为掩饰自己的罪行而撒谎。只要有人撒谎，就一定有漏洞。在这宗案子里，你至少忽略了两个明显的漏洞。"

我自问已仔细调查过每个可疑的细节，但仍没发现他所说的漏洞，所以只好继续装孙子请他明示。

他伸出胖乎乎的食指，在我面前晃了晃："第一，在藏镜鬼的传说上，你只在意当中的可怕传闻，但却忽略了传说的本质。"

虽然我知道，他在批评我满脑子迷信思想，但这个"传说本质"是指哪一方面，我却没能弄明白，只好虚心向他求教。

他白了我一眼，解释道："传说就是口口相传的故事，作为王村最可怕的传说，藏镜鬼的故事几乎每个村民都知道。尤其是去年曾有学生跑进防空洞，当时就有人提起藏镜鬼的传说。以王村这种小地方而言，带有神秘色彩的事情，肯定会成为村民茶余饭后的话题，所以绝大部分村民都会知道这个传说。"

"大家都知道藏镜鬼的传说又怎么样？"他说了这么多，我还是不明白问题出在哪里。

"我看你是笨得没救了。"他摇头叹息，"你仔细想想，在你调查这宗案子的过程中，有谁跟你说过，自己不知道这个传说？"

经他这一说，我立刻想起梁彩霞。在了解她受藏镜鬼袭击的经过时，吴威曾提及她并不知道藏镜鬼的传说。可她是梁村人，不知道流传于王村的传说也是情理之中。

我道出心中所想，换来的却是老大的又一次白眼："如果这是个近年无人提及的传说，如果这姓梁的是个三步不出闺门的大姑娘，那才叫'情理之中'！你不想想姓梁的做什么买卖？她可是在菜市场里卖冻肉的，跟三姑六婆侃大山是她工作的一部分。去年学生跑进防空洞时，就有人提起藏镜鬼，你认为她有可能没听过吗？"

"你的意思是，梁彩霞刻意隐瞒自己知道这个传说？"我开始明白他的意思。

"你啊，该每天按时吃脑残片。"老大再次无情地打击我，"姓梁的不是刻意隐瞒，而是丈夫说错了，她只好将错就错。其实这只不过是个小漏洞，对大局没有决定性的影响，如果她及时纠正丈夫的错误，谁也不会在意这段小插曲。可是，她因为一时心虚，不但没有纠正丈夫的错误，反而继续丈夫的谎言，这难免令人怀疑她的遇袭经历是否属实。"

老大在这个微不足道的细节上大做文章，令我感到不解，因为他的推测只建立在一个不确定的因素上。我们不能单凭这个不确定的因素，便断定梁彩霞撒谎。

我道出心中所想，老大不屑地答道："别把我跟你归到一类去，我办案可不是靠瞎猜。"说罢，缓缓伸出第二根胖指头，"第二个漏洞出现在她描述的藏镜鬼身上。"

我仔细地回忆梁彩霞描述的每一个细节，并没察觉到异常之处。她所说的藏镜鬼，跟我们遇见的吻合，也许一些主观上的感觉略有差异，但关键特征却完全一致。

在听取我的回答后，老大抛出一个奇怪的问题："你知道什么叫旗袍吗？"我回以不解的眼神，他向我扬了扬手说，"先把你知道的说出来。"

我没好气地答道："老大，我又不是刚从乡下过来，你总不会以为我连旗袍也没见过吧？随便进一家像样的茶楼，就能找到三两个穿着旗袍的知客，我有可能没见过旗袍吗？"

（"知客"乃粤式茶楼中，专门在入口处迎宾及引导宾客就座的服务员，通常会以旗袍为制服。）

老大点点头："那你给我说说旗袍是什么样子。"

我不知道他葫芦里卖的是啥药，只好如实说出印象中旗袍的模样："说简单一点，旗袍就是一件紧身的连衣裙。因为裙摆较窄，所以两侧开衩，以方便行动。"

“这两侧的衩口，通常会开在什么地方？”

又是一个奇怪的问题，我越来越搞不懂他的想法，只好继续如实回答：“那得看场所，茶楼知客的制服，一般只会开在膝盖较上的位置。而夜总会那些妈妈桑所穿的旗袍，会把大腿也露出来。”

“那藏镜鬼的旗袍呢？”老大这个问题让我一时语塞。

虽然已跟藏镜鬼数度交手，但我还真没见过她的下半身。她每次都是在窗户或镜子里现身，我只能看见她的脸或者上半身，从没见过她的腰部以下，当然也不知道旗袍的衩口开在哪里。我甚至曾经怀疑她是否有脚，因为根据坊间传说，鬼魅是没有脚的。

我把这个细节告诉老大后，他便像只狐狸似的，露出狡黠的笑容：“你从来没见过她的脚，但姓梁的却说自己被她踹得人仰马翻。”

虽然这个细节令人生疑，但老大以此认定梁彩霞撒谎，未免过于武断。对于我的质疑，老大似乎早已料到，解释道：“你之所以怀疑我的判断，是因为你对旗袍的认识只局限于现代。”

“旗袍还分现代和古代吗？”我不解地问道。

“有空儿就多读书！”老大白了我一眼后，继续解释，“旗袍是满族的服式，因为满族人又称旗人，所以称之为‘旗袍’。辫子戏里那些皇后、格格所穿的华丽袍子，才是旗袍原本的模样。这种旗袍虽然看上去非常华丽，但穿起来却非常累，给那些吃饱没事干的贵族穿还可以，老百姓要是穿这种衣服，不摔死也得累死。后来流行于民国时期的旗袍，是经过大幅简化的款式。”

“旗袍的款式变化，好像跟这宗案子没什么关系。”我不明就里地挠着脑袋。

“你真是没救了。”老大已经懒得骂我，直接说重点，“现代的旗袍跟民国时期的款式大同小异，最大区别就在于裙摆的衩口开在哪个位置。现代的旗袍一般会把衩口开在膝盖以上，主要是为了方便行走。但这种款式的旗袍，在社会风气相对保守的民国时期，就只有交际花才会穿，大户人家的闺女才不会穿这种有伤风化的衣服。”

“你的意思是，藏镜鬼踹不了梁彩霞？”我恍然大悟道。

“你的脑袋总算没退化到猴子的阶段。”老大满意地点头，“在民国时期，正经人家的闺女是不会随便把双腿露出来的。当时的旗袍，衩口通常只会开到脚踝与小腿之间，充其量只能看见穿着者的袜子。稍微露点儿肉出来，就会被视做不正经。”

他喝了口茶，又补充道：“穿着这样的旗袍，就连跨门槛也得小心翼翼，要抬脚踹人，除非把裙摆掀起来，否则根本不可能。”

根据传说，藏镜鬼是大户人家的闺女，理应衣着保守，且不会做出有伤风化的事情。像老大说的那样，先把裙子拉高，再抬脚踹人的不雅行为，像蓁蓁这么粗鲁的女生也做不出来，她就更不可能。

以此推断，可得出两个可能：第一，袭击梁彩霞的藏镜鬼，并非传说中的蔡家大小姐；第二，梁彩霞向我们撒谎。后者显然更加可信。

如果梁彩霞撒谎，那么她的嫌疑就大了。可是，倘若事实正如我们所想，那么又有一个问题让我想不明白，那就是她身上的伤痕。只是为了撒谎，有必要把自己弄得遍体鳞伤吗？

“有必要！”老大给我肯定的回答，并加以解释，“首先，我们不能确定是先有谎言后有伤痕，还是先有伤痕后有谎言。如果先有谎言，伤痕的存在就是单纯为了圆谎。但是，如果是先有伤痕，那么谎言就是为了掩盖事实。”

“梁彩霞又不是特种兵，哪会无缘无故地弄得浑身是伤？”我不认同他的观点。

他晃着胖乎乎的食指答道：“她虽然不是特种兵，但她可能是藏镜鬼的活靶子。”

我惊讶道：“她因为触怒藏镜鬼而受到惩罚？”

“这是其中一个可能。”老大收起他的胖指头，“也有可能是主动配合藏镜鬼，测试酒精子弹的效果。”

“不可能吧！”我疑惑地看着老大，“梁彩霞好歹也是为藏镜鬼而撒谎，肯定跟藏镜鬼有一定关系。就算她不是藏镜鬼，至少也是藏镜鬼的手下。要测试酒精子弹的效果，随便找个倒霉鬼就行了，用得着找自己人吗？被这种子弹打中，虽然死不了人，但那种剧痛能让人痛得死去活来。”

“如果只是测试效果，也用不着找倒霉鬼，乡村地区有的是流浪狗，要不找头像你这么笨的猪也行。”老大又戳我的头，“你仔细想想，藏镜鬼传说是从何时开始令王村村民人心惶惶的？”经他一说，我顿时豁然开朗。

藏镜鬼传说虽然早已于王村村民口中流传，但之前谁也没有亲眼目睹过她的狰狞面目，因此只被视为吓唬小孩的坊间传说。然而，自梁彩霞遇袭后，因为有她亲口描述，村民无不对此深信不疑。至少，我亦曾经相信藏镜鬼真实存在。

梁彩霞的“遇袭”，一方面是为测试酒精及干冰子弹，另一方面则是为让大家相信藏镜鬼传说，以便把罪名全推到虚无缥缈的鬼魅身上。

这招苦肉计实在巧妙，一度把我们耍得稀里糊涂。不过，但凡谎言都必定会有漏洞，只要顺着这个漏洞寻根究底，就不愁不能把真相揪出来！

第二十二章　夜访恶鬼

我致电流年了解卢老师的尸检情况，并把傅斌的酒精子弹假设告诉他。他沉默片刻后，如释重负地说：“原来如此，我还以为你惹上一身风流病，还把蓁蓁也给传染了。”

“你这话是什么意思！我可是玉洁冰清，怎会惹上风流病呢！还有，我跟蓁蓁只是同事，还没到会互相传染风流病的程度。”如果他就在我面前，我肯定会踹他一脚。

“听说接吻也会怀孕……”他故作认真地说着，随即放声大笑。

我真后悔给他打电话，如果直接到法医处找他，他肯定不敢这么放肆。如今隔空对话，只能任由他取笑。

玩笑开过后，也该谈正事了，他严肃地说：“傅斌的假设正好能解释我们之前的疑惑，你跟蓁蓁的身体没有任何问题。我已经为卢老师进行详细尸检，并且化验过他的血液样本，现在已能肯定他死于百草枯。”

“百草枯？听起来应该是除草剂吧？”我说。

他答道：“嗯，的确是一种农药，毒性很强，而且获取途径广泛。”

“那么说，想从毒药来源追查凶手，就非常困难了。”我无奈地说。

“这可不是我的工作。”他说罢便挂掉电话。

虽然尸检结果并未能提供相关线索，不过也没关系，反正老大已给我指引了一条明路——梁彩霞！

梁彩霞既然为藏镜鬼撒谎，甚至不惜为此承受酒精子弹的射击，足以证明两者之间的莫大关联。因此，只要把她抓回来严加盘问，揭开藏镜鬼的身份之谜，不过是时间的问题。

藏镜鬼可能持有射程超过两百米的“气枪之王”，以及片刻便能置人于死地的毒子弹。因此，我请求老大安排几名武警，跟我们一起到王村。然而，老大给我的回复却是放声大吼：“安排一辆坦克车护送你去调查，好不？”

虽然我挺想说好，但老大那张怒肉横生的脸，犹如盛怒中的狮子般狰狞，硬是让我把话咽回肚子里。

老大不愿意安排武警协助，我只好自己想办法保命。蓁蓁之前跟藏镜鬼交手时受了伤，虽然并不严重，但她身体完好时，跟对方交手尚且处于下风，现在就更不好说了。所以，我让她去处理其他案子，而我则跟雪晴到王村找梁彩霞。

离开办公室之前，我让伟哥仔细检查卢老师的手机，因为我实在想不通藏镜鬼为何会跑到警局袭击我们。按理说，她就算知道我们在警局大楼里办公，也不可能知道办公室的正确位置。毕竟诡案组是个较为隐秘的部门，就算在民警当中，知道的同僚也不多，更别说外人了。所以，我怀疑在卢老师的手机里，还隐藏着某些我们不知道的秘密。

我跟雪晴没有直接到王村找梁彩霞，而是先去县派出所“借兵”。虽然我对县派出所里那些好吃懒做的家伙并不抱太大的希望，但多几个人好歹也能撑门面。

我们来到县派出所时，发现王达正在值班，于是便叫他多找几个伙计，跟我们一起去找梁彩霞。可是，这小子一会儿说值班室人手不足，一会儿又说还有许多工作要做，反正就是不肯走，非要我们先去跟所长打个招呼。

我想这小子大概经常“摸鱼”，怕擅自跟我们外出办事，会被所长误以为偷懒。我没其他办法，只好公事公办，跟雪晴往所长的办公室走一趟。咋说我们也是省城里过来的刑警，所长对我们相当客气，客套几句后，便同意派民警协助我们办案。

虽然所长十分合作，不过他们辖区刚出了宗案子，所里大部分警员都去了案发现场，只有王达等几人留守值班室。因为人手不足，只能给我们提供有限的支援。我明白对方的难处，所以只要求派王达协助我们。

虽然我对王达这家伙没多少好感，但他好歹也是土生土长的王村人，对村里的情况要比其他伙计熟悉。跟他同行，办事会方便很多。

所长亲自往值班室打电话，吩咐王达随同我们到王村办案。得到所长亲批后，这小子便没刚才那么别扭，二话不说就跟我们上车往王村出发。

我们来到梁彩霞家门前的时候，是阳光充沛的午后。

之前与藏镜鬼数次交手，要不就在夜晚，要不就在漆黑的防空洞里面。像现在这种光亮而开阔的环境，她现身的概率应该不大。因为她要是现在跳出来，无异于揭开自己的假面具，所以我便大模大样敲响她的家门。

然而，我连手都敲疼了，门内还是一点儿动静也没有，房子里似乎没有人在。按理说，梁彩霞为了圆谎，应该整天待在家里，不踏出家门半步才对，怎么会没有人在家呢？

我正为此感到疑惑时，隔壁一名妇女似乎被敲门声惊动，从窗户探头出来。“喂，福婶！你知道威嫂到哪里去了吗？”王达扬手跟对方打招呼，并上前询问，随后回来跟我说：“福婶说威嫂回娘家去了，刚刚才走，要是我们早二十分钟过来，应该能碰到她。”

奇怪了，梁彩霞自“遇袭”事件后，一直没有踏出家门，为何恰巧我们来找她时，她却回娘家了呢？虽然觉得有些不对劲儿，但也许只是巧合而已，毕竟她不可能预先知道我们会过来。反正她娘家就在梁村，跑一趟应该花不了多少时间。

我问王达是否知道梁彩霞娘家在梁村的哪里，他挠着头答道：“只知道大概位置，反正梁村也不大，过去后再问人吧！”

虽然不知道准确位置，但正如王达所说，梁村并不大，要找一个人应该不难。而且，我们不知道梁彩霞是否会在娘家过夜，继续在这里待下去，也许只会浪费时间。

虽说梁村只是个巴掌大的地方，但王达平时很少过来，对这里的情况不是太清楚。向好几个村民问路，并在杂乱无章的巷子里绕了三五圈儿后，我们终于找到梁彩霞的娘家。然而，我们费了这么大劲儿，却还是没能见到梁彩霞本人。

“你们来得真不是时候，阿霞刚走喽。”听见梁彩霞母亲这话时，我真想把王达按在地上打。丫在这里生活了二三十年，竟然还会迷路！

虽然目标已经离开，但费了这么大劲儿才找到这里来，我可不想就此空手而回。于是便向梁婆婆了解其女儿过往的生活点滴，而我最关心的问题是：“彩霞会演皮影戏吗？”

“皮影戏她倒没学过。不过她啊，自小就对什么都感到好奇，学过的东西可多着呢。”梁婆婆以为我们是为其女儿遇袭一事而来，不但对我们毫无戒心，而且还相当热情，奉上清茶招呼我们坐下。

我喝了口茶后，问道：“她很好学吗？”

“也可以这么说吧。不过她啊，虽然周身刀，可惜冇张利。”梁婆婆笑道。

（“周身刀，冇张利”乃广东俚语，原意为身上带有很多刀，但没有一把锋利。通常用于形容某人什么都懂得一些，但没一样精通。另外，“冇”乃粤语专用字，意为“没有”。）

“那她学过些什么呢？”蓁蓁好奇地问。

“她学过的东西可多喽，不过不管学什么都是三分钟热度……”梁婆婆闭上双目，回忆昔日往事，布满皱纹的苍老脸庞泛起淡淡的笑意，徐徐向我们讲述梁彩霞孩童时期的生活点滴——

阿霞小时候就像个男孩子，不但非常调皮，而且对什么都感到好奇。她八岁的时候，有一个戏班到王村唱戏。她看了两回就跑到后台，缠着一个花旦教她唱戏。那个花旦没办法，就教她一些基本唱功，让她自己回家练习。

她啊，那段时间每天都一大早起床，天还没亮就“哦、哦、哦”地鬼叫，把我们跟邻居全都吵醒。要是偶尔一两次还说得过去，可她每天都这样鬼叫，别说邻居会有意见，家里人也被她烦死了。后来，被她爹训了一顿，她才没有在早上练唱，但还是经常“哦、哦、哦”地鬼叫。

大概练了十来天吧，那花旦说她练得不错，挺有唱戏的天分。还跟她开玩笑说，想收她做徒弟，带她到全国各地唱戏。她把人家开的玩笑当真，回家跟我们吵了半天，非要跟人家到外面闯一闯。我跟她爹也不知道是该乐还是该愁。

还好，她这劲头来得快、去得也快，戏班离开王村后，她对唱戏的兴趣渐渐就消退了。恰巧她二伯父又在县城开了间照相馆，她看着觉得新奇，整天想往县城跑，唱戏的事就再也没有提过。

当时去县城不像现在这么方便，去一趟得花上大半天，只好让她周末在二伯父家里过夜。后来学校放暑假，她干脆就在二伯父家里待了两个月。那段时间，她每天都缠着二伯父教她照相，二伯父可被她烦死了。

她这么喜欢照相，我还以为她长大后会像二伯父那样，在照相馆里工作。可是，暑假刚过完，她对照相的兴趣也就没了，之后再也没有吵着要去照相馆。

后来她还学过很多东西，像画画儿、剪纸、缝纫、织毛衣……噢，她好像还学过修理电器呢！不过她只会修理收音机之类的小家电，而且小问题还可以，大问题她就没辙了。

她学过的东西虽然多得数不清，不过没有一样能超过三个月，有时候学几天就已经腻了。她这种三分钟热度的性格，什么都想学，但什么都没学好，到头来只是浪费时间，长大后还是啥本事也没有……

梁婆婆非常客气，想留我们吃晚饭，但我可不敢领她这份人情。毕竟我们此行的目的，是调查她的女儿跟藏镜鬼的关系，说不定哪天她会指着我的鼻子，骂我冤枉她的女儿。

跟梁婆婆道别后，我们再次前往梁彩霞的住处。

梁的房子位于山脚，地处偏僻，必须经由一条小路进入。因为汽车不能通过这条小路，所以我们就像之前那样，把警车停在小学门前便下车步行。跟之前不一样的是，此刻不再艳阳高照，而是日落西山。

本来想赶在天黑之前，把梁彩霞带回警局问话，无奈前往梁村期间耽误了不少时间。我可不想就此白白浪费一天时间，而且我若空手而回，老大也不会放过我。所以，虽然明知天黑以后，有可能会受到藏镜鬼袭击，但我还是硬着头皮前往目的地，只是一再提醒同行的雪晴及王达，留心将会出现的危险。

还好，一路上并没遇到奇怪的事情，我们平安无事地通过了那段令人感到不安的狭窄小路。然而，当我们来到梁彩霞住所前的空地时，王达突然停下脚步，声音颤抖地说："你们有没有觉得突然冷了很多？"

"有吗？我倒觉得有点儿热呢！"我疑惑地问道。

虽说晚风略带寒意，但我们刚走了一段不短的路程，不出汗就已经不错，怎么会觉得冷呢？难道……

突如其来的破风声证实了我的猜测，雪晴机敏地把我拉到一旁，与我肩贴肩地藏身于一棵约两层楼高的大樟树后。王达未曾与藏镜鬼交手，不知道我们正受到袭击，傻乎乎地呆立于原处。

一声惨叫划破夜空，王达徐徐倒下。鲜血从他的肩膀流出，把洁净的警服染红了一大片。他倒地后抽搐了几下便不动了，看样子马上就会挂掉。

他的位置跟我们距离不足十米，我很想把他拉过来加以救治。可是，我们一旦离开樟树的掩护范围，必定会成为藏镜鬼的活靶子。而且我们身上没有任何药物，就算把他拉过来，也不见得能把他救活。

若不想他就此英勇牺牲，唯一的办法就是赶快将他送到医院。因此，我们必须尽快把藏镜鬼解决。然而，这事说来容易做来难，我们现在连藏镜鬼的藏身地点还没弄清楚，不被她做掉就已经不错了。

这里是藏镜鬼的地盘，她对附近的地势比我们熟识。在这里跟她硬拼，对我们非常不利。既然打不过，那就只有逃跑。可是此刻要全身而退，也不是一件容易的事。

就在我为此而绞尽脑汁的时候，空洞而缥缈的阴冷笑声，于宁静的夜空中回荡："嘻嘻嘻……刚才我还在为昨晚没能要你们的命而感到可惜，没想到你们竟然主动来送死！"

第二十三章　等待援救

诡秘的笑声于夜空中回荡，藏镜鬼狰狞的面孔亦于樟树后方约二十米的一栋平房的窗户中显现。虽然明知她只不过是装神弄鬼，但仍令人感到毛骨悚然。

"藏镜鬼，我们已经把你的伎俩看了个透彻，你识趣的话就乖乖地束手就擒。要不然待会儿大部队来了，你就等着变马蜂窝吧！"我背贴樟树仰头叫道，并示意雪晴留意周围的动静，以便确定对方的藏匿位置。

雪晴谨慎地审视周围的环境，缓缓拔出配枪戒备。与此同时，窗户里藏镜鬼举起苍白而纤细的右手，锋利的鬼爪从指尖缓缓伸出，空洞而缥缈的声音随着她的嘴巴张合，于夜空中回荡："嘻嘻嘻……死到临头还大言不惭！这里可是穷乡僻壤，别说不通高速公路，就连像样的马路也不多。你的大部队恐怕在你的尸体僵硬之前，也赶不过来。"

我仔细聆听她的声音，想借此确定她的位置。虽然她的影像出现在樟树后方，但声音明显来自樟树前方。而且从王达中弹的角度判断，枪手的藏身点应该也在樟树前方。

为了进一步确定她的位置，我蹑手蹑脚地把头探到树外，以查看周围的动静。前方除约七十余米外有另一棵樟树之外，便只有一栋建筑物可供藏身。而这栋建筑物就是梁彩霞的房子。

可是，倘若梁彩霞把藏身点设于家中，无异于承认自己与藏镜鬼有直接关系，这是非常愚蠢的行为。然而，就在我以为自己的判断有误时，令人畏惧的破风声再度响起。

我猛然把头缩回来，藏身于暂时能保命的樟树后面。一道劲风随即于身旁掠过，我仿佛听见能置人于死地的剧毒酒精子弹，擦过树皮的声音。

“你的‘王八功’练得还不错，不过好运不会伴随你一辈子。下一次，我将刺穿你的心脏，嘻嘻嘻……”藏镜鬼轻轻晃动带有利爪的手指，发出令人畏惧的阴冷笑声。

被讥讽为王八，是一件很窝囊的事，还好我脸皮厚，不在乎。正所谓“好死不如赖活着”，能把命保住比什么都强。而且在刚才那电光石火之间，我发现房子二楼的阳台上有一个光点。虽然只是短短的一刹那，但我已能确定那是枪管在月光下的反光。也就是说，枪手的藏身地点就在二楼阳台！

雪晴亦注意到这一点，无奈对方借助阳台上的栏杆作掩护，于现时这种阴暗的环境下，就算再优秀的神枪手也难以准确命中目标。但我们只要离开樟树的掩护范围，就会立刻暴露于对方的枪口之下。

当前的形势让我感到进退维谷，既难以发动攻势，亦无法全身而退，只能继续待在樟树后面耗时间。或许在此待上一晚，待天亮后再作打算，是个不错的选择。可是我们能等，但王达却等不了，对峙时间越长，他的情况就越糟糕。而且，藏镜鬼也不见得会跟我们耗到天亮。

单凭我跟雪晴两人之力，要对付藏镜鬼并不是一件容易的事，如果能得到支援，情况就不一样了。可是，虽然我能让老大派人来帮忙，但远水难救近火。等他向厅长汇报，再由厅长调遣人员，再等大部队浩浩荡荡地通过那条我们步行了近十分钟的小路……到那时候，说不定我们都早已死翘翘了。

要尽快得到支援，最直接的办法就是向傅斌这个武警队长求救。只要他带上三五个武警前来支援，在冲锋枪强劲的火力下，藏镜鬼那支改装气枪算个屁。

不过，我跟傅斌的交情只属一般，我绝对相信他会眼睁睁地看着我去死。无奈之下，我只好出卖雪晴，给傅斌发此短信：我们于王村受到袭击，雪晴负伤，情况危急，速来支援。位置在王村小学以北约一公里。

他平时像只苍蝇似的，整天围着雪晴转，我就不信在这个危急关头，他会不跳出来充英雄。果然，短信发出不久，便收到他的回复：撑住，二十分钟内赶到。

虽然他已答应前来支援，但并不代表我们的危机就此解除。毕竟世事难料，谁知道他是二十分钟内赶到，还是两小时后才姗姗而来。他会带来多少人员、多少装备，也是个未知数。而最让人担忧的是，我们能否撑到那个时候。说到底这里也是藏镜鬼的地盘，谁知道她是否会不声不响地换个地方，给我们放冷枪。

与其坐以待毙，还不如冒险采取主动，打乱对方的进攻节奏，以求赢取更多时间等待支援。

我小声地向雪晴讲解接下来的行动，然后把外套脱下来，仰头叫道："藏镜鬼，你杀不了我，因为你犯了一个严重的错误，那就是……"我刻意压低声线。

"是什么？"她冷声问道。

"那就是低估了老子的能耐！"我仰天叫道，并把外套抛向正在窗户里张牙舞爪的藏镜鬼。

意料中的破风声随之响起，外套瞬间被击中。子弹射穿外套后，打破了平房的窗户。

我等的就是这一刻！

我赶在外套落地之前跳到樟树外，并立刻拔脚冲向前方。

对方的气枪不能做到连射效果，这一点能从昨晚遇袭时的情况得到验证。而且根据昨晚的经验，对方两次射击的间隔时间，大概是十来秒。以我的体能，十秒之内充其量只能跑五十米左右，要在对方再次射击之前，跑到二百米外的房子前，几乎没有可能。所以，我的目标并非枪手藏身的房子，而是中途的另一棵樟树。

虽然另一棵樟树只在七十余米外，但能否赶在枪手再度开枪之前跑过去，对我来说也挺悬的。不过我好歹也是个七尺男儿，咬紧牙关使劲儿地跑，应该能挺过去。然而，在这个危急关头，我那该死的右腿竟然突然抽筋。

右腿突然抽筋，使正处于奔跑姿态的我失去平衡，不但立刻摔倒，还因为惯性而滚了两圈儿。我强忍腿部的痛楚，抬头望向阳台。于月色下绽放摄魄寒光的漆黑枪管，已从栏杆的间隙中伸出，准备好夺取我的性命。

樟树就在约十米之外，但这短短的十米路程，对右脚还在抽筋的我来说，却是一段漫长的黄泉路。在我走完这十米之前，恐怕就得像卢老师及王达那样倒下。此刻，我只能把希望寄托在雪晴身上。

接连三下枪响从身后传来，雪晴看准时机，在对方取我性命之前向阳台连续射击。在她的掩护下，我立刻连滚带爬地冲向樟树，终于能保住性命。

我背贴樟树坐下来，揉着右腿喘气，心想这条该死的抽筋腿早晚会让我送掉性命。还好，稍事休息之后，右腿就没再抽筋。我站起来稍微压低声音，仰头道："算命先生说我能活到九十岁，想要我的命可没这么容易！"

"能躲过一次是偶然、两次是幸运，但算命先生能保证你躲过第三次吗？嘻嘻嘻……"藏镜鬼阴险的笑声于我头顶回荡。

"没有第三次啦！"我仰天叫道，随即又再压低声音，"因为我已经知道你躲藏的位置！"

"笑话！"她恶狠狠地骂道，"本大小姐能于镜子间随意穿梭，用得着像你这只缩头乌龟那样藏头露尾吗？"

我笑道："是吗？那你现在又躲在哪个镜子里呢？"

她冷声回答："我正在樟树后的窗户里看着你！"

"哈，你说的是那些玻璃碎片吗？"我仰天大笑。

"什么？"她的声音于惊讶中变得颤抖。

刚才我故意把外套抛向藏镜鬼现身的窗户，因此子弹穿过外套后，便把窗户的玻璃也给打破了。她那张狰狞的脸孔，早已随着玻璃破碎而消失，但刚才的紧张气氛，使她的注意力全集中在我身上，因而忽略了这个关键。

我高声叫道："你就别再装神弄鬼了，我已经掌握你所有秘密，包括你的真正身份、杀人的手法，以及现在的藏身地点。除非你真的像传说中的藏镜鬼那样，能在镜子间穿梭，否则插翼难飞。"

"有趣，有趣！本大小姐倒想听听你到底掌握了我什么秘密。"藏镜鬼还在强作镇定。

"我可掌握你不少秘密哦，你想先听哪一个呢？"我笑道。

"谁不会虚张声势，别废话，把你知道的都说出来！"她的语气略显焦急。

她的注意力显然已集中在这个话题上，这可正中我下怀。我花这么多工夫，无非是为了拖延时间，等待傅斌前来支援。因此，我便继续跟她侃大山："昨晚受到你的袭击后，我们详细分析过你的情况，最终得出一个结论——你根本不是传说中的藏镜鬼，你只不过借此传说装神弄鬼罢了！"

"嘻嘻嘻……"阴冷的笑声再次于夜空中回荡，但与之前相比，此时的笑声中略带不安，"这就是你所说的秘密吗？根本就是你们的胡乱猜测。"

"知道什么叫'死鸡撑饭盖'吗？就是鸡被煮熟后，鸡腿会伸直，把锅盖撑起来。就像你现在这样，明明被我识破了，却就是不肯承认！"我随即指出她那无影无形的"鬼爪功"，不过是用改装气枪发射干冰及酒精混合物制造的子弹，并在酒精混合物中添加农药百草枯毒杀卢老师。至于她那号称能于镜子间随意穿梭的神奇能力，也不过是类似皮影戏的光影投射。

"我们已经把你的伎俩完全破解，并且知道你不可能一边以气枪射击、一边耍弄皮影戏。也就是说，藏镜鬼不只是一个人，你们至少有两个人互相配合。"我仰天大叫，换来的却是对方的沉默。

片刻之后，藏镜鬼于令人不安的死寂中再度开口："没想到你也挺聪明的，不过你就算是孔明再世也没用，因为你根本没机会离开这里！"

"是你没机会离开吧！"我高声叫道，"你以为刚才我说话的声音时大时小，只是为了逗你玩儿吗？我其实是为了确定你的位置。"

"什么？"对方的声音变得颤抖。

我高声解释道："这里地势开阔，除了两棵樟树之外，就只有吴威夫妇家二楼的阳台可以藏身。刚才枪手袭击我们的时候，已经暴露了自己的藏身点就在阳台，你如果不是跟枪手待在一块儿，就只能躲在两棵樟树上。我刚才分别在两棵樟树下刻意压低声线，目的就是为了确定你躲在哪棵樟树上。现在答案应该很明显了吧！你最好别再浪费时间，乖乖从树上爬下来，否则我们只好像打鸟那样，用枪把你射下来。注意哦，我们用的可不是气枪。"

当我为自己的推理而自鸣得意、等待藏镜鬼束手就擒之际，身后传来一个粗野而愤怒的男性声音："竟敢砸我家的窗户，他妈的想找死啊！"

被藏镜鬼射破窗户的房子里，走出一名粗壮的中年男人，手持木棍向我们怒目而视。他大概以为是我跟雪晴打破他的窗户，似乎还想上前揍我们一顿。

本以为在傅斌到来之前，就能让躲在树上的藏镜鬼束手就擒，没想到在这个节骨眼儿上，竟然有人跳出来搅局。他要是冲过来，进入枪手的射击范围，势必成为藏镜鬼要挟我们的筹码，那样麻烦可就大了。

然而，就在我准备喝止这名汉子时，却发现附近几栋房子的村民，似乎都被刚才的枪声惊动，纷纷探头出来看热闹。有两三个胆大的村民，看见汉子拿着棍子上前，更走出门外，似乎想过来跟我理论。

就在我不知道该如何把这帮村民轰回去的时候，一下枪声响起，随即听见雪晴如风雪般的冷酷声音："子弹不长眼，不想死就立刻滚回家里把门窗锁上。"

雪晴这声枪响比任何解释都有效，汉子惊愕片刻，随即连滚带爬地逃回家中，重重地把门关上。其他村民见状亦慌忙返回屋内，紧锁门窗。

我环视周围的情况，确定再没村民跑出来溜达后，便高声对藏镜鬼喊话："要是村民都打电话报警，恐怕马上就有大批民警把这里围个水泄不通。你们不想被打成马蜂窝，就乖乖地束手就擒吧！"

对方没有立刻作出回应，似乎在思考如何应对。经过良久的沉默后，空洞而缥缈的声音再度响起："暂且放过他们，赶紧到圣坛集合，别耽误祭祀仪式。"

她这句话显然不是跟我说的，难道是给枪手下达的指令？

枪手藏身于二楼阳台，不但逃走路线众多，而且持有武器，若要逃走并不困难。但躲藏在樟树上的藏镜鬼却不一样，除非她长着翅膀，否则必须先爬下来才能逃离此地。只要我在树下蹲着，就不愁她能逃出我的五指山。

把他们其中一个抓住，另一个也跑不到哪里去。因此，我便安心地蹲在樟树下，仰头叫道："藏镜鬼，你是跑不了的。我不但知道你的位置，还知道你的身份。就算今天让你们跑掉，只要通缉令一出，早晚也能把你们抓捕归案。"

"嘻嘻嘻……你以为自己的本领真的有这么大吗？只不过虚张声势而已。"她还在嘴硬。

"看来我不把你的身份说出来，就算等到天亮你也不会下来。好吧，仔细地给我听着……"我背贴着樟树朗声道，"我们今天仔细地分析过梁彩霞的遇袭经历，发现当中存在严重漏洞。那就是身穿民国旗袍的蔡家大小姐，因为旗袍的下摆较为狭窄，不可能把脚抬起，更不可能一脚把梁彩霞踹倒。其后，我们从梁婆婆口中得知，她女儿自小就非常好学。据梁婆婆说，她女儿学过戏曲、摄影、画画儿、剪纸、缝纫等多门手艺，虽然全都是半吊子，但倘若能灵活变通地运用这些手艺，要让传说中的藏镜鬼显现于人前并不困难。"

"嘻嘻嘻……如果真的这么容易，那不就漫山遍野都是我的分身？"她的语气渐渐变得急促，不知道是因为慌乱，还是其他原因。

"你虽然没学好戏曲，但学会了如何运用声线原理，能说出藏镜鬼那种空洞而缥缈的声音；你虽然没学好照相，但学会了光影投射的原理，能把藏镜鬼可怕的影像投射于镜子及窗户上；至于画画儿、剪纸、缝纫等手艺，虽然你也没学好，但至少能够用于制作藏镜鬼的原形！"我义正词严地仰天叫道，"我说得没错吧，梁彩霞！"

"嘻嘻嘻……没想到你还真有点儿本事呢！不过现在才发现，已经太晚了，嘻嘻嘻……"

藏镜鬼……或者该说是梁彩霞，她的声音虽然比刚才更为急促，但却给人一种胜券在握的感觉。

不断回荡于夜空之中的阴冷笑声，时大时小，若隐若现，宛若虚无缥缈的鬼魅，令人感到不安。我不明白她在身份被识破后，为何仍能发出如此自信的笑声，难道她另有对策？

就在我为此而感到疑惑时，手机突然振动，是雪晴发来的信息——王达不见了！

第二十四章　藏镜鬼众

被枪手击倒后，一直躺在樟树附近的王达，突然不见了踪影，到底是怎么回事呢？

或许他还活着，只是因为害怕而偷偷溜走。但这只是我一相情愿的想法而已，毕竟百草枯也不是盖的，卢老师就是例子。被混有百草枯的酒精子弹击中后，虽然不一定会立刻死亡，但就算一时半刻死不了，亦不见得可以行动自如。

我突然想起那个能让死人复活的阿娜依，该不会是她让王达的尸体复活了吧？这个想法虽然荒诞无稽，但也不是全无可能。因为阿娜依曾自称“赤地之神”，而根据卢老师的通话录音，他与藏镜鬼所属的邪教组织名为“赤神教”。因此，不能排除两者之间存在关联。或许，他们所信奉的圣主，就是拥有神奇力量的阿娜依。

梁彩霞的阴冷笑声时大时小，若隐若现，不断于夜空中回荡，给人一种胜券在握的感觉。难道，她的王牌就是尸变后的王达？

如果她所信奉的圣主就是阿娜依，那么就不能排除她从对方身上得到某种神奇力量，就像那黎恺敏曾提及的血色蛆虫。倘若她把这种神奇的蛆虫添加到酒精子弹里，或许真的能做到使受袭者尸变的效果。

心念至此，不由得感到一阵寒意，立刻环视四周，以防尸变后的王达，突然从某个阴暗的角落扑出来，把我撕成碎片。然而，我的忧虑并没有变成事实，观察了好一会儿亦未见王达的踪迹，反而梁彩霞的笑声渐渐变得模糊。

糟糕！我突然想起自己忽略了一个极其重要的细节，那就是梁彩霞曾经学过修理电器。

就在我为自己的疏忽而担忧时，一道强光伴随着轰隆巨响出现于眼前。巨响掩盖了所有声音，强光更使我睁不开眼睛。难道，这就是梁彩霞的王牌？

还好，当双眼适应强光之后，我便发现这并非梁的王牌，而是我们的救兵——傅斌。

傅斌骑着一辆大排量雅马哈摩托车，在引擎的疯狂咆哮中风驰电掣，一转眼便通过狭窄的小路。眼见马上就要进入枪手的射击范围，他突然像玩杂技般，于原地转了几圈儿，扬起大片灰尘，藏身于飞扬的尘土当中。当灰尘散落之时，他已不见踪影，只在原地留下一圈儿轮胎痕迹。

我正思量他要什么花样时，一声愤怒的咆哮便传入耳际：“阿慕，你这浑蛋竟然敢骗我！”随即响起三声枪响。

我惊惶地检查自己的身体，还好我并没有多几个弹孔。定神一看，发现原来是雪晴向阳台开枪，而不是傅斌想要我的命。不过，我还没来得及松一口气，傅斌便加大油门儿，在引擎的咆哮声中，骑着摩托车从樟树后面蹿出，以七十码时速向我撞过来。

虽然梁彩霞已下达撤退指令，但枪手是否已经离开尚未能确定。此刻若离开樟树的掩护范围，很可能遭受枪手攻击。可是，如果我继续待在原地，恐怕马上就会被傅斌的雅马哈撞个脑袋开花。

正苦于不知道如何抉择之际，突然听见雪晴如同命令般的冷漠声音：“蹲下！”虽然我不知道傅斌在打什么主意，但我坚信雪晴不会加害于我，于是便立刻双手抱头，紧贴樟树蹲下来。与此同时，傅斌猛然掀起车头，使车子“站”起来，犹如一头饥饿的黑熊，向我扑过来。

一辆摩托车加上一个体形魁梧的武警队长，在加速作用下产生的撞击力有多大？准确数字我不清楚，只知道樟树被撞后，剧烈地晃了一下，而我则眼冒金星，几乎失去了知觉。

本以为马上就会见马克思，但稍微定神却发现自己并没有被撞死。原来傅斌把摩托车立起来，架在樟树上，而不是直接撞在我身上。我之所以会感到眩晕，是摩托车撞击樟树引起的震动所致。

傅斌把摩托车架在树干上，并顺势往树上爬。他的身形虽然像头大黑熊，但动作却异常灵敏，三两下子便已隐没于茂盛的枝叶当中。他这法子倒挺方便，把车子一掉便往树上溜，可惜我却被压在车子下，连动弹一下都不行。

这摩托车咋说也有好几百斤重，若被它压在身上，就算死不了也得断几根骨头。而在傅斌爬上树后，这车子便一副摇摇欲坠的模样，仿佛随时会倒下来。如果说被兰博基尼压死，我也就认命了，起码对方肯定花了不少钱买保险。可是，倘若被这辆该死的摩托车压个半死不活，恐怕连医疗费也付不起。

为了不被压个半身不遂，我抱着头紧缩身子，祈求这车子别在傅斌下来之前倒下。可是，就在我连一根手指头也不敢动弹的时候，手机却不合时宜地振动起来。

虽然我可以不接电话，但手机不停振动，实在让我难以心安，谁知道车子是否会因此而被震下来。因此，我只好以最小幅度的动作，把手机掏出来，艰难地接听。

电话一接通，伟哥那令人厌恶的声音便从听筒中传出：“慕老弟，我仔细地研究过卢老师的手机，发现手机里装了一款隐藏的反破解软件。本来这种小儿科的软件，我昨天就该注意到，只不过当时你们老是催我，害我一时分神才给忽略了……”

“你能长话短说吗？”我以近乎哀求的语气说。

其实，我很想对这厮破口大骂。都什么时候了，我现在可是刀子悬在头顶上，随时会被那辆该死的雅马哈压断腰，哪还有心情听他的连篇废话。可是，我又怕骂他会让他过于激动，不小心碰到车身，使摩托车倒下来，所以只好对他低声下气。

“你那边情况很恶劣吗？”他似乎从语气中察觉到我正处于劣势。

“暂时死不了，不过你还是先准备慰问金吧！”我有气无力地说。

“好吧，老哥我就直接跟你说重点。”他已意识到事态严重，“我仔细地研究手机里的反破解软件，当手机被强行破解时，它便会自动运行，先利用移动基站技术确定当前位置，然后给指定号码发送一条彩信，彩信的内容就是标示了当前位置的地图。”

“调查过接收彩信的号码没？”我一时兴奋，不小心碰到正摇摇欲坠的摩托车。

我立刻闭上双眼缩成一团，连气也不敢喘一口，心中不断祈求车子千万别倒下来。然而，就在这个生死一线的时刻，我突然感到一下剧烈的震荡，似乎有东西从树上掉下来。

摩托车本来就快要倒下来，现在又给震了一下，不倒才怪。可是当我准备好去见马克思时，却发现自己并没有被车子压死。睁眼一看，发现傅斌正扶着快要倒下的车子。原来刚才的震荡，是傅斌从树上跳下来造成的。

傅斌横眉立目地瞪着我，冷声道：“为什么骗我？”

我知道他是为刚才那条短信兴师问罪，也知道若不能给他满意的回答，他很可能会用摩托车把我压个半死。所以，我立刻挤出一副孙子相，解释道：“难道你不想让雪晴知道，你非常在乎她吗？”

“跟你开玩笑啦！”这小子立刻展露欢颜，变脸比翻网页还快。

我赶紧从摩托车底下钻出来，这时才注意到，伟哥正在电话彼端不停地鬼叫：“慕老弟，你没事吧？慕老弟，慕老弟，你死了没？你银行账号跟密码是多少？赶紧告诉我，我会把钱一分不少地交给你的父母……”

“谢了，我还活着，你先等一下，待会儿再给你电话。”我说罢便把电话挂掉，随即向傅斌询问：“人呢？怎么不把梁彩霞拉下来？”

他把摩托车放下来后，耸肩道：“树上没人，阳台上的枪手似乎也跑了，我在树上只找到这玩意儿。”说着把一块儿烟盒大小的黑色物体交到我手上。

看着手上的物体，我不禁皱眉。这就是被我忽略的细节——粘在一起的无线扬声器及麦克风。

梁婆婆说其女儿曾经学过修理家电，当时我没想到她所指的家电有可能是扬声器之类的音响设备，可惜当我想到的时候已经太晚了。

梁彩霞其实并没有藏身于樟树上，她真正的藏身点应该是跟枪手待在一块儿，通过扬声器及麦克风跟我对话。刚才她的声音之所以变得急促，大概是因为正在逃走的缘故。这就能解释她的笑声为何会时大时小、若隐若现——她已经离开无线扬声器的正常接收范围。

“奇怪了……”我突然想到另一个问题。

“怎么了？”傅斌问道。

我向他讲述刚才的情况，并道出心中的疑问：“如果梁彩霞跟枪手待在一块儿，那‘赶紧到圣坛集合’这句话是跟谁说的呢？让我们知道她接下来的行动，对她毫无好处。”

他思索片刻后答道：“他们可能还有其他同伙，而且不能通过手机短信之类的隐蔽方式互通消息。”

“难道是他？”我突然想起王达，立刻掏出手机致电伟哥，询问卢老师手机自动发出彩信的详细情况。

“你知道什么是移动基站技术吗？”伟哥没有直接说重点，反问我这个深奥的专业问题。

我不耐烦地说：“天晓得那是什么东西，别浪费时间，把你知道的简明扼要地说出来。”

“移动基站就是手机信号的收发台，手机必须在基站的覆盖范围内，才能收发信息及通话。移动基站技术就是基于这个原理，推算手机当前位置的定位技术……”这厮不厌其烦地向我卖弄这些与案情无关的知识。

我可没空儿听他这些废话，为了让他尽快转入正题，我只好故作认真地说：“嗯，原来你懂得挺多的嘛！要不我向老大提一下意见，把局里所有跟通信有关的活儿，全让你包下来？”

“别别别，这可要把我给活活累死。”手机里传出他的惊叫。

我冲手机大吼：“那还不快把接收号码的情况说出来！”

“这就说，这就说……”这厮总算入正题了，“我已经调查过接收号码，是张记名手机卡，卡主名叫王达，工作单位是县派出所。”

“真的是他……”虽然早已料想到，但得到确认后还是感到十分惊讶。

“藏镜鬼可能并非只有两个人，而是由三个人组成的……”挂掉电话后，我把通话内容告诉傅斌，以及刚走过来的雪晴，“卢老师把接收号码认定为王达的手机，足以说明王达在此案当中是个举足轻重的人物，甚至有可能是‘藏镜鬼’的主导。”

“单凭一个手机号码便断定王达是主谋，似乎过于武断。”雪晴冷漠地说。

我当然不会如此武断，我之所以怀疑王达，除了手机号之外，还有四个主要因素：

其一，王村蔡家五姐弟失踪后，蔡全第三次报案，县派出所才予以立案，且不但没派出警员搜救，还刻意阻挠治安队进防空洞搜索。这足以证明县派出所内，有人故意拖延搜救，而此人极有可能就是王达。

其二，自遇袭事件之后，梁彩霞一直待在家里，鲜有踏出家门，但却偏偏在我们到访前二十分钟外出。显然是有人提前通知她我们将要来访。而我们在县派出所要求王达同行时，他一再要求我们知会所长，不排除他利用我们跟所长打招呼的空当儿，向梁彩霞通风报信，让她有所防备。

其三，作为土生土长的王村人，王达竟然会在邻村迷路。这难免让人怀疑他是故意拖延时间，以便梁彩霞有充裕的时间，安排今晚的袭击。

其四，王达刚才中弹后倒地抽搐，使我们误以为他被混入毒药的酒精子弹击中，但其后却又悄然离开。这很可能是他与枪手合演的苦情戏，一来让自己成为我们的包袱，使我们处于劣势；二来可以在必要时在我们背后放冷枪。

我道出心中所想，傅斌思索片刻后，说：“你的分析很有道理，但只能证明王达是藏镜鬼其中一员，不能确定他就是主谋。”

“何以见得？”我问道。

“你忽略了一个问题。”他伸出一根手指，“如果王达是主谋，为何在卢老师的手机里，没有跟他的通话记录？”

这的确是个疑问。

如果卢老师不知道王达的存在，那还说得通。可是，他不但有对方的手机号，而且还设定为防破解软件的接收号码，为何却从来没跟对方联系过？

“或许，我们该进屋子找答案。”傅斌往吴威夫妇的房子瞥了一眼。

第二十五章　异香飘落

本以为傅斌会带来大部队，一举把藏镜鬼的老窝掀翻，可是他却说：“等把人召来，你恐怕早已被对方埋掉了。”为了尽快赶来营救我们，他甚至连枪都没带，只是随手拿起一把匕首，便风风火火地赶过来。

虽然刚才他在爬上樟树时，已确定枪手不再埋伏于二楼阳台，不过天晓得是否还有人留在房子里。再加上我们人有三个，但枪却只有一把，而且剩下的子弹亦不多，所以必须十分谨慎。

在雪晴的掩护下，傅斌以矫健的步伐迅速靠近房子，并于窗前窥探室内情况。观察片刻后，他便移步大门，并向雪晴比画几下，示意破门而入。

雪晴敏捷地冲上前，于大门旁背贴墙身戒备。傅斌向她使了个眼色，她轻轻点头，随即转身往门锁连开两枪。枪声仍于耳际回荡之时，傅斌便抬脚踹向大门。

门开，门内漆黑一团，且寂静无声。

傅斌先以手电筒的光束确定屋内的情况，然后敏捷地闪身入内，把电灯打开，整个厅堂随即亮起来。

他和雪晴确认屋内无人后，我才进门跟他们一起搜查。虽然现在已经能确定梁彩霞及王达跟藏镜鬼有直接关联，吴威亦脱不了关系，但谁才是主谋却不好说。所以，我们分头搜查房子内每个角落，希望能找到关键线索。

我在厨房里翻箱倒柜，最后在冰箱里找到两盒“冰块”，其形状酷似气枪子弹，我想应该是傅斌所说的干冰子弹及酒精混合物子弹。

走出厨房时，雪晴正抱着一个大箱子从楼梯下来。我随意地往箱子里瞥了一眼，虽然只是一眼，但却差点儿没叫出来，因为我看见“藏镜鬼”就在箱子里。

箱子里的东西是雪晴搜遍二楼找来的，当中包括一支完整的气枪、一堆气枪零件、被拆得支离破碎的小家电，还有其他乱七八糟的家居杂物，以及“藏镜鬼”的真身！

原来传说中的藏镜鬼，不过是一块半透明的人形塑料板。塑料板只有上半身，比例约为成人一半。头发由渔线制成，血红的双眼原是两颗晶莹的红色玻璃珠，至于那张狰狞的脸，不过是用颜料勾画出来的。塑料板套上一身以半透明丝绸缝制的红色旗袍，双臂及头部均有活动关节，嘴巴亦能张合，感觉就像一件艺术品。

除了“藏镜鬼”之外，雪晴还找到另一块塑料板，不过这一块与前者截然不同，是一只可爱的人形小绵羊，看上去很像某部儿童动画片的主角。

我记得蔡恒曾提及，少萌很喜欢看这部动画片，而且出事当晚曾于后堂与某人说话。我想少萌当时应该是跟这块塑料板投射出来的影像说话，并被梁彩霞以此引到大街上。

为证实这个推测，我跟雪晴将塑料板拿进厨房，把电灯熄灭后，在她的帮助下，利用手电筒的光线将塑料板的影像投射到窗户上。虽然我们的操作并不熟练，但总算能让传说中的藏镜鬼及可爱的小绵羊呈现于窗户上。

随后，我们一同返回厅堂，发现傅斌正对着挂在墙上的相框发呆。这个相框我之前也有留意过，但没发现异常之处，插在相框边缘的数十张相片，只不过记录了吴威的成长经历，跟本案似乎没有直接关联。

然而，傅斌却不这么想，他指着其中一张相片对我说：“你仔细看看这一张。”他所指的是十来岁的吴威高举奖状所拍的相片，因为奖状上的字体较为模糊，就只能勉强看到“气”“击”及“冠军”四字。

之前因为不知道藏镜鬼的“鬼爪功”不过是以高压气枪发射干冰子弹，所以并没有在意这张相片。此时经傅斌提醒，我立刻想到吴威拍这张相片时，手中高举的应该是“气枪射击冠军”奖状。

“虽然我也认为吴威很可能是藏镜鬼的枪手，但相片中的奖状相当模糊，以此作为证据难以令人信服。”我皱眉道。

他指着相片边缘一个穿着黑色裤子的少年，莞尔笑道：“你再看看这里。”

少年站在颁奖台右侧，且手中拿着一张奖状，应该是其中一名得奖者。表面上他并无异状，但若仔细观察，便能发现他右腿旁有一根黑色的铁棍。

“是气枪的枪管，他拿着一支气枪。”雪晴冷漠的声音从身后传来。她的视力还真不赖，在我身后竟然还能看清楚相片中小小的枪管。

我耸耸肩说：“你们还真合拍！”

“只是英雄所见略同而已。”傅斌对我大笑，但眼睛却在偷看雪晴。后者没任何回应，仿佛没听见他的话。

随后，雪晴继续在房子里搜查，而我跟傅斌则就藏镜鬼成员的身份进行讨论。现在能肯定的是，吴威夫妇分别是藏镜鬼的枪手及操控者。至于王达，虽然能肯定他跟藏镜鬼有直接关联，但他到底是首脑还是吴威夫妇的棋子却难以确定。

我认为王达是首脑，理由是卢老师把他的手机设定为极其重要的防破解软件的接收号码。傅斌的想法跟我相反，认为他不过是吴威夫妇的手下，地位跟卢老师差不多，是个随时可以牺牲的棋子。

“既然卢老师把接收号码设定为王达的手机，却为何从来没跟对方通过电话？”他自问自答地解释道，“这有两个可能。第一个可能是，虽然知道有另一个成员的存在，但卢老师并不知道对方是王达，设定接收号码不过是吴威夫妇的指示；第二个可能是，卢老师虽然知道王达的存在，但两人曾经交恶，为求自保，把对方的手机号设定在这个敏感的位置上也可以理解。因为自己身份一旦被揭发，对方也不会好过。”

我并不认同他的假设，因为既没有证据显示两人曾经交恶，且根据通话录音，已证实卢老师对藏镜鬼不满。所以，在设定接收号码这种对方难以验证的事情上，卢老师无须听从对方的吩咐。而且，卢老师若求自保，应该把接收号码设定为吴威夫妇的手机，而不是王达。

“没这个必要。”傅斌轻晃食指，“单凭手机里的通话记录，我们早晚能查出与卢老师通话的藏镜鬼就是梁彩霞。但王达却不一样，他不但没跟卢老师通过话，而且他所用的还是记名手机卡，如果卢老师不是存心害他，又怎会让他如此轻易地暴露在我们的视线之内？”

他推理的也有一定道理。

如果王达只不过是一颗棋子，那么真正的主谋就是吴威夫妇。可是，这对平凡的小夫妻，为何要如此残酷地接连杀害无辜的儿童呢？在思考这个问题的时候，我的目光不经意地落在吴威抱着初生儿子的相片上。

吴威夫妇曾提及儿子因吃了问题奶粉而死于肾衰竭，难道他们正为此而要报复社会？那么他们祭祀邪神的目的，该不会是为了伤害更多无辜的市民吧？

我把心中所想告诉傅斌，他认为这个可能性很大。为避免造成更严重的后果，我们必须阻止他们举行祭祀仪式。可是，若要阻止他们，得先知道他们举行仪式的地点才行。

就在我们为此而皱眉时，一直在房子里走来走去的雪晴向我们展示了一串钥匙："我想他们应该在菜市场。"

"何以见得？"我问。

她晃了晃手中的钥匙，冷漠地说："我找遍整座房子就只找到这串钥匙。我刚才试了一下，这串儿钥匙上的每一把钥匙，都能在这座房子里找到对应的门锁。"

"那又怎么样？"我一时间没反应过来。

"吴威夫妇把冻肉店的钥匙带走了。"傅斌警觉道。

我恍然大悟，立刻明白雪晴的意思。吴威夫妇在仓促逃走的情况下，连居处的钥匙也没来得及带走，反而带走冻肉店的钥匙，那就说明他们想去冻肉店。

然而，他们去冻肉店干吗呢？那是他们开的店，就算我们今晚不到那里调查，明天也会过去翻个底朝天，肯定不是一个安全的藏身之所。难道，他们把一些重要的东西藏在店里？

不管这个假设是否正确，我们都有必要到冻肉店走一趟，毕竟这是目前唯一的线索。

为求尽快找到吴威等人，我们不敢有片刻的耽误，立刻动身前往菜市场。然而，刚走到门外，我们便听见一阵歌声。

这阵歌声似曾相识，稍加思索便记起王达所用的手机铃声，正是这首曲子。雪晴的耳朵比较灵敏，搜寻片刻便找到被尘土覆盖的手机。这手机显然是王达掉落的，只是刚才被傅斌掀起的尘土盖住，所以我们一直都没注意到。

虽然雪晴赶在铃声消失之前找到手机，但却没来得及接听。不过就算我们能在更早之前找到手机，也不见得能接听这个电话。因为这部手机需要指纹解锁，没通过指纹验证，就连接听电话如此简单的事情也做不了，当然也不能使用其他功能。

王达做事也挺小心的，看来只能把手机带回去让伟哥破解。可是现在去找伟哥，一来一回得花费不少时间。等我们赶回来的时候，恐怕祭祀仪式早已结束。因此，我们只好暂时放下此事，先前往冻肉店再作打算。

乡下的菜市场，入夜后如同荒废的庙宇，宁静而诡秘。

整个菜市场黑灯瞎火，几乎伸手不见五指，而且湿滑的地面上有不少果皮菜叶之类的垃圾，一不小心就会摔倒。更要命的是，为避免打草惊蛇，傅斌不让我使用手电筒。所以，我只好手扶墙壁，跟在他们后面缓步前行。

如果吴威等人在此伏击我们，只要随便弄个夜视设备，就能把我们一网打尽。幸好，他们似乎没想到这一点。

来到吴威夫妇经营的冻肉店门前，我们发现卷闸门竟然没有上锁，甚至没有拉到尽头，于底部留有一道半米高的缺口。看着这道半开的卷闸门，我不由得担心对方可能会在店内伏击我们。不过傅斌可不像我这样畏首畏尾，向雪晴比画几下后，便一个倒地翻滚进入店内。

他滚进冻肉店后就一点儿动静也没有，预料中的激烈搏斗似乎并没有发生。当我以为他已经被对方悄然干掉时，店内突然亮起灯光，卷闸门亦随之升起。

“我们来晚了。”傅斌于卷闸门后耸肩道。

店内空无一人虽然让我松了一口气，但随即又皱起眉头来——吴威等人到哪里去了呢？要知道答案，唯一的办法就是在这间略显拥挤的冻肉店内寻找线索。

冻肉店约有四十平方米，分前后两个部分，前半部分是店面，而后半部分则是冷库。店面除一张简陋的收银桌及三张桌子，还有十来个陈旧的泡沫箱。其中一部分泡沫箱，整齐地叠放于冷库门右侧，而应该叠放在左侧的泡沫箱则凌乱地散落在地上。

我跟雪晴把泡沫箱全部打开检查，发现箱子都是空的。傅斌用匕首撬开收银桌的抽屉查看，除一些单据及少量零钱外，也没有特别发现。从表面迹象判断，吴威等人应该没在店面多作停留，他们需要的东西很可能在冷库里面，散落于地上的泡沫箱就是他们进出冷库的证明。

店面没有任何线索，要知道举行祭祀仪式的地点，只有进入冷库内碰碰运气。冷库入口虽然没有门锁，但会自动关闭。如果我们都进入冷库调查，门外的人只要用一根棍子把门闩上，就能让我们全军覆没。为避免吴威等人杀个回马枪，我让雪晴在店面守候，我跟傅斌一起进入冷库调查。

冷库的温度很低，至少在零度以下，墙壁上的厚霜便是最好的证明。我一连打了三个喷嚏，但傅斌却没有任何异样，仿佛根本不觉得冷。不过他很快就发现，在这里调查可不是一件好差事，因为冷库大概只有两米高，对他这个高个子来说挺不方便的，刚进来没走几步就差点儿碰到冷库顶的电灯。

“吴威两夫妇应该都不高吧，把冷库顶盖得这么低，浪费了不少空间。”傅斌低着头，郁闷地翻查货架上的箱子。

冷库后方放置着一套制冷设备，左右两侧的墙壁各有一个货架，地上堆放了十来个泡沫箱。不管是货架还是泡沫箱，全都放满了冰鲜鸡翅膀、墨鱼丸之类的冷冻食品。整个冷库就这么巴掌大的小空间，我们没花多少时间，就已把每个角落都翻查过一遍。然而，这里除了冷冻食品之外，并没有其他特别的东西。

正当我为没任何发现而皱眉时，傅斌却抬头盯着跟他前额只有一只手掌距离的库顶发呆。我问他是否发现可疑之处，他沉思片刻后答道："店面楼高大概有三米五，而冷库的高度却只有两米左右。虽然把库顶降低可以加强制冷效果，但同时也减少可使用空间……"

我环视冷库内的货物，立刻明白他的意思——这里太拥挤了！

在这个不足二十平方米的空间里，不管是货架还是地面都堆满货物，我们进来后想转身也不容易。如果只是为了加强制冷效果而降低库顶，似乎有点儿因小失大。但是，如果库顶之上另有玄机，则另当别论了。

我跟傅斌一同搜查库顶，发现左侧货架上方有一小片地方，结霜明显较少。傅斌走到货架前，伸手往上一推，轻易地就把库顶推出一个缺口。这显然是一道活动门，或许吴威等人所需的东西，曾经收藏在活动门上的密室之内。

傅斌取出手电筒，并用嘴叼着，踩着货架准备钻进隐藏于库顶之上的密室。然而，他刚把头伸进去，马上又跳下来，脸色顿即煞白。我问他怎么回事，他定了定神才答道："你闻到没有？"

我用鼻子使劲儿地吸了一口气，除了那种经常能在冰箱里闻到的冰腥味外，还闻到一种怪异的香味。这种香味似曾相识，虽然一时间并没能想起在哪里闻过，但随着从库顶飘落的异香逐渐浓郁，一个可怕的名字便于脑海中浮现——阿娜依！

“这种独特的异香，跟我们在美院遇到的怪人身上那种香味一模一样。”傅斌面露心悸之色，显然对如魔神般强大的阿娜依有所忌惮。

在这一刻，我几乎可以肯定吴威等人提及的圣主，就是拥有不可思议力量的阿娜依。而这个可怕的老妖婆，极有可能就藏身于库顶的密室之中。

虽然我不想招惹她，但也不能因此而却步。傅斌也一样，跟我对视片刻后，示意我先离开冷库。我走出冷库，简要地告诉雪晴里面的情况，她二话不说立刻给手枪上膛，转身走进冷库。

库门徐徐关闭，里面发生什么事，我并不知道，也没听见里面有任何声音传出。这种随时会发生冲突的场合，我不但帮不上忙，反而会成为累赘。我唯一能做的就只有背靠墙壁，默默地抽烟，等把烟抽完就打电话给老大请求支援。

就在我把烟头儿踩灭，掏出手机准备给老大打电话时，冷库大门缓缓打开。雪晴慌张地从冷库内走出来，脸上露出与平时截然不同的怪异表情。她的脸色较白，加上一贯的冷漠表情，脸上就像凝结了一层薄霜。可是，此刻她竟然面色潮红，呼吸也略显急促。这是我第一次看见她如此慌乱。

我急忙问她发生了什么事、傅斌是否出了意外，她没有回答我的问题，只是莫名其妙地问道："你在乎我吗？"

第二十六章　轮回圣坛

这……算是向我表白吗？

正当我为此沾沾自喜时，她却补充道："傅斌刚才这样问我。"

原来只是空欢喜一场。

随后，她向我讲述刚才在冷库内发生的小插曲——

进入冷库后，我本想跟傅斌一起爬进密室调查，可是密室入口狭小，不可能让我们同时爬进去。我们为谁先上去而产生分歧。

我带有配枪，而且身形比他纤小，不论进攻能力，还是机动性，都比他更有优势。但他却认为在密室这种狭窄的环境下，匕首比手枪更实用，而且若论近身肉搏，他不认为自己会因为体形而吃亏。

当我想继续跟他争论时，他突然问我："你在乎我吗？"

我告诉他，一点儿也不在乎，但他却说："我在乎你，所以我不能让你冒险。"说完也不等我回应，就踩着货架往上爬，从狭小的入口钻进密室。

当他魁梧的躯体隐没于黑暗之中，我突然觉得很害怕，怕他发生意外，怕他不会再出现在我眼前……

“后来呢？他真的出事了？”我在雪晴良久的沉默中，忍不住发问。

“他没事，他说密室里没人，叫你进去看看。”她极力压制自己的情绪，扭过头回避我的目光。虽然她不愿详谈，但我已明白是怎么回事。

傅斌这厮还真有一套，竟然能让冰山美人为他敞开封闭的心灵。男女间的感情可以说是世上最微妙的事情，作为局外人，我还是别太鸡婆比较好。毕竟他们俩都不是善男信女，一不小心把他们惹火了，说不定马上就会把我埋掉。

傅斌已肯定密室没有危险，可是爬进密室后，我还是隐隐感到不安。密室内唯一的光源，是一盏幽绿色的小夜灯，发出昏暗而诡秘的灯光，使整个密室笼罩于令人心悸的幽绿之中。

密室的高度不超过一百二十厘米，因此必须屈膝爬行，不然就会撞头。而且这里没有窗户，甚至没有任何通风设备，且弥漫着一股极其浓烈的异香，难免会令人感到气闷与压抑。如果不是因为这里的温度跟冷库差不多，恐怕多待几分钟就会把人闷死。

傅斌已彻底搜查过每个角落，其实也用不着费神搜查，毕竟只是巴掌大的空间。跟拥挤的冷库不同，这里虽然狭窄，但摆放的东西不多，反而让人感到宽阔。整个密室就只有寥寥几样东西，一张约一米宽的床垫、一个装满玩具的纸箱，以及一个点燃的香薰炉。

纸箱已经被傅斌倒腾过，里面就是一大堆儿童玩具，没有值得注意的东西。香薰里装有一些墨绿色的液体，经加热后散发出浓烈的异香。阿娜依身上的异香，大概就是源自这种香薰。

将香薰炉熄灭后，我的目光落在墙角的床垫上。

床垫上有一床印有卡通图案的被子，被掀开放在床尾。被子并无特别之处，真正吸引我目光的是，床垫上有一个明显的人形凹陷。

凹陷长约九十厘米，属于三岁儿童的身高范畴，而玩具及卡通被子亦都能证明，密室应该是儿童房间。然而，据我所知，吴威夫妇虽然育有一儿，但已于一年前夭折……

看着床垫上的人形凹陷，我突然有种头皮发麻的感觉。

床垫使用时间过长，出现凹陷并不稀奇，大部分床垫都会有这种情况。不过一般只是中央出现轻微的凹陷，不会像眼前这张床垫那样，呈现完整的人形。

正常人睡眠时会经常转动身体，使床垫不同部位受压。通常只有身患恶疾的病人，因为身体完全不能动弹，且长时间卧床，才会在床垫上压出人形的凹陷。

也就是说，睡在床垫上的小孩，一直都没有转身，甚至没有动过一根指头。

我带着不安的情绪靠近床垫，嗅了嗅残留于被窝的气味。虽然密室内弥漫着浓烈的异香，但依然掩盖不了床垫上的恶臭。对于这种气味，我非常熟识，终日与尸体打交道的法医流年，身上就经常带有这种气味——尸臭！

难道，吴威夫妇在儿子死后，不但没有将其埋葬，还收藏于密室之内？他们为何要这么做呢？是因为忆子成狂吗？

能使尸体复活的阿娜依、杀人如麻的藏镜鬼、视儿子为掌上明珠的吴威夫妇、能赐予凡人永生的不灭邪神……无数零碎的片段，瞬间于脑海中涌现，最终交织成一个可怕的念头——吴威夫妇祭祀邪神的目的，是为了让儿子复活！

这个想法虽然荒谬绝伦，但对于痛失爱子的父母而言，为使爱子复活，多荒谬的事也能做出来。

傅斌也认同我的推断，认为必须尽快阻止他们举行仪式。因为能否让离世已超过一年的小孩复活，尚且是未知数，但举行祭祀仪式必须先奉献祭祀者的生命。虽然吴威夫妇恶贯满盈，但他们该接受的是法律制裁，而不是无谓的祭生。

我跟傅斌迅速离开密室，打算跟雪晴商讨如何寻找祭祀地点。当我们走出冷库时，看见雪晴正在用收银桌上的电话通话。她挂掉电话后，便冷漠地说：“王校长到小学去了。”

刚才，她还因傅斌而心绪紊乱，甚至无法控制自己的情绪，可只过了十来分钟，便已恢复平日冷若冰霜的淡漠。然而，她表面上虽然跟平时没什么两样，但所说的话却令人感到莫名其妙，于是我便问她刚才给谁打电话。

“刚才跟我通话的，是王校长的妻子。”她冷漠地回答。

“你怎么会跟她通电话呢？”我疑惑地问道。

印象中，我们从来没跟王校长的妻子接触过，也没有对她进行过任何调查，我甚至连她的名字也不知道。

“我也不知道接电话的人竟然会是她……”雪晴以一贯的冷漠语气，向我们讲述发生在片刻之前的事情——

你们在密室里调查的时候，我便在店面寻找遗漏的线索，并且注意到一个刚才被忽略的细节——收银桌上的电话。

我本来只是想碰一下运气，随意地按下重拨键，没想到很快就有人接听，并且不耐烦地说："又怎么啦，老头不是已经过去了吗？还打电话回家干吗？"

从扬声器里传出的是一个中年妇女的声音，虽然她的话让我怀疑，吴威等人于不久前曾与她通话，但我不知道该如何回应。为避免打草惊蛇，我决定立刻把电话挂掉。

就在我准备挂电话时，对方再度开口，语气比刚才更不耐烦："喂，小达，是小达吗？怎么打电话回来却又不说话呢？喂，喂……"

当我知道刚才拨打的人是王达后，便改变主意，拿起话筒答话："您好，我是王达的同事。"

"哟，原来是小达的同事啊，我是小达的妈妈。他刚才打了好几次电话回来找他爸，我还以为他又打来催老头出门。"对方虽然略显惊讶，但似乎并没有产生怀疑。

"阿姨，真不好意思，这么晚还打扰您。王达刚才打电话回派出所要求协助，但我到达后却没见到他，而且他的手机好像也收不到信号，所以只好打扰阿姨。"王达的手机在我们手上，我想可以利用这一点，向对方套取一些信息。

"协助？到底出什么乱子了，他不会有危险吧？"对方突然变得紧张起来。

我连忙说："没事，没事，小案子而已，而且他带有配枪，不会有危险。只是没能联系上他，他一个人不好办事。"

"原来是这样子啊……"对方迟疑片刻又道，"刚才他打了好几次电话回来，催他爸去小学，我想他现在应该也在学校吧！"

"那就好了，我直接去小学找他。打扰您休息，真不好意思。"跟对方客套几句后，我便挂线了……

我还一直以为雪晴从来不撒谎，没想到她撒起谎来也不用打草稿，三言两语就把王达的母亲给骗了，而且还套取了王达的下落。

现在事情就好办了，王达跟吴威夫妇很可能在王村小学附近，只要找到他们，就能阻止祭祀仪式。可是，王达为何会让王校长前往小学呢？

难道，王校长也跟邪教有关？

实在很难想象老实正直的王校长会跟邪教以及一连串命案扯上关系，但若他与此无关，王达又怎么会在祭祀之前，一再催促他出门？这件事内里必定另有文章，但不管怎样，我们必须先找到他们。

我在冻肉店门外随手捡来一个纯净水瓶子，把密室里的香薰装上，准备带回去让悦桐化验。随后，跟那对关系暧昧的男女，一同前往王村小学。

乡村的深夜，既宁静，亦诡异。

或许是出于心理作用，我总觉得有一股邪恶的气息，笼罩着这个宁静的小村庄。虽然心中隐隐感到不安，但却不能因此而退缩，在此事解决之前，我们必须辟除杂念勇往直前。

我们风风火火地赶到王村小学，发现整栋教学楼黑灯瞎火，且门窗紧闭。傅斌用匕首三两下子便把大门撬开，我们迅即入内搜查。可是从一楼到三楼，甚至连楼顶都搜了个遍，还是没看见半个人影儿。

我们在一楼的教员室里，就祭祀地点讨论了好一会儿，最终还是不得要领，无法确定祭祀到底在哪里举行。正苦恼之际，我的目光无意间落在一台电脑上，脑海中突然灵光一闪——虽然伟哥不在这里，但可以通过电脑，让他教我破解王达的指纹手机啊！只要把手机破解了，说不定能找到相关线索。

我立刻致电伟哥，告诉他当前的情况，让他教我破解指纹手机。

“慕老弟，不是当哥的不想教你。破解嘛，咋说也是种技术活儿，不是你说学就马上能学会的，就算当面传授也得学一段时间，隔空传话就更难了……”这厮叽里咕噜地跟我说了一大堆废话。

我不想跟他浪费时间，劈头盖脸地骂道：“要么你现在把这事解决，要么明天让雪晴把你的小鸡鸡解决掉！”

电话彼端沉默片刻，随即传出伟哥怯弱的声音：“你那边的电脑能上网吧，我用远程操作，给你把手机破解掉。不过你得先找根连接线，让手机跟电脑连接起来。”

“靠，这里又不是手机店，哪来连接线？！”我又骂道。

“没有就快去找啊！虽然老哥我是个天才，但不是那个会“隔空取物”的

“大师”张宝胜，没有超能力的。”他以近乎哀求的语调回应。

巧妇难为无米之炊，这事确实不能难为他，我只好低声咕噜：“现在半夜三更能上哪儿去找呢？而且，我连这手机该用哪种连接线也不知道。”

“你把手机型号告诉我吧。”他无力道。

我告知型号后，他马上便查出该手机使用的是迷你USB接口，必须用相应的连接线才能连接电脑。虽然这种连接线很常见，但在王村这种连手机店也不多见的穷乡僻壤，要找可不是件容易的事。

正当我盘算着是否该往王达家里走一趟时，雪晴冷漠地说道：“警车上有这种连接线。”

这回可真是天助我也，原来警车上的导航器也是迷你USB接口，并附带一根连接线。因为主要用于导航系统升级，所以连接线一直放在车里。

我让雪晴取来连接线，并启动电脑连接手机，然后按照伟哥的指示启动远程操作，之后就在电话里不停地催促他，赶快破解手机里的资料。

这厮虽然废话特别多，不过黑客技术还不赖，没花多少时间便破解了手机里的部分资料，当中包括一张可疑的图片。

伟哥利用远程操作，把图片打开给我们看。图片是直接用手机拍摄的，虽然不太清晰，但勉强能分辨出是一张手绘地图。经放大后我马上就识别出这张是防空洞的地图。

地图中央有一块儿巨大的空间，印象中应该是我跟蓁蓁与藏镜鬼相遇的地方。而这个位置，在地图上赫然写着“轮回圣坛”四个字。

难道，举行祭祀的地点就是防空洞？

第二十七章　深入鬼穴

据地图所示，吴威等人很可能在防空洞内举行祭祀仪式。因洞内漆黑一团，且通道纵横交错，傅斌认为有必要向上级请求支援。然而，我们在小学内并没有发现王校长的身影，有理由相信他正跟吴威等人在一起。

王校长是个老实正直的人，多年来一直从事教育工作，实在难以把他与邪教成员画上等号。倘若他是邪教一员还好办，若不是那就麻烦了，因为他很可能会有生命危险。

祭祀邪神必须奉献祭祀者的生命，吴威夫妇为了让儿子复活，愿意奉献出自己的生命也不足为奇。可是，倘若主持祭祀的是王达，非他们两人，又或者他们通过威逼利诱，让王达主持祭祀。那么，王校长很可能会为拯救儿子，而无奈献出自己的生命。

为避免发生这种情况，我们必须尽快进入防空洞，阻止他们举行祭祀。

傅斌致电上级请求支援，得到的答复是至少要三十分钟后第一批武警队员才能赶到。在这个时间等同于生命的时刻，我们不能什么也不干，眼睁睁地看着时间流逝。因此，经商讨后我们一致决定，马上前往位于防空洞深处的“轮回圣坛”，希望能赶在祭祀举行之前，拯救生命危在旦夕的王校长。

我们把防空洞的位置及地图等相关资料发回警局，以便武警队能及早前来支援。随后稍事整理行装，便立刻前往漆黑的防空洞。

虽然已经知道所谓的藏镜鬼只不过是吴威夫妇装神弄鬼的小把戏，可是当身处于伸手不见五指的防空洞内，仍难免会让人感到畏惧。毕竟在吴威等人背后，还有拥有神秘力量的“圣主”阿娜依。

根据地图的指示，我们很快便找到通往“轮回圣坛”的通道。为避免被对方发现，我们将手电筒熄灭，摸黑走向邪恶的大本营。虽然通道没有像之前那样挂上油灯，不过我们摸黑走了一小段，便发现前方一片光亮，并闻到了那股令人心悸的独特异香。

通道向下倾斜，因此就算前方较为光亮，仍难以一窥“轮回圣坛”的全貌，只看见人影儿晃动，并且隐约听见人声对话。我们隐藏于黑暗之中，仔细聆听从圣坛传来的声音。

“记住你们的承诺，祭祀仪式之后，不管结果如何，你们都得让出右护法之位。”从声音判断，说话的人应该是王达。

“大丈夫一诺千金，我们夫妇加入赤神圣教，目的只有一个，就是让惟儿复活。只要能让惟儿活过来，我们愿意付出任何代价，哪怕一辈子为奴为婢，我们也不会有任何怨言。”此话应该出自吴威之口。

王达又道：“你们确定不会出问题吗？听说举行祭祀，需要奉献祭祀者的生命。”

“那不过是道听途说，只需奉献祭祀者的鲜血，而不是性命。王校长虽然年老，但身体健壮，放点儿血对他没大伤害。”说话的是一个女性声音，细听之下便发现是梁彩霞。

“时候也差不多了，赶紧开始祭祀吧！我给老头子下的迷药分量不多，过不了多久他就会醒过来。”王达说。

“先把王校长的鲜血洒落在圣坛上，激活圣坛的法阵，使圣坛成为连接虚空仙界的桥梁，然后再将八个纯洁的灵魂奉献给伟大的赤地圣神。”梁彩霞于话语间渐渐变得激动，“只要圣神对祭品感到满意，我们就能得到圣神赐予的恩泽，让惟儿得到永生。”

“纱布、绷带都准备好了吧？给老头子放点儿血倒无所谓，但不能要他的命。”整理物品的声音随着王达的话语响起。

看来他们马上就要举行祭祀，而且将要伤害处于昏睡状态的王校长，我们已不能继续按兵不动，必须立刻出击。与傅斌及雪晴稍作眼神交流，得知他们的想法跟我一样，可是该如何向对方发动攻势却是个问题。

单靠谈话判断，对方应该有三个人，且我们最为忌惮的阿娜依不在其中。可是纵然如此，但王达身上带有警枪，吴威应该也持一支气枪，而我们除了雪晴手上的警枪外，就只有傅斌那把破匕首。若跟对方面对面硬碰，我们肯定会吃亏。

就在我为此而烦恼之际，傅斌跟雪晴似乎已取得默契，两人一同扭过头来看着我。我还没来得及弄清楚他们的用意，就被傅斌揪着一根胳膊往前摔。

通道向下倾斜，被他这一摔，我就像个冬瓜似的，一个劲儿地往前滚。我滚得眼冒金星，好不容易才停下来，仔细往周围一看，长生天啊，这回的乐子可真不少。

刚才因角度问题，并未能看清楚圣坛全貌，现在总算能仔细看个清楚，不过这一看说不定是我向阎罗王报到前的最后记忆。

“轮回圣坛”就如我想象中那么宽阔，约有一个足球场那么大，应该是天然而成，而非人工挖掘。我想防空洞是以天然的洞穴改建而成，不然以人工挖掘，不知道要花多少时间才能挖出这么大的空间。

圣坛边缘放有十个被军用帆布盖住的大木箱，箱子里装着的应该是一些战时的物资。这些年纪比我大上一倍的破铜烂铁，除了拾荒者之外，大概没有谁会对它们感兴趣。

圣坛中央的地面上画有一个巨大的五芒星法阵，当中又画有数不胜数的诡秘符号，并有上百根蜡烛插在法阵边缘，将法阵包围。照亮整个圣坛的光线，就是源自这些蜡烛。

法阵中央有一座以砖石砌成的祭台，上面躺着一老一少两人……或者说，是一人一尸。年老者当然就是王校长，此刻他面容安详，似乎睡着了，而年少者大概是吴威夫妇口中的“惟儿”。

惟儿虽然看似安睡，但从其发黑的脸色，一眼就能得知他已魂归天国。此刻躺在王校长身旁的，不过是一具冰冷的尸体。

如果只是这一人一尸，我倒能应付得来，可是除此以外，还有三个人正与我面面相觑，他们当然就是吴威夫妇及王达。

“哟，什么风把你吹来了，慕警官？”吴威先从诧异中恢复过来，虽对我面露微笑，但同时亦徐徐蹲下，把手伸向放在地上的气枪。

我举起双手，硬挤出一副嬉皮笑脸：“别紧张，我身上没有武器。”吴威并没有停下动作，缓缓把气枪拿起，但没把枪口对准我。

“你想干吗？”王达翘着双手问道。他虽然摆出一副轻松的姿态，看似对我毫不在意，但右手悄然伸进外套。

“其实我也没想干吗，说到底我不过是个打工仔，办案对我来说只是工作，不值得把命也搭上。”我故作贪生怕死状，“要么你们把我绑起来，然后继续做你们的事吧！我保证不会把你们的事说出去。”

“要让一个人永远把嘴巴闭上，方法只有一个。”梁彩霞向丈夫使了个眼色，后者立刻把枪口对准我的胸口。

“稍等！”我急忙叫道，“稍等，先别急，就算你们要杀我，最起码也先回答我一个问题，好让我死得瞑目吧！”

“我们也算得上是同事，我就让你安心去死，想问什么赶紧问吧！”王达傲气地说。

“老实说，事情到了这个地步，你们的杀人方式以及动机，我基本上都已能推理出来。可是有一个问题，我始终想不通，那就是……”我指着王达又道，“你身为民警，为何要加入邪教？”

根据我对这宗案子的调查得知，每一个加入邪教的人都带有某种目的。吴威夫妇的目的最明显，就是让儿子复活。之前我推断卢老师的目的是报复家乡的官员，但此刻看来更可能是令妻子及女儿复活。然而，王达父母健在，且尚未成家立室，应该没有这方面的需求吧！那他到底是为了什么加入邪教，甚至为此不惜让父亲犯险呢？

“为了社会公义！”王达一脸正义凛然，“现在这个社会太多不公平了，就以我跟王希那龟儿子为例。除了吃喝玩乐，王希这小子还会做什么？他什么也不会，但却能住豪宅开名车。从小到大，不管在哪一方面我都比他优秀，但他随手可得的东西，我不管付出多大的努力还是不能得到。而且我只要稍微犯错，就会被老爸打个半死，而他闹出来的乱子多得让人数不过来，可谁能动他一根汗毛？”

“为什么？这是为什么？不就是因为他有一个腰缠万贯的老爸！在这个只认钱的社会里，谁有钱谁就是爷！”王达激动一番后，又恢复平静地说，“单凭我个人的能力根本无法改变这一切。所以，我选择了加入赤神教，希望利用神教的力量改变这个丑恶的社会。”

没想到王达竟然是个愤青，不过我可没心情跟他讨论这些，因为吴威已准备好送我上黄泉路。

“慕警官，现在你可以瞑目了吧！”吴威说着便扣下扳机，令人心惊胆战的破风声随之响起。

就在这生死悬于一线的时刻，一股强大的力量冲击我的臀部。我以眼角的余光瞥向身后，发现原来是傅斌飞身踹了我一脚。虽然被他踹得饿狗扑屎似的跌在地上，但却让我避过致命的一枪。

事出突然，王达立刻从外套内拔出警枪，并把枪口指向傅斌。枪声如惊雷般于洞穴中回荡，但傅斌却安然无恙，反而是王达徐徐倒地。原来这一枪是由藏身于通道中的雪晴打响的。

雪晴枪法娴熟，子弹打在王达的胸前，就算不能立刻要他的命，至少也能使他暂时失去活动能力。

然而，我们的危机尚未解除，因为王达倒下的同时，吴威已给气枪装上子弹，准备再次射击。这次他把枪口指向藏身于通道中的雪晴。

满载杀意的破风声回荡于洞穴之中，身处狭窄通道的雪晴根本无法躲避。然而，她并未因此而香消玉殒，因为每当美女遇到危险时，总会有些傻瓜冲出来当英雄，而这次充英雄的傻瓜就是傅斌。

傅斌猛然扑向吴威，不但替雪晴挡了一枪，而且还在中枪前向对方掷出匕首。这一切发生在电光石火之间，傅斌中枪倒地的同时，匕首亦插入吴威的咽喉。

“威！”梁彩霞大惊失色，飞扑到吴威身前，不停摇晃对方虚弱无力的躯体，声嘶力竭地叫道，“威，你别走，只差一步，就只差一步……只要用鲜血启动圣坛的法阵，我们就能通过祭祀，以王校长的性命换取惟儿六十年的阳寿。没有你，我又怎能完成仪式的所有步骤呢……”

原来吴威夫妇早就打算牺牲王校长。我想，在祭祀结束之后，他们很可能连王达也不会放过。幸好我们及时赶到，要不然他们的杀人名单上，恐怕又得多添两个名字。

吴威嘴角颤动，似乎有话想说，但匕首深深地插入了他的喉咙，使其有口难言。梁彩霞一时情急，竟然把匕首拔出来。

随着匕首的拔出，鲜血如涌泉般向外飞溅，梁彩霞惊慌失措地丢下匕首，用手捂住吴威的伤口，但亦难阻鲜血喷涌。或许因为血液倒流气管，吴威几度哽咽，猛然吐出一口鲜血后才勉强从牙缝儿中挤出八个字：“不能同生，但求同死……”说罢，脖子一歪，似乎已经断气了。

“威，你别走！”梁彩霞抱着丈夫的尸体放声痛哭，随后又轻柔地将尸体放下，让其安稳地躺在地上。她将地上的匕首拾起来，以充满杀意的目光凝视着我，徐徐站起来。我仿佛看见藏镜鬼的身影，在她身后出现。恶鬼狰狞的嘴脸，渐渐与她因盛怒而扭曲的脸庞重叠，构成一张令人心惊胆战的可怕面容。

若对手是一个赤手空拳的男人，我可能还有些许胜算。但面对眼前这个手扼匕首、准备跟我同归于尽的女人，我不觉得自己会有全身而退的可能。

虽然我打不过她，但她的动作不见得会比雪晴的子弹快。可是，当我回头准备向雪晴求救时，却发现平日能冷静应付任何突发事件的冰山美人，此刻竟然方寸大乱，把枪丢到一旁，搂住傅斌不停地哭喊着“该怎么办”之类的话。

躺在雪晴怀中的傅斌，虽然只是腹部中枪，应该未伤及要害。可是，他不但面色发黑，身体不时抽搐，且有少量白沫从嘴角流出。这些都是中毒初期的症状，必须尽快送他到医院，不然就算能把命保住，恐怕也得脱一层皮。然而，在送他到医院之前，我得先解决杀气腾腾的梁彩霞。

在这种危急关头，若寄望雪晴能瞬间从慌乱中觉醒，无异于将生命托付于死神手中。求人不如求己，如果还想把命留着，就得自己解决眼前的危机。

我飞身扑向雪晴身旁，将地上的手枪捡起。虽然我的枪法不怎么样，但至少能在匕首插进心窝之前，将梁彩霞击毙。

然而，当我手忙脚乱地把手枪握好，准备把枪口指向目标时，却发现梁彩霞已不在原地。往周围仔细一看，发现她已跑到圣坛的边缘，站在那些战时遗留下来的物资前，露出阴险的狞笑。

“别动，再动我就开枪！”我慌忙给手枪上膛并瞄准目标。

虽然那堆战时物资，应该都是些破铜烂铁，但难保当中有一两把还能使用的枪械。为避免造成更多的死伤，我得赌上自己每次考试都不及格的枪法，在她大开杀戒之前将其击毙。

可是，在她将盖在物资上的帆布掀开那一刻，我却发现事情比我意料中更糟糕——帆布之下并非枪械，而是炮弹！

帆布掀开后，露出其中三个大木箱，内里放满了锈迹斑斑的炮弹，每一个的直径都有碗口那么大。更要命的是，木箱前还放有一个约二十升的汽油桶。

梁彩霞拧开汽油桶的盖子，把汽油淋到炮弹上，并放声狞笑：“既然不能让惟儿复活，那让我们一家到阴间团聚吧！”看样子，她是想跟我们同归于尽。

虽然我有枪在手，但以我的枪法，在击毙她之前，她身后的炮弹恐怕得先挨几枪，说不定不必等她将汽油点燃，整个地下圣坛就会被炸开花。

与其跟她赌运气，还不如抓紧时间逃命。

我冲到祭台前，将王校长扛到肩上，然后立刻往回跑。虽然我体能逊色，但好歹也是个男人，而且王校长体形清瘦，所以总算能扛得住。

“此地不宜久留，我们必须赶紧离开！”我边跑边冲雪晴大叫，可是她竟然毫无反应，依然抱着傅斌碎碎念：“该怎么办，该怎么办……”

当我跑到雪晴身旁，梁彩霞已经把油桶里的汽油全淋到炮弹上。把油桶扔掉后，她便开始翻口袋，似乎在找火柴或打火机。在翻口袋的同时，她不断往四处张望，不一会儿目光便落在法阵边缘的蜡烛上。

不尽快让雪晴清醒过来，我们都会死在这里，而且连火化的工夫也可以省掉。先别说那七个仍被帆布盖着的大木箱，只是那三箱炮弹就足以让整个防空洞倒塌，那时我们都得“被土葬”。

情急之下，我只好狠狠地往傅斌胸口踹了一脚。他本来就已经奄奄一息，被我这一踹，竟然吐出一口黑血。雪晴惊惶地将他抱紧，以防我再往他身上踹，并哭喊道：“他都快撑不住了，你竟然还要伤害他。”

“再不送他到医院，他就真的会撑不住。”我指着正拿着蜡烛走向炮弹堆的梁彩霞，冲雪晴放声大叫。

雪晴呆呆地看着为避免蜡烛熄灭而放慢脚步的梁彩霞，似乎一时间并没弄明白对方的意图。我只好再踹傅斌一脚，指着圣坛边缘的三箱炮弹，冲她骂道：“她要将防空洞炸毁，再不走，傅斌就得当陪葬品！”

我刻意说“傅斌”而不是“我们”，目的是为了让她知道，她能决定傅斌的生死。这招似乎也挺有效，最起码她只是稍微愣了一下，随即将傅斌背起来，跟我一起逃命。

雪晴的身形虽然不算娇小，但背着体格魁梧的傅斌，走起来还是挺吃力。而我也不见得比她好多少，王校长虽较为清瘦，但我得一手稳住他、不让他从我背上滑落，一手持手电筒照明。于此等情况下要赶在梁彩霞引爆炮弹之前逃离防空洞，几乎没有可能。果然，在我们进入通道后没多久，震耳欲聋的爆炸声就伴随着强烈而炙热的气流于身后涌现。

在通道的剧烈摇晃及呼啸而来的强劲气流夹击下，我跟王校长一同倒下。雪晴也一样，不过她在倒下后立刻搂住傅斌的身体，以防对方被剥落的石块击中。

这一下爆炸应该只是由部分炮弹所致，威力还不足以使整个防空洞倒塌，但第二波恐怕马上就要来了。我扶起王校长，并叫雪晴别再管傅斌的死活，赶紧自己逃命。她当然没有听我的话，吃力地将傅斌扶起来，但刚走第一步就再次跌倒。此时我才发现，她的脚踝似乎在刚才的爆炸中扭伤，在这种情况下不可能再带着傅斌逃命。

当我思量着是否该丢下傅斌及王校长跟雪晴赶紧逃离这个该死的防空洞时，王校长突然含糊地问道：“发生什么事了？”

王校长还真是醒来得及时，我猛然摇了他几下，好让他更容易恢复清醒状态，并跟他说：“你啥也别问，快帮忙扶这两个伙计离开这里。”

我不让他有任何发问的机会，立刻拉着他去扶起雪晴跟傅斌。我把傅斌背起来，然后让他跟雪晴从旁协助，好不容易才能迈出脚步。然而，就在这时候，爆炸声再度响起。

这一次比刚才要强烈得多，我们四人一同人仰马翻。我还以为通道肯定会倒塌，还好在剧烈的摇晃中，虽然有更多石块剥落，但通道还没有倒塌。不过倒塌也只是时间问题，下一次爆炸必定会更为猛烈。

当震动稍微减弱，我便立刻爬起来，再次背起傅斌，在其他两人的协助下继续逃命。之后又有三次爆炸，每一次的威力都不在前两次之下。最后一次爆炸时，我觉得几乎整个大地都在震动，而防空洞入口就在这次爆炸中完全倒塌。

幸好，在我们最绝望的时候，武警队及时赶到，并在漆黑的洞穴中找到我们，协助我们脱险。

最终，我们赶在洞口倒塌之前，安然逃到洞外。

尾　声

一

随着防空洞的倒塌，八名蔡姓儿童及卢老师的命案也就暂告一段落。虽然我对此案仍有不少疑问，但吴威夫妇及王达这一众主谋与从犯都已经埋身防空洞。别说从他们口中得知事情的真相，光是把他们的尸体挖出来，也是一项浩大的工程。厅长当然不会为几具尸体而不惜大撒纳税人的血汗钱，所以这宗案子就此成为悬案。

这并非坏事，至少王达还能保住民警的身份，而非带着凶徒的罪名离开人世，使父母替他背负骂名。不过纵然如此，王校长老来丧子也够凄凉了。

王校长虽然仍如常回校给学生上课，并且将校内大小事务处理得井井有条。但仅在事发后的次日，我再次与他见面时，发觉他明显苍老了很多。纵使他一再坚称儿子是自作孽不可活，但从眼神流露出来的悲伤，却怎么努力也掩饰不了。

傅斌需要在医院休养一段不短的日子，医生说如果我们耽误片刻，他可能下半辈子都得躺在病床上。常言道“大难不死必有后福”，而英雄救美换来的，当然就是艳福了。自防空洞一役后，雪晴对这小子的态度，来了个一百八十度的转变。

虽然我跟雪晴是同事，但傅斌每天跟她见面的时间，却比我还要多。以至在之后很长一段时间内，但凡老大问雪晴在哪儿，我们都会条件反射般答道："在医院。"

在冻肉店密室发现的香薰，我本想给悦桐化验，可是却在逃离防空洞时丢失。其实，这不过是小事一桩，反正调查已经结束，而且香薰本身也不是关键证物，丢了也就算了。可是，当流年知道香薰的存在后，天天跟我唠叨，非要我去防空洞挖出来不可。说这关系到医学及防腐技术的发展，甚至上升到全人类生死存亡的高度上。

我受不了他的疲劳轰炸，只好答应为他采集一些样本。当然，我才不会把倒塌的防空洞挖开，而是打算到冻肉店的密室里，将香薰炉拿给他交差。

然而，就在防空洞倒塌的第二天，我再次来到王村时，却发现吴威夫妇的住所及冻肉店均遭到纵火。两处皆被大火烧得一塌糊涂，我在废墟里找了半天，连一个外形类似香薰炉的东西也找不着。

此行空手而归，必定又得忍受流年的唠叨，但让我感到担忧的却并非此事。纵火者的目的显然是为了毁灭证据，可是吴威夫妇及王达均已葬身防空洞，还有谁会这么做？是邪教余孽，还是他们的圣主阿娜依？

我突然觉得此案尚未完结，还需要继续调查。

二

"一众疑犯全埋在防空洞里，这宗案子恐怕没有继续调查的必要。"梁政把八名蔡姓儿童及卢永志的命案调查报告交到厅长手上。

厅长翻阅片刻后，便将报告放下，一脸严肃地说："你没别的事情跟我说吗？"

梁政肥厚的脸颊微微抽搐，牵强笑道："暂时没有。"

厅长一言不发，默默地注视着对方的每一个眼神。

"这次又是谁打我的小报告了……"梁政摆出一副不耐烦的姿态，似乎想掩饰自己的心虚。

厅长仍然没有开口，只是扔出一份档案。

梁政翻阅片刻，脸色便变得极不自然，但还是强作镇定地说：“我还以为雪晴是你安插的内线，没想到竟然是蓁蓁。”

“是谁不重要。”厅长以凌厉的眼神凝视着自己的亲弟弟，“重要的是，你的下属发现两年前涉嫌盗取证物的失踪刑警再次出现，你对此却不作上报。”

“小相在职期间侦破了多少宗棘手的案子，你不会不知道，你认为他会为了那把破铜烂铁而放弃自己的大好前途吗？”梁政愤愤不平地反驳。

“如果只是证物丢失倒不是问题，现在问题是他牵涉一宗命案。”厅长将另一份档案扔出。

梁政翻阅档案后，讶异道：“怎么又是王村？”

“王村那宗案子里的相关人物，就只剩下他一个，而主要疑犯吴威夫妇的住所及店铺，却在他们出事后遭人纵火，现在又再添一条人命……”

“不用说了，这事我一定会给你一个交代。”梁政说罢便带着档案准备离开。当他走到门口时，突然停下来，头也没回便说，“信任是一种挺微妙的东西，当信任不再存在的时候，一切的努力都没有意思。”

“阿政，我希望你处事能够成熟一些，别再像两年前那样意气用事。”厅长眉头紧皱。

“江山易改，禀性难移啊！”梁政耸了耸厚实的肩膀，“这将会是诡案组解散前最后一宗案子，我们绝对不会令你失望的……厅长！”

灵异档案　天×县八蔡姓孩童死亡事件

本卷是以曾于网上广为流传的“天×县八蔡姓孩童死亡事件”为原型。根据网友指出，天×县于2010年年初、十二天内相继有八名蔡姓儿童死亡，而且均死于非命。如此骇人的巧合，难免会令人生疑。

惨剧首先发生在天×县下路王村的蔡家五姐弟身上。2月18日，民警于邻村鱼塘内相继发现五具尸体，经确认后得知是此前离奇失踪的蔡家五姐弟。

同月22日，天×县平桥镇蔡村，两名蔡姓女童不幸溺水身亡。

3月2日，天×县五岁女童蔡少涵双脚悬空，吊于公用电话亭的电话线上，被发现时经已死亡。

“蔡姓”“儿童”“非正常死亡”乃上述三宗惨剧的共同点。若事发时间相隔数年乃至数月，也许不会引起大家的关注，然而，三宗惨剧竟然发生在短短的十二天内。

接连的惨剧或许尚能以“巧合”作为解释，因为此事虽然离奇，但根据当地警方的调查，并未发现他杀的证据。虽然在如此短的时间内，意外死亡人数高达八人，于当地而言乃前所未有的可怕数字。不过，这也只是概率的问题，并非绝无可能。

然而，在此事中最不可思议之处在于蔡少涵诡异的死亡方式。一名年仅五岁的女童，如何能够在双脚悬空的状态下，以电话线勒住自己的脖子？这种如同表演魔术般的高难度动作，哪怕是成年人也不容易做到。

虽然当地警方声称，在经过严密的调查及鉴定后，认定八名儿童的死亡均属意外，并排除他杀及自杀的可能，且三宗意外亦无任何联系。但事实是否如此，还请读者自行判断。

［卷十四完］

卷十五 · **永生尸巫**

引　子

一

两年前，某个月色惨淡的午夜。

淡黄色的新月于云间若隐若现，犹如死神的镰刀，冷酷地窥视死寂的墓园，伺机宰杀一切将会出现的活物。

漆黑而寂寥的墓园了无生气，没有任何生命痕迹，只有埋葬于泥土之下、散发腐败气息的白骨。然而，在令人厌恶的腐朽气味中，却隐约夹杂一丝奇特的异香。

异香引来一只无畏的飞蛾，从园外的泥泞小路飞进这片只属于死者的世界。

飞蛾奋力扇动枯叶般的丑陋翅膀，在这个死寂的世界中寻觅异香的来源。每越过一座残缺的墓碑，异香便更为浓烈，更令无畏的探索者感到兴奋。当靠近墓园入口时，飞蛾终于发现异香的来源——一个诡秘的淡绿身影。

神秘的身影如幽灵般出现在墓园入口，淡绿色的绸缎从宽大的斗笠边缘垂下，落在散发着腐朽气息的泥土上，使外界无从窥视内里的奥秘。纵使绸缎将斗笠下的身躯完全掩盖，却盖不住那股令人颤抖的肃杀气息。

无畏的飞蛾亦感受到从绸缎内涌出的死亡气息，但勇敢的天性战胜了恐惧，给予它源源不断的动力，义无反顾地扑向死神的怀抱。

斗笠下方的绸缎轻轻颤动，一股浓烈的异香将飞蛾包裹。仅仅从绸缎内吐出的一口气，便将弱小的生命摧毁于瞬息之间。飞蛾的双翅突然停止扇动，死神的枯爪随即将它从自由天空拉进地狱深渊。

“愚昧无知之蝼蚁，汝藏身于何处亦难逃吾之法眼，何不现身相见？”优雅的女性声音从绸缎内传出，一只迷人的紫色眼眸随之于绸缎缝隙间显露。

一个敏捷的身影，如鬼魅般从残缺的墓碑后闪出，当朦胧的月色洒落在其俊俏的脸庞上，无情的手枪亦同时沐浴于月光之下。

“有劳姐姐摘下头上那顶华丽的帽子，并把双手放在小弟能看见的地方，谢谢！”俊朗的青年刑警虽面带微笑，却以枪口指向对方。

“蝼蚁岂可窥觑吾之真容。”绸缎内传出冷酷的声音。

“其实我对你的长相没多大兴趣，不过你一路跟踪我，而且还涉嫌教唆他人犯罪，因此有必要请你去警局交代一下。”刑警虽仍面带微笑，但出口却是不容妥协的语气。

“嘿嘿嘿……”绿衣女子发出诡异的笑声，迷人的紫色眼眸于暗淡的月色下绽放神秘的光芒，“汝能于吾之神威下存活一刻，再大放厥词亦不为晚。”绸缎微微抖动，浓烈的异香迅速往四周扩散，并伴随着令人心寒的杀意。

刑警不自觉地后退，扬了扬手中配枪，强作镇定道：“袭警可不是小罪，而且当遇到危险时，我可有权行使法律赋予的武力。”

“螳臂当车！”绿衣女子怒斥一声，一身绸缎无风自动，浓烈的异香瞬间充斥整个墓园。

“乒、乒、乒……”数下枪声打破黑夜的宁静，犹如投入湖面的石子，在掀起一圈儿又一圈儿的波纹后，便无声地沉入湖底……

“汝之能耐仅限于此？”绿衣女子嘲笑道。

数下枪击虽全数命中，但似乎未能给予对方丝毫伤害。子弹悄无声息地没入飘逸的绸缎内，没留下任何痕迹，犹如落在幻象之上。而刑警身旁的墓碑，却莫名其妙地出现数道弹痕。

“你果然并非等闲之辈。”刑警往墓碑上的弹痕瞥了一眼，无奈地收起配枪。

“汝亦非如一般蝼蚁之愚昧。”绿衣女子美眸闪烁，语气略转平和，“吾虽不屑与蝼蚁同行，但亦有好生之德。汝若不再妨碍吾，吾可留汝一条生路。”

“你要杀我家丫头，我能坐视不理吗？”刑警脸上闪现一丝怒意，“见华到底做错了什么，你为什么非要取她的性命？她不过是个天真无邪的小女孩而已。”

绿衣女子淡漠说道：“伊非死不可……”

一辆运送煤气罐的大货车行经墓园外的泥泞小路，煤气罐碰撞的声音，将绿衣女子与刑警的对话掩盖。当货车消失于小路尽头时，只听绿衣女子放声大笑：“嘻嘻嘻……吾应允汝之所求，汝若效力于吾，助吾取得圣剑，吾必兑现承诺。若汝之所需，百万赤神教众亦可为汝所用……”她顿顿又道，“汝呼何名？”

刑警稍松一口气，莞尔一笑，答曰：“相溪望。”

二

满布夜空的乌云，为玉盘般的圆月蒙上一层神秘的面纱。娇羞的月光于云间洒落，为夜归的路人指引前路。

郭登会拖着疲惫的身躯，借助昏暗的月色返回住处。虽身处繁华的城市，但她租住的房子位于旧区，附近街灯大多早已损坏，幸存下来的亦只能发出昏黄的灯光，如同虚设。

穿过狭窄而污秽的过道，她终于回到住处。劳累了一整天的丈夫早已入睡，她略为梳洗亦上床休息。在城区打工的日子虽然辛苦，但当想到这一切都是为了儿子的将来，疲累便瞬间消失，取而代之的是憧憬未来带来的喜悦。

说起来，儿子已经有几天没打电话过来，他在忙什么呢？或许正在忙着应付考试吧！他刚升上中学，可能还没适应过来……想着想着，她便进入了梦乡。

半梦半醒间，她仿佛回到老家的房子，一椅一桌都是那么熟悉，让人觉得温暖。虽然明知只是梦境，但仍让她感到非常满足，毕竟因为工作的关系，一年中能待在家的日子，十个指头就能数遍。

她于房子内流连，依恋地轻抚家中每一个物件，怕从梦中醒来后，不知何时才能重温这份温暖。在房子里转了一圈儿，再次回到厅堂时，她发现儿子竟然就坐在饭桌前。

“小均，妈回来了！”她兴奋地冲上前，将儿子牢牢搂入怀中，生怕对方会突然消失。上次跟儿子见面，已是一周前的事，此刻能将他拥入怀中，哪怕只是梦境，亦足以令人感到安慰。

然而，在这个温馨的时刻，她却隐隐感到不安。怀中的儿子不但没有像平日那样向她撒娇，紧缩的身子还在不停地抖动。她连忙问儿子发生了什么事？儿子伸手指向她身后，声音颤抖地说：“妈，坏人进来了。”

她猛然回头，发现一个面容模糊的男人站在玄关，冷冰冰地对她说：“你还不回家？你儿子马上就要走了。”

她回过头来，怀中的儿子已经不见踪影……

登会醒后，昨夜的梦境清晰地呈现于脑海中，她越想越觉得不对劲儿，便把梦的内容告诉丈夫王纪绿。

“哈……”纪绿打着哈欠伸懒腰，不耐烦地回应，“不就是做了个梦嘛，小均都已经十三岁了，有啥好担心的？我像他这么大的时候，已经跟村里的兄弟出门讨生活了。”

“你怎么样我不管，反正不把小均的情况弄清楚，我就不能安心。”登会向丈夫投以抱怨的目光，“要不是我刚换工作，不好向老板请假，就用不着麻烦大爷你了！”

“好了，好了，我现在就给老板打电话请假。”虽然不情愿，但纪绿最终还是选择妥协。不过，当他掏出手机时，突然想到一个主意——给儿子的班主任打电话。

他为自己灵活的脑筋而扬扬得意，随即拨通班主任的手机，朗声道：“喂，是吉老师吗？这么早就打扰你真不好意思，我是王志均的父亲，他最近学习怎么样？……什么，他已经好几天没到学校上课了？”

第一章　人心难测

爱欲于人，犹如执炬。逆风而行，必有烧手之患。

此话出自《佛说四十二章经》，大意为若执著于情爱与贪欲，犹如手执火炬逆风而行，很容易被火焰烧伤。人是一种感性动物，往往会被感情和欲望支配，做出一些非理性的事情，因而给自己带来不必要的伤害，伟哥就是一个例子。

今天一大早，伟哥便坏笑着叫嚷起来：“哟，原来今天是老哥我的牛一呢，你们快去给我准备礼物。”

“牛一是什么，能吃吗？”喵喵一脸无知地问道。

“牛一是广东人的说法，把两个字合起来就是‘生’字，也就是生日的意思。”蓁蓁解释过后便白了伟哥一眼，藐视道，“之前喵喵开生日会，我们都有送她礼物，唯独你两手空空地过来，还把蛋糕吃了一大半。”

“谁让我的工资比你们少一大截儿，现在的物价又涨得像坐火箭似的，每个月光吃饭坐车就得花去一大半，剩下的还不够交房租，哪有钱去买礼物？”伟哥泪眼汪汪地装可怜。

“还在装，阿慕不是给你申请了津贴吗？”蓁蓁又白了他一眼。

见装可怜不奏效，伟哥便恼羞成怒地叫嚷：“我不管，反正今天我牛一，你们都得听我的！”

我走到他身旁，轻拍他的脑袋：“又长一岁了，以后要听话哦！”其他人见状都排着队来拍他的脑袋，把他气得快要抓狂。

见我们都没有给他送礼物的意思，他只好退而求其次，无奈地说：“好吧，你们不送我礼物就算了，给我取个网名总可以吧！作为本世纪最伟大的黑客，竟然没一个令人印象深刻的牛气些的网名，实在太不像话了！你们每人给我取一个网名，要够大气、够酷、够牛，令人印象深刻……”

随后，他又提出具体的要求，首先不能用火星文，虽然这种网名在90后中很流行，但给人轻佻的感觉，而且读起来很麻烦。他比较喜欢正规的名字格式，所以得用“姓氏·名字”这种格式。

其次，他要求使用外族或特别的复姓，但又不能太洋气，像“华伦天奴·拉灯”、“爱德华·压力山大”之类的网名太三俗，不能衬托出他来自古老而神秘的东方这个充满内涵的特点。因此，第三个要求是网名必须带有浓厚的东方色彩。

礼物我们打死也不会送他，但取个名字倒无所谓，毕竟今天是他生日，我们也不能太过分。首先给他取名的是蓁蓁：“就叫‘太叔·雄起’吧！多霸气的名字。”

“太叔？”伟哥向她投以疑惑的目光，“真的有这个姓氏吗？”

“当然有了，我爸有个朋友就姓太叔。”蓁蓁不屑地白了他一眼。

“不如叫‘打比·伟哥’吧！”第二个是喵喵，她怕伟哥不相信真的有“打比”这个姓氏，特意把对方拉到电脑前，让他看自己刚从网上搜索到的资料。

虽然喵喵难得一见地做足准备工作，但伟哥对这个另类的网名还是不太满意，不断催促我跟雪晴给他取网名。

我本以为雪晴不会跟他一起胡闹，没想到她竟然也有兴致蹚这趟浑水，沉思良久后说出一个让大家都愣住的网名：“阿修罗·净身。”

在短暂的沉寂后，大家都因这个蕴涵浓重东方神秘色彩的网名而笑得人仰马翻，当然伟哥除外。

大笑过后，伟哥依然死心不息，非要缠着我给他取网名。我思索片刻，冲他莞尔一笑：“‘御手洗’这个姓氏怎样？很特别吧！”

“嗯，不错，挺酷挺有品位的，我喜欢。”他不断点头。

我不怀好意地笑了笑：“那就叫‘御手洗·颜射’吧！”

“阿慕哥，你耍流氓！”喵喵挺着腰，义正词严地指责我。我还以为这小妮子听不懂这种“专业术语”呢，没想到她倒懂得挺多的。

虽然被我戏弄一回，但伟哥仍不甘心，继续缠着我：“慕老弟，你就不能给我取个像样的网名吗？”

“好啦，好啦，我现在就给你取一个响亮的网名……”我思索片刻便笑道，“叫‘御手洗·拉矢’如何？”

他一听即喜笑颜开，拍手叫好："好，这名字够拉风，给人御风拉弓放矢的感觉，老子以后就用这个网名。"

"打电脑的，你又被蒙了。"老大拿着一份档案从外面走进来，随手用档案夹在伟哥头上轻拍一下。

"老子啥时候被蒙了？"伟哥疑惑问道。

"叫你平时不读书！"老大白了他一眼，随即解释道，"'御手洗'是日本姓氏，'手洗'在日本是厕所的意思，而'御'是尊称。虽然读音有些许差别，但字面意义都是指'洗手间'。至于'拉矢'，你别以为是'拉弓引矢'的缩写，'拉矢'一词实际上是出自史书。古代帝王身边会跟着一个史官，不论是国家大事，还是吃喝拉撒睡，反正皇帝做过的任何事情都得一一记录在册。如果皇帝在会见外国使节时，突然想去厕所上大号，你们说史官该怎样记下来？当然不能说'吾王内急，续如厕，拉屎'这么低俗吧。因此，每当遇到此类情况，史官便会使用雅称。'拉矢'就是拉屎的雅称，'御手洗·拉矢'说白了就是'洗手间·拉屎'！"

听完老大的解释，众人皆笑得人仰马翻，就连平日不苟言笑的雪晴亦展露笑颜。当然，伟哥是笑不出来的，低着头用指尖儿在桌面上画圈儿，哀怨地喃喃自语："我要画个圈圈祝你们天天生日，天天胖十斤……"

"哈哈，我跟阿慕天天生日天天胖倒无所谓，但三位美女可不乐意。这样吧，让我来给你取名，要酷又要有东方色彩是吧……"老大眯着一双小眼睛，思索片刻后笑道："我就给你赐名为爱新觉罗……人渣！"

众人再一次笑得人仰马翻，就连沦为笑柄的伟哥也忍不住笑起来。然而，在此欢快的气氛中，我却毫无笑意。

毕竟跟随老大多年，他的脾气我非常清楚。在下属面前，他永远都是一副凶神恶煞的模样，哪怕是打心底想赞扬我们，但脸上绝不会表露出来。像现在这样，跟我们有说有笑地打成一片，更是十年难得一遇。

上一次如此反常，是他跟厅长为古剑案而闹翻的时候。我想，他刚才向厅长汇报王村的案子时，两人必定又因某些事情而闹翻。

我一声不吭地跟着老大走进办公室，把门关上后才开口问道："出状况了？"

老大本来还故作轻松，但当他往椅子上一坐，松弛的脸皮随之绷紧，严肃答道："是'又'出状况了。"

"到底怎么回事？"我于办公桌前坐下。

"王村的案子似乎还需要继续调查，因为那里昨天又出了宗命案，而且这宗命案不但比之前更加诡异，还牵出一个大问题。"老大把刚拿回来的档案扔给我后，便眉头紧锁、双手抱拳于唇前。

自吴威夫妇的住所及店铺遭人纵火后，我便知道此案尚有下文。然而，老大此刻凝重的神情，似乎并非源于此事那么简单。毕竟办案难免会有疏漏，调查出错以至犯人逃脱之事亦时有发生，厅长绝不会因此而怪罪他。

老大跟厅长都是见惯风浪的老油条，能让他们大动肝火，甚至兄弟反目，绝非芝麻绿豆的小事。我心知此事非同小可，便急忙追问："该不会是……厅长发现你受贿了？"

"受你老味！"老大突然骂出脏话，"你跟我这么久，有见过我受贿吗？"

（"老味"于粤语中乃"老母"的雅称，"×你老味"就是"问候"对方母亲，也就是骂人的话。虽然与"×你老母"的意思一样，但相对来说，"×你老味"较为文雅，一些平时不说脏话的人，偶尔也会这样骂人。）

"那你快说呀，到底怎么了？"我继续追问。

老大重重地呼了一口气，扬了扬手："你先看档案的内容吧！"

我快速翻查档案，得知王村又发生了命案——十三岁的王村少年王志均，日前被发现于家中离奇死亡。其死状极其诡异，双手挂在屋梁之上，且手脚皆被绳子捆绑。更奇怪的是，死者竟然身穿不属于自己的女式泳衣及红色裙子，脚上还吊着一个大秤砣。

然而，这些都并非问题的重点。令我讶异的是，根据档案的记录，在命案现场发现的第三者指纹，跟在吴威夫妇住所遗址中发现的打火机上的指纹一致。经查证后，该打火机应为失踪刑警相溪望所有，且指纹核对的结果亦证实，命案现场发现的的确为小相的指纹。

我呆望着档案中的打火机相片，良久才从牙缝儿里挤出一句话："太草率了，办案的伙计实在太草率了，怎能单凭一个打火机，就随便怀疑别人是凶手呢？"

"没人说小相是凶手，我们也不可能单凭命案现场的一件证物就锁定疑凶。但这指纹……”老大眉头紧皱，欲言又止。

“难道你也怀疑小相？”我惊讶地问道，随即不住地摇头，“不可能，就算现场有小相的指纹，也只说明他曾经去过现场，不能证明他就是凶手。他的脾性，你我都很清楚。虽然他经常不按正常程序办事，甚至为求达到目的而耍些小手段，但他绝不会杀人！”

“他也绝不会丢下跟自己相依为命的妹妹……”老大轻声叹息，“我们熟识的是两年前的小相，可是现在这个人却让我觉得非常陌生。”

我一时语塞，不知该如何反驳。

倘若现在坐在我对面的不是老大，而是蓁蓁，她必定会指责我又在感情用事，以至无法作出正确判断。老大之所以没有指责我，大概是因为他也跟我一样，无法相信小相是凶手。

然而，老大要比我理性得多，虽然主观上不相信，或者说是不愿接受小相是凶手的假设。但若要否定这个假设，必须拿出能令人信服的证据。因此，他给我下达了一道死令：“三天之内，必须把这宗案子调查清楚。不管凶手是谁，也要将其绳之以法！”

其实就算老大不说，于公于私我也会彻查该案，于是便拿起档案准备往外走。但刚站起来，我就觉得不对劲儿。虽然该案疑凶小相是老大的前部下，但厅长不可能因此而跟老大吵起来。

“你还没把话说完吧！”我又坐下来，并悠然地点了烟，摆出一副准备赖着不走的姿态。

“刚才我跟厅长吵了几句。”老大虽然说得轻描淡写，但却拿起我的烟盒及打火机，给自己点了根烟。他已经戒烟好几年了，此刻破戒足以说明事态极其严重。

“兄弟间的争吵很平常嘛，多吵点儿架才能增进感情。”我故意让气氛轻松一些。

他吐着烟圈儿摇头：“这次不一样。”

“怎么了？他真的发现你做了见不得光的事情？”我皱眉问道。

“不是我，是‘我们’。”老大直勾勾地看着我。

我摇头摆手道：“我可没做过见不得光的事，虽然平时偶尔会偷懒，又或者调戏女同僚。但我向来很有分寸，应该没有人投诉我吧？”

“我现在可没心情听你的‘烂gag’。”老大吐了口烟又道，“厅长已经知道小相的事了。”

（“烂gag”乃香港独有的俚语，一般解释为不好笑或令人费解的笑话，也有冷笑话之意。）

我愣住片刻，随即紧张地问道：“他知道多少？”

“跟我们一样。”老大惆怅地摇头，“他已经不再信任我们，这诡案组继续存在下去也没有意思。”

“你不会又要去扫黄队吧？”我感觉到自己的脸颊在抽搐。

老大仰天长吐一口烟，苦笑道：“你放心，只要你把这宗案子查个水落石出，我保证诡案组解散后，你不会被调回反扒队。”

我瘫在椅子上耸肩道：“反扒队也好，扫黄队也罢，反正从你把我招来诡案组那天起，我就不指望能在这里待到退休。以你的脾气，总有一天会跟厅长吵起来，然后就赌气不干，只是没想到这一天来得这么早。”

“这不是脾气的问题，是信任的问题！”老大突然激动起来，似乎还为刚才跟厅长争吵一事动怒。

“算了吧，我才不会跟你在这种问题上浪费时间。”我无力地摆了摆手，随即认真地说，“打小报告的大概是雪晴吧？”

“雪晴对小相的事，恐怕知道不多。”老大再度苦笑。

待人冷漠的雪晴，虽然会在不经意间给人留下告密者的印象。但对于小相一事，她并不知情，我们甚至没在她面前谈及此事。如果不是她，那又会是谁呢?

蓁蓁傻乎乎的笑脸突然在我脑海中浮现，我不禁愕然道：“难道是……”

老大微微点头：“我们都走眼了，向厅长汇报小相一事的，就是一直被你视为最笨、最没有心机的蓁蓁。”

“怎么会是那个傻瓜……”虽然已知这是事实，但我一时还是接受不了。

“如果你还认为她是个四肢发达的傻瓜，只能说明她的演技太好了。”老大瘫在椅子上，仰天长吐一口烟。

我无奈摇头，拿起档案准备往外走。老大轻敲桌面把我叫回来，一脸认真地说：“现在你应该很清楚，我们的一举一动都暴露在厅长的眼皮底下，我可不想逢年过节都得到劳改场找你。好自为之吧，惹到麻烦别连累我。”

我呆站片刻，随即嬉皮笑脸道："我要是坐牢了，你记得带些香烟探望我哦！别买太贵的，小熊猫就行了。"

第二章　母子连心

刚从老大的办公室出来，蓁蓁便上前向我问道："又有新案件了？"

我轻轻点头，随即向正在处理文件的雪晴招手："美女，手头上有别的工作吗？没有的话，陪我出去逛一圈儿。"

"有。"冰山美人以一贯的冷漠语气回答。

"喵喵呢？"我转向正在吃冻干草莓的喵喵。

她抬头看着我，正准备回答时，伟哥戳了她一下，示意她望向蓁蓁。她傻乎乎地看着蓁蓁，随即将零食丢下，翻弄桌面上的文件，装作很忙碌的样子，向我摇头："我正忙着呢，你叫蓁蓁姐吧！"

"你都知道了？"蓁蓁举起双手，向我投来警惕的目光。

"该知道的，都知道了。"我刻意轻描淡写地回应。

"你们不会只是耍花腔吧，是不是出状况了？怎么今天大家都怪怪的，先是老大，接着是你们俩，到底发生什么事了？"伟哥突然变得严肃起来，蓁蓁的一反常态似乎令他意识到发生在诡案组内的微妙变化。

"我们都快要下岗了，刚才老大跟厅长在对案件的处理上出现分歧，老大决定在调查完我手上这宗案子后，就将诡案组解散。"我扬了扬手中的档案。

"那我们怎么办？现在要找份好工作，可不是容易的事啊……"喵喵可怜巴巴地说。

"别担心，老大的牛脾气虽然倔犟，但还不至于做事不计后果，他会为大家安排后路的。"我安慰道。

伟哥满怀心事地说："工作我倒不担心，反正老哥我干啥都比待在这里当打字员赚得多。只是跟大家相处了这么久，真有点儿舍不得。"

我苦笑道："就算做不了同事，我们还可以做朋友嘛！以后我们可以经常聚会呀！"

"你放心，不管你跑到哪里，我也有办法找到你。"雪晴不知何时走到伟哥身后，把他吓得弹起来。

伟哥的夸张表现，再次为大家带来满室笑声。然而，除了单纯的喵喵外，其他人的笑声似乎都不是发自内心的。不过，大家总算已接受了诡案组将会解散的事实，也不枉伟哥一番苦心。

小相曾经跟我说，人类是最擅长伪装的动物，其他动物只会对身体进行伪装，但人却懂得伪装自己的心灵。我此刻才发现，平日最不靠谱儿的伟哥，原来也有可靠的时候。当然让我更想不到的是，我一直最信任的蓁蓁，竟然会出卖我们。

“在生我的气吗？”在前往王村的路上，蓁蓁突然问道。

“怎么会呢！各为其主嘛，你是厅长的人，听命于他也理所当然。虽然你把大家都出卖了，还害我们马上就要丢饭碗。但千万别在意，也别觉得不好意思，所有叛徒都是这样，你不是第一个，也不会是最后一个。”我嘲讽道。

“别以为这样就能挖苦我，我向厅长汇报小相的事时，就知道你会把我当做叛徒。”纵使委屈的泪光已于眼角泛起，但她仍坚强地说，“我没后悔自己所做的事，更不认为自己是叛徒。相反，我觉得小相才是真正的叛徒，他不但盗取证物，而且还加入邪教，为邪教卖命……”

“住口！”我冲她大吼，“你没资格评论小相，他这么做肯定有他的苦衷！”

她苦笑道：“他有他的苦衷，但你又有没有想过我的苦衷呢？”

“你的苦衷不就是以我们为踏脚石，达成你升官发财的目的。”我鄙夷地瞥了她一眼。

“我才不在乎自己会不会升官，我的苦衷是太在意你，怕你会因为过于相信小相而徇私枉法，怕你会因此而自毁前途！”她扭过头，泪水悄然划过脸庞。

她说得没错，我的确有可能为了小相而徇私枉法。不过就算要为此付出沉重的代价，我也义无反顾。因此，虽然觉得自己刚才的话有些过分，把她弄哭了，但我却没有向她道歉的打算。而且正如老大所说，我们一直都没发现她是厅长的眼线，是因为她的演技太好——谁知道她此刻的泪水，是否只是一种表演呢？

一路无话。在到达王村之前，我们谁也没开口。她别过脸抹干泪水，便没有再看我一眼，我亦假装专注于驾驶，没主动跟她说话。

我俩仿佛是两个互不相识的陌路人。

尴尬的沉默最让人感到煎熬，每当遇到这种情况，我就会想起小相曾教导我："不管有多难熬，也总会过去的。"心念至此，马上便释然——会过去的。

之前曾遭王达计算，这次我没敢去招惹县派出所那帮酒囊饭袋。单靠老大给我的资料，再到现场作实地调查，就足以了解案情，用不着那帮人来添乱，反正他们也帮不了多少。因此，我直接把警车驶往王村。

然而世事往往就是这么奇妙，越是想躲避的事情，就越是躲不过。刚把警车停在村口，还没来得及打开车门，就看见一名穿着民警制服、腋下夹着一大沓文件的胖子不知道从哪里冒出来，对我憨厚地笑道："大哥是从省会过来的刑警吧？我叫文福，在县派出所里办事，王志均的案子是我处理的。"

眼前的民警虽然是个胖子，但并非那种挺着"腐败肚"的吃货，而是头又胖又壮的"大灰熊"。若要找一个词语形容他的体态，在我脑海里就只有"膘肥体壮"一词。虽然这个成语是用来形容牲畜，但我实在找不到更适合的语汇。

他不但胖壮，而且眼睛非常小，嘴唇又十分厚，给人一种憨实的感觉，跟轻佻浮夸的王达截然不同。

他眯着一双小眼睛，笑吟吟地对我说："我接到所长通知，说省会的刑警会过来接手这宗案子，他说之前给你们添了不少麻烦，所以这回绝对不能再给你们添乱，一定要尽全力协助你们调查。为了不耽误你们的时间，我今天一早就在这里等你们过来。"

怪不得我们刚到，他马上就冒出来，原来早就"埋伏"在这里。虽然我不想再招惹县派出所，但人家盛意拳拳，也不好拒人于千里之外。反正我对王村的情况也不算熟识，有人帮忙亦是好事。而且经过王达一事后，他们所长应该不会再给我们安排一个品行不过关的部下了。

我跟蓁蓁分别作自我介绍后，文福便立刻带我们前往命案现场。纵使曾经来过好几次，但乡路曲折，若无人带路恐怕得花上不少时间。

死者王志均的父母在城区打工，虽然经历丧子之痛，但生活仍需继续，老板可不会因为工人家逢巨变，而让他们长期休假。因此我们到达时，命案现场——一间陈旧的平房，内里空无一人。

本以为死者家属不在家中，这趟得白跑了，可没想到文福竟然带我们绕到后门去。原来正门虽然锁上，但后门却大开，仿佛早已在等候我们。

“根据死者的父亲交代，后门本来是用两块木板和一根钢筋堵上的。但他发现儿子出事时，木板和钢筋就像现在这样放在门边。”文福带领我们走进屋，并给我们指示放在后门两侧的木板及钢筋。

随后，他拿着一直夹在腋下的文件，手忙脚乱地翻弄起来，准备给我们讲解案情。虽然我们从村口走过来，只是十来分钟的路程，但已足够令他汗流浃背。看见他不时窘迫地擦掉滴在文件上的汗水，我便友善地给他递上纸巾，并笑道：“不用急，慢慢来。”

他憨厚地笑了笑，接过纸巾擦去脸上的汗水。可是他的汗水实在太多，擦了几下便把纸巾擦破，还粘得一脸碎纸，弄成一个大花脸。

刚才跟我争吵过后就一直沉着脸的蓁蓁，看见他这模样，先是忍不住笑起来，随后走到他身前，温柔地为他抹去脸上的碎纸。看着她这柔媚的举动，我心中有一种说不出的感觉，既像羡慕，又像妒忌，反正就是种酸溜溜的感觉。

她的举动让我心里很不舒服，于是便转过身来，观察屋内的环境。这是一间只有一层的平房，除正厅外还有两个小房间及厨房。正厅放有一张大床，以及桌椅等家具。

我随意地看了几眼，心思仍留在蓁蓁为文福抹去碎纸的一幕。虽然有点儿心不在焉，但亦无大碍，因为房子显然在事后被打扫过，与案情相关的证据恐怕早已清理干净。实在想不明白，为何在调查仍未结束，甚至才刚刚开始时，便允许死者家属清理现场。

既然死者的父母都在城区工作，就算长期维护事发时的原状，应该对他们也没多少影响。不过，对县派出所这帮酒囊饭袋的办事能力，我也不抱太高的期望，只希望他们能作好现场记录，好让我从中找到线索。

文福走到我身旁，指着头顶的屋梁说：“死者被发现时，就挂在这里。”刚才蓁蓁给他清理脸上碎纸的一幕，虽然让我感到不爽，但他那张憨厚的脸庞又让人恨不起来。

他边翻弄着手中的文件，边给我们讲解案情——

三天前，王村村民王纪绿，突然从县城区赶回本村老宅探望儿子。到达屋外时发现正门及侧门均紧闭，但平日鲜有开启的后门却没有关上。他从后门进入厅堂后，发现儿子被挂在屋梁上，且已经死亡，于是便立刻报警。

死者王志均，被发现时身穿红色的花裙子，手脚均被绳子捆绑，且脚踝绑有一个秤砣，以双手垂直的姿态吊在屋梁上，双脚离地仅几厘米……

他满头大汗地翻弄文件讲解案情，别说他觉得累，我看着也觉得累，于是便从他手中接过文件自行翻阅。

文件有很多，而且大多都是些毫无用处的资料，因此我便先挑较为重要的尸检报告查阅。然而，这份本应十分详尽的尸检报告，竟然就只有两行字——死者前额有一个细小的针孔状伤口及轻度外伤，大腿、双手、两肋、双足都有深度勒痕，此外再没有其他伤口。

除了这两行字及附带的几张尸检照外，这份尸检报告就没有了其他内容。看着眼前这份简短得不能再简短的验尸报告，我不禁皱眉，冲文福问道："死因是什么？"

"不知道。"文福憨乎乎地摇头，"医生没找到明显的致命伤，认为死者有可能因为身上多处遭到捆绑，而引致窒息或者心脏麻痹。"

"这也太不负责了吧？"蓁蓁责怪道。

乡村地区通常没有专业法医，尸检工作大多委托附近医院进行。由普通外科医生进行的尸检，当然没有专业法医那么仔细，出现错漏也在情理之中。

我耸肩道："没关系，再作一次尸检就行了。"

文福脸露难色，搔着脑袋尴尬笑道："恐怕不能再做一次了，因为尸体昨天已经火化了。"

我目瞪口呆地看着他，过了好一会儿才把话说出来："案子还没完结，怎么能这么快就把死者的遗体送去火化呢？"

"这是应死者父母的要求，毕竟他们都有工作，必须尽快处理死者的后事。"他尴尬地低头，嘀咕道，"其实也已经没什么好查的，根据事发后在这里发现的指纹，不就已经能确认凶手的身份了吗？"

蓁蓁站在门旁，似乎没听见他的嘀咕，愤愤不平地说："难道工作比自己的儿子更重要？"

人生除死无大事，没任何事情比"死亡"更重要。可是，对于生活在社会底层的百姓而言，生存才是最重要的事。因此，我能理解死者父母的心情，虽然经历丧子之痛，但生活仍要继续。若失去工作，便会失去生活来源。

既然尸体已经火化，那就只能从现场记录中寻找线索，于是我便翻阅手中的文件。据现场记录所示，民警接案到达现场后，发现死者不但穿着红色花裙，内里竟然还穿着蓝色的女式泳衣。经查证已确定花裙及泳衣均属于死者的堂姐，也就是说，死者死时身上没穿任何属于自己的衣物……

手中的文件虽然有一大沓，但对案情的记载可谓“杂乱无章”，我翻阅了半天，发现最有价值的线索，仅为在命案现场发现的第三者指纹，以及在吴威夫妇家找到的打火机。另外，我还就现场记录归纳出四个疑点：

一、死者为何穿着不属于自己的裙子及泳衣？

二、死者前额的小针孔从何而来？

三、吊在死者脚踝上的秤砣是怎么回事？

四、凶手为何将死者以诡异的姿态挂在屋梁上？

从以上四点判断，凶手很可能是为进行某种邪教仪式而杀害死者。再加上此案与吴威夫妇的案件相似，极有可能是赤神教余孽所为。虽然早已料到藏镜鬼一案尚有下文，但没想到会来得这么快。

我突然想起沐阁璋师傅，他自称对古今中外的奇闻逸闻皆了如指掌，应该能解答我对这宗命案以及赤神教的疑问。其实我早就想找他，只是一直为办案而疲于奔命，根本抽不出时间找他。

我致电伟哥，让他安排我跟沐师傅见面。这厮仍为我们不送他礼物而耿耿于怀，不过在抱怨一番后，最终还是答应为我安排。

在我与伟哥通话期间，蓁蓁询问文福与本案有关的事情。我刚把电话挂掉，准备就打火机及指纹的事情询问文福时，却听见他跟蓁蓁说：“这宗案子挺邪门儿的，死者的父母本来两个星期才跟死者见一次面。但死者的母亲在他出事后做了一个怪梦，梦见一个陌生男人闯进他们家，还说她儿子马上就要走了，叫她赶紧回家看看。”

第三章　邪教起源

常言道“母子连心”，若儿子出了意外，母亲往往会有所感应。不过这只是坊间传闻而已，没想到竟然会在现实中出现。因此我不禁感到好奇，便向文福询问详情。

文福搔了搔脑袋，思索片刻后答道："死者的父母因为工作的关系，长期在城区居住，留下死者独自一人在家里念书。平时他们通常每隔两个星期跟死者见一次面，给死者一些钱做生活费。他们上一次跟死者见面，大概是事发前一个星期。他们虽然没跟死者见面，但经常跟死者通电话。不过死者的手机在前不久坏了，所以有好几天没跟父母联系。这本来也没什么，但死者的母亲做了一个怪梦，梦见一个陌生男人闯进他们老宅，还说他们的儿子马上要走。死者母亲醒后感到非常不安，她丈夫就给死者的班主任打电话，谁知道班主任竟然说死者已经好几天没到学校上课。这可把他们吓得不轻，于是死者父亲马上就赶回老家，一进门便发现儿子已经死了。"

"真的有这么巧吗？"蓁蓁面露疑惑之色，随即又感慨道，"或许是冥冥之中自有主宰吧，若死者父亲没回来看一下，恐怕要等到尸体发臭才有人知道。"

或许当真如蓁蓁所说，冥冥中自有主宰吧。不过这跟案情的关系不大，此案最让我在意的还是小相被牵涉其中。我询问文福，在吴威夫妇家发现的打火机，是如何查证其物主是小相的，继而查出凶案现场的第三者指纹亦属于他。

"这个嘛，我好像有把证物的照片带来……"文福从我手中接过大沓文件不停翻弄，一不小心就把文件掉得满地都是。

我跟蓁蓁一同蹲下帮他收拾文件，当我把捡起的文件交到他手中，蓁蓁亦向我递来三张从不同角度拍摄的打火机照片。照片中就是本案最重要的证物——一只银色的Zippo打火机。

打火机虽然有部分被烧黑，但看上去仍觉崭新。其款式非常简约，没被烧焦的部分呈纯净的银色，除右下角刻有一个"相"字之外，就没有其他花纹。虽然有不少人喜欢将姓氏刻在打火机上，自用或送人，但全国姓相的人也该有几十万吧，怎能以此断定物主就是小相呢？

"当然不能单凭姓氏就锁定嫌疑人了。"文福似乎早已料到我会有此一问，睁着他的小眼睛认真作答，"这个Zippo打火机是限量版，机身有编号，你看看这里……"他示意我看其中一张照片。

从这张照片中，能清楚地看到机身上有一组数字"1215／10000"，他解释道："后面的数字是代表这个型号限产一万只，而前面的数字则代表这个打火机是第1215个。根据这个编号就能查出打火机是什么时候销售、卖给什么人。买这只打火机的人名叫桂悦桐，也就是失踪刑警相溪望的女朋友。据销售员回忆，桂悦桐购买这个打火机的目的是送给男友当生日礼物，所以特意挑选一个跟男友生日相同的编号，并且刻上男友的姓氏。”

虽然我相信小相不会杀人，但听完他的解释后，我却找不到任何反驳的理由。小相的生日的确就是12月15日，悦桐曾送他一个相同的打火机我亦知晓。当然，我亦知道小相非常珍惜这个打火机。

悦桐不喜欢小相抽烟，小相亦曾试图戒烟。然而，对十六岁就开始抽吸的人来说，烟瘾可不是说戒就能戒掉的。小相曾为此付出努力，可还是以失败告终。

悦桐是个聪明的女人，她不但没有为此责怪小相，还感动于对方为了自己而尝试戒烟。所以，在小相生日到来之际，她特意挑选一个打火机作为礼物，算是对男友的嘉许。

因此，小相几乎是随身带着这个打火机。

此刻，打火机遗留于纵火现场，至少证明小相曾于此地逗留。再加上打火机及命案现场亦有他的指纹……难道他真的是凶手？

这个假设并非绝无可能，毕竟他是赤神教教徒的身份已得到证实，难保他会为某些原因而被迫执行圣主的命令。然而，就算他真的被迫杀人，应该也不会用如此残忍且怪异的方式行凶。

不管如何，这宗命案必定与赤神教有关，除了沐师傅外，大概不会再有谁能为我提供线索。继续留在这个已被清理的命案现场，也不见得能找到有价值的线索，因此，我便跟文福道别，准备去找沐师傅。

一听我们要走，文福便恭恭敬敬地送我们到村口，除了把那一大沓没什么用处的资料塞给我之外，他还分别给我们递上名片，说若有任何用得着他的地方，尽管打电话，不管白天黑夜他都随时候命。还说所长对此案非常重视，会全力配合我们调查云云。

其实你们什么也不做，就是对我们最大的配合了——当然，这句话我没有说出来。

我在路上再次致电伟哥，知道沐师傅竟然要求跟我单独见面，这跟他一向的作风不太一样。每次我们有求于他，他总是借机接近雪晴，甚至曾要求雪晴给他按摩，这次为何会要求跟我单独见面呢？该不会是想对我下手吧？

不管他的葫芦里卖的是毒鼠强，还是万艾可，都必须走这一趟。因此，放下蓁蓁后，我便独自驾驶警车前往约定地点——一间名叫“塔罗”的咖啡馆。

伟哥说，沐师傅一再交代我必须从后门进入咖啡馆。虽然不知道为何要如此鬼祟，但既然对方提出这样的要求，我也只好遵从，谁让自己有求于对方。

绕行到咖啡馆后门，发现有一名服务员正在守候。她向我微笑点头，询问我是否是沐师傅的朋友。我点头确认，她说沐师傅已在店内恭候多时，并为我带路。

此时正值晚饭时间，但偌大的店内竟然连一个顾客也没有。虽甚为冷清，但却让人感到十分安静。而且店内设计很有中世纪欧洲的格调，加上安静的环境，令人感到非常舒服。

服务员带我走进位于店内最深处的包间，沐师傅正坐在里面喝咖啡。

忙了一整天，肚子感到有点儿饿，便想在此吃晚饭。可是我刚坐下还没来得及翻开菜单，沐师傅便扬手示意服务员离开：“他什么也不要。”服务员会意地点头微笑，随即把包间外的淡紫色帷幕放下，使包间与大厅隔绝。

沐师傅悠然地喝着咖啡，待服务员离开后，突然神秘地说：“你们惹上大麻烦了。”

他这种连饮料也不打算让我喝的吝啬，令我略感不满，无奈有求于人，也不好发难，但言语间或多或少亦带点儿抱怨：“你这口吻怎么跟江湖术士一样，一开口就印堂发黑、大难临头之类。”说着取了根烟准备点上。

他夺过我手中的香烟，责怪道：“你想把我熏死呀！”

“把帷幕拉开不就好了吗？”我耸了耸肩，“现在这样子像偷情似的。”

“你还不清楚自己的处境。”他改以严肃的口吻说道，“知道我为什么只让你一个人来吗？”

“说实话，我真的不知道。”我两手一摊。

“因为我无法确认你身边哪些人可以相信。”他的表情非常严肃，一点儿开玩笑的意思也没有，跟平日大相径庭。

他的一反常态，让我不由得紧张起来，连忙问道：“连雪晴也不能相信？”

“那倒不是，她正命走桃花，是运是劫还没定数。我这时候跟她见面，很容易惹她反感。”他的严肃在这一刻又荡然无存。

“你的葫芦里到底卖什么药啊？”我还真有点儿摸不清他的意图。

“小韦已经把你们的情况告诉我了，赤神教虽然是一群乌合之众，但胜在人多势众，而且他们的圣主来头可不小。”他再次严肃起来。

“赤神教的教主是阿娜依吗？她到底是人还是妖啊？”我问道。

他答道：“她既不是人也不是妖，赤神教也不是什么神秘组织，说白了只是她兴之所至招收的一帮小弟。不过你知道她活了多少年吗？”

我摇摇头：“我连她长什么样子也不知道，哪知道她活了多久。”

“待会儿再告诉你她的来历，我先跟你说赤神教的事。”他喝了口咖啡又道，“这邪教其实只是她为图省事，随便招收的一群笨蛋，她让这些笨蛋替她做事，完事后就给他们一点儿好处。之后呢，她就不会再管这帮笨蛋的死活。她活过的年头，比你想象中要多千百倍，而她所招收的笨蛋更是成千上万。虽然她在完事后，就不会再管这些笨蛋，可这些笨蛋却把她奉若神明，愿意为她做任何蠢事。要命的是，这些笨蛋遍布每一个阶层，说不准你在街上溜一圈儿就能遇到十个八个，警队里或许也潜伏了一大堆。所以我才约你来这儿，因为我只能确定这里没有那些笨蛋。”

“你不会怀疑诡案组里也有赤神教的信徒吧？”我皱眉道。

“不好说，你不也刚被出卖了。”他不屑地白了我一眼，“我得为自己的安全着想，明刀明枪我倒不怕，就怕暗地里遭人放冷箭。”

“赤神教近期活动如此频繁，目的又是为了什么呢？”这是我最为关心的问题，因为这关系到小相的去向。

“不是近期，其实这群笨蛋两年前就已经开始活动，只是你们没察觉而已。”他这话让我隐隐感到不安，而他接下来的话更验证了我的担忧，“至于阿娜依的目的，是想集齐三把三才宝剑。”

“她要这三把破剑干吗？”我追问道。

虽然不知道阿娜依为何要收集宝剑，但根据已知的信息，至少已有两把宝剑落在小相手上。这些破铜烂铁对小相毫无用处，他寻找宝剑的目的显然是为了交给阿娜依，也就是说他在为阿娜依卖命。若他当真听命于这个女魔头，就难保他不会为此而杀人。

“这可说来话长了，我得从三皇五帝讲起……”他喝了口咖啡，闭目思索片刻才向我悠悠道出一个上古传说——

卷十五·永生尸巫

三皇五帝时期，轩辕黄帝与蚩尤交战，因蚩尤一方兵强将勇，而且拥有当时最顶尖的冶炼技术，黄帝一方节节败退。

若正面交锋，黄帝是怎么也打不过蚩尤的，毕竟蚩尤的士兵用的都是青铜武器，而黄帝的士兵却只有木棍，怎么可能打得过呢？不过跟只有一身蛮力的蚩尤不同，黄帝是个老谋深算的老油条，明刀明枪打不过就出阴招儿。

蚩尤手下强将众多，最为彪悍的当属其姘妇旱神魃。魃不但骁勇善战，而且能引发大旱，正好克制黄帝麾下擅长水攻的猛将应龙，因而数度击溃黄帝的军队。

为扭转劣势，黄帝决定策反魃倒戈相向，一同对付她的姘夫蚩尤。虽然在战场上打不过蚩尤，但黄帝的嘴皮功夫却比蚩尤厉害得多，在向魃许下“百座金山、千亩良田、万世功名”的承诺后，便将其收为麾下，最终成功战胜蚩尤。

战后，魃虽然立下大功，但遭到黄帝冷落，别说金山良田，就连功名也没有。史册上对魃的记载也就只言片语，对她助黄帝战胜蚩尤一事更只字不提。这让魃大发雷霆，无奈于逐鹿一役元气大伤，一时间也不能拿黄帝怎样，只好暂且忍气吞声，待元气恢复再跟对方算账。

黄帝也不是傻子，知道魃早晚会在他背后捅刀子，所以在田祖叔均“神，北行”的建议下，命令元气尚未恢复的魃到赤水之北治水，并在当地设下埋伏。

魃虽然在逐鹿一役元气大伤，但她拥有不灭之身，要杀她几乎没有可能。因此，黄帝便设下圈套，诱使魃元神出窍，将其元神驱逐于三界之外，并命一门将把守。

失去元神的魃就是阿娜依，虽然她仍拥有不灭之身，但实力却大打折扣，无力与黄帝对抗，只好忍辱跟对方定下协议，永不诛杀轩辕后裔，才得以苟活于人世……

“阿娜依是一具从三皇五帝时期一直活到现在的尸体？”听完沐师傅讲述的传说后，我再次感到吃惊。

殡仪馆的庆生叔曾跟我说过类似的传说，但当时我没想到他所说的邪神，竟然就是阿娜依！传说不管如何可怕，终究只是传说，但当传说与现实交叠时，却让人感到毛骨悚然。

“你说的只是传说吧？”我怯弱问道。

“不，不，不，你这种想法要改。”他轻晃食指答道，“传说就是口口相传的历史，虽然在转述的过程中或多或少会出现偏差，但归根究底还是有一定依据。”

“好吧，就当这个传说是真的，不过这跟她收集三才宝剑有什么关系？”我皱眉问道。

沐师傅喝着咖啡悠然答道：“别急，传说还没说完呢！你猜猜黄帝找谁来把守魃的元神？”

“你就别糊弄我了，天晓得是哪路神仙妖怪。”我扬手示意他赶快揭晓答案。

他故作神秘地说：“把守魃元神的门将既不是神仙，也不是妖怪，而是一个厉鬼。”

第四章 五行引魂

“厉鬼？”我再度皱眉，“魃不是很厉害吗？怎么一个厉鬼就能把她守住？”

沐师傅得意地笑道：“普通厉鬼当然守不住强大的旱神魃，但这个厉鬼不一样，只有他才能压制魃的元神，因为他是蚩尤死后所化的鬼王。”

听他这么一说，我的眉头就皱得更紧，继续问道：“蚩尤可是被黄帝斩杀的，怎么还会替他当保安呢？”

他没有直接回答我的问题，而是莫名其妙地问道：“如果你因为隐瞒上级一事而被辞退，那你会埋怨辞退你的厅长，还是记恨打你小报告的姘妇呢？”

“别说得那么难听，她只是我的同事。”虽然口头上不愿承认，但他说得没错，比起厅长，蓁蓁更令我心生恨意。

蚩尤大概亦一样，他可能会记恨黄帝，但那只是战场上的胜负，要恨也只恨技不如人。但魃却不一样，她是蚩尤的情人，被情人出卖而衍生的怨恨可深入骨髓，永世不忘。

“现在你该知道阿娜依为什么要收集三才宝剑了吧！”他端起咖啡，悠然品尝。

我无奈摇头："沐师傅，你就不能直接给我说清楚一些吗？你说了这么久，我还是没弄明白她要这三把破烂儿干吗。"

"你真是笨死了！"他没好气地白了我一眼。

我皱眉道："别老说我笨好不好，我的智商好歹也有一百四呢！"

"不笨怎么会跟阿娜依作对。说不准你走出这个门口，就会被赤神教的笨蛋吐口水淹死。"他仍没给我好脸色看，"三才宝剑是李淳风用蚩尤遗剑兵主冶炼而成，说白了就是蚩尤的遗物。你想想，如果阿娜依拿这三把宝剑招魂会怎么样？会把三界外的蚩尤之魂招回来！"

"蚩尤可是她的死对头，把他的鬼魂召回来不是找死吗？"我再度不解。

"你笨死了。"他翻着白眼无力道，"你以为蚩尤会丢下魃的元神不管，独自跑回来吗？他才不会让魃有逃跑的机会，所以一定会把魃也带回来。魃的元神斗不过蚩尤，阿娜依同样也不是他的对手。不过一旦元神归位，十个蚩尤鬼王她也不放在眼里。"

他说着突然脸色一寒，声音稍微颤抖："你可曾想过，在这个被诸神遗弃的年代，若出现一个曾以一己之力与诸神对抗的魔神，这个世界会怎么样？魃会让天下大旱，让尸体都从坟墓里爬出来。到时候，所有人都会活在恐慌之中，每天为逃避僵尸的袭击和寻找食水而疲于奔命，最终力竭而死变成僵尸，袭击那些仍在痛苦中挣扎的人。"

上次跟阿娜依交手时，她的力量就已经够可怕了，若再加上魃的元神，恐怕就算是全副武装的军队，她也能轻而易举地给灭了。若她要统治这个世界，恐怕就算全球各国联手，也不见得能跟她对抗。毕竟，她拥有的能力超越人类的知识范畴，我们跟她的差距，就像驾驶轰炸机的现代人，跟手持木棍的原始人之间的差别。

因此，我不禁怯弱问道："有办法阻止她吗？"

"有。不过这个待会儿再说，因为我得先让你了解阿娜依的底细。"他卖关子似的喝了口咖啡，然后才娓娓道来——

阿娜依虽然只是一具没灵魂的尸体，但她不是人的尸体，而是魔神的尸体。人跟神是两个概念，人生存于三维空间，神却是四维空间的高等智慧生物。

知道什么叫"夏虫语冰"吗？我现在跟你讨论四维空间就是了。

以人类现有的知识根本不能理解四维是个怎样的概念，因为人只是三维空间的生物。为了能让你更容易理解四维空间的概念，我现在就给你举一个简单的例子，那就是蚂蚁。

蚂蚁是典型的二维生物，在它们眼中只有前后左右之分，没有上下之别。当你看见一只蚂蚁在墙壁上往上爬的时候，对蚂蚁来说，它其实只是向前走，因为在它眼中这个世界是一个平面，就像一张无限大的画纸一样。

当生存于二维空间的蚂蚁，遇到三维空间的人会怎么样?

对蚂蚁来说，其实不怎么样，因为它们根本不知道人类的存在，就算爬在人身上，它们也只会认为脚下不过是画纸的一部分。如果人把手放在地板上，让蚂蚁从手上爬过，那么蚂蚁就会认为发生“灵异事件”，原本平坦的地面莫名其妙地隆起。又如果当蚂蚁准备把一粒砂糖搬回蚁穴，有人从上方把砂糖往上拿走，那么蚂蚁又会认为发生了“灵异事件”。因为蚂蚁根本没有“上方”这个概念，所以对它们来说，被人拿走的砂糖是凭空消失。

如果蚂蚁也懂得思考，类似事件发生的次数多了，它们就会开始猜测，这个世界是否有“人”存在。但它们仅仅只能猜测，却无法确认，因为三维空间这个概念，完全脱离它们的知识范畴，它们根本无法理解三维空间的生命是以哪种形态存在的。

人跟神的关系，就像蚂蚁跟人那样。纵然我们知道神的存在，但却无法确认，也不能随意跟神沟通。除非某个神闲着无聊，用尽各种方法向我们这些蝼蚁显示他的存在，要不然我们连神存在的证据也找不着。而这位闲着蛋疼的神为此而做的事，往往会被世人称之为“神迹”。

好了，现在你对神应该有个大致的概念了，那么现在我就告诉你，为何你们跟阿娜依交手时，根本不能伤及她分毫。

科学界普遍认为，四维空间是在三维空间的基础上，再加上时间维度。你姑且可以将其理解为，神可以在任意时间中穿梭，就像人能通过电梯在任意高度的楼层间出入一样。

在跟阿娜依交手时，她虽然就站在你们面前，但她的躯体不一定就跟你们处于同一时间维度。她可能置身于一天前，也可能是一年后。子弹向她身上射过去，一颗也没有命中就是因为子弹穿过她所在的位置时，她根本就不在那里……

“我知道她非常厉害，可现在的问题是我们怎样才能阻止她。”虽然对方比我想象中要强大得多，但我仍心存一丝希望。

“你明白个屁！”他又再白我一眼，“人类根本阻止不了她！就像蚂蚁想阻止人类一样，纵使成千上万的蚂蚁聚集在一起，一辆压路机驶过去，蚂蚁有多少就死多少。”

这回我彻底气馁了，万念俱灰地说：“你刚才不是说，有办法阻止她吗？如果我们做什么也没用，不就只能坐等世界末日吗？”

“的确是有办法。”他再次卖关子，拿起桌上的咖啡一饮而尽才说，“阿娜依虽然厉害，但你们上次跟她交手时，把她两个尸奴打成马蜂窝，不也照样能全身而退。你有没有想过，她为什么会这么轻易就放过你们？”

我闭目思索片刻，想起当时她说曾立誓不妄杀轩辕后裔，而沐师傅刚才亦提及此事。难道她放过我们的原因，就是因为这个五千年前的承诺？

我道出心中所想，沐师傅微笑点头：“你虽然笨，不过总算有点儿记性。你说得没错，她的确是因为五千年前答应黄帝不杀轩辕后裔，所以才没对你们动手。”

“你没忽悠我吧！轩辕黄帝也不知道已经投胎多少次了，她竟然还坚持遵守对他的承诺？”我瞪大双眼看着他，“她好歹也活了几千年，会这么笨吗？”

“你才笨！”他向我投以鄙夷的目光，激昂地说，“承诺不会因时间流逝而改变，也不会因对象存亡而失效。任何违背承诺的理由，其实都只是借口，只有卑鄙的人才会为违背诺言寻找堂而皇之的理由。对凌驾于人类之上的高级智慧而言，任何一个承诺皆是永恒，哪怕无须为违背诺言付出代价，神也不会背弃自己的承诺，这就是神跟人最大的区别。”

随后，他又补充一句：“其实，阿娜依也就是一具没灵魂的尸体，有时候确实会有点儿笨。”

“她笨不笨我不敢说，但这件事关系到我们的生死，你可别信口雌黄。不然我死了，也要向阎罗王告你一状！”我紧张地说。

“好啦，我啥时候忽悠过你。”他拍着胸口说，“我能向你保证，她绝对不会亲手把你宰了。不过……”

他欲言又止，让刚松一口气的我又紧张起来，连忙追问道：“不过什么？”

“你刚才也说了，她至少活了几千年，哪会像你这么笨。虽然她不会亲手杀死任何一个轩辕族后裔，但赤神教那群笨蛋可没这个忌讳。”他顿了顿又说，“而且，若要召唤蚩尤之魂，除了三才宝剑外，还需要一个至阴至阳的轩辕族后裔小孩的魂魄做祭品，不杀人哪来魂魄呢？”

“怎样才叫至阴至阳？”我好奇地问道。

他皱眉答道：“这个嘛，挺玄的，一时半刻也说不清楚。除了对小孩的生辰八字要求极其严格之外，把小孩的魂魄取出来的方法也非常繁杂。若近期有刚过十三岁的小孩死于非命，而且是被极其怪异的方式杀害的话，你必须第一时间告诉我。”

我胸口突然猛跳一下。王志均不就正好是十三岁，而且正如他所说，是被极其怪异的方式杀害的。我本来就打算向他请教这宗案子，所以把与此案相关的资料及照片都带了过来，现在正好让他过目。

他没理会那些乱七八糟的资料，只专注于命案现场的照片。他每看一张照片，脸色就越难看，并不住地摇头。最后，他的目光停留在死者挂在屋梁的照片上，喃喃自语般说道：“难道是五行引魂术……”

“什么是五行引魂术？”我问道。

他把照片放在桌面上，指着照片中相应的地方，逐一为我解答：“绑在孩子脚踝上的秤砣为金，把他挂起的屋梁为木，身上穿着的红裙子为火，足下一尺的地面为土……”他突然皱起眉头，“金木火土皆全，为何唯独欠缺水呢！”

我想起资料中提及死者内穿一套女式泳衣，便问他是否跟此有关？他用力拍了一下桌子，恍然大悟地说：“原来如此，这样五行就齐全了。”随后，他继续向我解释五行引魂术——

小孩身上的红衣能起锁魂的效果，阻止魂魄穿体而出。这就像为阻止肉汁流失，而先用锡纸将肉块包裹，再放在烤架上烧的原理一样。脚踝的秤砣用于坠魂，使小孩的魂魄寸步难行、便于捕获。将他挂在屋梁上，双脚离地一尺，目的也是为了阻止魂魄随土遁走。

小孩前额的针孔，是为引魂而开。泥丸九真皆有房，以浸泡尸油的分魂针刺穿泥丸宫，能将魂魄引出，继而收为自用。

魂魄被引出体外，身体便会进入濒死状态。若魂魄不能在一个时辰内归位，心脏便会停止跳动，人也就死翘翘了……

他的解释解开我之前归纳出来的四个疑点，但同时亦让我想到一个与案件无关的问题："魂魄离开身体就会死吗？那些吓掉魂儿的小孩怎么不会死？"

"那可不一样。"他轻晃食指答道，"人们常说三魂七魄，三魂即爽灵、胎光、幽精；七魄为尸狗、伏矢、雀阴、吞贼、非毒、除秽、臭肺。每个人的魂魄里都包含这十个部分，而所谓的吓掉魂儿，只是在这十个当中掉了其中一个。你试想一下，只是掉了十分之一，就已能让人变得呆头呆脑，如果全掉了不就马上死翘翘了？"

原来尸检之所以未能查出死者的死因，并非乡村医生不具备专业法医知识，而是因为死因超出医学范畴——魂魄离体致死！

我使劲儿地揉着太阳穴，以让自己保持清醒，并试图安慰自己，现在的情况还不算很坏。然而，现实却是残酷的，三才宝剑至少有两把落在小相手上，若王志均亦为他所杀，那么阿娜依离元神归位就只差一把剑——天道之剑"乾捭"。

若让阿娜依找到剩下那把宝剑，这个世界将会变成人间炼狱！

就在我为此而感到万念俱灰时，沐师傅突然问道："这小孩死时正好是十三岁又十三天吗？"

第五章　隐瞒真相

"这个重要吗？"我不明白沐师傅为何突然提出这个问题。

"当然重要了！"他认真答道，"若要得到一个至阴至阳的魂魄，不但对小孩的生辰八字的要求非常严格，取魂的时间亦极其重要。必须在小孩的十三岁又十三天的亥时取魂，若有丝毫偏差则前功尽弃。"

他随即说出一个日期，说死者应该是在这个时间出生的，因为只有这样才符合至阴至阳的八字要求。我立刻翻查文件，可是不管是尸检报告，还是死者父母的笔录，甚至死者就读学校提供的相关资料，竟然全都没有记载死者的详细出生日期，只记有出生的年份。

"奇怪了，怎么连死者的出生日期也没有呢？"我不禁为此皱眉。

虽然县派出所办事不靠谱儿，但出生日期是最基本的资料，不可能没记录在案。难道有人刻意隐瞒此事？

经过王达一事后，我对县派出所实在没什么信心，但憨厚的文福又不像狡诈之徒。因此，我宁愿相信是县派出所办事不靠谱儿，而非有人刻意隐瞒此事。虽然这个细节，在某种程度上对此案的调查极其重要。

要确定死者的出生日期，最直接的办法莫过于询问死者的父母，大概没谁会比他们更清楚。

为弄清楚这个问题，我便向沐师傅告辞，准备去拜访王纪绿夫妇，顺便向他们了解与此案相关的其他细节。毕竟单凭那沓乱七八糟的文件，要把此案查清楚可不是容易的事。

我起身准备离开时，沐师傅突然喃喃自语道："是福不是祸，是祸躲不过。这件事本来与我无关，但你却把我卷进去，要是稍有差池，我们三个都得去见阎罗王。"

"三个？"我不解问道，"除了你跟我还有谁？"

"你的旧搭档，他才是这件事的核心。"他摇头叹息，"此事因他而起，亦只有他才能了结。现在你把我也卷进去，使我们三人的命运连在一起，他要是挂了，我们也不会好过。你可知道，他现在可是与虎谋皮，恐怕尚未达到目的就先引火烧身。"

"你怎么会知道小相的事情？"我困惑地看着他，随即大脑短路般上前揪着他衣领，冲他放声大吼，"你怎么知道他的事情？他现在在哪里？快说！"

他重重拍打我的手背，不悦地瞪了我一眼："冷静点儿，我的消息远比警方灵通，尤其对那些不能见光的地下活动更是了如指掌。而且，早在两年前我就开始关注阿娜依的行踪，甚至连你旧搭档何时加入赤神教，我也一清二楚。"

我意识到自己的失态，松开揪着他衣领的双手，无力地瘫坐在椅子上，但仍不忘继续追问："他在哪里？他加入赤神教到底为了什么？这宗案子的死者到底是不是他杀的？"

"爱欲于人，犹如执炬。逆风而行，必有烧手之患。"他再度摇头叹息，"你若继续如此执著，不但帮不了他，反而会让自己也陷入险境。你应该知道他是个什么人，他不想见你，你怎么找也找不着。他是否杀人，你只要继续追查，自能找到答案。至于他加入赤神教的目的，我虽然不知道，但有一件事或许能为你提供线索。”

“什么事？”我紧张追问。

“两年前，我曾收到一个消息。”他闭目思索片刻，随即告诉我一则消息——

赤神教虽然多事，但近年活动并不频繁，所以我也没有太关注他们。直到两年前，阿娜依突然命令教徒寻找一名苗族少女，并要将其置于死地，我才对他们多加留意。

我暗中调查过此事，发现十多年前，阿娜依曾追杀一对苗族夫妇，这一次她要寻找的少女正是他们的遗孤。阿娜依虽然不会亲手残杀轩辕族后裔，但对苗人却没有禁忌，那对苗族夫妇就是被她亲手杀死的，这次恐怕是为了斩草除根。

然而，当我想查清楚阿娜依为何会对这家人狠下杀手时，却得知她突然又取消命令，让教徒无须再寻找这名少女。就在这个时候，你的旧搭档便进入我的视野。

当时我还挺不明白阿娜依为何出尔反尔，但后来我总算想通了。

你在调查理南学院干尸案时，不是问我那个叫见华的妹子被仁孝砍伤后，为何没有像其他人那样变成干尸吗？

你还记得我当时怎么说吗？我当时问那妹子是哪个民族，你说汉族，还好我没相信你的鬼话，要不然到现在还不能弄清楚这件事。

五千年前，蚩尤铸造兵主的目的是屠杀黄帝族人，因此瞬间燃烧血液的效果只会出现在轩辕族后裔身上，以兵主为原料铸造的三才宝剑亦一样。见华之所以能幸免于难，源于她并非轩辕族后裔，她的真正身份是那对苗族夫妇的遗孤，也就是阿娜依的追杀对象……

沐师傅默默地看着我，良久才再度开口：“你的旧搭档刚加入赤神教，阿娜依就取消对他妹妹的追杀令，若说这两件事没有关联，那就是睁眼说瞎话。”

难道小相是为了保护见华才加入赤神教的？

若事实果真如此，那么他的一切怪异行径就都能得到合理解释。在他眼中没什么比见华更重要，他会为保护见华而做任何事，甚至不惜沦为杀人凶手！

我突然觉得胸口像被人重重地打了一拳，有种喘不过气的感觉，默默地站起来，迈着机械的步伐走出包间。

沐师傅显然知晓我的心情，并没有挽留，只是自言自语地说：“爱欲于人，犹如执炬。逆风而行，必有烧手之患。记得这句话，别让自己犯错。只有阻止你的旧搭档，才能阻止阿娜依。”

我没有理会他，像逃走似的走向门外。服务员仿佛知晓我的心意，迅速为我打开店门，以方便我“逃走”。走出店门后，我发现有不少客人在门外等待，我还听见服务员对他们说：“现在可以进来了。”

难道沐师傅为了跟我见面，把整间咖啡馆包了下来？

刚才还以为他吝啬得连饮料也不让我喝，现在想来他其实是不想让服务员听见我们的对话。虽然觉得他的做法甚为夸张，但他不是糊涂的人，看来我有必要重新评估赤神教的势力，以及自身的安全。

在前往王纪绿夫妇住处的路上，我在脑海中将现有信息作了一番整理。

两年前，小相突然失踪，与此同时，我们正在调查的古剑杀人案中的重要证物——地道之剑“坤阖”亦不知所踪。依现在的情况推断，坤阖肯定是被小相拿去交给阿娜依，以换取对方的信任，以及放过见华的承诺。

而在前不久的理南学院干尸案中，断成半截儿的人道之剑“仁孝”，于送往技术队途中被盗。根据蓁蓁的描述，盗剑者极有可能是小相。再加上调查藏镜鬼一案时，吴威夫妇一再声称，小相从他们手中夺走另外半截儿仁孝，更有目击者目睹他拿着一截儿类似断剑的物体，从防空洞走出来。

综合上述信息，阿娜依很可能已通过小相获得两把三才宝剑。既然小相甘愿为阿娜依卖命，就不能排除他杀人的可能。毕竟对他而言，没有什么事情比见华更重要，阿娜依大可以此威胁他。

若事实果真如此，那么只要找到余下的天道之剑“乾捭”，阿娜依就能进行招魂仪式，让魃的元神重返人间。若让其奸计得逞，那么世界将会陷入可怕的浩劫当中。

遍地僵尸的可怕景象，光想想已让人毛骨悚然。

要消除未知的恐惧，最好的方法是探求真相。但是倘若恐惧无法消除，唯一的应对方法就只有不要再想，反正光靠胡思乱想并不能解决问题。

当务之急是阻止小相将最后一把三才宝剑交给阿娜依。若要阻止他，首先要知道他在想什么、准备做些什么。他是个非常聪明的人，狡兔三窟如此浅显的道理，他没理由不懂。因此，寻找他的藏身之所，只会白费气力。但若知道他将要做的事，那么找他就容易得多了。而要弄清楚他的想法，或许就只有王纪绿夫妇能为我提供线索。

来到王纪绿夫妇位于旧城区的出租房时，虽然已是深夜，但附近却不见安静。打牌声、打骂声、婴儿哭声不绝于耳，在这种地方想安稳地睡到天亮，恐怕只是奢望。

人生于世，无非只求每日三餐一宿，可惜在现今社会当中，仍有很多底层市民食不能安心、睡不得安稳。

接连三次敲响出租房破旧的房门，才有一名容颜憔悴的中年妇女，谨慎地将门打开一道小缝儿。我想，她应该就是死者的母亲郭登会。透过门缝儿，我还看见屋内有一名中年男人坐在床边抽烟，并向我投以不友善的目光。他大概是死者父亲王纪绿。

郭登会警惕地看我几眼，厌烦地叫道："干什么？卫生费已经交过，暂住证也办了，该交不该交的都交过了！"

虽然我没穿警服，但额头上亦没写着"治安队员"四字，她之所以误会，大概是因为对经常前来收取各项杂费的人感到腻烦。我能理解她的感受，对此亦不以为然，取出警员证向她道明来意。

我本以为她会配合调查，毕竟没有人甘心让自己的孩子死得不明不白。然而，当我表明来意后，她仍未改厌烦的态度："还有什么好说的？你们不就只想着尽快结案，哪会管我儿子到底是被谁杀的！"

我不明白她为何会这么说，但仔细一想，或许是县派出所处理不当，没妥善安抚死者家属的情绪，因此便立刻跟他们划清界限："我是直属于省公安厅的刑警，因为县派出所将这宗案子处理得一塌糊涂，所以厅长才派我来接手。"

这招果然有效，一听我是厅长派来的，她便立刻恭迎我进屋，并为刚才的不友善道歉。

王纪绿显然听见我跟他妻子的对话，我刚进屋，他就搬来屋内唯一的一张凳子请我坐下，并向我敬烟。虽然我不太想抽这种劣质香烟，但出于礼貌还是点上了。

随后的交谈比我想象中要顺利，我连开场的客套话也没说，他们俩便像轰炸机似的向我左右夹击，不断讲述与案情有关的事情，以及县派出所的种种不是。当中最让我感到惊讶的是，原来火化死者尸体并非他们的意愿，而是派出所强行将尸体送往火葬场，清理命案现场也是在他们不知情的情况下进行的。

为何县派出所要刻意隐瞒真相？

难道当真如沐师傅所说，赤神教众成千上万，而且已渗透到各个阶层，甚至包括县派出所？虽然这个可能性极高，但我实在无法将文福那张憨厚的脸与邪教教徒画上等号。

这件事当中到底隐藏着多少不为人知的秘密呢？

第六章　拦途截劫

“凶手还没找到，还没给小均讨回公道，我们怎么会这么草率地将尸体火化呢？县派出所那帮人简直就是胡扯！”王纪绿气愤地叫道。

“就算要讨生活，至少也要等小均的后事办好，我们才能安心做事。我们虽然穷，但还不至于十天半月不工作就会饿死。而且老板都很体谅我们，没要求我们马上就回去做事。”郭登会也附和丈夫一同破口大骂。

夫妇两人你一言我一语地说个不停，仿佛想将因此事而受到的冤屈，一次发泄在我身上。幸好我早就被老大骂习惯了，对此也没有多少反感，反而在“挨骂”的过程中，获取了大量有价值的信息。

大概因为过于愤慨，他们把话说得杂乱无章，我将他们所说的话于脑海中作一番梳理，大概明白了事情的经过——

数日前，郭登会做了一个怪梦，梦见一名陌生男子闯入王村的老宅，告诉她儿子志均要走了，叫她赶快回家。醒来后，她总觉得心神不宁，就让丈夫想办法联系儿子。

因为儿子的手机前几天坏了，王纪绿没办法直接跟儿子联系，只好联系儿子的班主任。他本想拜托对方，待儿子到校后，让儿子给自己打电话报平安。然而，班主任竟然说王志均已经好几天没上学，之前还曾就此事给自己打电话，只是当时没拨通，之后就不了了之了。

在痛斥对方不负责任的同时，王纪绿亦为儿子的安危感到担忧，于是便请假回王村查看儿子的情况。

来到家门前，他发现前门及侧门紧闭，但平日从不开启的后门却虚掩着。

他从后门进入厅堂，竟发现儿子被挂在屋梁上，不但身穿红裙子，手脚还被绳子绑着。最诡异的是，脚踝居然吊着一个秤砣。

他被眼前这一幕吓蒙了，呆了好一会儿才反应过来，边大叫儿子的名字，边上前摇晃对方的身体。然而儿子却没有任何反应，使他不能不接受这个残酷的现实——儿子已经死了。

虽然儿子已经不在人世，但总不能一直挂在屋梁上，于是他便想把儿子解下来。可是绑在儿子身上的绳子非常结实，他怎么解也解不开。当他想找把刀子把绳子割断时，邻居被他刚才的叫声引了过来。

邻居也被眼前的情景吓了一跳，但毕竟旁观者清，提醒他最好先别乱动屋子里的东西，尽快报警好让警察找出凶手，替他儿子讨回公道。

报警后，来了几个警察，其中有一个胖子，王纪绿跟邻居都觉得他有点儿眼熟，但又没记起在哪儿见过。

警察向王纪绿了解情况，仔细地记录下来并拍下照片。做完笔录及现场取证后，那个胖子警察便叫他先回城区工作，调查若有任何进展，必定会第一时间通知他。还说一定会找出凶手，还死者一个公道。对方一副正义凛然的模样，取得了他的信任，于是便一切皆听从对方的安排。然而，当对方联系他时，并非告知调查进度，而是通知他准备将死者的尸体送去火化。

虽然夫妇两人皆读书不多，但还不至于连这点儿常识也没有。案子的调查才刚刚开始，不但凶手没找到，就连儿子是怎么死的也没一个像样的说法，怎么能如此草率地将尸体火化呢?

王纪绿立刻赶回王村，准备到县派出所弄清楚到底是怎么回事，可是当他回到家里，马上就愣住了。报案当日，警察一再吩咐他千万别动房子里的任何东西，但此时他却发现厅堂明显被人打扫过。

他问邻居，自己离开之后，有谁进过他的房子。邻居说除了那个胖子警察，就没见过其他人进去。他气得七窍生烟，立刻到县派出所找到那个胖子警察，还向所长投诉他的种种不是。

所长扬言必定会秉公办理，让他先行回家，随后会给他一个交代。可是就在第二天，胖子警察突然来到他工作的地方找他，叫他最好识相一点儿，若继续就此事闹下去，吃亏的就只有他自己。

这根本就是赤裸裸的威胁，虽然他想跟对方拼到底，大不了就同归于尽。

但老板却劝他民不与官斗，继续追究下去，恐怕会连累其他人。虽然老板没说出口，但他明白老板也有自己的难处，所以只好忍气吞声……

“你们说的胖子警察，是小眼睛、厚嘴唇、样子憨厚老实那位吗？”我问道。

“就是他，样子虽然长得挺老实的，但一翻脸就跟狐狸一样。”王纪绿愤愤不平地说。

虽然有点儿难以置信，但他们所说的胖子警察应该就是文福。或许这个外表憨厚老实的胖子跟王达一样，也是赤神教安插在县派出所里的内应。为进一步证实这个假设，我向他们询问记录中为何没有死者的出生日期一事。

“怎么会没有呢？”王纪绿反应很大，驳斥道，“那个胖子警察刚来，就问我儿子的名字和出生日期，我亲眼看见他记下来的。”

虽然文福有记下死者的出生日期，但我所得的资料中对此却没有记载。那么，原因只有一个，就是文福刻意隐瞒此事。

我询问他们死者的出生日期，得到的答案与沐师傅推算的日期一致，因此我随即又问另一个至关重要的问题，那就是死者去世时是正好十三岁又十三天吗？

王纪绿点头道：“这事我也跟那个胖子警察说过，虽然发现小均出事时，他已经死了一两天。但听尸检医生说的死亡时间，算起差不多就是十三岁零十三天。而且小均死得这么怪异，肯定跟那些和尚道士有关。还有，小均手脚上的绳子绑得非常结实，我怎么解也解不开，肯定不是普通人绑的。这些我都跟那个胖子警察说过。”

现在已经能肯定阿娜依已得到至阳至阴之魂，当下的问题是到底是谁执行的这个命令。一般人绑的绳结，就算绑得再紧，也有解开的方法。但倘若是受过训练的警务人员以专业手法绑出来的绳结，往往非要用刀子才能松绑。很不巧，小相正好受过这方面的训练。

不管是命案现场的指纹，还是遗落于吴威夫妇住所中的打火机，所有嫌疑都指向小相。再加上他有可能为了见华的安危而做出任何事情，实在让我无法将他的名字于嫌疑名单上去除。

或者说，现在几乎可以肯定他就是杀害王志均的凶手。

王纪绿夫妇已经没有其他有价值的信息可以提供，而且此时已是凌晨，他们明天还要工作，我便不再打扰他们，打算向他们告辞。不过在离开之前，我向他们问了一个看似与案件无关的问题："你们怎么老是说'那个胖子警察'？难道你们不知道他的名字吗？"

两人同时摇头，王纪绿答道："不知道，他从来没说过，之前我都是叫他王警官。"

"王警官？他不是姓文，叫文福吗？"我诧愕道。

"文福……"郭登会若有所思地念着，并轻拍丈夫手臂，"老冠的儿子不就是叫文福吗？"

王纪绿迟疑片刻，随即恍然大悟道："怪不得他那么眼熟，原来是老冠家的龟儿子！"随后他们告诉我，文福的全名叫王文福，在王村出生，小时候还在村里念书，后来跟随外出打工的父母生活，已有十来年没回王村，所以他们才没认出来。

奇怪了，文福为何从来没向我提及自己是王村人？又为何刻意在王纪绿等人面前隐瞒自己的身世呢？

我越来越觉得这个死胖子很可疑，虽然他长得一副憨厚老实的样子，但人往往不可貌相。

离开出租屋后，我便拨打文福的手机，他似乎已经就寝，听筒里传出他慵懒的声音："三更半夜，谁啊？"

"我，慕申羽，我们白天见过的。"我答道。

"啊！原来是慕警官，不好意思，我刚刚在睡觉。"他似乎在瞬间醒过来，"是不是调查有新发现？要是有用得着我的地方，尽管吩咐我去办就行了。"

"其实也没什么，只是你给我的资料里有些细节没说清楚，想向你请教一下。你现在在哪儿？方便跟我见面吗？"其实我是想当面质问他。

"现在？"他只犹疑了半秒便答道，"方便，方便，我就住在县派出所宿舍，不过这个时候用警车不太方便，你过来找我可以吗？"

"没问题，我现在就过去。"我笑着挂掉电话。

如果他住在荒山野岭，或许我还不敢去找他。但在县派出所的宿舍里，除非整个派出所都被赤神教完全渗透，否则他也耍不了什么花样。

旧城区的街道狭窄而复杂，不过此时已是深夜，路上难觅行人。因此我没花多长时间就把警车驶到通往城郊的大马路上，而不是像来时那样堵上老半天。

驾驶警车于空荡的四车道上飞驰，或多或少会让人感到落寞。毕竟已是凌晨时分，除了晚归人之外，大概就只有图谋不轨的歹徒才会出现在这条通往城郊的马路上，就像此刻我从后视镜中看见的那辆雅马哈。

其实，早在还没离开旧城区时，我就注意到这辆雅马哈。不过摩托车在旧城区较为常见，所以当时我并没在意。但从城区算起，我已经驶了超过二十公里的路程，此刻对方仍然尾随着我，若只是单纯的同路，似乎也太巧合了。

我通过后视镜仔细观察尾随者，对方只有一人，以身体前倾的姿态驾车，而且戴有头盔。单靠后视镜虽然无法辨识对方的身份，但至少能看到对方腰间系有一根棍状物体，应该是匕首或者短棍之类的武器。

我开的好歹也是辆警车，一般劫匪不见得有抢警察的胆子。不过，对方既然准备了家伙，还跟我走了二十多里路，肯定不会只想跟我打个招呼。最有可能的情况是，对方是赤神教派来的凶手。

不管是歹徒也好，杀手也罢，若继续维持现状，吃亏的只会是我。天晓得对方在什么时候对我下手。与其被动地等待对方出手，还不如夺回主导权，尽早把对方甩掉！

摩托车最大的优势在于车身小，拥有良好的机动性，而缺点是马力相对低下。若在繁忙的街道里，摩托车可以说是跟踪者的标配交通工具，但在宽敞的四车道上，其优势不但毫无用武之地，缺点亦尤其突出。

我把油门儿一踩到底，在引擎的咆哮声中将车速提升至时速一百四十公里。身后的雅马哈试图加速追随，但碍于马力不足，我们之间的距离不断拉开。

我时刻留意后视镜中逐渐缩小的身影，虽然看得不太清楚，但也足以确认对方已经放弃继续跟随——雅马哈突然减慢车速，渐渐于后视镜中消失。

虽然已经将对方甩掉，但我还是继续将油门儿一踩到底，以防再次被其追上。我风驰电掣地向县派出所进发，直到转入城郊小路才减慢车速。

从城区往县派出所必须行一段只有两车道且没有路灯的小路。之前曾听同僚说过，这段路经常发生拦路抢劫，不过我开的是警车，应该没有哪伙笨贼会打我的主意。因此，我并没有太在意前方的情况，反而经常留意后视镜，确认自己没有再被跟踪。

然而，世事往往让人意想不到。

正当我因留意后视镜而分神的时候，突然发现有个人影儿从路边的草丛里跳出来，把两袋东西扔到警车的风挡玻璃上。与此同时，前方出现一道强光，使我睁不开眼。

我下意识地踩刹车减速，当眼睛开始适应光线，才发现前方有一辆大货车停在路中央，强光正来自其车前大灯。砸在风挡玻璃上的是两个装有泥土的塑料袋，已在撞击的过程中爆开，泥土把风挡玻璃盖住了一大半，使我难以看清前方的路况。

我启动雨刮器，想将阻挡视线的泥土刮走，并于心中叫骂：竟然敢在太岁头上动土，幸好今天开的是悍车，看老子怎样把你们撞飞！

很明显，我遇到一群笨贼，一群连警车也敢抢的笨贼……这是我启动雨刮器之前的想法。当雨刮器启动后，我便发现对方其实并不笨，因为他们扔在风挡玻璃上的泥土里竟然藏有鸡蛋！

第七章　重归于好

雨刮器虽然刮走黑压压的泥土，但与此同时又在风挡玻璃上涂上一层白蒙蒙的“薄漆”。

经过片刻的惊疑，我便想起曾听同僚提及，近期屡次出现新式抢劫手法——劫匪往正在行驶的车辆投掷鸡蛋，司机在不知情的情况下，往往会下意识地启动雨刮器。蛋液在雨刮器的摩擦下，会在风挡玻璃上形成一层白膜，使司机无法看清楚前方的道路，因而被迫停车。汽车一旦停下来，便成为匪徒的刀俎之肉。

我现在大概就是这个情况。但细想之下，我又觉得不对劲儿。若对方只是一群拦途截劫的歹徒，看见警车理应退避三舍。而且对方并非像同僚所说，只扔来几个鸡蛋，而是巧妙地将鸡蛋藏在泥土里，这足以说明他们并不笨。因为就算我不启动雨刮器，湿润的泥土粘在风挡玻璃上亦会使视野受阻。

若对方并非求财的歹徒，那么他们很可能是赤神教派来的杀手！

歹徒也好，杀手也罢，当前的情况对我非常不利，白蒙蒙的风挡玻璃使我完全看不到前方的路况，而且对方将一辆货车停在这条只有两车道的小路中央，就算我的驾驶技术再好，也不可能从旁边冲过去。

既然前无去路，那就唯有往后退。

我将刹车一踩到底使警车急停，立即倒换后挡猛踩油门儿，急速倒后行驶。虽然前方视野受阻，但后视镜及后窗玻璃都没问题，以我的技术就算是倒后行驶，要驶回主干道上也不是难事。不过，前提是在正常的情况下。

虽然后视镜及后窗玻璃都非常洁净，不会对视野构成阻碍。但这条小路没有路灯，单靠尾灯微弱的红光，难以看清楚路面状况，更别说高速行驶。如果能逃出去，就算要多花点儿时间也无所谓，但对方可不会眼睁睁地看着我溜走。

从前方传来的引擎声让我知道，对方没打算就此让我离开，正驾驶着货车追过来。倒后行驶的速度本来就不快，再加上不能看清路况，被对方追上只是时间问题。

与其坐以待毙，还不如主动出击！

我再次将警车刹停，换挡向前加速。虽然风挡玻璃一片白蒙蒙，但依靠对方的车前大灯，勉强还能确认对方的位置。把安全带扣上后，我便将油门儿一踩到底，准备跟对方来个同归于尽。

对方显然没料想到我会以死相搏，前方的灯光突然向右移动。货车的司机大概出于本能，将方向盘扭向左侧，以避免两车相撞。跟对方以命相搏只是无可奈何的选择，若尚能苟且偷生，我当然不想“英勇就义”。

因此，我亦立刻将方向盘扭向左侧，希望能从旁边冲过去。可是，在这条只有两车道的狭窄道路上，要让两辆车身较大的汽车通过，本来就不容易，更何况此刻两车皆在路中央高速飞驰。

虽然双方皆尽力闪避，但碰撞仍无法避免。猛烈的撞击使警车失控，撞向路边一根电线杆后才停下来。剧烈的震荡使我感到一阵眩晕，双眼金星乱舞，以至无法看清身边的事物。

幸好事先扣上安全带，身体似乎没受到严重的伤害。在休息片刻后，情况略有好转，至少能勉强看到自己的手脚仍没丢。

通过后视镜，我看见大货车在路边的田地里侧翻，刚才从草丛里跳出来的男人正走向货车，似乎想把同伴拉出来。

对方的情况应该不比我好多少，但他们至少尚有一人没受伤，而我却连走路也成问题。若等他们缓过来，我的小命恐怕就保不住了。可是，在这个性命攸关的时刻，因刚才的碰撞而熄火的警车，竟然无法再次发动，大概是引擎给撞坏了。

继续待在车内，早晚会被对方破窗而入，还不如趁对方还没缓过来及早逃走，或许还有一线生机。我匆忙解开安全带开门下车，但脚刚沾地便感到天旋地转，随即踉跄倒地。

我感到头晕眼花浑身乏力，只能勉强以四肢支撑身体，几次想站起来皆摔倒在地。好不容易才扶着警车站起来，便听见有人大叫："他想逃跑，快去把他砍死！"四名大汉在向警车扔泥巴的男人帮助下，已从大货车内爬出来，五人皆手持砍刀，正杀气腾腾地盯着我。

此刻我已能肯定对方是赤神教派来的杀手，若不立刻逃走，等他们跑过来后，我恐怕想留具全尸也不成。可是我现在连站也站不稳，要逃出他们的魔掌又谈何容易?

就在我以为自己得去拜会马克思时，轰隆的引擎声传入耳际，虽然双眼仍金星乱舞，但勉强还能看见远处出现一束强光，随即发现一辆摩托车正从城区方向驶来。

看来我命不该绝。虽然并不指望对方会路见不平，拔刀相助，但至少有外人在，那帮恶徒多少会有所顾忌。然而，这个想法在我脑海中只存在了几秒便消失，随之而来的是更深的绝望。因为我发现正迎面驶来的，就是刚才尾随我走了二十多里路的雅马哈！

正当我以为雅马哈跟货车上的恶徒是同一伙人时，便听见其中一名从货车内爬出来的大汉叫道："一定要完成左护法交代的事情，其他事啥也别管。"说罢便带领众人向我冲过来。

我记得藏镜鬼是赤神教的右护法，对方所说的左护法很可能是文福，那雅马哈上的人又是谁呢?

随着雅马哈的驶近，我突然觉得这辆摩托车有点儿眼熟，之前好像见过。然而，此刻已没时间让我细想此事，因为五名手持砍刀的大汉已经冲到眼前。

我本能地迈出踉跄的脚步，沿着小路逃走，可没走几步就跌倒了。于慌乱中挣扎了好一会儿才爬起来，往后一看发现距离我最近的大汉只有五步之遥，而且对方已高举砍刀，准备送我上黄泉路。

逃走已没有可能，只好闭上双眼等待生命的终结。

或许上天嫌我吃的苦头还不够多，又或者老天爷还有事要我去办。砍刀并未如意料中落到我的头上，反而听见一阵刹车声、碰撞声，以及惨叫声。

睁眼一看，发现戴着头盔的雅马哈车主，正利用胯下坐驾将五名大汉逐一撞倒。虽然雅马哈来势汹汹，但对方人多势众，而且手持砍刀。在首轮交锋后，雅马哈便处于劣势，被五名大汉围堵。

为首的大汉叫道："我看你是寿星公上吊——不想活了！竟然敢跟老子过不去，先给我砍死他！"说罢挥刀示意众人一同上前围攻雅马哈。

雅马哈突然猛扭油门儿，掀起车头撞向为首的大汉，将其撞倒并突围而出，驶到我跟前一手把我拉到后座上。我本能地紧抱对方腰部，轰隆的引擎声疯狂咆哮，雅马哈以极快的速度往县派出所方向飞驰。

形势急速逆转，我一时间还没弄明白到底发生了什么事。再加上仍感头晕目眩，脑袋也无法如常运转。纵然如此，但我仍知道有一件事必须确定，就是此刻正驾驶雅马哈载我逃离险境的人到底是敌是友，因此不禁问道："你是谁？"

从头盔内传出对方的大声叫骂："是你妈！"

虽然呼啸的风声让我的耳朵感到不适，但我确定自己没听错，只是有点儿不敢相信。为了确认对方的身份，我把紧抱对方腰间的双手往上移……双手传来酥松感觉的同时，对方的怒吼亦传入耳际："找死啊你！信不信我把你丢回刚才那里。"

"不信。"我轻轻在对方胸部抓了一把，才把双手下移，再次紧抱对方腰间。但这次我并非为稳定自己的身体，而是想感受对方的温柔，因为我已经知道身前这位"骑士"是蓁蓁。

"是厅长让你跟踪我吗？"当眩晕开始减轻，这个问题便于脑海中浮现。

"厅长才没空儿管你这种小喽啰！我就知道没有我在你身边，你这没用的家伙遇到危险就只能等死，可没想到你这死跛子还真的这么没用。"虽然隔着头盔，但我仍能感觉到她鄙夷的目光。

"你是想我才跟踪我吧！我还以为只有中年大叔才会这么变态。"我嘲笑道。

"你才是大变态！"她羞恼地骂道。

我想她娇俏的脸庞一定已红润起来，便不再以此取笑她，换了一个别的话题："我刚才不是已经把你甩掉了？你怎么会知道我在这里？"

"我才没你想象中那么笨。"她不屑地回答，"你大半夜出城，除了王村和县派出所还能去哪儿？我刚才只是故意让你跑掉，你还以为自己有多了不起，真白痴。"

没想到她也会"欲擒故纵"，我一直以来都小看她了。或许就像老大所说，她其实一直都在演戏，而且演技非常好。虽然我会为此而感到不安，但刚才若不是她，我恐怕已经被那五名大汉砍成肉酱。

我突然想起小相，因为他亦不轻易以真面目示人。虽然曾多次与他出生入死，但我至今仍未能弄清他的想法。不过，我知道他不会害我，因为他是我的兄弟。

我既然能相信小相，为何就不能相信蓁蓁呢？

虽然在工作上出现分歧，但我们仍是最合拍的搭档，不应该存在任何猜疑。或许她会向厅长汇报我在工作上的失误，但当我遇到危险时，她绝对不会袖手旁观。

心念至此，我不由得更用力地抱紧她的纤腰，从她的体温中感受两人之间的信任。然而我的举动却招来她的怒骂："死变态，你快把我勒得透不过气了！再不松手，我就向厅长投诉你非礼我。"

"你开得那么快，我怕一松手就会掉下去呢。"我不但没有松手，反而抱得更紧，并把话题岔开，"你这辆摩托车该不会是偷来的吧，我记得傅斌那辆好像也是这个样子。"

"我才不会偷东西呢，这车子是他借我的。反正他现在躺在医院也用不着，就借我用呗。"她没有因我的揩油而做出反抗的举动，继续专心开车。

我们一路风驰电掣地来到县派出所，并在宿舍找到文福这死胖子兴师问罪。然而，面对我的指责，他却露出一副无辜的哭丧脸："这些事我一个人说不清楚，其实我都是按照所长的吩咐办事。你们也知道的，在单位里从来都是头儿说了算，虽然不知道所长为什么要我这么做，但要是不按他的意思去办，我马上就得收拾包袱走人。"

这死胖子也挺聪明的，一句话就把责任推得一干二净。我可不会就此放过他，要求立刻跟所长见面，让他们俩当面对质。

他还是那张哭丧脸，无奈地说："这可不好办呢，所长不在宿舍里住，现在这时候去找他，恐怕不太合适吧！反正天也快亮了，要不这样吧，这里有房间，你们先去休息一下，等他过来上班，我再跟你们去找他把这事说清楚。"

这里是派出所，我想他也耍不了什么花样，而且我还没从撞车的震荡中缓过来，此刻脑袋仍有点儿模糊，非常需要休息。因此，便答应明天再找所长对质，并让他为我们安排房间。

"好的，我现在就去拿钥匙给你们准备两间房间。"他的哭丧脸稍微舒展了一些。

"一间就行了。"蓁蓁轻描淡写地说出这句让我目瞪口呆的话。

文福愣了一下，随即憨笑道："原来你们不只是同事，我懂的，我懂的。只要一间房是吧，我现在就去。"说罢便小跑离开。

蓁蓁让我猜不透的，似乎并非只有智商，她要求跟我同睡一个房间，难道是想"开"了？

第八章　覆雨翻云

我早年曾接待过两名来自偏远地区的警察，两人皆身穿发黄的破旧警服，脸上尽是漫长旅途带来的风尘与疲倦。在完成疑犯交接手续后，我问他们晚上在何处落脚，他们竟然说准备到老乡位于城中村的出租屋中暂住。

带着疑犯暂住于品流复杂的城中村，听起来让人感到不可思议。而更不可思议的是，他们竟然连回家的路费也没有，打算与老乡见面后再商量如何筹集路费。

向他们了解详情后得知，他们任职的县区极其贫困，根本拿不出办案经费。但纵然如此也不能置匪徒于不顾，哪怕身无分文亦不远千里前来将疑犯押回去审理。另外，在我们问清楚情况时，他们已经一整天没吃过东西。

我明白他们因为自尊心，不耻于向兄弟单位伸手要钱。他们的情操让我们感动，甚至感到惭愧，用老大的话说："我们都是吃皇粮的懒虫，这两位兄弟才是真正的人民警察。"

在宴请他们大吃一顿后，我随即为他们安排住宿。其后在老大牵头下，发动整个刑侦局的同僚向他们捐钱捐物，其中旧警服就有十多套。当然，我们所谓的旧警服，对他们而言与新警服无异。

类似的事情其实并不鲜见，为照顾这些来自贫困地区的伙计，现在大部分公安单位都会将警员宿舍内部分空置房间布置成客房，方便兄弟单位的伙计前来办案时暂住。

我跟蓁蓁现在就置身于县派出所宿舍的客房内。

“你先洗澡，还是我先洗？”这是我锁上房门后说的第一句话。

“去死吧你！”这是蓁蓁一脚把我踹飞时的怒骂。

她翘起双手坐在床边的椅子上，以鄙夷的眼神盯着我：“我知道你心里在想什么，你别以为我是那种不三不四的女人，你要是敢乱来，我下次踹的就不是你的屁股。”

“我觉得你以前比较可爱。”我爬起来拍去屁股上的鞋印。

她白了我一眼说：“因为之前我被你揩油也不会吭声儿是吧？”

我认真地点头，她冷哼一声又道：“我没吭声儿不是因为我笨、好欺负，而是因为我知道你这么做，是为了让身边人放松一些。既然你的出发点是好的，那我也没必要拆穿你。”

“真的是这样吗？还是因为你喜欢我？”我嬉皮笑脸地走近，并将手搭在她手臂上。

“哎哟……”她突然惨叫一声，把我的手推开。

“怎么了？”我连忙查看她的手臂，发现衣袖破开了一道口子，隐约能看见手臂上有一道伤口。想必是刚才与五名大汉纠缠时，不小心挨了一刀。

我在房间里翻箱倒柜寻找可用于包扎的物品，竟然找到一个药箱，便返回她身前动手脱她的外套。

“又想干吗？”她瞪了我一眼，但没有反抗。

“想把你推倒。”我没好气地回应，“我又打不过你，还能干吗呢？”说罢便帮她脱掉外套处理伤口。

她的伤口并不深，没伤及筋骨，只是普通的皮外伤，经过消毒及包扎后应该没有大碍。处理好伤口后，我突然想到一个问题：“你救过我多少次呢？”

“哪记得。”她翘嘴答道，“你这个死跛子，又笨又要逞强，少看一眼也让人不放心。”

我莞尔一笑：“我好像还没跟你道过一声谢呢。”

“免了，我才不要你的假惺惺。”她站起来走向茶几，似乎想去倒水喝。

“我帮你吧！”我按着她的双肩，让她坐下。

她嘟起嘴说：“才不要，谁知道你会不会给我下药。”说罢强行站起来，还推了我一把。

我一时没站稳往后倒下，本能地抓住她的手，竟然把她也拉倒了。幸好床铺就在身后，两人才没有摔伤。

她挣扎着想爬起来，但不小心触及手臂上的伤口，不由得发出轻吟。我温柔地搂着她，心疼地说：“别动，小心伤口。”

“啋，你还会关心我的死活？还是别闹了，在你眼中我只是个专打小报告的叛徒。”她想推开我爬起来。

我用力地将她抱紧，不让她从怀中逃离。她虽然作出反抗，但却十分无力，只是象征性地挣扎了几下便安静下来。

我俩四目交视，互不做声，此刻千言万语亦不及一个眼神更能表达心中的情感。

“你想怎么样？”她虽然知道我的心意，但同时亦感到不安。

我没回答，只是用行动告诉她答案，以双唇封住她的嘴巴，同时牢牢地将她拥在怀中，安慰其忐忑的心灵。

昨日的争执，今天的恨仇，
在你我融为一体的瞬间消散于无形。
你娇媚的声音，
潮红的脸颊，
柔软的朱唇，
还有身上淡淡的芳香……
皆为我留下最美好的回忆。
但愿今夜每个瞬间能在你心中长驻，
任凭时间流逝亦不退色。
若他日你要为梦想展翅高飞，
我亦无悔此刻的付出，
但求你能在休憩的片刻，
回味我俩的甜蜜片段。

“没想到你竟然会作诗呢！”蓁蓁柔媚地依偎于我怀中，平日的剽悍荡然无存，“不过作得这么烂，怪不得平时没敢拿出来丢人。”

我紧抱她妩媚的胴体，佯装生气道：“我才不会随便给别人作诗，除了你就只给一个人作过。”

“还给谁作诗嘞？”她瞪着我冷声问道。

她充满醋意的眼神，让我知道自己说漏嘴了，赶紧解释道：“别紧张，只给我妈作过一首而已。”

“你还认为我是个笨蛋吗？”她掐住我脖子，使劲儿地摇我的脑袋，“快给我招，是不是给那个姓游的黄绿医生作的？！”

我刚从撞车的余波中缓过来，被她这一摇，马上就感觉头晕目眩，只好赶紧招认：“我招，我招，的确是给她作的，不过是在跟她分手的时候。”

她松开双手后仍凶巴巴地盯着我：“以后不准再作这种狗屁不通的烂诗！”说着又再柔媚地依偎于我怀中，“除非是给我作的。”

“吟诗这玩意儿得随心而发，不是说作就能作出来的。”我又揽住她。

“要怎样才能随心而发呢？”她认真问道。

我一脸严肃地回答：“得像刚才那样——覆，雨，翻，云！”说罢便亲吻她的朱唇，与她再度共赴巫山……

翌日一早，我们在宿舍没看见文福的踪影，便到值班室找他。然而，值班室一名姓张的伙计却说：“他不在这里，应该在宿舍里睡觉，还没起床吧！”

我们刚从宿舍过来，确定文福不在那里，便拨打他的手机，并随口问道：“他今天休息吗？”

小张答道：“他这阵子天天都休息，因为他被所长停职了。”

“什么？他被停职了？”我惊讶叫道。与此同时，手机传出“您所拨打的用户已经关机”的提示。

我连忙挂掉电话，向小张询问文福停职一事。

小张答道：“他做事一直都很认真，从来没出过差错，所以所长向来都很放心把事情交给他办。可是不知道为什么，在处理王村那宗命案时，他却像中了邪一样，接二连三地违规。不但私自将死者的尸体送去火化，竟然还给命案现场来个大扫除。所长被他气疯了，就让他停职接受调查。”

“他什么时候被停职的？”蓁蓁问道。

小张皱眉思索片刻，随即答道：“就是死者父亲为这些事来投诉他那天吧，算起来已经有好几天了。”

我立刻追问：“所长有让他接待我们，把案子交给我们接手吗？”

“哪有，所长怕他又再发疯把事情搞砸，什么事都不让他干，就差没有把他关起来，哪会让他去接待你们。”小张说着从抽屉里翻出一份档案递给我，“你说的案子资料一直放在这儿，我还以为你们贵人事忙，没空儿管这宗案子呢！”

我立刻翻阅档案，发现这份档案比文福给我的资料要详尽，而且井井有条。死者的出生日期、捆绑手脚的绳结非常专业、法医推断的死亡时间正好是死者十三岁又十三天等重要信息均有详细记录。

很明显，这一切都是文福暗中搞鬼。他先是违规处理及清除与本案有关的重要证据，随后又对我们的调查进行误导，若说他跟本案无关，恐怕没有人会相信。他就算不是凶手，至少也是帮凶，而且可以肯定的是，他必定是赤神教教徒。

此刻他不见踪影，就连手机也关了，恐怕已经畏罪潜逃。不过逃跑解决不了问题，尤其是公职人员。

为防止贪官污吏逃窜国外，我国对公务员出境有一定限制，就算前往港澳特区也比普通市民要麻烦一些。虽然相关规定并不能有效制止贪官潜逃，但至少予以某种程度上的阻碍，使他们不能说逃就逃。

若文福没有提前为今日的潜逃作好准备，不可能立刻潜逃到国外。只要他还在国内，被抓回来只是时间问题。不过若要尽快把他揪回来，最有效的办法还是借助县派出所的警力。毕竟时间仓促，他应该没跑多远。

为了尽快得到县派出所的配合，顺便将文福涉嫌违规一事确认，我打算直接跟所长面谈。可是小张却说所长还没过来，我不由得抱怨道：“你们所长也太懒散了吧，都已经是上班时间了，却还没见人。我跟你说啊，如果文福因此而跑掉，我一定会给厅长汇报此事。”

县镇机关单位处理日常事务时，可能会比较散漫，可一旦事情跟上级沾上边，立刻就会积极起来。小张就是个例子，我说要向厅长汇报，他便紧张起来，边给我解释所长平时从不迟到早退，边拨打所长的电话。然而，他打完所长的手机再打家里的座机，甚至连所长妻子的手机都打过了，竟然全都没人接听。

我点了根烟，不耐烦地说："该不会是昨晚喝多了，睡到现在酒劲儿还没退吧？看来你们得换所长了。"

小张大概跟所长的关系不错，连忙替所长辩解："所长昨晚没去喝酒，他一直在所里处理案件，工作到很晚才回家。我想他可能是因为太劳累，才会睡过头……"

我扬手打断他的废话，不悦地说："我才不管他昨晚干吗去了，我要马上见他，他住在哪里？赶紧带我过去，不然我就只好劳烦厅长替我解决这个问题。"

"行行行，我马上就带你们去所长家。"小张向同僚交代几句，便去取警车跟我们前往所长住处。

途中，我接到一名交警打来的电话，告知昨晚那场车祸的处理情况。昨晚逃离险境后，我便打电话到110报案中心，说清楚情况，要求立刻派人到车祸现场，希望能将那帮恶徒逮捕。可惜民警到场时，恶徒早已弃车逃走，同僚们只好将撞坏的警车及货车拖回去。

人虽然没抓到，但好歹把车给拖回去了。我本以为能从车牌找到线索，以便追查恶徒的身份。可惜对方却告知，货车所用的是假牌，核查发动机号及车身号码后得知，该车是一辆失踪车辆，而且已报失了好几个月。

从货车上得不到线索也没关系，反正我知道主谋必定是文福，因为除了他和尾随我的蓁蓁之外，没有人知道我会在深夜前往县派出所。若无人事先告知，哪会有人在那段鲜见人影儿的小路上埋伏。

因此，只要把文福抓捕归案，就不愁找不到那五个该死的"杀千刀"。

小张把警车开到一座别墅前。这座别墅要比附近的房子大一圈儿，光花园的面积就比隔壁的房子还要大，我稍微观察了一下，发现整座别墅共占用了四块住宅地。也就是说，这座别墅原本应该用于建四栋民房，以及配套的通道。

"你们所长也太张扬了吧！"蓁蓁厌恶地说。

小张没敢搭话，尴尬地笑了笑便上前按下门铃。

我们在花园外等了约十分钟，小张按门铃的手也酸了，但里面还是没有半点儿动静。蓁蓁不耐烦地说："会不会回派出所去了？"

“不会，所长的车还在园子里，应该没出去。”小张往花园里指了指，透过大门镂空的间隙，能看见一辆挂着警牌的宝马停在宽敞的车库里。纵然如此，他还是掏出手机打电话回去，确认所长并没有回派出所。

“现在怎么办？”蓁蓁向我投以询问的目光。

我看了看身前的大门，转头向她问道：“现在方便吗？”

男女间的关系非常微妙，在经过肉体的交融后，思想往往也能在某种程度上互通。至少我此刻的只言片语，蓁蓁亦能意会。其实我的意思是想让她翻门而入，但又怕她经过昨晚的“覆雨翻云”后不适合攀爬。

她俏脸娇红，以手肘轻撞我一下，随即大步上前纵身飞跃，利用大门上的间隙，三爬两蹿便翻过大门。她从里面把大门打开，向小张打趣道：“你们所长也太不小心了，大门竟然没有上锁，就不怕半夜会有人把他的宝马偷走吗？”

小张的脸颊抽搐了一下，仍没敢搭话。

我向蓁蓁扬了扬眉，示意她别太过分，毕竟我们还需要小张帮忙。而且不检点的是所长，老是挖苦小张也说不过去。蓁蓁趁小张转身时，调皮地向我做了个鬼脸，并把食指竖于唇前，示意不会再乱说话。

我们一同走到别墅前，小张边敲门边大叫“所长”，稍等片刻屋内仍未见动静，便不耐烦地伸手去扭动门把手。或许蓁蓁的嘲讽致使他恼羞成怒，才发泄般扭动门把，可是他这种看似毫无意义的动作却把门给打开了——正门也没有上锁！

一股不祥的预感在我心底涌现，我感到门后将有可怕的事情等待我们……

第九章　密码解读

开门那一刻，我便觉得不对劲儿，别墅里出奇的安静，没有任何声音，甚至没有任何生气。小张似乎也察觉到了异样，没有带头进屋，而是怯弱地退到门边儿。

蓁蓁鄙夷地瞥了他一眼，取出随身携带的伸缩警棍，谨慎地走进厅堂，我立刻紧随其后。小张从门外探头进来，确定没有危险才跟进来。

厅堂非常宽敞，我们仔细搜索每个可以隐藏的角落，确定没有危险再搜索其他房间。我们把一楼所有房间都搜过一遍，甚至连车库都搜过了，仍没任何发现，预料中的匪徒并没有出现，也没有留下任何痕迹。

小张尴尬地笑道：“可能只是所长忘记锁门而已，应该没人敢在太岁头上动土。”

“昨晚就有人给我动土，还差点儿把我埋了。”我觉得现在还没到能放松警惕的时候，往孤寂的回转式楼梯瞥了一眼，向小张问道，“主卧在二楼吧？我们上去看看，希望所长真的在房间里睡大觉。”

或许是被我的情绪感染，小张再度紧张起来。不过他要比刚才好了一些，至少没躲在我们身后，而是蹑手蹑脚地踏上楼梯为我们引路。

来到主卧门前，我们格外紧张。蓁蓁把耳朵贴近房门，仔细聆听房内的动静。片刻后，她向我摇头示意，里面没有任何声音，随即轻轻转动门把手——房门同样没有上锁。

蓁蓁紧握警棍，轻轻地将房门推开，准备应对可能出现的突发情况。然而，当房门悄然无声地开启后，出现于眼前的就只有令人感到不安的黑暗。

主卧的窗帘质量不错，至少能把上午的阳光完全阻隔于窗外，以至房内漆黑一团。蓁蓁摸黑找到门旁的电灯开关，并将其打开。华丽的吊灯发出明亮的光线，瞬间驱走黑暗，但却没为我们带来任何惊喜。因为我们并没看见所长躺在房间中央那张两米大床上。

主卧里没有人在，没有所长，也没有所长夫人。

小张搔着脑袋走进卧室，叫了几声“所长”，没得到回应便走进配套的卫生间。他出来时一脸迷茫地向我们摇头，掏出手机拨打所长的手机，铃声随之于卧室内回荡。

我拿起放在床头柜上正在作响的手机，看着眼前凌乱的床铺，不禁眉头紧皱。

所长的手机就放在床头，说明他应该没有离开卧室。作为单位的一把手，他必须随时候命应对各种突发事件，不可能把手机随处放置。而且他妻子的手机亦放在另一边的床头柜上，再加上凌乱的床铺。难道有什么突发事件，迫使他们匆忙离开？

一个念头在我脑海中闪现——畏罪潜逃！

或许，文福并没有撒谎，他的所有违规行为全都是受所长指使，所长才是幕后主谋。然而，随着小张一声惊叫，这个假设便被否定。因为我们已经找到了所长夫妇，他们就藏身于宽大的衣柜里，不过他们此刻已没有了呼吸。

小张目瞪口呆地看见两具吊在衣柜里的尸体，好一会儿才缓过来，惊惶地对我说："死了，所长跟他老婆都死了！"

我让他赶紧打电话到报案中心，找人过来善后，然后跟蓁蓁一同于衣柜前寻找线索。

"手法很专业，应该是趁他们熟睡的时候下手的，先把有反抗能力的所长用钢丝勒死。所长临死前的挣扎使妻子惊醒，可她还没来得及求救，凶手就将她的口鼻捂住，并且将她的颈椎扭断。她脸上这块青淤，就是被凶手捂住口鼻时造成的。"蓁蓁认真地分析所长夫妇的死因。

我惊讶地看着，过了好一会儿才从喉咙里挤出一句话："你什么时候变得这么聪明的？"

"我一直都很聪明好不好！"她不悦地白了我一眼。

看来她之前的愚笨，的确是装出来的，或许她比我更聪明。

处理好善后工作后，我跟蓁蓁一同返回诡案组。

这趟前往县派出所，不但没能把之前的问题解决，反而又添了两条人命，挨骂是理所当然的。不过奇怪的是，这次老大竟然没有把我骂个狗血淋头，只是看着我带回来的现场照片若有所思。

"有特别的发现吗？"我怯弱问道。老大平日对我破口大骂，我倒没什么感觉，但此刻他沉默不语，反而让我感到不安。

"你有什么看法？"他将一张照片移到我面前，是所长夫人双手被绑位置的特写。

"绳结绑得很专业，不是普通人能做到的。"我答道。

"废话！能悄无声息地把两个人杀掉，会是没受过训练的人吗？"他在照片上敲了两下，"仔细看清楚，绑绳结的手法跟王村那宗案子一模一样。"

经他提醒后，我才注意到两者的手法的确一样，不禁皱眉道："这么说，两宗案子的凶手是同一人了？"

老大泄气地瘫坐在椅子上，轻轻挥手，"出去贴张通缉令，通缉王文福和……"他迟疑片刻，但最终还是下定决心，"和相溪望！"

最不想面对的现实，终究出现在眼前。虽然极不愿意，但我还是黯然点头，站起来准备退出房间。

当我走到门前时，手机突然响起，是个陌生的号码。电话接通后，听筒里并没传出任何声音。我自报身份，并接连询问了几句，但对方却没有什么回应。本以为是打错了，正准备挂线时，听筒里传出奇怪的敲打声。

“叩叩，叩叩叩……”敲打声应该是以手指敲打话筒发出的，听似毫无节奏，但又似乎暗藏某种规律。敲打声持续了一会儿才停下来，就在我以为对方会开口说话时，听筒却传出挂线后的忙音。

“奇怪，怎么会有这种莫名其妙的恶作剧？”我收起手机喃喃自语。

“怎么了？”老大问道。

“刚才那电话没听见对方说话，只听见一些奇怪的敲打声。”我如实告知。

“让我听听。”老大目光凝重。

因为工作的关系，我的手机装有通话录音软件，这个老大早就知道。所以他提出要听这段通话时，我并不觉得奇怪，只是他的神色让我觉得，他似乎知道某些我不知道的事情。

听过录音后，老大紧锁的眉头渐渐舒展，不声不响地自个儿伸手往我口袋里掏了根烟出来抽。这回换我眉头紧锁了，疑惑问道：“怎么啦？又抽风了？”

“没事，只是刚解决了一件闹心的事，想抽根烟庆祝一下。”他使劲儿地抽了一口烟。

“你不把事情说清，就换我闹心了。”我说。

“前不久，我收到一份快递，里面是张光碟。我一直猜不到是谁寄给我的，现在我知道了。”

“还会有谁这么无聊给你寄光碟，除了伟哥那个偷窥狂。”我不屑地瞥了他一眼，“该不会是些裙下春光的龌龊视频吧？”

“如果是这样，我还会猜不到是谁吗？”他笑了笑又道，“寄来的是一张电影光碟，而且还是正版的。”

“这还真不好猜呢。”我搔头道，“这年头大部分人连几块钱一张的盗版光碟也不愿意花钱去买，想看什么电影就直接在网络上看，看完还骂人家拍得不好。会有谁这么无聊，特意给你买一张正版电影光碟呢？”

“如果我把电影的名字告诉你，或许你就知道是谁了。”

“那还不快说。”

“《无间道》。”

我愣怔片刻，随即叫道：“是小相，刚才打电话来的是小相！”

“既然知道了，还不快去干活儿！”老大冲我大声咆哮。

我立刻冲出去，跑向伟哥的办公桌，把手机放到他面前焦急叫道：“快帮我把这段密码翻译出来。”

伟哥以看外星人的眼神看着我，不明就里地问道：“什么密码啊？”

“莫尔斯电码呀！快快快，这段信息非常重要！”我冲他怒吼，办公室内所有人都愣住了。我意识到自己的失态，向伟哥道歉后，便坐下来向大家解释发生了什么事。

刚才老大说他前不久收到一张《无间道》的正版光碟，他一直没想到是谁寄给他的，但听完我的通话录音后便知道了。他之所以能猜到是谁，是因为《无间道》的一段情节，这段情节讲述两位男主角通过敲打手机以莫尔斯电码对话。

给老大寄光碟的人，其实就是刚才给我打电话的人。这人心知我在接听电话后，会因为不明白当中的含意而置之不理，因此给老大寄来含有提示的光碟。但他又担心老大遗忘此事，便特意给老大寄一张正版的光碟。

不管是我还是老大，只接电话或只收到光碟，都无法洞察当中的含意。若接听电话的是别人，又或者光碟没送到老大手上，都不会有人知道他要传达的信息。也就是说，除了我跟老大，没人能破解这段信息。

在我跟老大认识的人当中，处事如此谨小慎微、滴水不漏的人，就只有一个——相溪望！

把事情解释完后，我便立刻催促伟哥将密码翻译出来，他说这活儿并不难，给他一点儿时间就行。果然，没用多久他就把密码翻译了出来：

随便说出女人的年龄，会被马面阿婆囚禁于地狱门前213年。

密码虽然译出来了，但大家却面面相觑，谁也没弄明白是什么意思。蓁蓁往伟哥脑袋上敲了一下，骂道：“你忽悠我们呀！随便胡扯一句就说破解了。”

“冤啊，我的确是按照莫尔斯电码翻译的，我可以用小鸡鸡发誓，绝对没有半点儿差错！”伟哥委屈地举起三根手指作发誓状。

“你这死太监，还哪来小鸡鸡！”蓁蓁扬起手，准备再敲他的脑袋。

我把她拦住替伟哥解围：“他没译错，只是小相太谨慎了，对要传达的信息作了二次加密。”

“你能读懂这条信息？”雪晴突然从我身后冒出来，把我吓了一跳。可能出于职业的缘故，她似乎对破解密码特别感兴趣。

我点头道：“小相做事非常谨慎，这条信息大概就只有最熟识他的几个人才能看懂。不过，我其实也只能看懂前半句。”

“‘随便说出女人的年龄’，”蓁蓁皱了皱眉，“我实在看不出有啥特别含义。”

“你看不懂不代表你笨，只是因为你不熟识小相。”我轻轻地摸她的头。她瞪了我一眼，示意我赶紧说下去，我笑道，“小相有个很奇怪的习惯，就是遇到女性通常会称呼对方为‘姐’，譬如他经常会叫悦桐做‘桂姐’。他曾经给我们解释当中的原因，说萝莉的定义是七至十四岁的少女，因此十四岁以下的女生都可称之为‘妹’；而十五岁以上的女性则可称之为‘姐’，已婚的则称之为‘嫂’，较为年长的可称为‘姨’‘婶’，甚至是‘婆’。不过婚否关乎个人隐私，年龄更是女人的秘密，因此但凡年满十五岁的女生，他都一律称之为‘姐’。”

“也不是每位女性都喜欢‘姐’这个称呼，他这种习惯既做作也不讨好。”雪晴冷漠道。她虽然对任何事都是一副漠不关心的模样，但我知道她对年龄其实也挺在意的。

“那也不一定。”我莞尔一笑，“他在别人面前会尊敬地叫悦桐做桂姐，但没有其他人的时候却会叫对方做‘桂美人’。”

“没想到还有人比你更口甜舌滑。”雪晴微微一笑。

“这也是环境所迫。”我摇头叹息，“他父母早死，年纪轻轻就要承担家庭的重担，要是连嘴皮功夫也没练出来，恐怕早就饿死街头了。”

“那么，‘随便说出女人的年龄’意思就是提醒你别随便把秘密说出来？”蓁蓁问道。

“嗯，”我点了点头，把目光移到伟哥身上，“我想他是暗示我们当中有赤神教的卧底，譬如……”说着把手往伟哥肩膀一放，用力地抓住他。

“靠，慕老弟，你不会怀疑老哥我吧？我伟哥咋说也是二十一世纪最伟大的黑客，怎么会是吃里爬外的二五仔呢！”伟哥正义凛然地跳起来，仿佛准备随时一死以明志。

（“二五仔”乃粤语方言，意为内鬼、叛徒，源自清代秘密会社的切口。）

雪晴突然拔出配枪抵住伟哥的脑门，冷峻道：“说，你跟喵喵发展到什么程度？”

“只到亲吻程度，还没有进一步发展。”伟哥惊惶回答。

“你想死啊！”喵喵随手抓起桌面上一包棉花糖砸到伟哥头上，羞愤骂道：“昨晚你才答应过我，绝对不会跟大家说的！”

我向喵喵摊开双手摇头：“大概只有你才会相信这个猥琐男。”

“把他送到审讯室好好审问一番，说不定能问到点儿线索。”雪晴收起配枪，掏出手机将电池拆下来，并以手势示意我们别说话，像她那样拆掉手机电池。

当我们都将电池拆下来，她才在我们疑惑的眼神中作出解释：“我绝对相信伟哥挨了几个拳头，就会把所有该说不该说的话都说出来。但他这人守不住秘密，不管遇到什么特别的事情，都会有意无意地在别人面前吹嘘，不是做内鬼的材料。”

“难道出卖我们的是这个？”我晃了晃已拆掉电池的手机。

她点头道：“我曾经做过窃听工作，知道有一种工具叫GSM拦截器。利用这种工具，只要输入目标的手机号码，就算对方已经关机，只要电池还没拆下来也能进行窃听。”

“太可怕了。”蓁蓁一脸惊愕。

“还有更可怕的。”雪晴一脸严肃地说，“我知道美国研发出一种高性能窃听设备，能通过观察水面的振动，对一定范围内的空间进行窃听。也就是说，只要在我们这里放一杯水，躲藏在马路对面那栋大厦的人也能对我们进行窃听。”

“哇！”喵喵惊惶地把手中的玫瑰花茶往旁边泼，刚好就泼到伟哥脸上。

还好茶不是很烫，至少伟哥没有发难，只是幽怨地跟喵喵说："我当你已经原谅我了。"

喵喵歉意地向他吐舌头，并取纸巾替他抹脸。我没心思看他们打情骂俏，跟雪晴及蓁蓁继续对小相的信息进行破解。

"马面阿婆会不会是指阿娜依呢？"蓁蓁提出自己的假设后，并作出解释，"我们都没见过阿娜依的样子，只知道她是女性，而且年纪一大把。"

"你好像又变回以前那么笨了。"我取笑道。

她瞪了我一眼，但没说话，似乎在等我的解释。

我笑道："马面阿婆是指牛头马面中的马面，不过我想小相大概是另有所指。"

"马面是地狱的狱卒，会不会跟'囚禁于地狱门前'呼应，是引用某段宗教的典故？"雪晴说。

"可能性不大，小相虽然是个世界通，什么都懂一些。但我对宗教典故认识不多，他不可能给我出一个解不开的难题。"我答道。

"为什么是马面，而不是牛头呢？"蓁蓁喃喃自语。

"牛头……"我脑海中灵光一闪，马上就想到当中的含义，脱口道，"是时间，马面是小相约定的时间，他要跟我见面。"然而，我还没来得及与大家分享解开疑团的喜悦，马上又皱起眉头，"见面的地点在哪儿？"

第十章 人剑交易

"'马面阿婆'其实是暗指十二时辰中的'午马'，也就是午时，即上午十一时至下午一时。我想小相应该会取中间值，也就是中午十二时跟我见面。"我道出解释后立刻查看手表，发觉距离约十二点只剩二十分钟，可是我还不知道约定地点在哪儿。

小相传达的信息，我们已经解开了当中的三分之二，剩下的就只有"囚禁于地狱门前213年"这一句。能肯定的是当中必定包含约定地点的提示，但到底是哪里，我却怎么也想不出来。

"这213会不会是指2B呢？我在网上经常会这样骂那些傻×。"已让喵喵把脸抹干的伟哥说。

“2B？小相通常不会说脏话……”我突然又想到些事情，冲到窗前望向远处的街道，“地铁站哪个出口距离我们这里最近？”

“B2啊，我跟韦韦每天都走B2出口上下班。”喵喵傻乎乎答道。

蓁蓁捅了她一下，小声问道：“都叫韦韦这么亲密了，还一起上下班，你们该不会已经住在一起了吧？怪不得伟哥才那么一点儿工资，也非要租个两房一厅的单元。”

喵喵红着脸低头不语。

虽然发现伟哥跟喵喵的“奸情”是件挺有趣的事，但我现在可没时间逗他们玩儿，因为我已经知道约定地点在哪儿。

“地狱门前”其实是暗指地铁出口，“213”即是B2。小相的电话是十几分钟前打来，根本没时间让我去太远的地方，因此可以肯定约定地点就是距离公安厅最近地铁站的B2出口。

“我出去一趟。”我撂下这句话便冲出门外，往技术队飞奔。

虽然距离约定时间只剩下十五分钟，但我必须往技术队跑一趟。之前在王村防空洞遇到小相一事，我至今仍没敢告诉悦桐，并一直为此而感到愧疚。因此，这次不管如何，我也得把她带上，不然恐怕要内疚一辈子。

我在技术队里找到正在工作的悦桐，一把拉住她的手臂便往门外跑，她惊惶地叫道：“你想干吗？竟然大白天冲进公安厅掳掠良家妇女！”

“这事儿等不到晚上。”我拉着她边跑边说，“带手机没？快给见华打电话。”

“掳一个还不够，连兄弟的妹妹也不放过？”她使劲儿地想挣脱我的手，我只好抓得更紧。

“我现在就带你们去见我的兄弟！”

此话一出，她便不再挣扎，只是默默地掏出手机。

我几乎用尽所有力气，终于赶在十二点前跟悦桐来到地铁站B2出口。刚停下脚步，我便喘着气问道：“电话打通没有？”

“没有，见华的手机关机了。”悦桐边说边往四周张望。

此时正值午饭时间，进出地铁站的人流如过江之鲫。把见面地点定在这里，好处是就算被跟踪亦能轻易脱身。但坏处是我们东张西望了好一会儿，仍未能在茫茫人海中找到小相的身影。

看着川流不息的人潮，我摆手示意她先别管见华，反正就算联系上，也来不及赶过来。还是专心留意附近的情况，看小相会从哪个角落冒出来。

就在我把注意力集中在进出地铁站的人流当中时，一束耀眼的红光于眼角闪现，使我略感眩晕，本能地闭上眼睛。睁眼时，红光已经消失。往射出红光的方向望去，发现街尾转角处有一个熟识的身影。

“他就在那里！”我拉着悦桐冲向街尾。

然而，当我们跑到街尾时，却没发现小相的身影——他早已经消失于人流之中。我无助地往四周张望，红光再次于眼角闪现，循光觅去发现小相就在两百米外的巷口。

我们像玩儿捉迷藏似的，从大街转入小巷，再从小巷转入僻巷。几经波折后，游戏终于在一条无人的冷巷中结束。

在这肮脏的冷巷里，背着一个长方形大盒子的小相，对着我们，或者说只是对着悦桐露出牵强的微笑。

小相肯定不是为跟悦桐见面而来，但对两年未见的恋人而言，不管是多重要的事情也要暂且放下。因此，我识趣地在一旁抽烟，先让他们互诉相思之苦。

悦桐面无表情地走到小相身前，两人皆不发一言，只是默默地凝视对方。良久，小相先打破沉默，露齿笑道：“这两年一直要你为见华操心，辛苦你了。”

简单的一句开场白，换来的却是悦桐狠狠的掌掴。

我讶然地看着眼前的一幕，不知是否该上前询问怎么回事。虽然他们并没像我料想中那样激烈地拥吻，但也不至于见面就是一巴掌吧！然而，男女间的事情，作为旁观者还是别插手为妙，我想他们能自行解决问题。

“我等你两年，为的就是这一巴掌！”悦桐冷酷地抛下这句话便转身离开，直到消失于巷口也没有回头。

我讶然地望着巷口，直到小相拍我的肩膀才回过神来。

“你不去追她？”我愕然问道。

小相苦笑道：“这两年她为了我已经吃了很多苦，我不能再强求她继续为我付出。”

“我可被你们弄糊涂了，这两年她天天盼望你的出现，刚才知道我要来见你，她也不知道有多紧张。可是你只说一句话，她马上就翻脸了。这到底是怎么回事啊？”我不解问道。

“就是因为她仍深爱我，所以当她知道我心里已经没有她，她才会这么生气……或者说，是绝望。”他苦笑解释，“刚才她一声不吭，是在等我先开口，她想知道我是否还是两年前那个她深爱的男人。或者说，她想知道我是否仍值得她去爱。”

“哈，她把这两年的思念全都寄托在这一刻，可你这臭小子一开口却只提见华，也难怪她会甩你一巴掌。”我已明白刚才的一幕是怎么回事，但另一个问题亦随之而来，继续问道，“既然你知道她会生气，那你还要把她气走？”

“兄弟，爱不代表占有，有时候必须懂得放手。”他揽住我的肩膀，“你认为跟着一个一声不吭便失踪两年的男人会有幸福吗？我爱她，所以我不想她继续跟着我受苦。”

“这么说，你还想继续现在这种生活？你要知道，现在已经没人替你照顾见华了。不过，如果有需要的话，我可以接见华到警员宿舍住。”我给他递了根烟。

“已经戒了。”他把烟推回，“我可不放心把妹妹交给一个闲来没事、喜欢以毛手毛脚来活跃气氛的金鱼佬。等我把事情办好后，就会跟见华一起生活，戒烟就是为了不影响她的健康。”

（“金鱼佬”即怪叔叔，粤语方言，多指有恋童癖或露体癖的中老年男性。典故源自香港一件案件：某中年男子出于诱拐的目的，在天台上养了些金鱼，并对一些小女孩说：“小妹妹，叔叔带你去看金鱼好不好呀？”将对方诱骗到天台上后便伺机侵犯。此案被揭发后，“金鱼佬”便成了怪叔叔的别称。）

“这话要是让悦桐听见，她肯定后悔没多甩你几巴掌。之前她不知花了多少心思也没能让你戒烟，现在你却为了见华戒掉。”

“叙旧就到此打住吧，我让你过来是有件事要你帮忙。”他将背上的大盒子取下，交到我手上。

盒子是木制的，长一米有余，宽二十多厘米。背后有一跟背带，能方便背起来，不过捧在手里有点儿沉重。我呆望着手中的盒子，不明就里地问道：“这是什么？”

他答道：“是古剑坤阖跟仁孝。”

我先是一愣，随即将盒子打开，里面的确有两把古剑，其中一把是两年前失窃的坤阖，另一把是断开两截儿的仁孝。

“你给我干吗？它们可是你的犯罪证据呢！”我惊愕道。

他笑道：“犯罪证据？有趣，你能告诉我是怎么回事吗？”

我把坤阖失窃、雨钦目击他带着半截儿仁孝离开防空洞、在吴威夫妇遭到纵火的住所中发现他的打火机，以及在王志均家中发现他的指纹等事逐一道出，并告知警方怀疑他跟这些案件有关。

“嗯，坤阖是我偷的，仁孝也是我拿的，但警方拿不出证据证明我犯罪，充其量只能说我玩忽职守。至于打火机……”他说着从口袋里掏出一个打火机递到我手上，“虽然我已经戒烟了，但还是一直带在身上，在火灾现场找到的那个大概是文福伪造的。”

我拿着打火机仔细观察，跟文福给我看的照片相比，手中这个的颜色要暗黄一些，明显是因为使用时间较长的缘故。也就是说，眼前这个才是真品。

“那指纹又是怎么回事？”我实在想不通他的指纹为何会出现在凶案现场。

他语重心长地答道：“阿慕呀，你得多注意这个社会的变化。在这个科技日新月异的时代，经验有时候会等同于偏见。现在有一种玩意儿叫‘指纹套’，能复制指纹。一些经常迟到早退的人，会用这玩意儿来混过指纹考勤机。当然，若有意陷害他人，也可能用来在凶案现场留下指纹。”

“有你在真好，很多我怎么也想不通的问题，对你来说只是小菜一碟。”我向他竖起拇指，“不过，你把这两把古剑给我干什么呢？”

“为了见华。”他的神情突然变得忧郁，“文福把见华抓去了，要我用这两把古剑将她赎回来。”他把一部手机交到我手上，“我约你出来，是想你替我走一趟，这部手机里有文福的号码。”

我看着手机及剑盒，迟疑片刻才答道：“你让我办的事，我从来没有推辞。但这可是关乎见华安危的事情，你就能放下不管吗？”

“正因为关系到见华的安危，所以只有交给最值得信任的兄弟，我才能安心。”他看了看手表又道，“时间已经差不多了，我还有事要办，得先走一步。”

“你这样就走了？”我慌忙抓住他，“老大正准备通缉你，我想你还是先跟我回去把事情解释一下比较好。”

“放心，等我把事情办妥，会给你跟老大一个交代。”他往巷口瞥了一眼，“我真的要走了，要不然你的搭档会让你为难。”

我回头望向巷口，发现有个鬼祟的人影儿正在窥视我们。对方发现我回头便立即躲藏起来。我转过头来，小相已在巷尾向我挥手道别，随即隐没于熙攘的街道当中。

“别跑！”身后传来熟识的声音，刚转过身便看见蓁蓁已经跑到跟前。

“别追了，街上行人那么多，你根本找不着他。”我把她拦住。

“你纵容疑犯逃走，厅长一定会追究的！”她恨铁不成钢般跺了下脚，随即看着我手中剑盒里的两把古剑，“这两把不就是重要的证物吗？他怎么会交给你？”

我把剑盒合上，换上严肃的表情，不亢不卑地问道：“能当做没看见吗？”

“不行！”她对我怒目而视，但严厉的眼神中又带有三分关切，“你这样做会把自己的前途毁掉。必须将这两把古剑交由证物科保管，快把盒子给我。”

“没有商量的余地？”我利用剑盒上的背带，将剑盒背上并后退一步。

“慕，现在不是赌气的时候，你心里应该很清楚，我是在为你的前途着想。”她的怒意已被恨铁不成钢的关爱取代。

“人生在世，不能只着眼于功名利禄，友情其实也挺重要的。”我再度后退，“兄弟有难时，要我袖手旁观，我可做不到。哪怕我会因此而失去工作，甚至触犯法律……”

“甚至因此而失去我，你也毫不在乎？”她踏前一步向我逼问。

“你们小两口儿的感情挺不错哟！”背后传来一个洪亮的声音，回头一看，发现不知何时来了四名虎背熊腰的健硕大汉。为首者颇为眼熟，仔细一看便认出是小相的至交好友。

此人名叫王猛，绰号“榴莲”，是个黑道小头目，四年前曾因涉嫌谋杀而被拘捕。当时所有证据都对他不利，大家都认定他就是凶手，唯独小相相信他没有杀人，夜以继日地追查案中每一个细节，最终为他洗脱嫌疑。

我曾经问小相，为何会相信这种毫无诚信可言的小混混。他当时的回答至今仍在我脑海中回荡："因为他是我兄弟。我从不怀疑自己的兄弟，就像我从没怀疑过你一样。"

榴莲带来的三名大汉挡在我跟蓁蓁之间，他则在我身旁挨着墙壁抽烟，以叫骂般的大嗓门对我说："臭条子，其实我看你挺不顺眼的，要不是看在小相的分儿上，我现在就想揍你一顿。"

小相曾跟我说，眼前这大块头之所以被称为"榴莲"，皆因其脾性刚烈，犹如浑身长刺的榴莲。因此，他身边的人要么对他敬而远之，要么像小相那样与他称兄道弟。

我既然知他的脾性，自然不会与他计较，耸肩道："你不会是特意来这里向我示威吧？"

"我才不会把时间浪费在你这种小喽啰身上。"他瞥了蓁蓁一眼，"小相知道你肯定搞不定自己的女人，只好让我来当白脸。"

"你可别伤害她！"我紧张地叫道。

"靠！"他瞪了我一眼，走到我身边小声道，"你当我第一天出来混呀？小相特意给我交代，别伤你姘妇一根汗毛。不过他可没说我不能揍你……"他突然放声大吼，"还不给我滚！"说着一手揪着我的后领，把我摔向巷尾，害我摔个饿狗扑屎。

"你们想干吗？袭警可不是小罪！"蓁蓁惊惶叫道，随即与榴莲带来的三名大汉混战。

榴莲虽然对我毫不客气，但他跟小相的关系非比寻常，既然小相交代过不能伤害蓁蓁，我想他下手会有分寸。于是我便没理会正在跟三名大汉混战的蓁蓁，爬起来跑出冷巷。

走到大街上，我便掏出小相给我的手机，拨打电话簿里唯一的号码。电话接通后，文福的声音从听筒里传出："终于想通了吧，跟我们作对的人都没有好下场。想救你的妹妹，就赶紧拿圣剑来交换。"

"不好意思啊，王警官，要跟你交易的人不是小相，而是我，慕申羽。"我淡然道。

"哦，他已经被你们抓住了？"他的语气略显惊讶。

"这不是问题的重点，你想要剑，我想要人，这才是我们要谈的。"

电话彼端没有立刻作答，我隐约听到细微的交谈声，但没能听清楚交谈的内容。片刻后文福又道："是谁把圣剑送来无所谓。不过我得提醒你，要是敢耍花样，这女孩儿的命就没了。"

随后，他要求我在今晚九点，带上两把古剑前往吴威夫妇住所遗址，并提醒我必须孤身赴约，若我做出任何可能引起"误会"的举动，他会毫不犹豫地将见华杀死。

我想，今晚大概会是个不眠之夜。

第十一章　单刀赴会

有道是"三个臭皮匠，赛过诸葛亮"，小相将拯救见华的重任托付于我，我当然不会笨到真的单刀赴会，而蓁蓁大概也不能在一时半刻摆脱榴莲的纠缠，于是我便返回诡案组，打算跟大家商量对策。

我刚走进办公室，就看见沐师傅坐在我的位置上，跟老大及其他人一起品茶。我不由得惊奇地问道："你怎么跑来这里喝茶了？"

"作为一个光荣的纳税人，我就不能来公安厅喝口茶吗？"他白了我一眼，随即解释道，"我现在有家归不得，还不是你害的！虽然我已经处处提防，但昨天跟你分手后，还是遭到赤神教孽畜的袭击，能挺到现在已算是我平日积德累功的善报。"

"原来你是跑来这里避难。"我调笑道。

"呸，我这不叫避难，是顺势而行。"他又白了我一眼，"命中注定我有此一劫，怎么躲也躲不过，只能化解。就像大禹治水，不能堵，只能疏。"

"那你所谓的'化解'，就是待在公安厅里？"我嬉皮笑脸地说。

"你以为公安系统里就没有赤神教的人吗？"他喝了口茶又道，"我来这里不是因为这里是公安厅，而是因为只有待在雪晴身边，我才能化解此劫。"

我打趣道："我记得昨天好像有人说，暂时不能跟某某见面，不然会招惹对方反感。没想到今天就变卦了。"

"你这臭小子，昨天来求我的时候就只会装孙子，现在无事所求便得理不饶人。"他佯怒瞪了我一眼。

老大笑道："沐师傅，是我这当头儿的管教无方，就请你海涵了。不过我也挺想知道，你为什么会认为只有雪晴才能保住你的性命。”

“是面相。”沐师傅故弄玄虚地喝了口茶，“如果我说，我是根据原小姐的面相，认定她能保我性命，你们肯定会认为这只是我的迷信观念。但是，如果我说是根据统计学与概念学，对原小姐的性格及身体状态进行科学且全面的计算后，得出只有她才能保护我的结论。那么你们又会怎么想呢？”

他随后又作出更详细的解释：“所谓‘面相’，其实是一门根据人体面部特征，从而对人的性格及身体状况作出判断的学问。从科学的角度而言，就是统计学与概念学的具体应用。从原小姐的面相可以得知，她有强烈的责任感，以及足以保护我周全的能力。所以，只要待在原小姐身边，我的安全便能得到保证。

“当然，这当中还涉及诸多被世人视之为‘迷信’的玄学理论，譬如命格相生相克等。虽然都能作出科学的解释，但其中原理极其复杂，解释需时，我就不逐一详述了。”

“玄学确实是博大精深，可惜被那些江湖骗子给毁了。”老大不无可惜地说。

“还有更有趣的呢！”沐师傅似乎越说越起劲儿，指着我对老大说，“你看这臭小子，双眉如‘八’字般下垂，嘴巴更于无意间张开，以致精气外泄，是个典型的倒霉相。若以科学的说法，眉垂则心有郁结，张嘴自会口干舌燥，这些都会影响人的身体及精神状态。要是我没算错，你刚才肯定摔了个饿狗扑屎。”说罢哈哈大笑。

“少忽悠人了，你是注意到我身上的灰尘吧！”我白了他一眼，将身上的尘土拍去。

“阿慕哥，你背着的大盒子里装了些什么？是吃的吗？”喵喵溜到我身后轻敲剑盒。

“闲话就此打住吧，我有件非常重要的事要跟大家商量。”我将小相委托我解救见华一事如实道出。

“原来所有事情都是这个叫文福的家伙在暗中搞鬼，通缉令的事就先搁下吧！”老大说。

“王文福……”沐师傅若有所思道，“看来我走眼了，竟然没注意到这号人物。不过他也只是棋子而已，他背后的人才是你们得留神的人物。”

“你是说阿娜依？”我问。

他不置可否地答道：“今夜自有分晓。”

我没再理他，跟老大商量安排人手一事，可是老大竟然说：“对方不是要求你单刀赴会吗？让你带一百几十号人过去，还没见到对方，见华的命就没了。去去去，这事你得自己想办法，我这儿一个人也安排不上。”

“老大，你这不是让我去送死吗？”我悲愤地叫道。

“早死早超生，不过你死之前，必须先把问题解决。这可是关乎天下安危的大事，你要是搞砸了，死后还得鞭尸。这个你拿着……”沐师傅扔给我一个一元硬币。

“给我一块钱干吗？”我不解问道。

我本以为他这块钱有特别的用意，没想到他落井下石地笑道：“我刚才占了一卦，卦象显示我今天会破财，所以提前给你做帛金。”

“才一块钱，你也太吝啬了吧！”我白了他一眼，但还是随手将硬币放入胸前的口袋，转而向雪晴投以求助的目光。

雪晴面无表情地看着我，冷漠道：“为了确保沐师傅的安全，我不能让他离开我的视线范围。”也就是说，只要沐师傅一直待在这里，她亦寸步不离，当然不能支援我了。

蓁蓁刚跟我闹翻，而且她也不赞成我跟文福做交易，自然不会来帮忙。伟哥跟喵喵就更别说了，把他们带在身边不但帮不上忙，反而会成为累赘。不过伟哥还算有良心，在我被老大轰出门外时，向我挥了挥手，表情严肃地说：“慕老弟，我们会在精神上支持你！要是你挂了，我会给你建个悼念网站，让大家能在网上拜祭你。”

在发动警车之前，我不断于脑海中思索，究竟有谁能帮我渡过难关？思前想后唯一能帮忙的，大概就只有阿杨一人。不过这个古板的家伙，肯定会将此事上报厅长，厅长当然不会让我冒险去跟文福交换见华。因此，到最后我还是决定单刀赴会。

在吴威夫妇的住所前，有一段警车不能通过的小路，因此我把警车停在王村小学的操场外，徒步前往约定地点。或许因为吴家突然经历变故，附近的住户对外人似乎多了一份戒心，一看见我就立刻关门闭户。这样也好，待会儿就算跟文福起争执，这些村民也不会成为对方要挟我的筹码。

然而，我似乎把文福想得太简单了。

吴威夫妇的住所在经历火灾后，变得面目全非，门窗皆已破损，屋内漆黑一团，仿佛有数名恶徒藏身于屋内。我背着装有两把古剑的沉重剑盒，于门外徘徊多时仍未见文福那肥壮的身影。眼见约定时间已过，只好拨打他的手机。

“嘿，你也挺守时的。”文福一贯的憨厚声音，此刻却让我感到厌恶。

“所以我最讨厌不守时的人。”我不悦道。

“没关系，你要是不喜欢，随时可以离开，反正在我手上的也不是你妹。”他憨厚的声音渐渐变得阴险。

我不耐烦地说：“别废话，赶紧给我滚出来。一手交人，一手交剑。”

“这事可轮不到你做主，现在我又不想去你那儿了，我们换个地方再做交易吧！”

“你想耍什么花样？”我怒道。

“还是那句话，你要是不喜欢，随时可以离开。要是你还想把人带回去，就去王村菜市场等我的电话。别太久哦，我可不喜欢等人，嘿嘿……”听筒里传出他阴冷的笑声。

“好，我现在就去，不过你得先让我听听见华的声音……”

他把我的话打断：“你没有跟我谈判的筹码。”说罢便将电话挂掉。

我的确没有跟他谈判的筹码，毕竟在我手中的是死物，而在他手中的却是一条人命。此刻我除了任由他摆布之外别无选择。

我返回王村小学，准备驾车前往菜市场时，发现警车旁原本干燥的地面，不知何时多了一摊积水，而且还带有浓烈的汽油味。俯身查看油箱，发现竟然破了一个大口子，明显是刚被人砸破的。不用多想，干这缺德事儿的人，除了文福没有第二个。

这死胖子到底想干吗呢？

不管对方有何用意，反正现在是人为刀俎，我为鱼肉，我也不能拿对方怎样。警车开不了，就只能走路去菜市场。

菜市场早已休市，此时黑灯瞎火，是个伏击的好地方。我犹豫了好一会儿，最终还是谨慎地走了进去，并时刻留意周围动静。于漆黑中紧张地等待了约半小时，文福终于打来电话：“哟，叫你等我电话，你还真的捺着性子等哩。我挺想知道，我要是一直不给你打电话，你会不会傻等到天亮。”

“你到底过不过来？”我烦躁地叫道。

“不过来。”他的回答简单明了。

“你耍我呀！”我气愤地大吼。

“我摆明就是耍你，你又能怎么样？”他狡诈地笑了几声，“还是那句话，你随时可以离开。不过你要是想继续让我当猴子耍，我还有很多地方可以让你去。”

“下一个交易地点在哪里？”我强忍心中怒火。

“嘿嘿，这才像话。去王志均家吧，那孩子肯定很寂寞，你先去陪陪他吧！不过要快哦，十五分钟内到不了，我们的交易就此结束。”他说罢便挂线。

随后，我按照他的指示几乎把整个王村跑了个遍，他不断更换交易地点，而且往往要求我在极短的时间内到达，但他却一直没有现身。我怀疑他是否有跟我交易的打算，还是只想把我当猴子耍。不过正如他所言，如果我不喜欢，随时可以离开，因为我根本没有跟他谈判的筹码。

接近午夜十二时，他要求我到王村小学一楼教员室等他。我已经不记得这是第几个交易地点，只知道整夜背着沉重的剑盒跑来跑去，几乎把双腿跑断了。还好，虽然快累得不行了，但最终仍能在他指定的时间内，跑到王村小学门前。大门没有上锁，我便直接推开门，走进漆黑的教员室。

我坐在教员室靠门的一张椅子上不停地喘气，双腿传来发麻的感觉，看样子已经不能再跑了。不过若对方再次更换地点，我还得硬着头皮撑下去。毕竟这是一宗关系到见华安危的交易，绝不能有半点儿差池，否则我这辈子也无法原谅自己。

寂静中手机突然响起，把我吓了一跳，接通后文福那让人厌恶的狡诈声音便传入耳际："不错哦，我还以为你不能按时跑过来呢。"

“说，你到底要不要交易！”我愤怒地冲手机咆哮。

“不急，我还没玩儿够呢。嘿嘿……”他狡诈地笑着，“我看你也跑累了，不过再爬几层楼梯，应该没什么问题。要不先到楼顶透透气，我待会儿再给你电话。”说罢便挂线。

我气得想把手机砸到地上，但脑海突然灵光一闪——他怎么知道我能按时来到学校？

我气喘吁吁地跑过来，进教员室坐下也没几秒钟，手机就响了起来。之前那几次，要么是我到后主动打给他，要么是还没到他就打过来问我到了没有，但这次他却能确定我已经到了。这只能说明一件事——他就在附近。联想到警车的油箱遭到破坏，我就更加肯定自己的推断。

我在吴威夫妇住所遗址前给他打电话的时候，他便溜出来将警车的油箱砸破，然后指挥我到处瞎跑。其实他一直都藏身在教学楼内，很可能藏身于楼顶上。他之所以要我跑来跑去，一来是消耗我的体力，二来频繁更换地点不利于支援人员部署，亦容易被他察觉。

现在他大概已经确认，我不但没有同伴支援，而且已经筋疲力尽，对他已没有任何威胁，所以能放心跟我见面。不过他虽然放心，但我可不放心。谁知道他是否会遵守承诺释放见华？我甚至连见华的声音也没听到，不能确定她是否还活着。就算他真的打算放过见华，我知道他这么多秘密，能否全身而退也不好说。

虽然此途凶险非常，但我没有选择的余地，哪怕豁出性命，我也要解救见华。这是我对小相的承诺，男人的承诺。

第十二章　老谋深算

漆黑的梯道总让人感到不安，因为无法预知拐角是否隐藏着致命的危险。我靠着墙壁缓步上行，背上的剑盒越来越让人觉得沉重，这不单单源于其重量，更因为其背负的使命。

我一步一惊心地走向楼顶，走到三楼的教员宿舍仍未见异样。头顶出现朦胧的光芒，楼顶的门似乎正敞开着，文福果然就在这里。我把注意力集中在上方，谨慎地踏进通往楼顶的楼梯时，眼角瞥见一个人影儿从旁边的房间里闪出来。还没来得及作出反应，便听见那个令人厌恶的声音："把双手举起来，别让我有开枪的借口。"

我顺从地举起双手缓缓转身，面向对我说话的人。借助微弱的月光，文福那张憨厚的脸庞映入眼眸，但此刻我却觉得他的面容带有三分狰狞，因为他正用一支警用配枪指着我。

"你也太谨慎了吧。"我缓缓放下双手，不屑地说，"其实你用不着拿支假枪来吓唬我，反正我打不过你。”

他把手枪晃了一下，疑惑问道：“你怎么知道是假的？”

“你都被停职了，还哪来警枪？要是你拿着一支AK47，或许还能把我唬住。”

“既然你这么聪明，那你应该知道，做任何小动作对你都没有好处。”他把假枪往旁边一扔，从裤袋里掏出一把弹簧刀，“把圣剑交出来，马上！”

我谨慎地凝视着他，缓缓取下剑盒朝他打开。微弱的月光洒落于古剑之上，反射出暗淡的光芒，纵然走廊内极为昏暗，但勉强亦能辨认真伪。

他以弹簧刀指向我，命令道：“把圣剑放在地上，然后转身往前走十步。”

我迅速将剑盒合上，重新背回背后，冷峻说道：“你要的剑，你已经见过，但我要的人还没出现。”

“那丫头就在你背后的房间里，你把圣剑放下就能带她走。”他用弹簧刀往卢老师生前住的房间指了指。

“我必须先确认一下。”我缓步后退，目光一刻也没有从他身上移开。

“别想耍花样儿，对你一点儿好处也没有。”他恶狠狠地说，并随着我的脚步向前移动。

我退到房间门前，轻轻扭动门把，房门没有上锁，很容易便能开启。然而，当我把房门推开，往里面瞄了一眼，眼角便瞥见人影儿晃动。转过头来时，文福已扑到我身前，手中利刃直刺向我胸口。

在我感到胸口传来痛楚的同时，他那大灰熊般的庞大躯体亦已将我扑倒。倒地那一刻，我仿佛听见内脏被压碎的声音。这死胖子也太重了吧，至少一百公斤，把我压得透不过气。

他把我扑倒后，迅速爬起来坐在我身上，用弹簧刀将剑盒的背带割断，把剑盒抢了过去。他看了看手中利刃，狰狞笑道：“哟，刚才这一刀竟然没见血呢！”

我突然想起沐师傅那个硬币，刚才那一刀应该刚好刺在硬币上。难道沐师傅未卜先知，早知道我会挨这一刀，所以才送我硬币？不过硬币或许能救我一次，却不见得能保我性命。

文福反手持刀，扬手准备给我的脖子开洞放血。我的身体被他压住，不能动弹半分，闪避是没可能了，只求他的动作能麻利些，让我死个痛快。

然而，在我闭上双目等待死亡降临的时候，一声娇喝传入耳际，身上的重压随之消失。睁眼一看，发现文福已滚到一旁。还没弄清楚是怎么回事，一只白皙的手臂已将我拉起来。

“还没死吧？死跛子。”熟识的声音传入耳际，令人想念的柔媚脸庞亦映入眼眸——是蓁蓁。

“还好，骨头应该没被压断。”我迅速躲到她身后。

文福慌乱地爬起来，他的弹簧刀不知哪里去了，双手牢牢地抱着剑盒与我们对视，声音冷峻而镇定：“我就知道你会有后援，不过也没关系，反正圣剑已经在我手上。”他迅速地揭开剑盒，将坤阖取出，一手抱着剑盒，一手持剑指向我们，“我想你们应该很清楚，被圣剑所伤会有什么后果。不想死的话，就把双手举起来，然后转过身去面向墙壁。”

“我们才不会那么傻，这样不就等着挨刀子吗？”蓁蓁取出伸缩警棍，摆出应战姿态。

“哟，这不是我们警队的女散打冠军吗？”文福狡诈地笑着，“或许我不一定能打得过你，但你也不见得能保住背后那个废物。”他说着缓缓地向楼梯侧身移动。

蓁蓁显然不想任由他逃脱，但又忌讳于我而不敢轻举妄动，只能眼睁睁地看着他消失于漆黑的楼梯中。

文福离开后，蓁蓁立刻跑到窗户观望，没多久便回头跟我说：“他绕到学校后面去了，你还能走不？我们得马上追过去。”

“走路还可以，不过最好能有人扶一下。”其实我刚才只是被文福压了一下，只要休息一会儿便能缓过来。但鉴于中午才跟她闹翻，便假装有伤在身免得尴尬。

“他说得真没错，你这死跛子就是个废物。”她虽然嘴上没说好话，但还是关切地过来扶我。有人关心的感觉挺好的。

下楼梯时，我问她怎么知道我在教学楼里？文福应该一直躲在楼顶，确定没人支援才叫我上楼。如果她像昨天那样，一直尾随着我，应该会被文福发现。

她答道：“是沐师傅告诉我的。”

原来摆脱榴莲等人后，她亦返回诡案组，并从老大口中得知我将会单独前来王村跟文福交易。她知道文福必然使诈，打算过来帮我一把。可是我的手机还留在办公室，因此她到后没能跟我联系上。

她本想王村就一巴掌大的地方，随便瞎转一圈儿应该就能找到我。可当她准备去找我的时候，便收到沐师傅打来的电话，让她先按兵不动，以免被文福发现坏了大事。她听从沐师傅的吩咐，随便找个地方躲了起来，直到刚才他再次来电告知位置，才风风火火地赶过来救我。

听完她的话后，我不禁对沐师傅肃然起敬，感慨道："他也太厉害了，不但预知我会挨刀子，送我硬币保命，而且还能算出我的位置。他不去当算命先生，简直就是玄学界的重大损失。"

"他本来就是个神神道道的神棍。"蓁蓁似乎仍记恨中午的事，对我就没一句好话。纵然如此，她仍小心翼翼地扶着我，避免触及我所谓的伤口。

我们绕到教学楼后面，文福早已不知所踪，不过这条路除通往已倒塌的防空洞外，应该没有其他地方可去。因此，我们便继续往前走，希望他不会走得太远。

来到防空洞外的鱼塘前，虽然仍未发现文福的踪影，但隐约能看见前方树林深处有光线，那死胖子或许就躲藏在树林里面。

走进阴森的树林，不安感随之而来，仿佛每一棵茂盛的大树后，均暗藏着一名穷凶极恶之徒，随时会一同跳出来把我们撕成碎片。虽然恐惧于心底涌动，但并没让我萌生退缩的念头，因为我必须救出见华，哪怕需要为此丢掉性命，所以我绝不能退缩。

我在蓁蓁的搀扶下步入树林深处，黑暗渐被摇曳的烛光驱散，出现于眼前的是位于树林中一片宽敞的空地。空地上插有上百根大蜡烛，而且画有一个强大的法阵。法阵分内中外三层，外层插着分别画有青龙、白虎、朱雀、玄武的四神兽锦旗，中层则在地上画了代表八卦的符号，内层是一个象征五行的五芒星。除这些之外，还有遍布整个法阵的蜡烛，以及诸多我从未见过的奇怪符号。最牵动我神经的是，躺在法阵中央的少女——相见华。

我为眼前的景象愣住片刻，随即挣开蓁蓁的搀扶，想冲入法阵救见华脱离险境。然而，我刚踏入法阵之内，便有一个肥壮的身影挡于身前，是手持古剑坤阖的文福！

文福一脸狰狞之色，冲我凶狠地说道：“天堂有路你不走，地狱无门却闯进来。既然你们非要来送死，我就成全你们吧！”说罢便缓步向我走近。

蓁蓁取出警棍冲到我身旁，我立刻向她使了个眼色，示意她先别动手，挤出一副笑脸对文福说：“哟，王警官，先别冲动，我只是有几个问题没弄明白，过来想请教一下你而已。”

文福看了看手表，狡诈笑道：“在送你们上黄泉路之前，我还有一点儿时间陪你说两句。有什么想问的就赶紧问，不然就只能到地府问阎罗王了。”

“好，好，”我点了下头，轻轻推开蓁蓁，向前走了一步，“我想问的并不多，就三件事。第一件是，你尽心竭力地为赤神教办事，甚至不惜放弃自己的大好前途，到头来能得到什么好处呢？是钱财，是名利，还是地位？”

“是永生！”他的小眼睛突然瞪得老大，闪耀着兴奋的光芒，“你们这些凡夫俗子所谓的功名利禄，在永恒的生命面前，简直就不值一提。”

他说得没错，拥有永生就等于拥有无限的时间，而世间的功名利禄，只要愿意为此付出时间，早晚亦能尽归囊中。不过，永生虽然诱人，但亦有比此更重要的事物，譬如亲情。因此，我的第二个问题是：“你要用古剑换取永生尽管拿去，但你得把身后的小妹妹还给我啊！反正你长得那么帅，得到永生后又有无限的时间泡妞，这小妹妹又不是长得天姿国色，你干吗非要把她留着？”

“嘿嘿……”他露出古怪的笑脸，“她可不是普通的小女生，没有她，圣主就不能复活。所以圣剑我得收下，人也不能还你。”

“阿娜依需要靠见华来复活？”我小声嘀咕着，随即想起阿娜依曾于两年前下令追杀见华一事。

当年阿娜依很可能跟小相达成某种协议，因而暂时放过见华。此刻或许协议已过时限，又或者已跟小相翻脸，再次对见华狠下杀手亦可理解。可是，见华只是一个小女生而已，怎么会成了阿娜依元神归位的关键呢？

虽然这个问题让我感到困惑，但此刻我更想知道的是另一个问题：“在你背后指使的人是谁？”

他先是一愣，正欲开口之际，一阵鼓掌声响起，随即听见一个沧桑但洪亮的声音：“你比我想象中聪明得多，怪不得之前能坏我的大事。”

循声而觅，发现一个捧着剑盒，身穿赤袍的驼背老人从一棵大树后走出来。当对方进入烛光的范围后，我不禁大叫一声：“竟然是你！”

对于幕后主谋，我有无数个假设，有可能是赤神教的圣主阿娜依，甚至曾假设吴威夫妇没在防空洞倒塌中死去，但却万万没有想到，眼前这位竟然是老实正派的王校长！

“怎么可能？为什么会是你？”我有点儿不敢相信自己的眼睛。

王校长的容貌比之前要苍老得多，但双眼仍旧炯炯有神。他缓步走到见华身旁，猛然咳嗽了几下，随即对文福命令道：“时辰快到了，赶紧把他们处理掉，免得误了时辰。”

“等等，等等，”我连忙摆手叫道，“你们只有两把三才宝剑，就算我们不阻止，你们也不可能招回魃的元神！”

“只有两把圣剑，当然不能让圣主复活。”王校长动作缓慢地打开剑盒，小心翼翼地将断成两截儿的仁孝取出，放在见华左侧。然后绕到另一边，将手伸往后领，猛然扯出一个麻布包，“其实我并非罗锅，只是我不放心把圣剑放在别的地方，只好将它截断藏在背上。”说罢将布包打开，从中取出断成三截儿的天道之剑“乾捭”，放在见华右侧的地面上。

文福狞笑着走到离我不足三米处，看了看手表，说：“我可没多少时间陪你们玩儿，还有什么要问的就去问阎罗王吧！”说罢猛然挥剑向我砍过来。

蓁蓁从我身后蹿出，挡在我与文福之间，并以警棍挡剑。

坤阖古剑虽有见血即死的可怕威力，但毕竟经历了上千年岁月，剑刃早已失去锋芒，并不能将警棍砍断。若对方挥剑乱斩，蓁蓁勉强还能以此护身。然而，剑作为冷兵器之首，除了砍切之外，还有很多灵巧用法，刺戳就是其中之一。

肥壮的文福动作或许较蓁蓁迟钝，但他的脑筋可不迟钝，挥砍几次皆被警棍挡住，马上改以刺戳进攻，逼得蓁蓁接连后退。我虽然想上前帮忙，无奈不擅拳脚。若硬要插上一腿，恐怕不但帮不了蓁蓁，反而成为负累。

眼见蓁蓁快要招架不住，正为此心急如焚之际，一股浓烈的怪异香气钻入鼻孔，并听见一个熟识的声音从背后传来：“我们总算及时赶到了。”

第十三章　最后清算

熟识的声音与浓烈的异香同时出现，不由得让我感到惊讶，连忙回头一看。果然，背后出现两个身影，一个是我最为惦记的小相，而另一个竟是我最畏惧的绿衣怪人——头戴宽大的斗笠、全身被淡绿绸缎遮盖的阿娜依！

小相跟阿娜依一同走到我身旁，冲我友善笑道：“没受伤吧？接下来的事就让我们来处理吧。”

“你，你怎么会跟她在一起？”我怯弱地瞄了阿娜依一眼，随即移开视线，不敢正视这个可怕的魔神。

小相轻拍我的肩膀，小声说：“别紧张，她站我们这边。”

他这一说，我就犯糊涂了。虽然我们这一趟的主要目是救出见华，但同时亦是为了阻止阿娜依招回魃的元神，可他却说阿娜依跟我们同一阵线。难道他要帮阿娜依元神归位，让这个世界陷入万劫不复的境地？

就在我为此而疑惑之际，阿娜依冷声喝道：“愚昧无知之蝼蚁，汝胆敢逆吾之意，私自惊扰魃之圣魂！汝可知此乃万死之罪？”

我呆住片刻，一时没弄明白她的话是什么意思，难道她并不想招回自己的元神？那她干吗又要寻找三才宝剑呢？

正在法阵中央准备举行祭祀仪式的王校长，转过头来以轻蔑的语气说：“你不过是圣主用过的一身皮囊，若识时务不碍事，我还能请圣主放你一条生路。要是你非阻碍圣主重临大地，待圣主复生后我必定如实告知，让圣主将你投入永恒的痛苦当中！”

“汝怕没此机会。”阿娜依说罢飘然前行，径直走向王校长。

当她经过正与蓁蓁对峙的文福身前时，文福回头向王校长看了一眼。后者轻声咳嗽，向他摆了摆手，泰然自若地说：“不碍事，这具没脑筋的臭皮囊不杀轩辕族后裔，不能把我怎样。你还是先把那些碍事的人解决，时辰将近，动作迅速些。”

文福闻言即目露凶光，紧握手中奇剑准备再次与蓁蓁厮杀。小相见状便讥笑道：“一个大男人欺负人家小女生，也太没品了吧？有种跟我过两招儿。”说着缓步上前，轻拍蓁蓁肩膀示意其退下。

蓁蓁将警棍递给小相，但小相却婉言谢绝：“你留着，我不习惯用警棍。”

退回我身旁后，蓁蓁扶着我小声问道：“他赤手空拳能打得过那个死胖子吗？”

我不置可否地答道：“你看看不就知道了。”

“你这个臭小子还真不赖，我设下这么多圈套也没能把你整死，不过今晚你不会这么幸运了。”文福说着猛然前跃，双手握剑以怒斩华山之势，斩向小相的天灵盖。

眼见脑袋就要被对方一分为二，但小相却没有躲避的意思。蓁蓁见状紧张得大叫“小心”，与此同时小相竟然举起左手，试图以手臂抵挡对方的古剑。

虽说古剑已失锋芒，但再不济也是根铁条，再加上文福的奋力怒斩，硬接下来就算不能把手臂斩断，至少也会留下一道口子，外加敲断手骨。被此奇剑所伤，哪怕只是一道小小的伤口，亦能立刻致命。然而，当古剑落在小相的手臂上，传入耳际的并非撕心裂肺的惨叫，而是金属互击的“锵锵”声。

蓁蓁目瞪口呆地看着眼前一幕，向我诧异问道：“小相跟阿娜依学了些奇怪的法术吗？”

我嬉皮笑脸地回答：“用不着跟阿娜依学，他本来就有这能耐。”

“他不会是少林寺出来的吧？”她的脸上尽是不解。

“现在的少林寺哪儿还有会真本事的人。”我白了她一眼，“小相才没你这么笨，只带根警棍过来就跟那死胖子单挑。他的衣袖里藏有钢板，这样不但不容易被别人发觉，而且打起架来还挺方便的。”

文福虽然手握奇剑，且在体形上占有优势，却未能以此压制小相，反而因为一时没想明白小相衣袖里的秘密而接连吃亏。再加上小相用的是街头格斗术，也就是所谓的“流氓拳法”，出招毫无章法可言，而且专攻要害，渐渐使他难以招架。

“之前怎么没听你说过，小相打架这么厉害，而且下手还挺歹毒的。”蓁蓁目不转睛地看着两人的打斗。

“我也没跟你说过，他长得没我帅。”我没好气地答道，随即小声跟她说，“他还有更毒的呢，你看他的鞋子好像没什么特别，其实鞋尖有根小钉子。而且还是长锈的，要是被他踢一脚，不去打破伤风针麻烦可大了。”

“还好跟他打的不是我。”她面露心悸之色，片刻又道，“虽然他打架很流氓，但样子长得比你要顺眼多了，至少他的皮肤比你白。”

蓁蓁是散打冠军，若是正规的比赛，小相绝对不是她的对手。但要是毫无规则可言的街头斗殴，小相定能让她吃尽苦头。

“但我的屁股比他翘……”我往她的屁股轻摸一把，换来的是一记肘击。虽然她没有用力，但我仍佯装痛苦地呻吟：“我的姑奶奶，我可是伤员啊，你就不能体谅一下。”

“还在装，你以为我不知道，其实你根本没受伤。”她瞪了我一眼后，视线随即又回到前方的打斗当中。

小相与文福这厢尚未分出高下，阿娜依与王校长那厢亦剑拔弩张。两个老怪物于法阵中央对视，王校长冷声道：“圣主马上便会重临人世，你最好别做无谓阻挠。”

“汝辈乃卑微之蝼蚁，竟妄图获永生之躯，实乃痴心妄想。”阿娜依从淡绿绸缎间伸出被绸带包裹得严严实实的手臂。

“你想干吗？”王校长猛然后退一步，惊惶道：“你可记得曾向轩辕黄帝立誓……”

“吾确曾立誓言，永世不杀轩辕之后。”阿娜依打断道，“但汝乃已死之身，又岂可言杀……”

话至此即止，阿娜依突然身如疾风，嗖一声便蹿到王校长身前，前后不过一眨眼的时间。当她停止移动，手已掐在对方的脖子上，并将对方举起离地半尺。

“你不能杀我，你不能违背自己的誓言……”王校长被掐着脖子，虽语带哽咽但仍疯狂大叫，并胡乱舞动手脚。

阿娜依冷漠笑道：“吾除汝之尸咒，何来背誓？”

话尽，成千上万如白芝麻般的小虫，从王校长脸部、脖子、双手等地方钻出来，露出衣服外的皮肤都被这些小虫覆盖，场面要多恶心就有多恶心。小虫冒出来后立刻向脖子汇集，全都集中到阿娜依的手臂上，如潮水般钻进绷带的缝隙。这过程看似缓慢，但实际上只发生于一瞬间。

虫子消失后，王校长就像被晒干了一样，本来就瘦削的身体又瘦上一圈儿。肤色看似苍白，但又隐隐发黑；双目圆睁，却又毫无生气。越看就越像一具干尸。

阿娜依单手举着如干尸般的王校长，阴冷地说：“已逝甲子之皮囊，留有何用？化尘归土，精元涣散，灭！”话毕，五指猛然一抓，王校长的身体瞬间化成尘埃随风飞散，只在地上留下一件赤袍。

“我要杀了你们！”文福愤然大吼，挥剑劈向小相。

小相举臂以袖里钢条挡剑，在锵锵声响中挥拳直取对方面门。然而，当对方的注意力集中于上身，并下意识地做出躲避时，他当即转攻下盘。

小相的鞋尖嵌有钉头，不过对方一身贱肉，就算挨几钉子亦无大碍。他当然知道往对方身上乱踢，不但毫无得益，反而虚耗自己的体力。所以，他瞄准对方皮肉最为薄弱的膝盖，起脚使劲儿踢出。

鞋尖钉头虽细且短，但已足以刺穿膝盖皮肉，插入髌骨之中。这膝盖骨虽说相当坚硬，但亦极其脆弱，就算不小心撞上台角，也得痛上好一会儿，被细钉刺入更是剧痛万分。文福虽肥壮如大灰熊，也挡不住这根小小的钉头，惨叫一声便单膝跌倒。

小相乘胜追击，一脚踩在文福的膝盖上借力跃起，同时高举右手，利用藏于袖里的钢条狠狠地砸在对方的天灵盖上。

“锵”的一声闷响，文福当即两眼翻白，摇晃两下徐徐倒下。

小相俯身从他手中取过古剑，呼了口气道：“叫你吃这么胖，害我出了一身汗才能把你放倒。”他望向我们，扬了扬手中古剑又道，“你们先别过来，稍等一会儿，我马上就来。”说罢便走向站在法阵中央的阿娜依。

“你想干吗？”蓁蓁冲他叫道，并想冲过去阻止他。

小相回头莞尔一笑：“别紧张，没事的。”

他想干吗？除了把手中的古剑交给阿娜依之外，我实在想不到他还会干吗。

解决王校长之后，阿娜依便将散落于见华身旁的古剑碎片收起来。若小相再将手中的坤阖奉上，那么她便齐集三把宝剑，召唤蚩尤之魂让自己元神归位，只是时间的问题。

虽然阿娜依一旦元神归位，势必会让整个世界陷入混乱当中，甚至变成人间地狱。但当蓁蓁想冲过去阻止小相时，我却紧紧地拉住她的手。她回头焦急地对我说：“快放手，不能让阿娜依集齐三才宝剑，不然这个世界就没了。”

“我不知道这个世界是否会因此而灭亡，我只知道必须信任我的兄弟。”我仍牢牢地抓住她的手，丝毫不作让步。

她气冲冲地与我对视片刻，随即使劲儿甩开我的手，愤然道：“你就跟你的兄弟抱着一起死吧！”说罢甩头往回走，不一会儿便消失于漆黑的树影之中。

我不知道自己的决定是否有错，但我仍坚守自己的信念——相信小相，相信自己的兄弟。

当我回过头来，小相已经走到阿娜依身前。跟我意料中的一样，他将古剑坤阖双手呈献给对方，并恭敬地说：“我已经遵守两年前的承诺，为您集齐兵主所有碎片，现在请您也兑现当日的诺言。”

阿娜依从绸缎间伸出被绸带包裹的左手，接过古剑后，嗖一声便连手带剑一同缩回绸缎之内，阴冷而优雅的声音随之从绸缎内传出：“吾从不食言。”

她走到躺于地上的见华身前，再次从绸缎间伸出左手，掌心朝下正对见华的嘴巴，优雅的声音再次响起：“吾之蛊仆，速回吾身。”话毕，见华眉头略皱，片刻樱唇微张，竟有一条如米粒大小的血色蛆虫从嘴巴里飞出来。蛆虫飞近掌心，她便将其抓住，并将手缩回绸缎内。

小相立刻上前扶起见华，边叫她的名字边轻晃她的身体。阿娜依站在他身边冷漠地说：“伊昏睡未醒而已。”绸缎下摆突然微微抖动，似乎吹出一阵柔风。见华随即眼皮颤动，双眼缓缓睁开。

“哥？我不是做梦吧？”见华醒过来后，惊讶地看见失踪两年之久的哥哥，似乎以为自己置身于梦境之中，竟然傻乎乎地捏自己的脸颊。

“傻丫头，本来就长得丑，还往自己脸上捏，想嫁不出去让我养你一辈子吗？”小相笑骂着在妹妹鼻子上轻轻刮了一下。

“哥，你真的回来了？”见华似乎已经确信自己并非置身梦中，猛然张开双臂将小相搂住，像怕对方会突然消失似的。或许是过于激动，喜极而泣，泪水不停地从她的一双明眸中涌出，哽咽道：“你回来了，你真的回来了，我就是要你养我一辈子，永远永远也不能离开我，呜……”

小相轻抚妹妹的背部，给予对方温柔的安慰：“别哭了傻丫头，我答应你，以后就待在你身边。”

虽然眼前这温馨感人的一幕，让我也有落泪的冲动，但不安的情绪亦笼罩于心头。在他们兄妹重逢的时候，阿娜依已带着三把宝剑悄然离去……

第十四章　他的秘密

小相为了见华而甘心为阿娜依卖命，我早已料到，亦不后悔为他所做的一切事情。不过，此刻阿娜依已齐集三把三才宝剑，元神归位指日可待。因此，虽然小相兄妹重逢必定不想受他人骚扰，但因事态严重，我亦只好上前打断他们。

“那个……阿娜依已经走了，我们该怎么办？”我不安地问道。

“她走了不好吗？难道你还想留她吃消夜？”小相笑道。

“当然不是了。”我连忙摇头，并道出心中的担忧。

“哈哈……”小相放声大笑，“她才不会用那三把古剑招魂呢！”

我目瞪口呆地看着他，半晌后才疑惑问道：“她要三才宝剑不是为了让自己元神归位吗？那她劳师动众地找这三把古剑干吗？”

“你啊，就不用为这事担忧了。”他轻拍我的肩膀，“阿娜依是不会让魃的元神重返人间的。”

“为什么？”我眉头紧锁，实在想不明白当中的因由。

“如果你坐上了厅长的位置，突然有一天中央说要派人过来骑在你头上，你会愿意吗？”他笑着给我解释——

魃的元神被禁锢后，其肉身渐渐萌生自主意识，并给自己取名为“阿娜依”。“娜依”在苗语里是芍药花的意思，寓意自强不息。她取这个名字，目的就是为了跟魃划清界限。她好不容易才能自由自在地过日子，才不想让魃的元神重返人世，再次当一具任人支配的躯壳。

其实阿娜依刚有自己的思想时，头脑还十分单纯，几乎可以说是个笨蛋。她因为担心魃会返回人间抢自己的身体，便四处流窜并在路经之地洒下自己的血液。

她的血液带有尸咒，被血污染的土地必定龙脉大乱，继而育成养尸地。凡葬于养尸地的尸体，必定会尸变成僵尸。她以为只要到处都是僵尸，魃就找不到她，不能抢夺她的躯体。可是她的行为引起天下大乱，各地僧道为此联合起来对付她。

她当时还没有现在这么强大，说不好听点儿就是一个僵尸王。几个和尚道士，她或许还不放在眼里，但几十上百个僧道，她就应付不过来了。要不然她也不会被黄帝欺负，逼她发誓永远不杀轩辕之后。

她当时虽然没什么本事，但终究是不死不灭之身，所以最终还是逃过了僧道的围剿。那之后，她的智力渐有增长，开始明白自己所做的事徒劳无功，因为她与魃之间有某种微妙的联系，魃若要找她，她根本跑不了。为了切断这种联系，她躲到了无人烟的崇山峻岭里修行，一炼就是千年。

修行使她的本领大增，自主意识也变得更强，终于能完全甩脱魃的影响，彻底切断两者之间的微妙联系。可以说，从这时候开始，她跟魃已经毫无关联，是两个互不相干的个体。

她还未来得及为此而高兴，便发现魃悄然向某些心术不正的人传达信息，妄图通过这些人返回人世。

此时她已有很强的自主意识，就算魃返回人间也抢不了她的身体。不过她怎么说也是魃的躯体，并且拥有魃的部分记忆，因此她非常清楚魃的想法。她知道魃若无法夺回身体，肯定会想尽办法对付自己，至少不会让自己好过。因此，她一直暗中留意魃的举动。

魃被禁锢于三界之外，这么说可能有点儿玄，用科学的说法是被禁锢在另一个空间。虽然置身于异界，但魃仍能以其强大的精神力，向某些人传达信息。这就像无线信号一样，她向我们的世界发出信号，虽然受时空的影响，信号变得非常微弱，但仍有极少数心术不正的人能接收到她的信息，甚至跟她作某程度上的交流。

魃向能接收到信号的人传达信息，教他们蛊术以显示自己的能力，让他们成为自己的信徒，并组织赤神教供其差遣。因为魃置身于异界，纵使拥有强大的精神力，仍无法随时向人间传达信息，只能每隔六十年与人间联系一次。正因如此，阿娜依才能从中钻空子。

虽然阿娜依已切断跟魃的联系，但她仍能收到魃传达的信息，并且知道魃想用蚩尤的遗物——被铸成三才宝剑的残剑兵主，召唤蚩尤之魂，从而让自己重返人间。

不过就算魃能重返人间，失去肉身的她还是斗不过蚩尤之魂，所以她必须为自己准备一具躯体。可供她作肉身之用的选择不多，除了阿娜依之外，就只有血统纯正的九黎族人。然而，阿娜依已有强大的自主意识，就算甘心作为肉身，亦会对她产生排斥，所以只能选择九黎遗裔。

九黎族是魃跟蚩尤的直系后裔，是她流传于人世的唯一血脉，因此只有九黎遗裔才能用做她转世的肉身。可是作为苗族祖先的九黎族，在经历数千年苗汉交融后，血统纯正的后人已极其稀有。

为阻碍魃重返人间，阿娜依向赤神教徒宣称，自己是魃在人间的化身，以圣主之名指使赤神教徒寻找九黎遗裔，并逐一猎杀，致使魃的计划至今仍未能实现。

十多年前，阿娜依又发现一对九黎夫妇，并将他们杀死。然而，在她动手时却发现两人育有一名女婴。其实对她来说，人跟蝼蚁没什么分别，不过她多少还存有一点儿恻隐之心。虽已将女婴的父母杀死，但对这襁褓婴孩，她却怎么也下不了手。反正年幼的孩童也无法承受魃强大的力量，她便打算等对方长大成人后，再让其与父母于地府中团聚。

这个侥幸生还的女婴就是见华。

之前我一直以为见华患有先天性心脏病，其实她并没有这种病。她的心脏之所以出问题，是因为阿娜依为防给自己留下后患，对她施放了九黎七十二蛊中的蚀心蛊。

蚀心蛊虽然短期内不会致命，但会破坏心脏机能，使中蛊者的身体变得柔弱。这样就算日后阿娜依没能及时将见华杀死，见华也会因为身体柔弱而无法承受魃的强大力量，使魃无法实现重返人间的计划。

因为蚀心蛊是一种超出人类知识范畴的生物科技，现代医学对其一无所知，所以多年来见华一直被误诊为先天性心脏病。

两年前，我在追查古剑杀人案时，偶然得知赤神教一事和阿娜依向教徒下达寻找及杀死见华的消息。我尝试对此加以阻止，但最终竟被阿娜依盯上，还差点儿死在她手上。

当然，阿娜依并非真的要杀我，她根本不会杀任何一个轩辕后裔。她只是想吓唬一下我，好让我别再妨碍她。不过在这过程中，她道出要杀见华的原因。我说把魃重返人间的关键物件摧毁，不就一劳永逸了吗？为什么非要费那么大劲儿，永无休止地追杀可能永远也杀不完的九黎族人呢？

她当时竟然喃喃自语："吾何以未念及此？"原来她一直都没想过这个问题，只是从魃传达的信息中获悉对方准备做什么，她就从中捣乱。枉她活了几千年，脑筋仍不太灵活。

随后，我跟她达成协议，她不但不杀见华，还会解除见华身上的蚀心蛊，条件是我必须在见华二十岁之前，将三才宝剑全交到她手上。因为蚀心蛊将会在见华二十岁时发作，使她心脏穿孔，大量内出血致死……

他说到此处，我不由得感到一阵后怕，心有余悸地问道："你也太冒险了吧？要不是你跟阿娜依及时赶来，王校长恐怕已经举行了招魂仪式，见华现在大概已经因承受不了魃的力量而死。"

"我才不会让丫头冒险呢！"小相溺爱地轻抚见华的脑袋，"我知道你一定会竭尽全力保护见华，可是一旦遇到要用拳头解决的问题时，你就无计可施了。为了应付这种情况，我另有准备。"他往树林后方高声叫道："兄弟，事情已经解决了，出来一起去吃消夜吧！”

树林中人影儿晃动，不一会儿便有四名手持砍刀的大汉走出来。当他们进入烛光的范围后，我便发现是榴莲和他的手下。

榴莲扛着一把似乎是用印刷厂的切纸刀焊接而成的大砍刀向我们走过来，用他那像扩音器般的大嗓门叫道：“我要吃森记的烧鹅肶。”

（“烧鹅肶”即烤鹅腿，广东人常称“腿”为“肶”。而烧鹅于粤港地区，是早餐及消夜中最为常见的食物之一。另外，据说烧鹅的左腿比右腿好吃。）

“好，你要吃整只也没问题。”小相爽快答应。

我惊讶地对小相说：“他们一直躲在树林里吗？怎么没被王校长发现？”

小相正欲开口，我便听见身后传来一个熟识的男性声音：“只有你这笨蛋才没发现。”回头一看，发现沐师傅跟提着狙击枪的雪晴，不知道何时出现在我身后，把我吓了一大跳。

沐师傅又道：“其实那老怪物早就知道我们来了，只是我们没惹他，他就没理会我们，专心布置他的法阵。”

“既然你们来了这么多人，怎么不把他给毙了？”我瞄了雪晴提着的狙击枪一眼，小声抱怨，“害我差点儿被那死胖子宰了。”

“这也不能怪大家。”小相轻拍我的肩膀以示安慰，解释道，“刀枪等武器或许能制伏文福，但却对付不了王校长。因为他是个尸巫，他的身体早就已经死了，再往他身上打几枪砍十来刀，根本没有任何意义。而且他懂得使用蛊术，普通人跟他对抗无异于以卵击石，所以我才会将交赎金的重任托付给你。”

“你没亲自来跟文福交易，就是为了去找阿娜依？”我问道。

他点了点头：“要找她可不容易啊，还好及时把她找到，要不然大家恐怕会有损伤。”

“王校长真的有这么厉害吗？要不是刚才看见一大堆白虫子从他身上钻出来，我还认为他跟普通的老头没什么两样。”想起刚才那一幕，我不由得感到心悸，随即又想到另一个问题，便问道：“刚才阿娜依说‘已逝甲子之皮囊’，是指王校长已经死了六十年吗？但据我所知他才六十三岁，如果真的死了这么久，不就三岁便已经死了？”

小相点头道：“是呀，他的确在三岁时就已经死了，难道你没发觉他身上有股米香吗？”

王校长身上的确有一股米香味，他自称是因为自己有用洗米水洗头发的习惯。先不论他是否撒谎，这香味跟他已经死了六十年又有啥关系呢？

我道出心中疑惑，小相笑道：“他不但用洗米水洗头发，还经常用来泡澡呢。他要是个把星期不用洗米水泡澡，就会散发出让人恶心得想吐的尸臭味。”

“这人真可怕呀！”见华如受惊的小兔子，依偎于哥哥的怀中。

“别怕，我会在你身边保护你，”小相搂住见华肩膀的手稍微用力，补充道，“永远。”

虽然我不想打断他们享受兄妹间的温情，但有一个问题折腾着我，使我不得不问：“王校长的蛊术是魃传授的吧？可是他三岁时就已经死了，怎能学到这么神奇的蛊术呢？”

“他这副躯体的确是三岁时就已经死了，但他用过的躯体可不止这一副。”他随即又给我讲述王校长的来历——

这王校长本来叫什么名字，我想他自己大概也记不清楚，因为他至少已经活了上千年，我想他应该是魃的信徒中活得最久的一个。

刚才我说过了，魃因为置身于异界，不能经常跟人间联系，每隔六十年才能联系一次。因为时间间隔太长了，所以能接收她的命令，并贯彻执行的教徒几乎没有。为此，她特意向一些天赋较高的教徒传授转世的蛊术——九黎七十二蛊中的承魂蛊。

承魂蛊相当于借尸还魂，施术者在临死前，将自己的灵魂注入已下了蛊咒的尸体当中，以尸巫的形式继续生存。尸巫的身体因为施了蛊术，不但不会腐烂，而且还能像正常人一样继续成长。但尸体始终是尸体，难免会有股尸臭味，因此必须经常用洗米水泡澡去除尸臭。

承魂蛊的效力只能维持六十年，时限一到尸体就会再次腐烂。每当这个时候，施术者必须祭祀魃，跟魃取得联系。一方面接收魃的新指令，同时亦借助她的力量再度转世。

因为承魂蛊六十年才能施行一次，而且尸体会像正常人一样成长及衰老，所以必须选择年幼的尸体。这样一来就不用担心尸体因为过于衰弱，而无力施行下一次承魂蛊，二来也不用担心因为性情改变而引起尸体的亲属怀疑。

藏镜鬼，也就是吴威夫妇，他们跟文福一样，都是王校长的学生。文福因为王达的关系，见识过王校长的蛊术，在永生的诱惑下加入赤神教。而藏镜鬼则是在儿子死后，被王校长招募为赤神教徒。

王校长教他们用奇特的香薰保存儿子的尸体，还骗他们只要全心全意为圣主办事，就能让他们的儿子复活。其实他所谓的复活，就是对藏镜鬼的儿子施行承魂蛊，让自己再活六十年。不过他的计划最终被你破坏了，使他错过了六十年一次的转世机会。因此他才迫于无奈，冒险召唤蚩尤之魂，试图让魃复活。

其实让魃复活对所有人都没有好处，因为魃肯定会让整个世界陷入空前的灾难当中。因此王校长虽然信奉魃上千年，但一直对魃的命令都是敷衍了事，甚至将其中一把三才宝剑藏在自己身上，目的就是防止其他人让魃复活。不过这次他已没有选择，若不让魃复活，他自己也活不了多久……

小相的解释不但解除了我的疑问，更让我发现自己原来忽略了很多问题。不过，虽然疑团基本上都已解开，但我还有一个问题没弄明白，那就是他跟沐师傅为何会知道我的行踪。

对于这个问题，他没有直接回答，而是反问我："哈，你没想过我为什么会给你一部手机，而不是直接给你文福的手机号码吗？"

我皱着眉头回答："我还真没想过呢？"

"笨！"沐师傅白了我一眼。

雪晴若有所思地看着他跟小相，淡漠地说："手机装有GPS（全球定位系统）芯片，所以他们能找到你。"

"你们是一伙儿的？"我惊讶地看着小相跟沐师傅。

沐师傅又白了我一眼："我早就说了，我们三个的命运连在一起。你能找上我，难道我就不能跟他有联系吗？"

"那你给我硬币，是因为早就知道我会挨刀吗？"我问。

"谁知道你会挨刀子，我给你的是帛金。这次你不死去，就留着下次吧！"他不耐烦地说。

"阿慕，这事你就别问了，泄露天机是折寿的。"小相说着似乎突然想起什么，又道，"帛金不能只有一元啊，应该以某个整数再加上一元，譬如一百零一元。不过阿慕这次大难不死，我看这帛金还是免了，不如请我们吃一顿吧！原小姐，你说对不对？"他笑着望向雪晴。

雪晴先是一愣，随即会意地点头。

“臭小子，我就知道跟你们俩在一起不会有好事儿。好吧，好吧，反正森记那种小馆子也费不了多少钱。”沐师傅说罢便带头往回走。

“既然你也说是小馆子，我想你也不好意思让原小姐去那种地方吧？”小相不怀好意地笑着。

“我知道有间酒店凌晨也能吃自助餐，而且还能吃到新鲜的生蚝哦！”榴莲兴奋地把扛在肩上的砍刀塞给身旁的手下，指着趴在地上的文福吩咐道，“你们先把这死胖子抬去公安局，然后再来酒店。动作快点儿，不然连蚝壳也吃不上。”说罢便催促大家赶快去酒店。

小相对雪晴莞尔一笑，问道：“原小姐，自助餐行吗？”

雪晴没说话，只是看了沐师傅一眼，后者无奈地叹了一口气：“我就知道今天会破财。”

尾　声

一

梁政走进厅长办公室，将一沓报告放在厅长桌面上，如释重负地说：“好了，终于将手头上的案子全都处理完了。”

他拉出椅子坐下，拿起最上面的一份报告，向厅长汇报：“犯人王文福已经对自己所犯的罪行供认不讳，当中包括杀害县派出所所长夫妇、纵火烧毁吴威夫妇的住所及商铺、协助王村小学校长王谨虐杀男童王志均，以及事后清除现场证据、强行将死者尸体火化、伪造指纹等证据陷害前警员相溪望。另外他还供出袭击阿慕的邪教教徒，以及其他邪教教徒六十三人，当中包括潜伏于警队中、利用窃听设备收集消息的内鬼，已经交给阿杨作另案处理。”

他将报告放下与厅长对视，兄弟两人良久不语。约半刻钟，他终于再次开口打破沉默：“就这样……诡案组解散了。”

“没有商量的余地？”厅长以深邃的目光凝视自己倔犟的弟弟。

“拜托，我好不容易才找到借口卸下这个担子呢！”梁政挤出一副玩世不恭的笑脸，“自从诡案组成立后，你弟妹就天天跟我叨唠，说我每天都带一大堆文件回家看，已经很久没陪她看肥皂剧了。她巴不得我早些调回扫黄队呢！”

厅长轻声叹息：“既然你去意已决，我也不多说了。不过我希望你知道，只要我还在这个位置上，诡案组的大门随时都能重开，你随时也能继续担任组长。”

“等你弟妹不再烦我的时候再说吧！”梁政摆了摆手，随即转换话题，“我们还是先谈谈组员的调配问题吧，雪晴跟蓁蓁可以调回原来的部门，小苗随便给她安排一份文职就行了。阿韦可以直接辞退，反正他也不想在公安厅里待着。至于阿慕，虽然他在处理这宗案子时，有不少违规的地方，但都是在我授意下进行的。可以的话，我希望你别把他调回反扒队，在那种地方也太浪费他的能力了。还有……”他迟疑片刻，“阿相已经正式递交辞职信，能不能别再追究他盗窃证物的事？”

“他也是迫不得已，而且在这宗案子里，他也算是立了一功。这事就当给他卖一个人情，或许以后还有用得着他的地方。其他组员的调配就按你的意思安排吧，至于阿慕……”厅长狡黠地笑了笑，“我打算给他一个惊喜。”

二

人生聚散终有时，诡案组终于都解散了，我们各自收拾私人物品，准备离开这间曾给我们留下不少回忆的办公室。

伟哥就一部笔记本电脑，装进背包里就完事儿，不过留下一桌乱七八糟的垃圾。喵喵的办公桌里塞满零食，都已装满一纸箱了，还能继续从抽屉里掏出其他杂物，伟哥只好跟她一起收拾。

雪晴的桌子向来都非常整洁，也没带来多少东西，从抽屉里取回一些随身物品后就不知所踪。我问喵喵，她跑哪里去了，怎么连再见也没跟我们说一声。喵喵答道：“雪晴姐最近心情不太好呢！”

“为什么？”我不解地问道。

工作上的安排，老大已跟厅长协商过，雪晴将会调回原来的部门，据说可能还会升职，因此她在工作上应该没什么烦恼。既然烦恼并非源于工作，那么肯定就是感情了。

“她现在正陷入三角恋当中耶。”喵喵左手拿起一包炭烧牛肉干，“一个是威武勇猛、英俊潇洒的傅大哥，”右手拿起一盒瑞士巧克力，“另一个是博学多才、风趣幽默的沐师傅。换成是我也不知道该怎么选择。”

“你有我不就好了。”伟哥把她手中的零食放入纸箱，把纸箱抱起往外走，并回头跟我和蓁蓁道别：“慕老弟、蓁蓁，我先陪喵喵去档案科报到，熟悉一下环境。不然我一走，她就连开机键也找不着。你们要是有啥吃的玩儿的，记得算上我们一份哦！”

喵喵扯着他的衣角一同出去，走到门前回头向我们挥了挥手：“阿慕哥、蓁蓁姐，拜拜！”

喵喵被安排在档案科工作，而伟哥则被辞退，不过老大说他之前的黑客行为，警方都不予追究。今后只要不再犯事，凭他的电脑技术，收入肯定远远高于在警队里当档案员。

空荡荡的诡案组内，就只剩下我跟蓁蓁。自从那晚她愤然离去之后，我们就没说过一句话，现在我也不知道是否该跟她说一声“再见”。就在我为此而犹豫之际，她已先说话：“我记得你说过，就算做不了同事，还可以做朋友。那么……我们以后还是朋友吗？”

我正欲开口，便看见一个紫色的身影从门外走进来。扭头一看，差点儿没叫出来，进来的竟然是花紫蝶！

紫蝶以敌意的眼神瞄了蓁蓁一眼，转头跟我说：“你果然还在这里，政叔还没跟你说吧？我刚调到刑侦局，从今以后我就是你的直属上司。”

悲剧！

三

溪望已经很久没像现在这样，惬意地躺在家里的沙发上，枕着见华的大腿，让对方为自己掏耳朵。在这两年枪口刀尖的日子里，他连一刻也不能让自己放松，亦不敢联系任何一个能信任的人，以免连累对方。想起来，已经有两年没认真地掏过耳朵了。

相家对掏耳朵非常讲究，不会像普通人那样，直接将棉花棒塞进耳孔乱捣。因为那样不但不能清洁耳朵，反而会把耳垢推进耳孔深处。

见华先用发光耳勺，将哥哥耳孔内的大块耳垢掏出，这个步骤必须非常小心，没掏干净倒不要紧，就怕一不小心刮伤耳道，甚至戳穿耳鼓。因此，除最为信任的见华外，溪望不会让任何人给自己掏耳朵。

掏出大块的耳垢后，见华便往哥哥耳孔滴入洗耳液。浸泡约十秒钟便将洗耳液倒出，再以棉花棒仔细清理残留于耳道里的已经软化的耳垢。

见华细心地为哥哥清理好两边的耳孔后，溪望仍枕在她的大腿上不愿起来。因为这种久违的舒适感觉，实在让人难以抗拒。如果可以的话，他愿意一直维持这个姿势，直到永远。然而，似乎有人不乐意他一直躺着，放在茶几上的手机不合时宜地响起。

见华拿起手机交给哥哥，见哥哥看着屏幕上的号码皱起眉头，不由得担忧问道："是谁打来的电话？"

"稀客啊，竟然是梁厅长。"

"政叔不是说，警方不会追究你盗窃证物的事吗？"见华一脸焦虑。

"没事的，别担心。"溪望安慰妹妹后，便接通电话，"梁厅长，您好！"

"没想到你竟然还记得厅长办公室的号码。"听筒里传出厅长的声音。

"当然记得了，前厅长可没少用这个电话给我训话。"

"呵呵，可是之前他每次提到你，都说你是警队的模范，还说你早晚会坐上厅长的位置。"

"梁厅长，您见笑了。"溪望谦卑地说。

"好了，客套话已经说过，接下来该谈正事了。"厅长的语气略显严肃，"诡案组解散的事，你应该已经知道了吧？"

"嗯，阿慕跟我说过。"

"诡案组虽然解散了，但诡秘的案件仍时有发生，所以必须另觅人选接任诡案组的工作。"厅长顿了顿，又道，"你是个难得的办案能手，像现在这样赋闲在家，太浪费你的才华了。而且你还有个正在念大学的妹妹，没有稳定的经济来源可不是一件好事。或许，你可以考虑一下接任诡案组的工作，继续为警队效力。"

"这可不太好啊，我毕竟是个因玩忽职守而离开警队的人，再次投身警界恐怕会落人话柄。而且作为刑警，行事多有忌讳，不符合我办事的风格。”溪望推搪道。

“你不想加入警队，可以以外聘的形式接任诡案组的工作。虽然这样不能每月给你发工资，但每侦破一宗案子都有可观的奖赏。以你的能力，收入绝对不会比一般警员低。”

溪望狡黠一笑：“我会认真考虑。”

灵异档案　重庆红衣男孩

本卷的创作灵感源于著名的重庆十三岁男童离奇死亡事件。

据报道，农民工匡纪绿返回老宅，为尚住读的儿子匡志均送钱时，发现家里正门、侧门紧闭，平日从不开的后门却虚掩着，入屋后竟见儿子身穿红裙挂于屋梁之上。细看之下，发现儿子手脚均被绳子捆着，脚上还吊着一个大秤砣，且早已气绝身亡。

据法医推断，匡志均死亡时恰好是十三岁零十三天。经解剖后确认，死者额头前有一个小孔及轻微外伤，大腿、双手、两肋、双脚裸部上方皆有极深的勒痕，此外便没有其他伤口。至于死者的致命死因，警方至今仍未公布。

死者身穿红裙、脚绑秤砣的诡异死相，难免会让人联想到邪教仪式。而更为怪异的是，在红裙之内，死者还穿着属于其堂姐的泳衣，身上甚至没有一件属于自己的衣服。

另外，死者母亲辜登会声称，在发现死者出事之前，做了一个怪梦，梦见一名陌生男人闯入其老宅，叫她赶快回家看望儿子。她醒来后为此忧心忡忡，便让丈夫回家查看，没想到竟然发现儿子已惨死家中。

有玄学家对此事进行分析，认为死者死时身上有五行迹象，而且恰好死于十三岁零十三天，额头更有针孔，极有可能是被妖道收取魂魄，作为养鬼术之用。

为配合情节发展，故事里称因死者手机损坏，导致父母无法与他联系。而现实中是死者父亲的手机损坏，而导致无法联系。

［全文完］

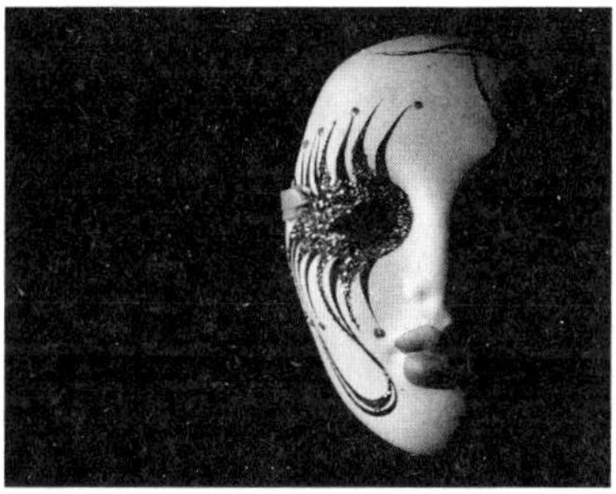

后记·Postscript

亲爱的读者：

《诡案组》自2008年起创作，至今已经历了四年风雨。感谢大家一直以来的支持，没有你们陪伴某求走过这段艰辛的岁月，某求恐怕还是一名整天做白日梦的送水工。

回想当初，某求本打算在这部作品中注入两个崭新的概念：

一是以真实灵异事件为基础，加上合理的想象进行创作，编写出虚幻与现实交织的故事。这一点，某求做到了，小说中众多恐怖传说都是流传于坊间的真实灵异故事。虽然部分传说或许让人感到平凡，但只要想到这并非是虚构的情节，而是曾经真实发生过的事情，自会令人毛骨悚然。

另一个概念是采用三种人称混合叙述的新颖叙事方式。某求本想以第三人称为主调，中间穿插第一及第二人称的方式叙述，但在创作之始便发现自己无力驾驭这种“诡秘”的叙事方式，也就只好作罢，并改为第三人称引子、第一人称正文的怪异叙事方式。虽然这种叙事方式有点儿怪异，但总的来说，这部作品尚算成功。

随着《诡案组大结局》的完结，阿慕将光荣“引退”，但精彩的故事尚未结束，新篇章仍需你我共同演绎！

就像第一代悲情女配角喵喵（网名：淼缘喵喵，真人是个性感小野猫哦！）那样，凡给某求提供离奇诡异素材，譬如真实的灵异事件、坊间的诡异传说，又或者以科学无法解释的特殊现象、事件，一经取用，均以提供者的名字为主要角色。

素材无须编写细致，只需交代清楚事发的年代、地域、人物及大概经过即可。当然，最重要的还是素材提供者的名字（用于角色安排，网名、真名均可）及联系方式（用于日后赠送样书）。有劳将素材及联系方式发到某求的邮箱klayman88@163.com，亦可以此邮箱跟某求交流。

新故事由小相领衔主演，阿慕将退居幕后，偶尔跳出露一把脸，当几回跑龙套的。热切期待大家参与《诡案组》后续作品的创作，携手编写属于我们的精彩故事。

祝大家：

事事顺心，快乐无忧！

求无欲

写于2012年末日降临之前

图书在版编目（CIP）数据

诡案组大结局/求无欲著.—长沙：湖南文艺出版社，
2012.6
ISBN 978-7-5404-5543-9

Ⅰ. ①诡… Ⅱ. ①求… Ⅲ. ①推理小说－中国－当代
Ⅳ. ①I247.5

中国版本图书馆CIP数据核字（2012）第075102号

上架建议：小说·悬疑推理

诡案组大结局

作　　者：求无欲
出 版 人：刘清华
责任编辑：丁丽丹　刘诗哲
整体监制：蔡明菲　潘　良
策划编辑：柳絮恒　汪　璐
封面设计：张丽娜
版式设计：利　锐
出版发行：湖南文艺出版社
（长沙市雨花区东二环一段508号　邮编：410014）
网　　址：www.hnwy.net
印　　刷：北京京都六环印刷厂
经　　销：新华书店
开　　本：787mm × 1092mm　1/16
字　　数：351 千字
印　　张：21.5
版　　次：2012 年 6 月第 1 版
印　　次：2013 年 1 月第 2 次印刷
书　　号：ISBN 978-7-5404-5543-9
定　　价：26.00 元
（若有质量问题，请致电质量监督电话：010-84409925）